우리 기쁜 젊은 날

우리 기쁜 젊은 날

2018년 7월 25일 초판 1쇄 펴냄

펴낸곳 도서출판 **삼인**

지은이 진회숙
펴낸이 신길순

등록 1996.9.16 제25100-2012-000046호
주소 03716 서울시 서대문구 연희로 5길 82(연희동 2층)

전화 (02) 322-1845
팩스 (02) 322-1846
전자우편 saminbooks@naver.com

디자인 디자인 지폴리
인쇄 수이북스
제책 은정제책

©2018, 진회숙
ISBN 978-89-6436-144-3 03810

값 15,000원

우리 기쁜 젊은 날

응답하라 1975—1980

진회숙 지음

삼인

기꺼이 시대를 앓으며 열정과 고통과 기쁨을 함께 나눈
우리 세대의 작은 전사들에게 이 책을 바칩니다.

이 책은 이름도 빛도 없이 이 땅의 민주화를 위해 헌신했던 모든 사람들에 대한 오마주다. 민주화운동에 적극적으로 동참할 용기도, 의지도 없었던 나는 이제 그 시절을 회고하는 글로 역사의 발전가도에 미천한 숟가락 하나를 얹는다. 오래전부터 젊은 시절에 내가 겪은 일들을 글로 남기고 싶다는 생각을 했었다. 하지만 선뜻 글을 시작하기가 힘들었다. 마음 한구석에 내가 과연 이런 종류의 글을 쓸 자격이 있는가 하는 생각이 있었기 때문이다. 서슬 퍼런 유신 시절, 나는 학생운동에 적극적으로 가담할 만큼의 용기를 갖고 있지 못했다. 기껏해야 긴급조치 위반으로 구속된 친구, 선후배의 재판을 쫓아다니거나 옥바라지를 하는 것으로 초라한 정의감을 보상받는 운동권의 주변 인물에 불과했다.

따라서 나는 이런 종류의 글을 씀으로써 내가 다른 사람들의 눈에 민주화운동의 투사인 양 비쳐지는 것이 가당치 않다고 생각했다. 그래서 쓰고자 하는 욕망을 오랫동안 억누르고 지냈다. 그러다가 이 욕망이 봇물처럼 터지게 되는 어떤 계기가 있었다. 그래서 용기를 내기로 했다. 운동권의 '주변 인물'로서, 한 사람의 관찰자로서 내가 보고 겪은 일을 기록하기로 마음먹은 것이다.

처음에는 글이 정말 잘 써졌다. 머릿속에 산재되어 있던 옛 기억들이 그야말로 폭포처럼 쏟아져 나왔다. 그때는 마치 신들린 사람처럼 식음을 전폐하고 글을 쏟아냈다. 그런데 그렇게 폭풍 같은 시간을 보내고 나니 어느덧 침체기가 찾아왔다. 글을 생산해 내는 뇌 속의 에너지가 완전히 소진되었는지 단 한 문장도 쓸 수가 없었다. 그와 더불어 회의가 밀려왔다. 내가 지금 뭐 하고 있는 거지? 투사도 아닌 주제에 투사인 양 민주화운동에 대해 얘기하고 있다니. 이것은 그동안 민주화를 위해 헌신한 분들에게 죄를 짓는 일이야. 이런 생각이 들자 갑자기 자신이 없어지면서 글을 중단하고 어디론가 숨어 버리고 싶은 충동이 일었다. 이때 남편이 용기를 주었다. 나이로 보나 경험으로 보나 내가 한 시대의 관찰자로서 이런 글을 쓸 자격이 충분히 있다는 것이다. 그 말에 용기를 얻어 글쓰기를 재개했다. 자격지심인지는 모르겠지만 여기에서 다시 한번 강조한다. 이 글을 쓰는 나의 입장은 어디까지나 관찰자라는 점이다.

40여 년 전에 일어난 일을 오로지 기억에만 의존해서 되살리는 데에는 분명 한계가 있다. 이번에 글을 쓰면서 나는 인간의 기억력이 얼마나 불완전한 것인지 절감했다. 자료를 찾아보면서 어떤 일이 일어난 시간과 장소가 내가 기억하고 있는 것과 다른 경우가 꽤 있었기 때문이다. 특히 역사적이고 객관적인 사실이 아닌, 오로지 기억에만 의존한 나 자신의 개별적이고 개인적인 경험에 사실의 왜곡이 있을 수도 있겠다

우리 기쁜 젊은 날 - 응답하라 1975-1980

는 생각이 들었다. 하지만 설혹 이런 일이 있다 하더라도 이것은 의도적인 것이 아니라 나의 불완전한 기억이 빚어낸 결과라는 점을 이해해 주기 바란다.

글을 쓰는 동안, 머릿속으로 참으로 많은 사람들을 만났다. 그중에는 지금까지 인연을 이어오고 있는 사람도 있고, 40여 년 전의 기억 속에 그대로 박제되어 있는 사람도 있다. 그에 대한 기억을 하나씩 끄집어낼 때마다 나는 한때나마 내가 그들의 주변 인물이었다는 사실에 무한한 자부심과 감사를 느낀다. 물론 나는 예나 지금이나 소소한 세속적 욕망에서 결코 자유롭지 못한 소시민에 불과하다. 하지만 만약 내가 그저 평범한 대학생으로 젊은 시절을 보냈다면, 나는 아마 지금보다 훨씬 형편없는 사람이 되어 있을 것이다. 운동권의 주변 인물로서 내가 경험했던 그 모든 것들이 세상과 인간을 바라보는 나의 시각을 넓혀 주었다고 생각한다.

시간이 지나면 남는 것은 기억뿐이다. 글을 쓴 지난 몇 개월 동안 점점 희미해지는 기억의 조각들을 끄집어내 환희와 열정, 고뇌와 절망으로 점철된 '우리 기쁜 젊은 날'을 되돌아보았다. 그러는 사이 어느새 봄이 왔다가 저만치 가버렸다. 이제 모든 것을 끝내고 표표히 일상으로 돌아가려는 지금, 나는 잃어버린 봄이 못내 아쉽다.

2018년 7월
진회숙

2부

미치지 않고서야

3부

사랑도 미움도 남김없이

에필로그

1부

세상 밖으로

그러니까
음대에 가고 싶단
말이지?

나는 한국전쟁 후에 태어난 베이비 붐 세대이다. 폭발적으로 늘어난 인구로 학교 교실이 부족해 초등학교 때는 아침반, 점심반으로 나눠 2부제 수업을 했다. 학교에 따라서는 저녁반까지 3부제 수업을 하는 곳도 있었다. 그렇게 반을 나눠 수업했는데도 교실은 늘 학생들로 미어터졌다. 한 반에 70, 80명씩 구겨 넣은 콩나물시루 같은 교실에서 공부했다. 급식 시간에는 미국이 구호물자로 보낸 옥수숫가루로 만든 죽을 먹었다. 점심시간마다 당번이 양동이 하나 가득 김이 모락모락 나는 옥수수죽을 가져왔는데, 맛은 그냥 밍밍했다. 나중에는 옥수수죽이 옥수수빵으로 바뀌었다. 교문 앞에 급식으로 받은 옥수수빵을 쫀드기 같은 불량식품으로 바꾸어 주는 아줌마가 있었다. 가끔 옥수수빵을 '불량한 맛'과 맞바꾸어 먹는 재미가 쏠쏠했다.

불초 소생인 주제에 초등학교 때는 스스로 '민족중흥의 역사적 사명'

을 띠고 세상에 태어났다고 생각했다. 국가주의의 소산인 국민교육헌장을 열심히 외우며, 그 정신을 뼛속들이 새긴 결과였다. 지금 생각해보면 민족중흥은 무슨 개뿔. 우리는 그저 우연히 이 땅에 태어났을 뿐이다. 그러나 우리 세대가 '가문중흥家門中興'의 개별적 사명을 띠고 태어난 것만은 틀림없는 사실이다. 전쟁의 폐허 속에서 간신히 살아남은 우리 부모들은 자신의 자식들이 출세해서 쓰러진 집안을 일으켜 세울 것을 간절히 소망했다. 그래서 너도나도 가난했음에도 불구하고 자식 교육만큼은 열과 성을 다해서 시켰다.

내가 어렸을 때는 중학교도 시험을 보고 들어갔다. 나는 서울 변두리에 있는 초등학교에 다녔는데, 변두리였음에도 불구하고 자식을 일류 중학교에 보내려는 부모들의 교육열이 엄청났다. 여기저기 과외가 성행했고, 학교에서는 매일 시험을 보았다. 내가 다니는 학교에서는 그날 나온 성적에 따라 자리를 배치했다. 말하자면 성적순으로 앞에서부터 뒤까지 쭉 줄을 세운 셈이다. 지금 생각하면 참 비교육적인 처사였지만 그때는 선생이나 부모나 학생이나 그런 것을 당연하게 생각했다. 그렇게 치열한 경쟁에서 살아남기 위해 어린 학생들이 잠 안 오는 약을 먹으며 공부하는 불상사가 빚어지기도 했다.

이런 현상에 대한 우려가 있었는지 한창 입시 공부를 하던 어느 날, 갑자기 중학교 무시험 추첨제가 발표되었다. 그날이 7월 15일이었기에 우리는 '7·15 해방'이라고 불렀다. 그 후 우리는 은행알 추첨으로 중학교를 배정받았다. 학생들이 직접 물레방아처럼 생긴 추첨기를 오른쪽으로 두 번, 왼쪽으로 한 번 돌리면 은행알이 나오는데, 거기에 배정받을 학교의 번호가 새겨져 있었다. 이렇게 뺑뺑이를 돌려 중학교에 들어갔다고 해서 우리 세대를 '뺑뺑이 세대'라고 불렀다.

하지만 중학 입시 폐지는 치열한 경쟁을 3년간 유예한 것에 불과했다. 고등학교 입시는 여전히 살아 있었기 때문이다. 중학교 3학년이 되자 우리는 초등학교 6학년 때보다 더 심하게 입시공부에 매달렸다. 그러나 그중 극소수만 일류 학교에 들어갈 수 있었다. 나머지는 이류 학교, 삼류 학교에 들어갔는데, 이렇게 고등학교에 들어가는 순간 학교의 등급이 나뉘면서 각자의 인생에도 등급이 매겨졌다.

원래도 공부를 열심히 하는 편이 아닌 나는 고등학교에 들어가서는 정말 공부를 안 했다. 천차만별의 아이들을 모아 놓은 중학교와는 달리 고등학교에는 성적이 비슷비슷한 아이들이 모여 있었다. 그러니 공부를 해도 성적이 잘 오르지 않았다. 고등학교 입학하고 처음 본 중간고사에서 전교 등수 세 자릿수를 기록한 나는 완전히 공부에 흥미를 잃고 말았다. 그 뒤로는 소설책만 읽고 살았다.

"그러니까 음대에 가고 싶단 말이지?"

어느 날 아버지가 이렇게 물었다. 나는 고개를 끄덕였다.

"안 그래도 내가 아는 사람들에게 물어봤어. 그랬더니 모두 다 꿈 깨라는 거야. 레슨비가 너무 많이 들어서 감당하기 힘들다고. 나보고 빌딩 몇 채 사놓았냐고 물어보는 사람도 있더라."

아버지의 이 말 한마디에 나는 음대 진학의 꿈을 포기했다. 집안 형편을 잘 알고 있었기 때문이다. 어린 시절부터 피아노를 쳤고, 방송국 어린이 노래 경연 대회에서 입상을 했으며, 고등학교 때는 합창반으로 활동하는 등 나름 음악에 소질과 열정이 있었지만 음대를 들어가는 것은 또 다른 문제였다. 경제력이라는 장애물이 눈앞에 놓여 있었다.

하지만 음대를 제외하고는 마땅히 가고 싶은 과가 없었다. 어느 과를 갈 것인가 정하지도 못한 채 예비고사를 보았다. 당시에는 예비고사에도 계열이 있었는데, 나는 예체능 계열이 아닌 일반 계열을 보았다. 그렇게 예비고사를 치르고 대학 입학시험이 두 달 앞으로 다가온 어느날, 나는 아버지에게 딱 두 달만 레슨을 시켜 달라고 졸랐다. 그래서 수소문 끝에 당시 이대 음대 교수로 있던 호주 출신의 선교사 도로시 왓슨 선생을 소개받았다. 왓슨 선생은 아주 저렴한 레슨비만 받고 나를 가르쳐 주었다.

그런가 하면 지인을 통해 알게 된 이대 성악과 졸업생에게도 도움을 받았다. 내 딱한 사정을 듣고 무료로 레슨을 해주었다. 그렇게 대학 입시를 앞두고 이대 교수와 졸업생에게 거의 매일같이 레슨을 받았다. 학원으로 치면 심화 집중 교습을 받은 셈이다. 그렇게 두 달 동안 집중적으로 입시를 준비한 끝에 음대에 들어가게 되었다. 지금 생각해도 참기적 같은 일이 아닐 수 없다.

고등학교 때부터 대학에 들어가면 꼭 해보고 싶은 일이 있었다. 첫째, 예로부터 문화예술인들의 아지트로 유명한 '학림다방'에 꼭 가본다. 둘째, 미팅을 열심히 한다. 셋째, 멋진 남자를 만나 멋진 연애를 한다. 넷째, 학교 축제 때 잠자리 날개 같은 옷을 입고 쌍쌍 파티에 간다. 다섯째, 이대 입구 양장점에서 옷을 맞추어 입는다.

대학에 입학하자마자 나는 학구열과는 전혀 관계가 없는 이 위시리스트를 하나하나 실천에 옮겼다. 먼저 동숭동 서울대 문리대 앞에 있는 학림다방에 갔다. 그러나 다방에 들어간 순간 실망을 금치 못했다. 여고시절 내가 상상했던 모습과 너무 달랐기 때문이었다. 나는 학림다방이 클래식 다방이라는 이름에 걸맞게 아주 깔끔하고 모던한 곳인 줄 알았다. 벽 하나 가득 유명 음악가들의 연주 모습을 담은 멋진 사진이 걸려 있고, 음악이 흐를 때면 베토벤 비슷하게 생긴 장발의 DJ가 나와 칠판에 지금 나오는 클래식 음악의 제목과 작품 번호, 연주자의 이름을 일필휘지로 쓴 다음 바람같이 유리 칸막이 뒤로 사라지는 것을 상상했다. 그러나 실제로 내가 본 학림다방은 이런 나의 기대를 무참하게 짓밟았다. 베토벤을 닮은 DJ도 없었고, 속세와 음악의 성역을 가르는 유리 칸막이도 없었다. 실내는 어두침침하고 초라했으며 다소 허무주의적인 분위기마저 풍겼다. 다방 자체가 가난한 예술가의 초상 같았다.

나의 두 번째 위시리스트는 미팅을 될 수 있는 대로 많이 하는 것이었다. 미팅에서 남녀가 만나면 먼저 상대방에 대한 호구조사에 들어간다. "어디 사세요?" "형제는 몇 명이에요?" "고등학교는 어디 나오셨어요?" 이렇게 기본적인 호구조사가 끝나면, 이번에는 상대방의 문화적 소양을 가늠하는 질문으로 넘어간다. 이때 "무슨 책을 감명 깊게 읽으셨어요?" "어떤 음악을 좋아하세요?" 대충 이런 질문들이 오간다.

당시에는 도스토예프스키, 톨스토이, 헤르만 헤세, 루이제 린저, 로맹 롤랑, T. S. 엘리엇 같은 문호들의 책을 읽고 슈베르트, 베토벤, 브람스의 음악 정도는 들을 줄 알아야 '있어 보이는' 사람으로 통했다. 미팅에서 "라흐마니노프의 〈피아노 협주곡 2번〉을 좋아해요." "헤르만 헤세의 『지와 사랑』에 나오는 나르치스와 골드문트의 경우를 보면서 영혼의 분열에 대해서 생각해 보았어요." 뭐 이런 얘기를 해야 수준 있는 사람으로 통했다.

하지만 개중에는 이런 기본 요건을 갖추지 못하고 미팅에 나오는 친구도 있었다. 대학에 들어가자마자 근처에 있는 모 대학 남학생과 미팅을 했다. 이 친구가 나름 유머럽시고 '방귀'에 얽힌 얘기를 하는데, 웃어야 할지 울어야 할지 정말 난감했던 기억이 난다. 그다음에는 나보다 한참 나이가 많은 복학생을 만났다. 마침 클래식을 좋아한다고 해서 이런저런 얘기를 나누었지만 나중에 '노털스러움'을 노골적으로 드러내는 바람에 끝장이 나고 말았다. 이렇게 단 두 번의 미팅으로 나는 미팅에 대한 환상을 접었다. 그 후로 다시는 미팅을 하지 않았다.

미팅에 실패했지만 그래도 멋진 남자를 만나 멋진 연애를 한다는 로망은 여전히 버리지 않고 있었다. 그 로망을 실현하기 위해 나는 남학생들과 함께하는 대학 연합 서클에 들어갔다. 일주일에 한 번씩 모여 기독교에 관해 공부하고, 방학 때는 지방으로 전도를 가는 기독교 서클이었다. 내가 하고많은 모임 중에서 기독교 모임을 선택한 것은 특별히 신앙심이 깊어서가 아니었다. 어려서부터 기독교 문화에 푹 젖어 살던 사람으로서의 관성이라고나 할까. 그냥 자연스럽게 그렇게 되었다.

회원의 대부분은 소위 일류대학 학생들이었다. 같은 연령대에서 대학생이 차지하는 비율이 지금보다 현저히 낮던 당시에 대학에 다닌다는 것, 그것도 일류대학에 다닌다는 것은 그 자체가 엄청난 특권이었다. 그들은 그것을 잘 알고 있었고, 그런 사실을 굳이 숨기려고 하지도 않았다. "A대와 B대는 하늘과 땅 차이야"라는 말을 노골적으로 하는 친구도 있었고, 그보다 좀 덜 직설적으로 이런 생각을 드러내는 친구도 있었다.

물론 나도 이런 분위기에 편승했다. 나는 C대와 D대를 무시했으며, 내가 그 대학에 다니지 않는 것에 안도했다. 그리고 나라는 존재가 그토록 특별한 카테고리 안에 들어 있다는 사실에 무한한 자부심을 느꼈다. 모임의 전체적인 분위기는 "우리는 너무 잘났어"였다. 사실 그들이 잘나기는 했다. 그때 같이 놀던 아이(?)들 중에 나중에 장관이나 차관, 국회의원, 무슨 위원회 위원장, 판사, 대법관, 교수, 의사, 변호사 등이 되어 TV에 얼굴을 드러낸 경우를 많이 보았으니까.

다행히 모임에서 내 이상형에 딱 맞는 남자를 발견할 수 있었다. 하지만 멋진 연애에 대한 내 로망은 늘 실패로 끝나곤 했다. 일단 남자들이 나를 여자로 봐 주지를 않았다. 당시 나는 나와 비슷한 성향의 친구와 늘 붙어 다녔는데, 선배들이 우리 두 사람에게 붙여 준 별명이 '선천성 구제불능성 과대발랄 듀엣'이었다. 이 별명에서 짐작할 수 있듯이 나는 남자들에게 철없는 어린애였지 성숙한 여인이 아니었다.

연애와 관련된 고민을 상담하기 위해 만난 선배들도 나를 여자로 보지 않기는 마찬가지였다. 일단 그들은 나의 고민을 심각하게 받아들이지 않았다. 내가 이루어질 수 없는 사랑에 가슴 아파 꺼이꺼이 울고 있어도 "야. 니가 무슨 비련의 여주인공이라고. 울지 마. 너한테 심각한 거 안 어울려." 이러면서 머리를 쥐어박거나 "그게 다 애들이 크는 소리야" 하고 웃어넘기는 경우가 대부분이었다. 그러는 사이에 내 황금 같은 젊은 날이 속절없이 흘러갔다.

당시 나는 세 명의 남자를 좋아했다. 물론 차례차례로. 하지만 모두 짝사랑에 그쳤다. 시대가 시대인지라 내가 사랑을 고백하는 방법은 지극히 고전적인 방법 즉 편지를 보내는 것이었다. 나는 어려서부터 연마한 문장력을 십분 발휘해 내가 생각해도 멋진 연애편지를 쓰곤 했다. 내가 읽어 봐도 참 잘 쓴 편지였다. 이 정도면 감동하지 않고 못 배기리라 생각하며 하루에 한 통씩, 어떤 때는 두 통씩 보내기도 했다. 그런데 그렇게 물량 공세를 해도 상대편은 묵묵부답 반응이 없었다. 결국 제풀에 지쳐 "이제 더 이상 당신을 사랑하지 않습니다"라는 편지를 보내고 짝사랑을 끝내곤 했다. 상대방은 가만히 있는데 혼자 북 치고 장구 치고 다한 셈이다.

5월에는 축제가 열렸다. 이대 축제의 하이라이트를 꼽으라면 뭐니 뭐니 해도 '메이퀸 대관식'을 꼽지 않을 수 없다. 당시 이대 메이퀸은 재색을 겸비한 여성이라는 이유로 미스코리아보다 더 인기가 있었다. 세상 모든 여성의 선망의 대상이라고나 할까. 그래서 그런지 대관식이 열리는 날이면 운동장에 《선데이 서울》을 비롯한 주간지, 일간지, 월간지 기자들이 대거 몰려와 메이퀸의 얼굴을 찍으려고 야단법석을 떨었다. 카메라 기자들이 너무 많이 몰려 정상적인 대관식 진행이 어려울 정도였다. 그러자 학교에서 묘책을 하나 냈다. 이대에 들어간 학생들은 1학년 교양체육 시간에 '이화 체조'라는 것을 배우는데, 묘책이란 메이퀸 대관식이 열리기 바로 직전에 1학년생들로 하여금 이 '이화 체조'를 추도록 하는 것이었다. 체조를 마치면 2천 명에 이르는 1학년생들이 운동장 가장자리로 우르르 달려가 빙 둘러 인人의 장막을 친다. 기자들의 접근을 막기 위한 것이다. 하지만 그런데도 막무가내로 안으로 쳐들어가는 기자들이 있었다. 사회자가 계속 "기자 여러분. 나중에 사진 찍을 시간 드릴 거예요. 그러니까 지금은 나가 주세요"라고 부탁해도 아랑곳하지 않았다.

메이퀸은 학생들의 투표로 뽑힌 과 퀸 중에서 선발한다. 언젠가 우리 과 퀸으로 뽑힌 선배로부터 메이퀸 선발 과정에 대해 자세하게 들을 기

　　　　　　　　　　　우리 기쁜 젊은 날 - 응답하라 1975-1980

회가 있었다. 일단 과 퀸이 되려면 학점 3.0 이상에 기독교인이어야 한다는 것이 기본 조건이다. 이런 기본 조건을 갖춘 학생 중에서 과 퀸을 뽑는다. 그리고 이렇게 뽑힌 과 퀸들이 나중에 대강당에 모여 간택의 절차를 밟게 된다. 대강당 무대에 서서 한 사람씩 자기소개를 하는데, 이때 반팔 흰색 티셔츠에 무릎까지 오는 검은색 스커트를 입어야 하며 앞머리를 위로 올려 이마를 훤히 드러내 보여야 한다. 돌아가며 자기소개를 한 후에 종이 한 번 울리면 우향우, 또 한 번 울리면 좌향좌, 또 한 번 울리면 뒤로돌아. 이런 식으로 전방위적인 신체검사가 이루어진다. 이런 과정을 거쳐 메이퀸이 선정되면 나머지 과 퀸들은 시녀가 된다.

지금 생각하면 이것처럼 웃기는 일도 없다. 여왕에 시녀라니. 같은 학생들을 신체적 조건의 우열에 따라 신분을 나누는 발상 자체가 얼마나 반인권적인가. 당시에도 이에 대한 문제 제기가 있었다. 어떤 과에서는 아예 과 퀸 선발 자체를 보이콧하기도 했다. 이런 문제들이 계속 누적되어 오다가 내가 대학 3학년인가 4학년 때 결국 이대의 메이퀸 선발 제도는 폐지되었다.

밤에는 학생회관에서 쌍쌍 파티가 열렸다. 나도 친구가 하루 만에 조달해 준 연대생과 쌍쌍 파티에 참석했다. 파티에서 무엇을 했는지 잘 기억나지 않는다. 무척 유치한 게임을 하고 노래를 부르고 춤을 추었던 것 같다. 여하튼 지금 기억에 남는 건 게임과 노래는 양념일 뿐 파티의 주메뉴는 블루스였다는 것. 그때 춘 블루스를 춤이라고 할 수 있을까. 내가 보기에 그것은 블루스를 빙자한 남녀 간의 과도한 신체 접촉 그 이상도 그 이하도 아니었다.

음대에 다닐 때, 나는 음대 친구들과 잘 어울리지 못했다. 같이 어울려 다닐 돈이 없었기 때문이다. 당시 집에서는 나에게 딱 등록금만 지원해 주었으며 용돈이라는 것은 따로 없었다. 돈이 필요할 때마다 엄마에게 찔끔찔끔 타 쓰는 식이었는데, 돈을 받지 못한 날에는 그냥 달랑 차비만 가지고 학교에 갔다. 점심은 거의 도시락으로 해결했다.

그러니 친구들과 어울릴 수 없었다. 같이 어울리려면 함께 레스토랑에 가서 밥도 먹고 다방에 가서 커피도 마시고 해야 하는데, 나에게는 그럴 만한 돈이 없었다. 한번은 같은 과 친구가 집에서 생일 파티를 한다고 친구들을 초대한 적이 있다. 과대표가 선물을 산다고 5백 원씩 내라고 했지만 나는 그 돈이 없어서 다른 일이 있다는 핑계로 그 자리에 가지 않았다.

그런데도 나는 이대 입구에 있는 양장점에서 옷 한 번 맞추어 입는 것이 소원이었다. 버스 정류장에서 내려 학교로 들어가려면 길 양쪽으로 쭉 늘어선 양장점 앞을 지나야 한다. 학교를 오갈 때마다 옷 구경하느라 정신이 없었다. 대학가라지만 책방은 정문 앞에 있는 '이화서점' 달랑 하나. 나머지는 모두 양장점이었다. 당시는 이대 입구가 패션의 1번지였다. 패션 1번지답게 쇼윈도에 걸려 있는 옷들이 하나같이 세련되고 예뻤다. 유명 연예인들이 모두 이대 입구 양장점에서 옷을 맞추었다. 한번은 등굣길에 고급 세단에서 내리는 젊은 시절의 김자옥을 본 적도 있다.

음대 친구들은 이렇게 비싼 이대 입구 양장점 옷을 잘도 맞추어 입었다. 그것도 한 벌이 아니라 몇 벌씩. 나는 그런 친구들이 부러웠다. 엄마 앞에서 나는 이대 입구 양장점에서 옷 한 벌 맞추어 입는 것이 소원이라고 노래를 불렀다. 이런 내가 안돼 보였는지 어느 날 엄마가 정말

우리 기쁜 젊은 날 – 응답하라 1975-1980

어렵사리 돈을 마련해 옷을 맞추어 주었다. 지금도 양장점에 맞춘 옷을 찾으러 갔던 날이 생각난다. 옷을 찾아서 양장점을 나오는데 갑자기 서러움이 밀려왔다. 도대체 이까짓 옷이 뭐라고, 가난한 엄마를 졸라 기어이 돈을 받아 냈을까. 나는 내 주제넘은 욕망이 한심하고 서러웠다. 그래서 연습실로 들어와 펑펑 울었다. 얼마나 울었는지 옆방에서 연습하던 피아노과 아이들이 들어와 걱정했던 기억이 난다.

가문중흥의 사명을 띠고
세상에 태어나

음대에서 나는 고등학교 때 나를 가
르친 왓슨 선생의 제자가 되었다. 지금도 나는 왓슨 선생과의 만남을
아주 귀한 만남이라고 생각한다. 음악적으로도 배울 것이 많았을 뿐만
아니라 인간적으로도 정말 존경할 만한 분이었기 때문이다. 사실 당시
이대 음대는 나같이 돈 없는 학생들이 다니기에 힘든 학교였다. 가장
큰 문제는 방학 중에 받는 레슨이었다. 학기 중에야 레슨비가 등록금에
포함되어 있지만, 방학 중에는 교수에게 거액의 레슨비를 내고 레슨을
받아야 했다. 물론 강제는 아니었지만 방학 중에 레슨을 안 받은 학생
은 다음 학기에 교수가 아닌 강사로 레슨 선생이 바뀌는 일이 비일비
재했다. 교수가 관여하는 음악회나 오페라 공연의 티켓을 강제로 사야
하는 경우도 많았다. 나 같은 '흙수저'가 견디기에는 이래저래 힘든 분
위기였다.

그런데 왓슨 선생은 그런 면이 전혀 없었다. 만약 이 분이 없었다면 내 대학 시절은 암흑 그 자체였을 것이다. 이대 음대의 그 묘하게 세속적인 분위기를 어떻게 견뎠을지 모른다. 여하튼 왓슨 선생은 나를 참 예뻐했다. 레슨 때마다 음악성이 있다고 칭찬을 아끼지 않았다. 하지만 1학년 때는 이런 선생님의 기대를 저버리고 농땡이를 부렸다. 기독교 모임에서 만난 남자 선배에 미쳐서 공부는 작파하고 오로지 연애에만 매달렸기 때문이다. 그렇게 날라리처럼 1년을 보낸 결과 급기야 '쌍권총'을 차는 지경까지 이르게 되었다. 아직도 나에게 성적표를 건네던 선생님의 실망스러운 눈빛이 생각난다.

1학년 때 나의 거점은 학교가 아니라 다방이었다. 당시 이대 앞에는 클래식 다방이 네 개 있었다. 학교 정문에서 나와 오른쪽으로 살짝 내려간 곳에 '파리다방', 정문 왼쪽에 '이삭다방', 정문에서 조금 걸어 나오면 길가 오른쪽 광생약국 2층에 '까치다방' 그리고 왼쪽 언덕으로 조금 올라간 곳에 규모가 상당히 큰 '빅토리아'가 있었다. 빅토리아에서는 긴 생머리의 여자 DJ가 나와 칠판에 연주곡목과 연주자 이름을 쓴 다음 사라지곤 했는데, 당시 우리 눈에는 그녀가 신비의 여인처럼 보였다. 이곳을 드나드는 사람들 사이에 여자의 정체에 대한 소문이 무성했다. 고등학교만 나왔다더라. 아니다, 음대를 나왔다더라, 아니다, 음대를 나오고 외국 유학까지 갔다 왔다더라. 온갖 소문이 무성했지만 누구도 정확하게 아는 사람이 없었다. 여하튼 그때 어린 내 눈에 그녀가 그렇게 멋있어 보일 수가 없었다.

각각의 다방이 다 특징이 있었는데, 그중에서 나는 '이삭'이라는 정겨운 이름의 다방을 좋아했다. 다방의 분위기는 초라하고 삭막했다. 학림다방과 마찬가지로 그 흔한 베토벤의 초상화나 은발을 휘날리며 지휘하는 카라얀의 멋진 옆모습을 담은 사진도 없었다. 탁자는 이리저리 흠이 나 있었고, 의자 커버는 벗겨져서 속이 다 들여다보일 정도였다. 탁자나 벽에는 낙서가 그득했다. 베토벤의 〈아델라이데〉의 가사를 적어 놓은 것도 있고, 슈베르트의 〈바위 위의 목동〉의 가사를 적어 놓은 것도 있었다. 이리저리 아무 데나 휘갈겨 적어 놓은 낙서가 보헤미안의 아지트 같은 다방의 분위기와 잘 어울렸다. 내가 이 다방을 좋아한 이유는 주인의 눈치를 보지 않아도 되는 편안함 때문이었다. 매일 아침 출근 도장을 찍듯이 다방에 들러서 50원짜리 홍차 한 잔을 마시고 온종일 들락날락해도 누구 하나 뭐라 하는 사람이 없었다. 나는 책가방을 아예 다방에 두고 수업에 들어갔다가 비는 시간에는 이곳에 와서 음악을 듣고 또다시 수업에 들어가는 식으로 일과를 보냈다. 말하자면 종일 이 다방을 거점으로 움직였다.

클래식 다방에서는 차 나르는 아가씨들의 수준도 '클래식'했다. 한번은 자리에 앉아 있는데 아주 귀에 익은 곡이 흘러나왔다. 갑자기 제목이 생각나지 않았다. 그래서 차 나르는 아가씨에게 "지금 나오는 곡, 무슨 곡인지 좀 알아봐 줄래요?" 했더니 대뜸 "브루흐의 〈스코틀랜드 환상곡〉 아니에요?" 한다. 서당개 3년이면 풍월을 읊는다더니 클래식 다방에서 일하며 쌓은 내공이 장난이 아니라는 생각이 들었다.

이삭다방에 출근하는 대학생은 나 말고도 여럿 있었다. 대부분 음악을 전공하지 않은 클래식 애호가였는데, 우리는 만나기만 하면 음악을 들으며 예술과 문학과 삶에 대해 대화를 나누었다. 대학생이 아닌 아저씨도 있었다. 50대 중반 정도로 젊었을 때 발레를 했다는 풍류남이었다. 우리는 그 아저씨에게 술을 자주 얻어먹었다. 밤이면 근처의 허름한 술집으로 달려가 연탄불 위에 올려놓은 찌개를 안주 삼아 소주잔을 기울이곤 했다.

이삭다방에는 따로 DJ가 없었다. 장사가 안 되니 DJ를 돈 주고 고용할 여력도 없었을 것이다. 대신 근처 대학에 다니는 클래식 마니아들이 와서 자원봉사 비슷하게 DJ를 했다. 연대 상대나 의대에 다니는 남학생이 많았는데, 그들은 음대생인 나를 동경의 눈빛으로 바라보았다.

"나도 어렸을 때 피아노를 배우고 싶었지만 아버지가 사내놈이 무슨 피아노냐고 해서 못 배웠어요." 혹은 "어렸을 때 그림을 좋아해 화가가 되고 싶었는데 아버지가 환쟁이는 절대 안 된다고 해서 의대에 갔어요." 이런 말을 들은 적이 있다. 우리 세대 남자들은 음악이나 미술을 못하는 것을 가문의 영광으로 여기는 부모 밑에서 자랐다. 우리네 부모들은 국, 영, 수 같은 주요 과목만 잘하면 되지 음, 미, 체 같은 기타 과목은 못해도 그만이라고 생각했다. 자식이 공부를 잘하는 경우에는 더욱 그랬다. 이렇게 너무 공부를 잘하는 바람에 음대나 미대에 가지 못한 남자들은 대학 입학 후 취미 생활을 능가하는 열정으로 음악과 미술에 헌신했다.

이런 사람 중에 명물이 한 사람 있었다. 몸이 삐쩍 마르고 얼굴이 하얀 연대 상대생이었다. 사실 나는 이삭다방에서 보기 전에 그를 이미 다른 곳에서 만난 적이 있다. 친구를 만나러 연대에 갔을 때였다. 당시 정문에서는 작은 규모의 시위가 벌어지고 있었고, 우리는 학생회관 찻집에 앉아 수다를 떨고 있었다. 간헐적으로 터지는 최루탄 가스가 우리가 있는 학생회관까지 들어와 코를 간지럽혔다. 그때 한 남학생이 다가 왔다. 그리고 우리에게 밖에서 친구들이 데모를 하고 있는데 어떻게 여기서 한가하게 차나 마시며 수다를 떨 수 있냐고 했다. 그 말에 우리는 "뭔 참견이래"라고 반응했다. 바로 그 남학생이 이삭다방의 단골손님이었다. 그의 얼굴에는 약간의 신기神氣 비슷한 것이 흘렀다. 나보다 더 오래 이삭다방에 다닌 친구로부터 그가 가끔 다방에서 베토벤의 〈운명〉을 지휘한다는 소리를 들었다. 하지만 말만 들었지 실제로 보지는 못했다.

그러던 어느 날, 나는 드디어 그 광경을 보고야 말았다. 삐걱거리는 계단을 올라 다방 문을 열었을 때, 저쪽에서 그가 베토벤의 〈운명〉에 맞추어 신들린 듯 지휘하는 모습이 보였다. 마치 눈앞에 거대한 오케스트라가 있는 듯 그는 손님들의 시선은 아랑곳하지 않고 지휘에만 열중했다. 그동안 얼마나 열심히 〈운명〉을 들었는지 각각의 악기가 나올 차례가 되면 정확하게 사인을 주는 것이 한두 달 연습한 솜씨가 아니었다. 하지만 다방 안의 사람들은 차마 민망해서 그 모습을 똑바로 쳐다보지 못했다. 그때 나의 느낌을 뭐라고 해야 할까. 그냥 처절했다. 그 몸짓에서 젊은 시절의 치기로 웃어넘길 수 없는 '처절한 목마름'이 느껴졌다. 무엇이 그를 저렇게 죽기 살기로 음악에 열중하게 만들었을까. 일생 동안 한 번도 공식적인 음악 교육을 받아 본 적이 없는 그가 베토벤의 〈운명〉을 4악장까지 지휘하겠다고 죽기 살기로 마음먹고, 마치 시험공부하듯이 죽기 살기로 외우고, 주변 사람들의 시선도 아랑곳하지 않고 죽기 살기로 지휘를 감행한 것, 그 상황이 그렇게 처절할 수가 없었다.

나는 이것을 가문중흥의 사명을 띠고 세상에 태어나 예술 나부랭이는 배우고 즐길 여유가 없던 우리 세대 사람들의 목마름으로 이해한다. 어려서부터 원만한 문화생활을 하고 자란 요즘 세대들은 잘 모르리라.

우리 세대 사람들에게 예술이 어떤 의미였는지. 문학이 어떤 의미였는지. 연탄불에 올려놓은 찌개를 안주 삼아 소주잔을 기울이던 그 허름한 술집에서 헤르만 헤세의 소설, 반 고흐의 그림, 베토벤의 음악에 관해 얘기하며 우리가 얼마나 전율했는지.

고등학교 졸업 후 갑자기 찾아온 자유를 어찌할 바 몰랐던 나는 학교 공부를 뒤로 한 채 이삭다방에서 보헤미안들과 어울리며 시간을 보냈다. 청춘사업이 내 뜻대로 잘 굴러가지 않은 것도 이런 방황의 한 요인이 되었다. 그때는 땅에 발을 딛지 못하고 그냥 공중에 붕 떠서 살았던 것 같다. 이렇게 1학년을 헛되이 보낸 내가 2학년에 들어와 갑자기 개과천선을 하게 되었다. 물론 이렇게 된 데에는 어떤 계기가 있었다. 2학년에 올라와 독일 가곡을 부르면서 독일어 딕션이라는 과목을 듣게 되었다. 강사는 이제 막 독일 유학을 마치고 돌아온 소프라노 김성애였다. 첫 시간에 슈베르트의 〈봄의 신앙Frühlingsglaube〉의 가사를 천천히 읽었다. 그런 다음 모두 같이 노래를 불렀는데, 노래가 그렇게 아름다울 수가 없었다.

그 자리에서 김성애 선생은 독일 유학 시절 얘기를 들려주었다. 학교에 반주과가 따로 있는데 반주과 학생들이 얼마나 피아노를 잘 치는지 거기에 맞추어 노래를 부르면 노래가 절로 나온다는 얘기, 독일인 교수들이 학생을 얼마나 지극 정성으로 가르치는지, 음악적으로 얼마나 배울 것이 많은지 그리고 눈부시게 아름다운 독일의 봄 등 듣기만 해도 환상적이었다. 그때 독일 유학을 가야겠다고 결심했다. 독일 유학만 가면 좋은 환경에서 내가 좋아하는 음악을 제대로 배울 수 있을 것이라 생각했다. 독일 유학을 목표로 삼자 나의 학교생활이 달라졌다. 일단 학점 관리를 잘 해야겠다는 생각에 그때부터는 수업도 열심히 듣고, 시험 공부도 열심히 했다. 그 결과 2학년 첫 학기 학점이 거의 4.0에 육박할 정도로 잘 나왔다. 나의 비약적인 변화에 제일 기뻐한 사람은 바로 왓슨 선생이었다. 같은 과 동기들 앞에서 "이번 학기에 회숙이 성적이 아주 많이 올랐어요"라고 칭찬을 했다.

나는 음악을 좋아했다. 비록 1학년 때 잠시 한눈 팔기는 했지만 음악에 대한 열정을 버린 적은 한 번도 없었다. 세상에 태어나서 처음으로 정말 하고 싶은 공부를 한다는 것이 즐거웠다. 특히 2학년 때 만난 아름다운 독일 가곡들은 내 삶을 아주 풍요롭고 행복하게 만들었다. 그 무렵 음악을 많이 들었다. 이대 음대에 음악 감상실이 있었는데, 아무도 이용하는 사람이 없어 늘 텅텅 비어 있었다. 당시 감상실을 담당하는 조교는 임신 중이었다. 온종일 텅 빈 감상실에 앉아 보내는 그야말로 꿀보직이었다. 그런데 내가 감상실에 드나들면서 조교의 평화가 깨지고 말았다. 음향 기기는 조교만 만질 수 있도록 되어 있었다. 그래서 나는 감상 목록을 쭉 적어서 그녀에게 주었다. 곡이 끝날 때마다 조교가 판을 갈아 주어야 했다. 그때 조안 서덜랜드가 부르는 베르디의 〈에르나니〉를 처음 들었다. 그 밖에 테발디가 부르는 푸치니의 아리아 그리고 피셔 디스카우의 독일 가곡 등을 들었다. 성악곡뿐만 아니라 기악곡도 많이 들었다. 그렇게 종일 감상실에서 보내곤 했다. 조교가 얼마나 귀찮았을까. 지금도 "진회숙, 베토벤의 〈트리플〉 끝났어. 이제 그만 가줄래?" 하던 조교의 말이 떠오른다.

그 무렵 나는 이대 대강당에서 열린 한 음악회에서 소프라노 김성애가 부르는 모차르트의 모테트 〈춤추고 기뻐하라. 복된 영혼이여!Exultate Jubilate)를 들었다. 청아한 목소리로 부르는 모차르트의 노래가 내 마음을 사로잡았다. 당장 저 노래를 불러야겠다는 생각을 했다. 문제는 악보를 어떻게 구하느냐 하는 것이었다. 당시는 대개의 악보가 수입이었다. 명동에 있는 '대한음악사'와 광화문에 있는 '내외음악사'에서 수입 악보를 팔았는데, 유명하지 않은 곡은 따로 주문해야 했다. 나는 광화문에 있는 내외음악사에 가서 이 곡의 악보를 주문했다. 주문한 지 한 달이 지난 어느 날 악보가 왔다는 연락이 왔다. 한달음에 달려가 악보를 받았다. 가격은 당시 돈 9백 원인가 했다. 출판사는 '브라이트코프 운트 헤르텔'이었다. 브라이트코프는 '베렌라이터', '부지 앤 호크스'와 어깨를 나란히 하는 세계 3대 악보 출판사 중 하나이다. 1719년 독일 라이프치히에서 설립된 유서 깊은 회사로 당시 라이프치히는 동독에 속해 있었다. 말하자면 브라이트코프 운트 헤르텔은 동독 출판사인 셈이다. 그때 우리나라는 공산국가와는 거의 교류가 없을 때였다. 그런데 동독 출판사의 악보를 갖게 되다니 감회가 새로웠다.

악보를 받은 즉시 집에 와서 연습을 시작했다. 모두 3악장으로 이루어진, 전곡의 연주 시간이 약 15분 정도 되는 곡이었다. 성악곡치고는 대곡에 해당하는 이 모테트를 나는 일주일 만에 완전히 마스터해서 레슨 시간에 불렀다. 선생이 매우 흡족해했다. 그러면서 나에게 독창회를 여는 것이 어떻겠냐고 제안했다. 장소는 학교 중강당, 시기는 이듬해 5월이었다. 프로그램은 모두 모차르트 곡으로만 구성하기로 했다. 모차르트의 기악곡과 오페라는 잘 알아도 그의 가곡에 대해서는 잘 모르는 사람이 많다. 모차르트의 가곡을 직접 불러 본 나는 그의 가곡이 얼마나 아름다운지 잘 알고 있었다. 그래서 신이 났다. 노래할 곡을 정하고 연습에 들어갔다. 모차르트는 이탈리아어, 독일어, 프랑스어, 영어, 라틴어 등 여러 나라 언어로 노래를 지었다. 이탈리아어 가곡으로 〈고요함은 미소 짓고Ridente la calma〉와 〈기쁨의 충동Un moto di gioja〉, 독일어 가곡으로 〈저녁의 느낌Abendempfindung〉 〈오너라, 치터여!Komm, liebe Zither, komm〉 〈이별의 노래Trennungslied〉 〈클로에에게An Chloe〉 〈제비꽃Das Veilchen〉 〈다뫼타스가 클로에를 보는 순간So bald Damötas Chloën sieht〉, 라틴어 성가곡으로 〈대미사Great Mass〉 중 '라우다무스 테Lauda-mus te' 그리고 마지막은 야심 차게 준비한 〈춤추고 기뻐하라. 복된 영혼이여!Exultate, jubilate〉로 장식하기로 했다.

독창회 팸플릿을 만들 때 같은 서클에 있던 연대 치대생들의 도움을 많이 받았다. 클래식 마니아였던 이들은 내가 특별히 부탁하지도 않았는데 기꺼이 자발적으로 도움을 주겠다고 나섰다. 특히 팸플릿 디자인에 열성을 보였다. 내 얼굴 사진을 확대해 표지 전면에 펼쳐 놓은 디자인이 그럴듯했다. 당시로서는 꽤 파격적인 시도였지만 나는 나름대로 모던한 것이 괜찮다고 생각했다. 이 친구들이 인쇄소도 소개해 주고, 용지를 선택하는 문제부터 프로그램 원고의 교정을 보는 일까지 모두 도맡아서 했다. 덕분에 나는 노래 연습에만 집중할 수 있었다.

야학의 출범식에서
부른 노래가 바꾼 운명

　　　　　　　한 사람의 인생을 바꾸는 결정적인 순간이 반드시 드라마틱한 사건과 함께 오는 것은 아니다. 어느 날 갑자기 전혀 예기치 않게 우연히 찾아올 수도 있다. 아니, 오히려 그런 경우가 더 많은지도 모른다. 운명의 진정한 주인은 우연이라는 말이 있지 않은가. 나도 그랬다. 1977년 이른 봄의 어느 날, 나에게 어떤 일이 '우연히' 일어났다. 그리고 그것이 내 운명의 지침을 돌려놓았다. 그날 나는 양평동에 있는 영등포 도시산업선교회에 있었다. 이곳에서 노동자를 대상으로 하는 야학의 출범식을 겸한 작은 예배가 열렸는데, 나는 그 예배에서 특송을 불렀다.

　당시 나에게 특송을 부탁한 사람은 영등포 도시산업선교회의 김경락 목사였다. 김 목사는 내가 다니는 교회의 담임목사이기도 했는데, 어느 날 주일 예배를 마치고 이런저런 대화를 나누던 중 우연히 야학 이야기가 나왔다. 사실 나는 그때까지 노동자를 대상으로 하는 야학이 어떤 일을 하는지 잘 모르고 있었다. 그래서 야학 이야기가 나왔을 때, 막연히 노동자를 위해 좋은 일을 하는구나 정도로만 생각했다. 그렇게 당시 야학에 대한 나의 인식은 불우 이웃 돕기의 차원을 벗어나지 못하고 있었다. "참 좋은 일 하시네요." 나의 영혼 없는 인사치레에 김 목사가 지나가는 말로 "야학 시작하기 전에 예배를 드리는데, 와서 특송 한번 부르는 건 어때?"라고 했다. 처음부터 나에게 특송을 부탁해야겠다는 의도가 있던 것은 아니었다. 그냥 나랑 이런저런 이야기를 나누다가 우연히 특송에 생각이 미쳐서 부탁했고, 나 역시 별다른 생각 없이 이를 수락했다. 그 결과 1977년 이른 봄의 그날 내가 영등포 도시산업선교회라는 곳에 있게 되었다.

1977년, 당시 막 대학 3학년을 맞은 나는 '독재는 나쁘고 민주주의는 좋다'는 식의 나이브한 정치의식의 소유자였다. 내가 정치에 대해 이 정도의 의식이나마 갖게 된 데에는 아버지의 영향이 컸다. 내 아버지는 민주주의의 기본 원칙을 훼손하는 독재에 대해 엄청난 반감을 품은 사람이었다. 이와 관련해서 아버지로부터 들은 몇 가지 이야기가 있다. 그중 가장 기억에 남는 것은 이승만 정권이 3·15 부정선거를 저질렀을 때 있었던 일이다. 투표하려고 기표소 안으로 들어갔는데, 장막 위에서 동네 형사가 누구를 찍나 내려다보고 있더란다. 그것을 보고 "안 내려가!"라고 호통을 쳤고, 그 서슬 퍼런 목소리에 겁을 먹은 형사가 찍소리도 못하고 내려갔다는 이야기이다. 또 4·19 혁명이 일어났을 때는 아버지가 어머니의 만류에도 불구하고 역사의 현장을 보기 위해 파주 봉일천에서 버스를 타고 서울까지 갔다는 얘기도 들었다.

중학생 때 아버지로부터 동베를린 사건에 대해 들은 기억도 있다. 아버지는 동베를린이라고 하지 않고 동백림이라고 했는데, 그때는 동백림이 독일에 있는 다른 도시의 이름인 줄 알았다. 아버지는 어떻게 한국의 중앙정보부가 주권국가인 독일의 영토에 들어가서 마음대로 사람을 잡아 올 수 있냐고 울분을 토했다. 이건 국제 질서와 정치의 관례를 무시한 아주 후진국적인 발상이라는 것이다. "박정희 이 무식한 놈이 나라 망신을 아주 제대로 시키고 있어"라며 화를 냈던 기억이 난다.

1972년 유신헌법이 발표되었고, 이 헌법에 의거해 1974년 긴급조치 1호가 선포되었다. 유신헌법을 반대하는 사람들을 잡아들이기 위한 특별 조치로 선포된 긴급조치는 이후 9호까지 발표되었다. 1호에서 9호까지 이어지는 동안 수많은 사람이 투옥되었다. 1974년 1월 15일에는 유신헌법에 반대한 장준하와 백기완이 구속되었고, 1월 21일에는 도시산업선교회의 김경락, 김진홍, 박윤수, 이규상, 이해학, 인명진 목사가 구속되었다. 구속 사유는 1월 17일 종로 5가에 있는 기독교회관에서 긴급조치 철폐를 요구하는 시국 선언문을 발표했다는 것이었다. 그 긴급조치 구속자 중에 김경락 목사가 있었다. 그는 당시 도시산업선교연합회 총무이자 영등포중앙교회 목사였는데, 나는 아버지를 통해 그의 구속 소식을 들었다. 당시 아버지가 구체적으로 무슨 말을 했는지 기억은 안 나지만, 구속된 김 목사를 대단한 사람으로 칭송했던 것은 틀림없다. 그렇게 당시 고등학교 3학년이던 나의 머릿속에 '김경락'이라는 이름이 각인되었다.

1977년 1월, 연탄가스 중독으로 2년을 고생하던 아버지가 세상을 떠났다. 그리고 아버지의 후임으로 생전에 아버지가 그렇게 존경하던 김경락 목사가 우리 교회 담임목사로 오게 되었다. 이것이 내가 도시산업선교회와 인연을 맺게 된 배경이다. 김경락 목사가 소속된 영등포 도시산업선교회는 1972년부터 노동자의 의식화를 위한 교육을 시작했다. 1970년대 후반기 노동운동의 흐름을 주도했던 여러 사건 즉 대한모방, 방림방적, 남영나일론, 원풍모방, 해태제과, 콘트롤데이터 투쟁이 모두 도시산업선교회의 지원 속에서 이루어졌다. 도시산업선교회를 줄여서 '도산'이라고 불렀는데, 이 때문에 "도산都産이 침투한 기업은 도산倒散한다"는 말이 나올 정도였다. 바로 이런 상황에서 나는 영등포 도시산업선교회와 인연을 맺었다. 하지만 당시 도시산업선교회가 그동안 어떤 일을 해 왔는지 잘 몰랐다. 그렇게 아무것도 모르는 상태에서 불구덩이로 뛰어들었다.

예배가 끝나고 나서 야학 교사들과 이야기를 나누었다. 나와 학번이 같거나 한 학년 아래인 서울대, 고대, 이대생들이었다. 그때 무슨 생각에서 그랬는지 모르겠지만 여하튼 나도 야학 교사를 하고 싶다고 했다. 무식하면 용감하다고 지금 생각해 보면 참 무모한 용기를 냈던 것 같다. 노동자의 의식화를 위한 교육을 하려면 우선 교사가 먼저 의식화되어 있어야 하는데, 당시 나는 의식화는커녕 어떤 목적으로 야학이 만들어졌는지조차 모르고 있었다. 그럼에도 불구하고 나는 음악 교사로 채용(?)되었다. 다른 과목과 달리 음악은 아무래도 약간의 특수한 기능(예를 들어 풍금을 칠 줄 안다거나 하는)이 필요하기 때문이다.

나를 제외한 야학 교사들은 1학년 때부터 학내 이념 서클에서 활동해 온 이른바 운동권 학생들이었다. 그러나 나는 대학 3학년이 될 때까지 이들과는 전혀 다른 '물'에서 놀고 있었다. 그전까지 나는 운동권 학생을 본 적도 없었다. 그래서 내가 놀던 '물'이 세상 전부인 줄 알았다. 그런데 그게 아니었다. 내가 전혀 모르는 또 다른 세상이 있었다. 야학에서 만난 운동권 학생들에게 나는 적지 않은 충격을 받았다. 당시 나를 가장 놀라게 한 것은 인간의 삶과 역사, 사회에 대한 이들의 진지한 자세와 통찰력이었다. 인문, 사회과학에 관한 폭넓은 공부를 통해 이들은 일찍이 사회와 역사를 보는 눈을 키웠다. 그에 비하면 나는 완전히 젖먹이나 다름없었다. 그때까지 나는 내가 사는 세상에 대해 아무것도 몰랐다. 어떤 역사적 사실이나 사건에 대해 논리적인 의견을 펼 만큼 성숙한 비판 의식도 없었고, 비판 능력도 없었다. 그런데 나와 같은 또래의 그들은 달랐다. 어떤 사회적 현상이나 역사적 사실을 바라보는 그들의 시각은 놀라울 정도로 정확했고, 그것을 뒷받침해 주는 그들의 논리는 명쾌하게 아름다웠다.

야학에서는 수업이 없는 일요일마다 교사들이 모여 세미나를 열었다. 주제는 역사, 사회, 교육, 정치, 경제, 문학 등 다양했다. 일요일마다 공부한다고 했을 때, 나는 왜 그래야 하는지 이해하지 못했다. 읽어야 할 책 목록을 뽑아 주는데, 『피압박자를 위한 교육』 『전환시대의 논리』 『우상과 이성』 『후진국경제론』 『비판의식을 위한 교육』 『정치사상사』 『8억인과의 대화』 『시정신과 유희정신』 『유한계급론』 『이데올로기와 유토피아』 『경제학』 『문학과 예술의 사회사』 『역사란 무엇인가』 『이성과 혁명』 『민족경제론』 『제3세계 종속이론』 『소외론 연구』 등 제목만 보아도 기가 질렸다.

사춘기 시절부터 공부는 작파하고 동서양의 온갖 소설을 독파했던 나는 독서량에 있어서만큼은 내 나이 또래의 누구와 비교해도 자신이 있었다. 하지만 그때까지 내가 읽은 책은 대부분 문학작품이었다. 비문학으로는 에리히 프롬의 『사랑의 기술』을 읽으려고 시도한 적이 있기는 하다. 물론 제목만 보고 연애에 필요한 테크닉을 배울 수 있지 않을까 하는 얄팍한 생각에서였다. 하지만 "사랑에 대한 유용한 지침을 기대하는 사람들은 이 책을 읽고 실망할 것이다"라는 첫 문장을 읽고 바로 책을 덮어 버렸다. 내가 생각했던 연애 실용서가 아니었다.

당시 세미나를 준비하면서 읽은 책은 대부분이 인문, 사회과학 서적이었다. 그동안 소설만 읽다가 생전 처음 '공부'라는 것을 하게 되었다. 그런데 그것이 그렇게 재미있을 수가 없었다. 노동자를 가르치는 것보다 매주 한 차례 하는 세미나가 훨씬 재미있었다. 나는 역사, 철학, 종교, 사회, 경제, 문학 등 다양한 분야의 책을 읽으며 그전까지 먹어 보지 못한 지식의 성찬盛饌을 먹는 것 같은 쾌감을 느꼈다. 새로운 세계를 알아 가는 즐거움은 경험해 보지 못한 사람은 모르리라. 그 즐거움에 빠져 나는 학창 시절 매를 맞으면서도 하지 않았던 노트 정리까지 하며 극성스럽게 공부했다. 내 일생을 통틀어서 그때처럼 열심히 공부한 적이 없던 것 같다.

공부를 통해 나는 서서히 의식화되어 갔다. 어렴풋하게나마 내가 처한 현실이 어떤 것인지 깨닫기 시작했다. 갑자기 지혜의 샘물을 먹은 것처럼 내가 그동안 보지 못했던 삶의 다른 국면들이 보이기 시작했다. 지금까지 난 무엇을 했단 말인가. 이런 자책감과 동시에 그동안 내가 몸담았던 집단에 대한 깊은 회의가 밀려왔다. 어떻게 세상에 대해 저렇게 무관심할 수 있지? 그들이 특권 의식이라는 최면 상태에 빠져 몽롱한 자족감을 즐기는 동안, 다른 한편에서는 역시 같은 젊은이들이 자기에게 주어진 기득권을 초개와 같이 버리고 신념을 위해 싸우고 있었다. 그 엄청난 간극에 나는 경악했다.

야학을 시작했을 무렵, 나는 마지막 남자에 대한 짝사랑을 불태우던 중이었다. 그 남자는 내가 그때까지 좋아했던 남자 중에서 가장 멋진 남자였다. 그래서 가장 오랫동안, 가장 강도 높게 좋아했다. 그런데 야학을 시작한 지 얼마 지나지 않아 그 남자에 대한 생각이 시들해졌다. 그전까지 그렇게 멋있어 보이던 사람이 갑자기 시시해 보이기 시작한 것이다. 아니, 그 남자뿐만 아니라 모임이나 사람들 모두가 시시해 보였다. 나는 남자에게 마지막 편지를 보냈다.

"이제 더 이상 당신을 사랑하지 않습니다."

이 편지는 내가 그동안 남자들에게 보냈던 마지막 편지들과는 의미가 다른 것이었다. 사랑의 종말을 고하는 편지인 동시에 그들과 함께했던 지난 시간과의 작별을 고하는 편지이기도 했기 때문이다. 새로운 깨달음 앞에서 한때 가없는 열정으로 내 마음을 사로잡았던 모든 것들이 빛을 잃었다. 그리하여 나는 그 모든 것들과 작별하고, 주저 없이 강을 건넜다. 그때 어렴풋이 느꼈다. 이제 강 건너편으로는 다시 돌아갈 수 없으리라는 것을.

내 삶을 전환시킨
『전환시대의 논리』

　　　　　　　　　야학의 세미나에서 제일 먼저 공부
한 책은 브라질의 교육사상가 파울로 프레이리의 『피압박자를 위한 교
육Pedagogy of the Oppressed』이었다. 의식화 교육의 고전으로 꼽히는
이 책은 『전환시대의 논리』와 함께 70년대 운동권의 필독서로 널리 읽
혔다. 민중이 세계를 변화시키는 주체가 되어 모든 사람의 인간화를 위
해 싸우도록 만드는 것이 교육의 목표가 되어야 한다는 것이 책의 요
지이다. 지금은 국내에 번역서까지 나와 있지만 당시에는 이 책이 금서
였다. 누군가 몰래 복사한 조잡한 제본의 영어 원서를 사전을 찾아가며
낑낑대며 읽었던 기억이 난다.

　야학에서 공부한 책 중에서 내게 가장 큰 충격을 준 책은 리영희의
『전환시대의 논리』였다. 『전환시대의 논리』 중에 베트남전쟁의 진상을
다룬 부분을 읽으며 나는 그때까지 내가 옳다고 믿었던 모든 것들이 무

너져 내리는 충격을 경험했다. 저자인 리영희는 정부와 언론이 이구동성으로 한국군의 파병을 '반공의 성전', '자유 진영 대 공산 진영의 투쟁'으로 미화할 때 양심적인 지식인의 자세로 이 전쟁의 음습한 내막을 폭로했다.

그전까지 나는 베트남전쟁을 공산주의와 자유민주주의 즉 나쁜 나라와 좋은 나라 간의 싸움이라고 믿고 있었다. 어렸을 때 본 영화에서 공산당은 반드시 나쁜 나라로 나왔다. 처음에는 나쁜 나라가 이긴다. 주인공을 제외한 주변 인물들이 하나둘씩 총탄에 쓰러진다. 총탄에 쓰러진 한 군인이 주인공의 팔에 안겨 "이 대위님! 제 원수를 갚아 주십시오"라는 비장한 유언을 남기고 눈을 감는다. 아! 이런 부하의 죽음에 눈이 뒤집힌 우리의 주인공. 갑자기 벌떡 일어나 짐승 같은 목소리로 "야. 이 새끼들아!"라고 외치며 적을 향해 미친 듯이 기관총을 쏘아 대기 시작한다. 하나둘씩 쓰러지는 적군들. 그야말로 일당백이 아닐 수 없다. 주인공의 혁혁한 공으로 이때부터 전세가 역전되기 시작한다. 적들이 슬로모션으로 하나둘씩 쓰러지는 가운데 장엄한 음악이 흘러나온다. 관중석에서 박수가 터져 나오고 극장 안은 순식간에 눈물과 콧물을 동반한 감동의 도가니가 된다. 아! 그때 우리는 나쁜 나라의 패배와 좋은 나라의 승리를 얼마나 열망했던가.

공산당이 나쁜 나라라는 것에 대해서는 추호의 의심도 없었다. 내가 이런 생각을 하게 된 데에는 어려서부터 받은 철저한 반공 교육 못지않게 개인적인 경험도 한몫했다. 1969년에 KAL기 납북 사건이 일어난 적이 있었다. 사건이 일어난 지 나흘 만에 치안국은 승객에게 포섭된 부조종사가 여객기를 북으로 몰고 갔다고 발표했다. 아직도 '부조종사가 범인'이라는 신문 기사 제목이 눈에 선하다. 나는 부조종사가 범인이라는 사실에 큰 충격을 받았다. 당시 범인으로 지목된 부조종사의 딸이 우리 엄마가 운영하는 피아노 교습소에 다니고 있었기 때문이다. 아직도 "우리 아빠는 그럴 사람이 아니야"라고 하던 그 아이의 얼굴이 생각난다. 나는 그 모습을 측은지심으로 바라보았다. 그러면서 공산당이 참 무섭구나 하는 생각을 했다. 이렇게 예쁘고 사랑스러운 딸을 버릴 수 있다니. 사람이 얼마나 독하면 그럴 수 있을까. 이러면서 치를 떨었다.

이번에 책을 쓰면서 이 사건에 관한 기록을 찾아보았다. 납북 3개월 후 피랍자 송환이 이루어지면서 부조종사가 범인이 아니라는 사실이 밝혀졌다고 한다. 하지만 당시 나는 그 이후의 소식은 눈여겨보지 않았다. 그래서 꽤 오랫동안 공산주의자는 자기 자식이나 가족도 버릴 수 있는 아주 나쁜, 아주 독한 사람들이라는 생각을 갖고 살았다. 그렇기 때문에 나는 베트남전쟁을 지지했다. 나는 우리의 우방인 미국이, 자유민주주의의 수호자인 미국이 베트남 국민을 공산당의 마수로부터 해방시켜 줄 것이라 믿어 의심치 않았다. 그래서 1975년 4월 30일, 베트남이 패망했다는 소식을 듣고 얼마나 절망했는지 모른다. 당시 일기장에 "왜 이 세상에서는 악의 무리가 승승장구하는 걸까?"라고 한탄하는 글을 썼던 기억이 난다.

그런데 이 모든 것이 거짓이었단다. 우리가 자유민주주의의 수호자로 믿어 의심치 않았던 미국이 사실은 베트남 국민의 행복이 아닌, 자신들의 체면 유지를 위해 그토록 무모한 전쟁을 벌였단다. 베트남 통일을 위한 총선거에서 베트남 국민 80퍼센트의 지지를 받는 호찌민의 승리가 확실해지자 다급해진 미국이 먼저 전쟁을 도발했단다. 국민들의 절대적인 신임을 받는 호찌민이 단지 사회주의자라는 이유로, 그가 집권하면 베트남이 공산주의 국가가 된다는 이유로. 그리고 그렇게 되면 도미노처럼 주변 국가들이 모두 공산주의로 넘어간다는 이유로 미국은 응오딘지엠 같은 독재자를 앞세워 베트남의 통일을 방해했다.

2017년에 개봉된 메릴 스트립, 톰 행크스 주연의 영화 〈더 포스트〉에도 나오는 것처럼 비밀문서에서 드러난 베트남전쟁의 목적은 70퍼센트는 미국의 굴욕적인 패배를 피하기 위해, 20퍼센트는 남베트남의 영토를 중공의 손에서 지키기 위해, 10퍼센트는 남베트남 국민에게 보다 나은, 자유로운 생활을 보장하기 위해서였다. 그중 가장 인상 깊은 대목은 "우리(미국)의 목적은 어디까지나 벗을 돕는 것이 아니다"라는 것이었다. 미국은 자국의 체면 유지가 주목적인 이 무모한 전쟁을 수년간 계속했고, 그러는 동안 수많은 젊은이가 희생되었다. 그제야 나는 내가 좋아하는 밥 딜런이나 존 바에즈 같은 가수들이 왜 그토록 치열하게 베트남전쟁을 반대했는지 알게 되었다.

미국은 그 명분 없는 전쟁에 한국을 끌어들였다. 어린 시절 베트남전쟁에 참여한 파월 장병 아저씨들에게 위문편지를 썼던 것이 생각난다. "아저씨, 베트콩이랑 싸우시느라고 얼마나 고생이 많으세요? 제발 나쁜 베트콩들을 모조리 무찔러 주세요." 편지의 내용은 대충 이러했다. 나의 두 삼촌도 각각 맹호부대와 청룡부대 대원으로 베트남전쟁에 참전했다. 그때 불렀던 맹호부대 용사들을 위한 군가가 아직도 생각난다.

자유통일 위해서 조국을 지키시다
조국의 이름으로 님들은 뽑혔으니

그 이름 맹호부대, 맹호부대 용사들아

가시는 곳 월남 땅 하늘은 멀더라도

한결같은 겨레 마음, 님의 뒤를 따르리라

한결같은 겨레 마음, 님의 뒤를 따르리라

베트남으로 떠나는 맹호부대와 청룡부대 용사들을 배웅하기 위해 태극기를 흔들던 그 누구도 한국군이 자유민주주의를 수호하기 위해 베트남으로 간다는 사실을 믿어 의심치 않았다. 그리고 어느 누구도 한국군이 유난히 잔인한 방법으로 무고한 베트남 양민들을 학살할 것이라고 예상하지 못했다. 다만 베트콩은 잔인하게 죽여도 좋다고 생각하지 않았을까? 왜? 베트콩은 나쁜 놈들이니까. 그만큼 우리는 공산당에 치열한 반감을 갖고 있었다. "찢어 죽이자! 공산당!" 같은 험악한 구호조차도 예사롭게 들릴 정도였으니까.

초등학교 때 나는 청룡부대 군인이던 작은 삼촌과 자주 편지를 교환했다. 편지에는 삼촌이 같은 부대 군인 아저씨들과 어떻게 베트콩을 무찔렀는지 자세하게 쓰여 있었다. 그중에 기억나는 것은 베트콩 여자를 잡아 가슴을 도려냈다는 얘기였다. 어떤 군인은 그렇게 도려낸 여자의 가슴을 햇볕에 말리기도 했다고 한다. 참 끔찍한 이야기가 아닐 수 없다. 하지만 당시에는 그렇게 끔찍하다는 생각이 들지 않았다. 베트콩은 나쁜 나라 사람이고, 나쁜 나라 사람은 그렇게 죽여도 괜찮다고 생각했다.

신념이란 얼마나 무서운 것인가. 그것이 종교적인 것이든, 정치적인 것이든 맹목적 신념은 아무리 잔인한 행위도 정당한 것으로 믿게 만드는 마법을 지닌다. 작은 삼촌은 나에게 너무나 다정한 사람이었다. 집에 올 때마다 늘 따뜻하게 안아 주고, 재미있는 동화를 들려 주곤 했다. 그런 삼촌이 베트남에서는 아무렇지도 않게 사람을 죽였다.

"베트콩이 마을로 들어와 주민들 사이에 숨으면 누가 베트콩인지 몰라. 그러면 어떻게 하냐고? 다 죽이는 거지."

삼촌으로부터 이런 얘기도 들었다. 이렇게 잔인한 행위는 이를 정당화하는 신념이 없이는 불가능한 일이다. 그릇된 신념은 만악萬惡의 근원이다. 미군과 한국군은 베트남전쟁에서 철수할 때까지 끝내 베트남 국민의 마음을 얻지 못했다. 베트남 국민은 미군과 한국군이 자기들의 행복과 안녕을 위해 싸운다고 전혀 생각하지 않았다. 민심을 얻지 못하면 전쟁에서 이기기 힘들다. 미국이 그렇게 긴 세월 동안, 그토록 많은 돈과 인력을 쏟아붓고도 끝내 패배한 이유의 상당 부분이 여기에 있지 않을까.

『전환시대의 논리』는 제목 그대로 내 삶의 방향을 '전환시킨' 책이었다. 아니, 나만 그런 것이 아니라 아마 이 책을 읽은 모든 사람이 그랬을 것이다. 70년대 운동권 학생이나 민주 인사 중에서 이 책을 읽지 않은 사람이 없었으며, 이것을 읽고 모두 그동안 지켜 온 가치관과 세계관이 무너지는 충격을 경험했다. 당시 민주화운동을 억압하던 정부 당국에서 이 책을 '의식화의 원흉'으로 지목했는데, 정확한 지적이었다. 『전환시대의 논리』는 의식화의 원흉이 맞다. 이 책은 의식의 전환을 위한 필독서였다.

그 후 리영희의 또 다른 저작인 『우상과 이성』을 읽었다. 『전환시대의 논리』와 함께 이 책 역시 내가 굳건히 옳다고 믿어 왔던 신념이 결국 우상에 불과하다는 사실을 깨닫게 해 주었다. 내가 섬기던 우상 중에 미국이 있었다. 나는 미국이 자유민주주의 체제의 수호자이자 우리의 우방임을 믿어 의심치 않았다. 하지만 리영희의 책을 읽고 이것이 얼마나 나이브한 생각인지 깨닫게 되었다. 통킹 만 사건에서 보듯이 미국은 자국의 이익을 위해서 세계를 상대로 얼마든지 사기를 칠 수 있는 나라였다. 오로지 체면 유지를 위해 다른 나라를 쑥대밭으로 만들 수도 있는 나라였다. 그러니 미국이 무조건적으로 우리를 도와줄 것이라는 순진한 생각은 버리는 것이 좋다. 미국이라는 우상에 작별을 고하며 나는 이렇게 생각했다. 그리고 이 생각은 지금도 변함이 없다.

『우상과 이성』을 읽으며 나는 내가 진실이라고 믿고 있는 것 중에 많은 것들이 거짓이나 미신, 우상일지도 모른다는 의심을 품게 되었다. 리영희는 주장한다. 네 머릿속에 있는 우상과 미신들을 몰아내라고. 머릿속에 주입된 그릇된 신념을 버리고, 세계의 본질을 꿰뚫는 새로운 눈으로 이 세상을 바라보라고. 진실을 아는 것이 고통이자 두려움이었다. 그러나 그 과정을 통해 나는 비로소 하나의 '의식 있는 존재' '깨어 있는 존재'로 이 세상에 우뚝 서게 되었다. 사실 우상이 공고하게 자리를 잡으면 그것을 떨쳐 내기가 쉽지 않다. 이럴 때 이성의 힘을 작동시켜야 한다. 이성은 논리적, 합리적으로 사유하는 인간의 능력을 의미한다. 그런데 이성적인 사고를 하려면 먼저 진실을 아는 것이 중요하다. 따라서 공부해야 한다. 폭넓은 공부를 통해 변화무쌍한 세상의 흐름 속에서 내가 지금 어느 곳에 있는지 정확하게 판단할 수 있는 인식 능력을 키우자. 그것을 바탕으로 우상과 거짓, 미신을 향한 냉철한 비판을 멈추지 말자. 이것이 내가 『우상과 이성』에서 얻은 깨달음이자 다짐이었다.

그 무렵 창작과비평사(창비)에서 나온 단행본들이 내 공부에 절대적인 도움을 주었다. 『우상과 이성』『전환시대의 논리』『8억인과의 대화』
『시정신과 유희정신』『객지』『신동엽 전집』『문학과 예술의 사회사』대
충 이런 책이었던 것으로 기억한다. 단행본뿐만 아니라 계간지 《창작
과비평》도 나의 필독서였다. 계절이 바뀔 때마다 가슴 졸이며 책이 나
오기를 기다렸던 기억이 새롭다. 계간지 《창작과비평》에는 문학작품과
논문이 함께 실려 있었는데, 나는 거기에 실린 문학작품과 논문들을 거
의 빠짐없이 읽었다. 지금 생각해도 신기할 정도로 열혈독자였다. 그렇
게 젊은 시절의 나는 《창작과비평》과 함께 지적으로 성장했다. 오늘날
의 나를 있게 한 지적 원동력이 바로 《창작과비평》이었다고 해도 과언
이 아니다.

　창비의 단행본 중에서 가장 깊은 감동을 받은 책은 아르놀트 하우저
의 『문학과 예술의 사회사』였다. 나는 선사시대에서부터 현대에 이르기
까지 전全 시대의 문학과 예술을 관통하는 저자의 놀라운 통찰력에 신
선한 충격을 받았다. 음악에 관해 서술한 부분이 다른 장르에 비해 적
은 것이 아쉽기는 했지만, 일단 언급을 한 음악에 대해서는 정말 놀라
울 정도로 탁월한 분석을 내놓았다. 『문학과 예술의 사회사』는 예술과
사회를 바라보는 나의 안목을 바꾸어 놓았다. 고등학교 때 읽은 스탕달
의 『적과 흑』이 단순한 연애소설이 아니라 프랑스 왕정복고 시대의 사
회상을 그린 사회소설이라는 것도 처음 알았다. 고등학교 때는 이것을
쥘리엥 소렐과 레날 부인, 마틸드 간의 삼각관계를 그린 연애소설이라
고 생각했는데 말이다. 그래서 세 사람의 관계와 각각의 캐릭터에 대해
친구와 설전을 벌이기도 했다.

　『문학과 예술의 사회사』는 70년대에 고대와 중세, 현대편이 나오고,

80년대 초에 근세편이 나왔는데, 대학생인 내가 읽기에 만만한 책은 결코 아니었다. 고대와 현대는 그럭저럭 이해가 되었는데, 중세는 정말 어려웠다. 20대 때 읽으면서 하도 고생을 해서 나이 들어 읽으면 좀 나으려나 하고 몇 년 전에 개정판을 구입해서 다시 읽었다. 그런데 40년이 지나는 동안 내 지적 능력이 한 발자국도 앞으로 나아가지 못한 모양이다. 중세는 여전히 어려웠다. 하우저는 나의 롤 모델인데, 책을 다시 읽으면서 나는 죽을 때까지 그 지성의 발바닥에도 못 미칠 것이라는 사실을 절감했다.

인문, 사회과학을 공부하고 나서 세상을 바라보는 나의 시각이 많이 달라졌다. 보리스 파스테르나크의 『닥터 지바고』가 그 대표적인 예이다. 이 작품은 소설로 읽기 전에 영화로 먼저 보았다. 오마 샤리프 주연의 〈닥터 지바고〉였다. 그때 러시아혁명 전후의 정치 상황이 복잡하게 얽혀 있는 영화의 줄거리는 거의 이해하지 못했다. 눈 덮인 광대한 시베리아 벌판 위로 눈보라가 몰아치는 장면, 라라와 이별하는 지바고가 마차를 타고 떠나는 그녀를 보기 위해 성에가 낀 유리창을 깨는 장면 등 몇 장면만 생각난다. 〈섬웨어 마이 러브Somewhere my love〉라는 낭만적인 주제음악이 배경으로 깔리는 영화를 보고 나는 『닥터 지바고』를 '지바고와 라라의 가슴 아픈 사랑 이야기' 쯤으로 생각했다. 『닥터 지바고』가 러시아혁명 전후의 정치사를 이해하는 데에 매우 중요한 작품이라는 것은 나중에 알았다. 세상을 바라보는 눈이 달라지면 같은 장면을 보고도 다른 해석을 내리게 된다. 영화에 지바고가 3년 만에 모스크바에 있는 자기 집으로 돌아오는 장면이 나온다. 그가 돌아왔을 때 그의 집에는 혁명 정부의 명령에 의해 여섯 가구가 들어와 살고 있었다.

처음 영화를 볼 때는 집을 빼앗긴 지바고 가족이 참 안됐다고 생각했다. 그런데 나중에는 똑같은 장면을 보면서 여섯 가구가 살 수 있는 넓은 집에 그동안 한 가족만 살았던 현실이 부당하다는 생각이 들었다.

『역사란 무엇인가』는 내용이 어렵지 않아서 아주 재미있게 읽었다. 요지는 역사는 역사가의 해석이며, 인간의 역사는 끊임없이 변하고, 이런 변화는 우리들의 가치와 관점의 변화에 따라 얼마든지 다르게 해석될 수 있고 또 해석되어야 한다는 것이다. 지금도 "역사는 현재와 과거의 영원한 대화이다"라는 유명한 구절이 생각난다.

지금은 그때 읽은 책의 내용이 거의 생각나지 않는다. 하지만 나는 확신한다. 그것이 오늘의 나를 있게 한 지적 원동력이라는 것을. 그때 축적해 놓은 지적 자산이 내 무의식 어딘가에 박혀 내가 글을 쓸 때나 어떤 일에 대해 판단과 해석을 내릴 때 암암리에 어떤 작용을 하고 있다는 것을. 오래전에 책을 정리하면서 너무 오래되었거나 앞으로 읽을 가능성이 거의 없는 책들을 많이 버렸다. 그런데 대학 때 읽은 이념 서적들은 선뜻 버리지 못했다. 앞으로 다시 이것을 들여다볼 기회가 없고, 내 딸들이 이것을 읽을 가능성도 거의 없다는 것을 뻔히 알면서도 정말 버릴 수가 없었다. 낡은 책장 갈피마다 깨알같이 쓰여 있는 내 글씨들, 내 젊은 시절의 열정을 고스란히 담고 있는 그 책들이 마치 내 분신 같이 느껴졌기 때문이다. "자유는 필연에 대한 인식이다." "자유는 저절로 얻어지는 것이 아니라 쟁취하는 것이다." 파울로 프레이리의 『비판의식을 위한 교육Education for Critical Consciousness』이라는 책의 속표지에 적힌 내 글씨를 보니 웃음이 나온다. 나에게도 이렇게 뜨거운 시절이 있었다.

행동을 요구하는
시대의 개인

양평동 도시산업선교회에서 야학 교
사로 같이 활동한 친구들은 김철수(서울대 신문학과 75), 이상률(고대 사
회학과 75, 번역가), 이을재(서울대 역사교육과 76, 해직교사), 오상석(고대
경제학과 76, 호루라기 재단 이사), 전성(고대 정외과 77, 변호사), 엄정희(서
울대 가정학과 75) 김석현(한양대 생물학과 75) 윤혜주(이대 불문과 75, 트
랜스유라시아정보네트워크 사무총장), 김현실(이대 국문과 75, 시인), 차명
희(이대 불문과 75)였다.

이 중에서 야학을 주도적으로 이끈 사람은 김철수였다. 고등학교 때
전교 1등을 놓치지 않을 정도로 공부를 잘했던 그는 서울대 사회 계열
에 입학한 후 법대에 가서 사법시험에 도전할 생각이었다. 하지만 대학
입학 후 이념 서클을 하면서 사회 현실에 눈뜨게 되었고, 양평동에서
야학을 할 무렵에는 이미 노동운동 쪽으로 진로를 정해 놓고 있었다.

김철수는 요즘 식으로 말하자면 약간 까칠한 면이 있는 친구였다. 그리고 약간 독단적인 면도 있었다. 국어 시간에 어떤 텍스트를 선택할 것인가를 놓고 국어 교사와 갈등을 빚은 적도 있다. 당시 김철수가 고집하던 작품은 황석영의 「돼지꿈」이었는데, 국문과에 다니던 국어 교사의 반발에도 불구하고 기어이 자기 뜻을 관철시켰다. 그는 나약하거나 나이브한 것을 못 참았다. 세미나에서 조금이라도 엉뚱한 소리를 하면 그냥 넘어가지 않았다. 나는 그런 지적을 받는 것이 자존심 상했다. 그래서 처음에는 자기방어 차원에서 열심히 공부했다. 그러다가 나중에는 내가 기어코 너를 따라잡으리라는 오기가 생겼다. 자존심 상하는 말도 가끔 듣고, 그래서 가끔 티격태격하기도 했지만 나에게 지적으로 가장 많은 자극을 준 친구였다. 그는 이후 서울대 학내 시위, 전민노련 사건, 제헌의회 사건 등으로 여러 차례 옥고를 치렀다.

또 한 사람 풍부한 감성과 탁월한 유머 감각의 소유자가 있었다. 본인이 원할 것 같지 않아 여기서 실명을 밝히지는 않겠다. 한마디로 요약하자면 그는 고뇌하는 로맨티시스트였다. 아직도 로드 스튜어트의 〈아이 엠 세일링I am sailing〉을 멋진 해설까지 붙여 가며 설명하던 그의 모습이 생각난다.

"여기서 'sailing'은 단순히 배를 타고 간다는 뜻이 아니야. 인생의 항해를 의미하지. 그런데 왜 항해를 할까? 바다 건너에 있는 집에 가기 위해서야. 거친 파도를 헤치고. 고향으로 가는 거지. 왜? 그대에게 가까이 가기 위해서. 그리고 자유로워지기 위해서. 그대에게 다가가는 것은 곧 자유로워지는 것을 의미해. 여기서 '그대'는 사람만을 의미하는 것이 아니야. 그것은 자유의 다른 이름이기도 하지."

원래는 이보다 훨씬 시적으로, 훨씬 멋있게 말했는데 지금 그 세세한 표현이 생각나지 않는 것이 안타깝다. 이렇게 해 놓고 자기 스스로도 멋있다는 생각이 들었는지 "난 아무래도 팝 칼럼니스트가 적성에 맞는 것 같아"라고 했다. 그런데 왠지 그 말에 딴지를 걸고 싶은 생각이 들었다. 팝과 클래식은 엄연히 다른 분야임에도 불구하고 그가 내 밥그릇을 넘본다는 생각을 했던 것일까. 여하튼 나는 팝송을 좋아한다고 다 팝 칼럼니스트가 되는 건 아니다, 팝 칼럼니스트가 되려면 팝뿐만 아니라 클래식 같은 다른 분야의 음악도 많이 알아야 한다, 글솜씨도 있어야 하고 감성도 있어야 하고 어쩌고저쩌고 블라블라 했다. 그랬더니 "에이 씨. 안 하면 될 거 아니야?"라고 해서 한바탕 웃었던 기억이 난다.

그는 김철수와 마찬가지로 야학을 할 당시에 이미 인문, 사회과학에 대해 상당한 식견을 갖추고 있었다, 언젠가 '종로서적'에 같이 간 적이 있었는데, 내가 소외론에 관한 책을 사려고 이것저것 뒤지고 있으니까 프리츠 파펜하임의 『현대인의 소외』를 추천해 주었다. 그때 그의 소개로 파펜하임이 소외론 분야의 권위자인 것을 처음 알게 되었다. 베블런의 『유한계급론』을 소개해 준 것도 그 친구였다. 일찌감치 노동운동 쪽으로 마음을 굳힌 김철수와 달리 그는 그때까지 진로를 정하지 못하고 있었다. 기득권을 포기하고 민주화운동이나 노동현장으로 뛰어들 것인가 아니면 현실의 부조리에 적당히 분노하고 적당히 고뇌하며 그냥 살 것인가 양자택일 앞에서 상당한 심적 갈등을 겪고 있는 것으로 보였다. 그는 나와 비슷한 기질의 개인주의자이자 자유주의자였다. 그런 사람이 척박한 현실 앞에 섰으니 그 고민이 오죽하랴.

그 시대는 우리에게 행동을 요구하는 시대였다. 혼자서 고뇌하지 말고 "알았으니 이제 행동하라." 이렇게 주문하는 시대였다. 하지만 선천적으로 혼자서, '생긴 대로 노는 것'이 편하도록 세팅되어 태어난 개인주의자들에게는 이런 시대가 참으로 '불편한' 시대라고 하지 않을 수 없다. 소련의 작곡가 쇼스타코비치가 그랬다. 타고난 개인주의자인 그는 스탈린의 독재에 그토록 핍박을 받으면서도 솔제니친처럼 '행동'하지는 않았다. 타고난 기질이 그랬다. 유신 시대에 학생운동이나 민주화운동을 한 사람 중에서도 이런 사람들이 꽤 있었다. 모두 투사이기를 요구하는 시대에 투사가 될 수 없는 사람. 이런 시대적 요구와 개인적 기질 간의 불화는 때론 한 개인의 삶을 불행에 빠트리기도 한다.

그는 겉으로는 자신이 무슨 일로 고민하는지 말하지 않았다. 그러나 행동으로 충분히 보여 주었다. 한번은 그가 즉흥적으로 월미도를 가자고 해서 동행한 적이 있다. 월미도까지 가서 바닷가 술집에서 막걸리 몇 사발을 먹고 다시 돌아왔는데, 그 몇 시간 동안 그는 한마디도 하지 않았다. 또 한번은 밤 기차를 타고 정읍에 갔다가 아침 기차를 타고 올라온 적도 있었는데, 그때도 마찬가지였다. 나는 내가 무슨 연유로 개인적으로 별로 친하지도 않은 그와 그 '무언의 고행'을 함께했는지 잘 기억나지 않는다. 여하튼 당시 내 눈에 그가 심적으로 몹시 괴로워하는 것으로 보였다. 지금 생각해 보면 그에게 그것은 기득권을 포기하느냐 마느냐의 문제가 아니었던 것 같다. 기질의 문제 즉 생긴 대로 사느냐 마느냐의 문제였다. 결국 그는 생긴 대로 살기로 했다. 야학을 마친 이후 단 한 번도 이 '바닥'에서 그의 얼굴을 보지 못했다. 몇 년 전에 '과거의 용사'들이 오랜만에 다시 모여 술자리를 한 적이 있는데, 그때도 그는 나오지 않았다. 즐거운 자리가 되기를 바란다는 메시지를 후배를 통해 전했을 뿐이다.

후배인 오상석, 전성은 야학 교사 중에서 개인적으로 제일 친하게 지낸 친구들이다. 처음 만났을 때 고대 고전연구회 멤버라고 소개를 해서 내가 물었다. "무슨 고전을 연구하시는데요?" 그랬더니 오상석이 웃으면서 "그냥 이름만 그렇게 붙인 거예요. 서클 이름에 사회, 민주, 민중, 역사 뭐 이런 단어가 들어가기만 해도 허가가 안 나니까." 이렇게 말해 주었다. 말하자면 고전연구회라는 이름은 서클의 정체성을 감추기 위한 가짜 이름이었다. 뭐든지 허물없이 솔직하게 얘기하는 내가 편해서였을까. 두 사람과는 선배, 후배라기보다 그냥 서로 마음을 나누는 친구처럼 자주 어울렸다. 연고전(아, 고연전이라고 해야 하나?)에도 초대를 받아 고대생들 틈에 끼어 '입실론'인지 뭔지 하는 엄청나게 난해한 응원 구호를 함께 외치기도 하고, 경기 후 고대생들과 어깨동무를 하고 거리 행진을 하다가 명동 바닥에 앉아 구호를 외치며 막걸리를 마시기도 했다.

내가 연고전에 참석했던 바로 그날, 이대 대강당에서 소프라노 안나 모포의 독창회가 있었다. 워낙 전설적인 소프라노인지라 나는 일찌감치 꽤 비싼 돈을 주고 티켓을 예매해 놓은 상태였다. 그런데 명동 바닥에 앉아 막걸리를 마시고 있자니 갑자기 음악회에 가기가 싫어졌다. 지금 기록을 살펴보니 안나 모포의 내한 독창회는 1977년 9월 21일과 24일에 열렸던 것으로 나온다. 그러니까 나는 1977년 9월 21일이나 24일 오후 5시나 6시쯤 명동 바닥에 퍼질러 앉아 막걸리를 마시며 "안나 모포의 독창회를 갈 것인가 말 것인가. 그것이 문제로다"라는 실존적인(?) 고민을 하고 있었다. 술자리가 흥겨워 독창회에 가고 싶지 않았지만 티켓값이 너무 아까웠다. 그래서 음악회가 끝난 후 술을 함께 마시기로 약속하고 독창회가 열리는 이대 대강당으로 떨어지지 않는 발걸음을 옮겼다. 마음이 콩밭에 가 있어서 그런지 독창회는 그다지 감동적이지 않았다. 그날 안나 모포가 부른 노래 중에서 지금 생각나는 것은 푸치니의 〈연대의 아가씨〉 중에 나오는 아리아뿐이다.

고대생들과 친한 덕분에 나는 고대의 학교행사에 자주 참석했다. 연극이나 탈춤 공연을 보러 가기도 했고, 4월 18일에 열리는 4·19 기념 마라톤 대회를 보러 가기도 했다. 아니, 정확하게 말하면 마라톤을 보러 간 것이 아니라 완주를 축하한다는 핑계로 벌어진 술판에 함께 하기 위해 갔다는 것이 맞는 표현일 것이다. 그렇게 고대 후배들과 젊은 날의 치기를 함께 즐겼다. 두 사람은 우리 집에도 가끔 왔는데, 그때 전성이 당시 중학생이던 남동생에게 김동길의 『대통령의 웃음』을 선물하기도 했다. 그때만 해도 김동길이 민주 인사로 불렸다. 책의 속표지에 "중권이가 큰 사람이 되기를 바란다"라는 덕담을 써 주었던 것이 기억난다.

또 다른 야학 교사인 이을재는 처음에는 아주 순진해 보였다. 하지만 나중에는 전교조 강성 노조원이 되었다. 81년 교사 생활을 시작한 그는 86년 교육민주화선언 참여, 89년 전교조 가입과 탈퇴 거부, 2004년 상문고 사학비리 복귀반대 투쟁으로 세 번이나 해직을 당하는 고초를 겪었다.

매주 일요일 교사 세미나가 끝나면 함께 술을 마셨다. 술 이야기를 하니까 영등포시장에 있던 목포집의 추억이 떠오른다. 먼저 도시산업선교회 사무실이 있는 양평동 근처의 술집에서 1차를 하고 조신한 친구들이 먼저 집으로 돌아가고 나면 2차로 영등포시장에 있는 목포집으로 진출했다. 나처럼 술이 고픈 친구들이 마지막 주흥을 달래기 위해 찾은 곳이 바로 목포집이었다. 우리가 이곳을 찾았을 때는 안 그래도 가벼운 주머니가 거의 소진되어 있을 때였다. 그런데 목포집은 우리들의 가벼운 주머니도 반갑게 맞아 주었다.

우리는 집에 가는 차비만 남겨 놓고 가진 돈을 동전까지 탈탈 털었다, 한 100원 정도가 나오면 50원짜리 막걸리 한 사발과 역시 50원짜리 '명승' 담배 한 갑을 샀다. 가끔 돈이 모자랄 때도 있었는데, 인심 좋은 주인아주머니가 그래도 막걸리 한 사발은 주었다. 변변한 안주도 없이 기본 반찬으로 나온 김치를 안주 삼아 막걸리 한 사발을 나누어 마셨다. 그리고 남학생들은 명승 담배를 나누어 피웠다. 청승도 그런 청승이 없었다. 그러고는 노래를 부르며 버스 정거장까지 걸어가 거기서도 격렬한 시국 토론(?)을 벌이다가 막차를 타고 집에 오곤 했다. 어느 비 오는 날, 처마 밑에서 버스를 기다리며 나직한 목소리로 노래를 부르던 것이 생각난다. 레퍼토리는 〈백치 아다다〉. 비 오는 날이면 나는 늘 이 노래를 불렀다.

초여름 산들바람, 고운 볼에 스칠 때
검은 머리 큰 비녀에 다홍치마 어여뻐라
꽃가마에 미소짓는 말 못 하는 아다다야
차라리 모를 것을 젊은 날의 그 행복
가슴에 못 박고서 떠나 버린 님 그리워
별 아래 울며 새는
검은 눈의 아아아아아아다다야

이렇게 목포집을 오가는 동안 서서히 독창회 날이 다가오고 있었다. 나는 야학 교사들에게 이 이야기를 어떻게 해야 할지 몰랐다. 시국이 이런데 무슨 독창회? 이렇게 생각할 것 같아 부끄러웠다. 하지만 독창회를 취소할 수는 없었다. 이미 중강당을 예약해 놓았고 그동안 연습한 것도 있었다. 더구나 나에게 큰 기대를 걸고 있는 선생님을 실망시킬 수는 없었다. 벌써 친한 선교사들에게 제자가 독창회를 하니 꼭 오라고 초대를 해 놓은 상태였다. 팸플릿 만드는 데에 도움을 준 연대 치대생들도 잔뜩 친구를 초대해 놓았다고 했다. 결국 나는 야학 교사들에게 이실직고했다. 곧 독창회를 하는데 오기 싫으면 안 와도 된다고. 그런데 그날 야학 교사들이 모두 독창회에 왔다. 사람들이 꽤 많이 왔다. 중강당을 가득 채울 정도였으니까. 그렇게 독창회가 성황리에 끝났다. 독창회가 끝난 후 야학 교사들이 모두 내 쪽으로 왔다. 화장하고 드레스 입은 내 모습을 보고 오상석이 "우리랑 같이 술 먹고 놀던 진회숙 씨가 아닌 것 같아요"라고 했던 것이 생각난다.

그 무렵, 나는 인생 설계를 다시 짜기 시작했다. 일단 독일 유학은 포기하기로 했다. 나는 내가 전공하는 서양음악이 이 사회에 어떤 기여도 하지 못한다고 생각했다. 한국이라는 특수한 사회 속에서 서양음악을 공부한다는 것은 다수의 소외된 사람들을 외면한 사치스러운 귀족 놀음에 불과하다고 판단했다. 민중과 관계없는 서양음악을 한다는 사실에 죄책감을 느꼈다. 성악은 몸이 악기라는데 그 시절 나는 나의 악기를 혹사시켰다. 내일 연주가 있는데도 전날 밤 술을 퍼마셨다. 비분강개해서는 목청이 터져라 운동 가요를 부르고, 그렇게 생목으로 노래 부르느라 지친 목구멍에 쓴 술을 들이부었다. 밤새 변기를 붙잡고 내가 먹은 안주

가 어떤 것인지 확인하다가 날이 밝으면 쓰린 배를 움켜쥐고 학교에 가
곤 했다. 몸 상태가 안 좋으니 노래가 제대로 나올 리가 만무했다.

　나는 서양음악을 사랑했지만 야학에서는 전혀 내색하지 않았다. 당
시 나는 두 개의 상반된 세계를 왔다 갔다 하며 살았다. 낮에는 학교에
서 독일 가곡이나 오페라 아리아를 부르고, 밤에는 노동자와 함께 그
시대의 앙가주망 음악인 "무릎 꿇고 사느니보다 서서 죽길 원한다"
를 불렀다. 서양음악을 공부하는 사람으로서 그 시절 나의 화두는 어떤
음악이 옳은 음악인가 하는 것이었다. 어떻게든 나는 옳고 그른 음악을
판단하는 논리적인 기준을 갖고 싶었다. 그 기준만 뚜렷하게 설정되면
내가 해야 할 일이 무엇인지 자명해질 것 같았다. 그때 나를 구원해 준
책이 바로 톨스토이의 『예술론』이었다. 예술이 사회를 정화시키는 도구
가 되어야 한다고 생각했던 이 도덕주의자의 예술론이 나를 감동시켰
다. 그는 훌륭한 예술은 모든 사람을 하나의 공통된 감정으로 묶을 수
있어야 한다고 주장했다. 창작자와 감상자가 서로의 감정을 나누어 가
질 수 있도록 하는 예술이 훌륭한 예술이며, 그렇지 않고 어떤 특정한
부류의 사람을 소외시키는 예술은 진정한 예술이 아니라는 것이다. 이
런 톨스토이의 사상을 당시 우리 사회의 현실에 비추어 보았을 때, 내
가 전공하는 서양음악은 다수의 사람을 소외시키는 음악이었다. 어떤
서양음악 작품이 그 자체로 아무리 완벽한 미학적 구조를 가지고 있다
하더라도 70년대 후반 한국 사회에 있어서 서양음악은 다수의 민중을
소외시키는 음악임에 틀림이 없었다.

　그로부터 오랜 시간이 흐른 지금, 나는 이 도덕주의자의 예술론에 찬
성하지 않는다. 예술을 어떤 도덕적인 기준에 따라 좋고 그른 것으로

나누려는 시도 자체가 무모한 짓이라고 생각한다. 예술가의 자유로운 상상력에서 탄생한 예술에 대해 도덕적인 잣대를 들이대며 옳고 그름을 구분하는 것은 기본적으로 자유를 추구하는 예술의 본질에 맞지 않기 때문이다. 예술가는 기본적으로 자유로운 영혼을 가진 사람들이다. 작품을 이렇게 만들어라 저렇게 만들어라 강요해서는 안 된다. 예술가의 자유는 어떤 기준이나 이념, 조직에 의해서도 침해될 수 없다는 것이 지금의 나의 생각이다. 하지만 그때는 톨스토이의 말이 생명의 말씀인 줄 알았다. 그래서 옳은 음악이란 무엇인가라는 쓸데없는 고민을 하느라 아까운 시간을 허비했다.

현실과 다른
내 머릿속의 민중

　　　　　　　　　야학을 하기 전까지 나는 내가 얼마
나 혜택받은 사람인지 잘 몰랐다. 주변 친구들이 다 대학생이니 다들
그렇게 사는 줄 알았다. 그러다가 어느 날, 통계청에서 발표한 자료를
보고 깜짝 놀랐다. 70년대 중반 여성의 대학 진학률이 3퍼센트 정도밖
에 되지 않았기 때문이다. 남성은 이보다 높아서 한 9퍼센트 정도 되었
다. 그러니 당시에는 대학에 다닌다는 것 자체가 이미 엄청난 특권이었
던 셈이다. 대체로 여학생의 집안 형편이 남학생의 집안 형편보다 좋았
다. 아들은 형편이 어려워도 어떻게 해서든지 대학에 보내지만, 딸의 경
우 웬만큼 풍족하지 않으면 대학에 보내지 않았기 때문이다. "남의 집
식구가 될 계집애를 왜 가르쳐?" 하는 풍조가 여전하던 시절이었다. 그
나마 있는 집에서나 딸을 대학에 보냈다. 그래서 여학생의 주머니 사정
이 남학생들보다 좋았다. 술집에서 술을 마시고 마지막에 계산을 하는

쪽도 대개 여학생이었다. 그렇게 주머니 사정에 차이가 났다.

나는 비교적 '없는' 집 출신이었기 때문에 대학 다니면서 상대적 박탈감을 많이 느꼈다. 하지만 이런 나의 '없는 집 출신' 타령이 그야말로 배부른 자의 사치에 불과하다는 것을 야학을 하며 알게 되었다. 야학에서 나와 같은 또래이면서 대학생이 아닌 사람을 처음 보았다. 그리고 그들은 나와는 전혀 다른 삶을 살고 있었다. 당시 나에게 가장 강력하게 그런 깨달음을 준 것은 동일방직 노동자 석정남의 수기였다. 수기는 월간《대화》1977년 11월호와 12월호에 일기 형식으로 실려 있었다.

내가 청운의 꿈을 품고 대학에 입학했던 1975년, 나와 동갑인 석정남은 동일방직에 입사했다. 그녀의 첫 출근일은 1975년 3월 3일이었고, 나의 대학 입학일은 3월 2일이었다. 그렇게 나는 대학생으로, 그녀는 노동자로 새로운 삶에 첫발을 내디뎠다. 첫 출근을 할 때만 해도 그녀는 미래에 대한 희망에 부풀어 있었다.

"계절은 줄기찬 생명력으로 가득한 봄이고, 내 마음에는 희망과 용기가 샘솟으니 오! 세상은 이렇게 즐거워라."

당시의 들뜬 마음을 그녀는 일기에 이렇게 적었다. 하지만 이런 희망이 절망으로 바뀌는 데에는 그다지 오랜 시간이 걸리지 않았다. 30도가 넘는 작업장에서 하루에 아홉 시간 내지 열 시간이나 일하느라 날이 갈수록 몸과 마음이 지쳐 갔다. 그러나 아무리 힘들어도 일을 그만둘 수는 없었다. 지독한 가난을 벗어나기 위해, 오빠의 수술비를 대고 동생의 학비를 대기 위해 돈을 벌어야 했기 때문이다. 석정남의 일기에는 이런 사정이 고스란히 담겨 있었다. 이렇게 공장에서 일하며 심신이 지쳐 가고 있을 때, 그녀는 도시산업선교회를 만났다. 그리고 여기서 노동자도 인간이고 인간답게 살 권리가 있다는 것을 배웠다. 그 후 그녀는 민주 노조 활동에 적극적으로 참여했다. 하지만 노조를 파괴하려는 회사의 공작은 더욱 노골적으로 진행되었다. 수기에는 노동자들이 회사의 탄압을 받아 가며 민주 노조를 설립하기까지의 과정이 자세하게 기록되어 있다.

내가 석정남의 수기를 읽으며 놀란 것은 그녀의 가열한 투쟁 의지가 아니었다. 그녀의 탁월한 글솜씨였다. 자신이 경험하고 느낀 것을 여성 특유의 섬세한 감성으로 녹여내는 솜씨가 만만치 않았다. 그래서 양이 상당히 길었는데도 단숨에 읽었다. 아주 오래전이지만 지금도 "인천이 싫어. 동일방직이 있는 인천이 싫어"라는 구절이 생각난다. 석정남의 수기는 우리가 같은 시대, 같은 하늘 아래 태어났음에도 불구하고 서로 얼마나 다른 삶을 살았는지를 보여 준다. 동일방직은 민주 노조 설립을 방해하기 위해 알몸으로 시위하는 여성 노동자들을 끌어내고, 노동자들에게 똥물을 뿌린 회사로 유명하다. 여성 노동자들의 입, 가슴, 옷에 닥치는 대로 똥을 바르고 심지어는 입에다 집어넣기까지 했다. 세상이 분노한 이 사건이 그 유명한 '동일방직 똥물세례 사건'이다.

야학에 다니는 노동자들도 나와 비슷한 또래였다. 근처에 남영나일론이 있어서 그런지 학생들 대부분이 남영나일론에서 일하고 있었다. 남영나일론은 스타킹을 비롯한 여성 속옷을 만드는 회사로 지금은 남영비비안으로 이름을 바꾸어 여전히 여성 스타킹과 속옷을 생산하고 있다. 나는 이 공장에 다니는 유영순이라는 노동자로부터 스타킹이 어떻게 만들어지는지 들을 수 있었다. 지금 자세한 내용은 잘 기억이 안 나는데, 대충 이런 얘기였다. 공정 중에 스타킹을 뜨거운 철제 틀에 넣고 찌는 공정이 있다. 그런데 그 열기가 엄청나서 공장 안이 마치 용광로 같다. 겨울에는 그럭저럭 견딜 만한데, 여름에는 얼마나 뜨거운지 얼음 조각을 연신 등에다 퍼부어도 얼마 지나지 않아 다 녹아 버리고 만다. 그런데 더위보다 더 견디기 힘든 것은 몸수색이다. 스타킹을 밖으로 몰래 가지고 나가지 못하도록 일을 마치고 나올 때마다 철저하게 소지품 검사와 신체검사를 한다. 그때가 그렇게 수치스러울 수가 없다. 이런 취지의 얘기였다. 가난 때문에 이렇게 사는 것이 너무 힘들다고 하소연하던 그녀는 나에게 스타킹 한 세트를 선물한 후 야학을 그만두고 바로 시집을 갔다.

남영나일론에 다니는 또 다른 노동자 정다남과는 조금 친하게 지냈다. '다남多男'이라는 이름에서 짐작할 수 있는 것처럼 그녀는 딸만 많고 아들이 귀한 집의 장녀였다. 얼굴이 아주 순하고 착하게 생겼던 것으로 기억한다. 그러던 어느 날, 우연히 그녀가 국어 시간에 쓴 '살아온 이야기'를 읽게 되었다. 그리고 엄청난 충격을 받았다. 살아온 이야기가 파란만장 그 자체였기 때문이다. 세상을 20년 남짓 살았을 뿐인데, 어떻게 그 짧은 시간 동안 한 인간이 그토록 다양한 불행을 겪을 수 있을까 놀라웠다. 지금 생각나는 것은 고향에 있는 부모가 불치의 병에 걸리고, 어린 동생이 독충에 물려 불구가 되고, 또 다른 동생이 공장에서 일하다가 팔이 잘렸다는 것 정도인데, 실제는 이보다 더 심했던 것 같다. 나중에 정다남의 집에 놀러 간 적도 있다. 나에게 카레라이스를 만들어 주었는데, 너무 묽어 거의 국 같은 카레를 그래도 맛있게 먹었던 기억이 난다. 그날 그녀는 자기가 살아온 이야기를 들려 주었다. 내가 읽은 그대로였다. 그런데 마치 남의 얘기를 하듯 덤덤하게 얘기를 했다. 불행에 이골이 나서 이제는 무슨 일이 일어나도 아무렇지도 않은 사람처럼. 겨우 20대 초반에 그런 인생 초탈의 경지에 이를 수 있다는 것이 놀라웠다.

음악 시간에 나는 〈아침이슬〉〈금관의 예수〉〈상록수〉〈사노라면〉〈강변에서〉〈우리 승리하리라〉〈바람만이 아는 대답〉〈스텐카 라친〉〈홀라송〉〈빼앗긴 들에도 봄은 오는가〉〈진주난봉가〉〈백치 아다다〉〈진달래〉 등 당시 운동권 학생들이 많이 부르던 노래를 가르쳤다. 부를 수 있는 노래가 그다지 많지 않았다. 운동 가요가 폭발적으로 늘어난 80년대에 비해 그때는 이런 종류의 노래가 별로 없었다. 이때 부른 노래 중에서 김민기의 〈강변에서〉가 가장 기억에 남는다.

서산에 붉은 해 걸리고 강변에 앉아서 쉬노라면
낯익은 얼굴이 하나둘 집으로 돌아온다
늘어진 어깨마다 퀭한 두 눈마다
빨간 노을이 물들면 왠지 맘이 설레인다

강 건너 공장의 굴뚝엔 시커먼 연기가 펴오르고
순이네 뎅그런 굴뚝엔 파란 실오라기 펴오른다
바람은 어두워가고 별들은 춤추는데
건너 공장에 나간 순이는 왜 안 돌아오는 걸까

높다란 철교 위로 호사한 기차가 지나가면
강물은 일고 일어나 작은 나룻배 흔들린다

우리 기쁜 젊은 날 - 응답하라 1975-1980

아이야 불 밝혀라 뱃전에 불 밝혀라
저 강 건너 오솔길 따라 우리 순이가 돌아온다

라라라 라라라 노 저어라
열여섯 살 순이가 돌아온다
라라라 라라라 노 저어라
우리 순이가 돌아온다

　가난을 벗어나고자 농촌에서 올라와 이제는 도시 빈민으로 전락한 공장노동자들이 사는 강가의 판자촌. 해가 뉘엿뉘엿 질 때면 일터로 나갔던 사람들이 고된 노동에 지친 몸을 이끌고 하나둘 집으로 돌아온다. 그중에 열여섯 살의 어린 순이도 있다. 노래는 그 광경을 마치 흑백 영화의 한 장면처럼 담담하게 보여 준다. 이 노래를 부르며 노동자들은 무슨 생각을 했을까? 지금 새삼 그것이 궁금하다.
　나는 당시 내가 가르친 노래들이 노동자들의 의식이나 정서에 그다지 큰 영향을 미쳤다고 생각하지 않는다. 언젠가 교사와 학생들이 함께 술자리를 가진 적이 있었다. 그때 남자 노동자들이 일어나 노래를 불렀는데, 바로 윤심덕의 〈사의 찬미〉였다.

광막한 광야를 달리는 인생아
너는 무엇을 찾으러 왔느냐
이래도 한세상 저래도 한평생
돈도 명예도 사랑도 다 싫다

녹수청산은 변함이 없건만
우리 인생은 나날이 변했다
이래도 한세상 저래도 한평생
돈도 명예도 사랑도 다 싫다

노동자들이 술이 거나하게 취해서 모두 웃통을 벗어 던지고 노래를 부르는 것을 보고 충격을 받았다. 불평등한 세상에 분노하고, 이런 세상을 변화시키는 데에 힘을 써야 할 사람들이 저런 비관적인 노래를 부르며 신세 한탄이나 하고 있다니. 내가 음악 시간에 가르쳐 준 그 많은 건전 가요(?)는 다 어디로 간 거지? 그렇게 생각했다.

당시 나는 민중에 대해 일종의 환상을 갖고 있었다. 그래서 그 환상에서 조금만 벗어난 모습이 보이면 마음이 몹시 불편했다. 한번은 술집에서 안주로 생선회를 시킨 적이 있다. 전문 횟집은 아니고 그냥 선술집인데, 메뉴에 생선회가 있었다. 가격이 상당히 쌌다. 생선회가 저렇게 쌀 리가 없는데 하면서도 생선회가 거기서 거기지 뭐 하는 생각으로 주문을 했다. 그런데 막상 먹어 보니 맛이 짰다. 그냥 소금 뿌려서 보관하고 있던 날생선을 생선회라고 내놓은 것 같았다.

"아저씨. 생선회 맛이 왜 이래요?" 내가 물었더니 아저씨가 짜증 난다는 표정으로 "맛이 어떤데?"라고 했다. "너무 짜잖아요." 그랬더니 돌아오는 대답이 걸작이었다.

"생선이 짠 바닷물에서 나왔는데 그럼 안 짜고 배겨? 별것 가지고 다 트집을 잡네."

그 순간 분노가 폭발하고 말았다.

우리 기쁜 젊은 날 - 응답하라 1975-1980

"아저씨. 어떻게 그런 거짓말을 하세요? 장사를 하시려면 정직하게 하셔야지요."

내가 날을 세우자 옆에 있는 선배가 말렸다. 그때만 해도 내가 한 '정의감' 하던 때라 분노를 잠재우기가 쉽지 않았다. 내가 분노한 지점은 '짠 생선회'가 아니었다. 주인아저씨의 '부정직함'이었다. 어떻게 민중이 되어 가지고 저런 거짓말을, 저렇게 뻔뻔하게 할 수가 있지? 민중은 그러면 안 되는 것 아니야? 이렇게 생각했다.

지금 생각해 보면 당시 민중에 대한 나의 인식이 매우 나이브했던 것 같다. 이제 막 운동권에 들어와 겨우 이념 서적 몇 권 읽고 어설프게 의식화된 나는 민중에 대해 막연한 환상을 품고 있었다. 민중이라면 누구나 전봉준이나 전태일, 카잔차키스의 조르바나 로맹 롤랑의 콜라 브뢰뇽 같은 사람일 것이라고. 아니, 그런 사람이어야 한다고 믿었다.

나는 민중이 아니다. 심적으로나 물적으로나 영원히 민중이 될 수 없는 사람이다. 그런 사람이 민중에 대해 무얼 알겠는가? 민중은 이래야 한다 저래야 한다고 감히 주장할 자격이나 있나? 이제 와 고백하건대 나는 비록 야학에서 민중을 가르쳤지만 정작 민중에는 별 관심이 없었다. 일요일마다 하는 세미나가 좋았고 야학 교사들과 어울리는 것이 좋았다. 공부를 통해 새로운 세계를 알아 가는 즐거움이 좋았고 술자리에서 정의의 사도인 양 울분을 토하는 그 허영이 좋았다. 그 외의 것에는 별 관심이 없었다. 그래서 그런지 음악 수업의 구체적인 장면이 거의 기억나지 않는다. 세미나에서 공부한 것이라든가 야학 교사들과 어울렸던 술자리는 비교적 생생하게 떠오르는데 말이다. 어찌 보면 나는 야학을 노동자를 위한 것이 아닌, 나 자신을 위한 자아실현의 장쯤으로 여겼던 것 같다. 그것을 생각할 때마다 얼굴이 화끈거리고 말할 수 없이 창피하다. 그로부터 오랜 시간이 흘러 그때보다는 조금 철이 든 지금, 나는 이 점을 깊이깊이 반성하고 있다.

정말 그런 일이 있었어요?
정말 그런 일이 있었다

지금 박정희 시대를 돌아보면, 그런 야만의 시절을 어떻게 견뎠을까 하는 생각이 든다. 언젠가 딸에게 그 시대에 있던 일을 얘기한 적이 있었는데 "정말 그런 일이 있었어요?" 하면서 놀란다. 치마 입은 여학생이 완장과 휘장을 차고 "받들어총!"이나 "충성!"을 외치며 군대식 제식훈련을 했다고 하니 "와. 북한이랑 똑같았네" 하면서 믿지 못하겠다는 표정을 짓는다. 다큐멘터리나 뉴스를 통해 독일의 나치군이나 북한의 인민군이 마치 기계처럼 일사불란하게 행진하는 살벌한 광경을 보면서 먼 옛날에 일어난 남의 나라 일이라고 생각하기 쉽지만 사실 박정희 시대에 우리도 그렇게 살았다.

그때는 여학생이나 남학생이나 모두 교련 수업을 받았다. 1968년에 북한에서 보낸 무장 공비가 청와대 침투를 기도한 사건이 일어나자 안보 의식과 전시 상황에서의 대처 능력을 높인다는 구실로 1969년부터 고등학교 교과 과정에 교련을 집어넣었다. 남학생들은 교련복을 입고 카빈총이나 M16 소총의 모형을 들고 제식훈련과 총검술을 익혔으며, 여학생들은 구급법을 배우고 제식훈련을 받았다. 고등학교 교련 시간에 간호장교 출신의 교련 선생으로부터 응급처치법이라든가 삼각건을 이용해 상처를 감싸는 법을 배웠던 기억이 난다. 남학교든 여학교든 매해 가을이면 교련 검열을 받아야 했다. 만약 검열에 통과를 못 하면 재검을 받아야 하는데, 그것이 워낙 끔찍해서 그런 일이 없도록 학생이나 교사나 죽기 살기로 연습에 매달렸다. 일단 검열 일정이 잡히면 근 한 달 이상 수업을 전폐하고 행군과 분열 훈련을 했다. 지금 생각하면 지옥도 그런 지옥이 없었다.

여고 시절에 받았던 교련 검열은 나에게 가장 끔찍한 기억으로 남아 있다. 검열이 있던 11월의 어느 날, 그날따라 세찬 바람을 동반한 진눈깨비가 내렸다. 그런 악천후 속에서 우리는 얇은 교복만 입은 채 운동장에 도열해 있었다. 습기를 머금은 눈발이 세찬 바람과 함께 목덜미를 강타했다. 맨살에 차가운 얼음을 쏟아붓는 듯 온몸에 칼날 같은 냉기가 엄습해 왔다. 하지만 우리는 모두 미동도 하지 않았다. 이번에 검열에 통과 못 하면 이 끔찍한 짓을 또 해야 한다는 생각에 모두들 이를 악물었다. 혹여 대열이 흐트러질세라 이빨을 덜덜 떨면서 앞에 서 있는 친구의 뒷가르마만 뚫어지게 쳐다보았다. '열중쉬어'를 하고 있는 친구의 손이 바들바들 떨리던 것이 기억난다. 행진을 할 때도 손을 절도 있게 90도 각도로 어깨높이까지 올리며 씩씩하게 걸었다. 걸으면서 단상을 향해 "충성!"이라고 경례를 했던 것 같다. 진눈깨비가 내리는 운동장에서 여학생들이 얇은 교복만 입은 채 덜덜 떨며 "충성!"을 외치는 광경

우리 기쁜 젊은 날 – 응답하라 1975-1980

을 상상해 보라. 그때 "받들어총!"을 외치던 선배 언니의 목소리가 아직도 귀에 생생하다. 학교가 군대 조직이나 다름없었다.

어디 그뿐인가. 남학생들은 성남에 있는 육군 학생중앙군사학교, 일명 문무대라고 하는 곳에 들어가 유격, 총검술, 각개전투, 화생방, 사격술 등의 군사 훈련을 받아야 했다. 훈련 중에서 특히 화생방이 거의 지옥 훈련이었다는 얘기를 들었다. 천막 안에 최루가스를 풀어놓고 방독면도 쓰지 않은 상태에서 노래를 부르거나, 번호를 외치거나, 제자리 뛰기, 앉았다 일어나기 등을 하며 일정 시간을 견딘 다음에 밖으로 내보내 주었다고 한다. 이렇게 종일 앞으로 취침, 뒤로 취침, 좌로 굴러, 우로 굴러 하며 정신없이 뺑뺑이를 돌고 나면 저녁에는 모두 녹초가 되고 만다. 고된 훈련을 한 번도 받아 본 적이 없는 학삐리들인지라 육체는 물론 정신까지도 아주 노곤해진다. 점호 시간에 "보람찬 하루 일을 끝마치고서"라는 군가에 이어 〈어머니 마음〉을 부른다.

나실 제 괴로움 다 잊으시고
기르실 제 밤낮으로 애쓰는 마음
진자리 마른자리 갈아 뉘시며
손발이 다 닳도록 고생하시네
하늘 아래 그 무엇이 넓다 하리오
어머님의 희생은 가이없어라

밖에서 부모 속을 그렇게 썩이던 친구도 이때만큼은 부모님의 은혜를 가슴 깊이 되새기는 효자로 변신한다. 노래를 부르다 감정에 복받친 나머지 여기저기서 '으엉으엉 훌쩍훌쩍' 눈물과 콧물의 퍼레이드가 벌어진다.

이렇게 학생들까지 군사훈련을 시키며 야만과 폭압의 정치를 펼치던 박정희는 1972년 유신헌법을 통해 자신의 영구 집권 야욕을 노골적으로 드러냈다. 한국적 민주주의라는 미명하에 선포된 유신헌법은 민주주의의 기본 원칙을 훼손하고, 대통령 한 사람에게 모든 권력을 몰아주려는 초헌법적인 발상에서 비롯된 것이었다. 대통령은 국민의 직접선거가 아닌 통일주체국민회의에 의한 간접선거로 뽑고, 대통령의 임기를 6년으로 연장하며, 연임 제한을 아예 없애 종신 집권을 가능하도록 했다. 대통령뿐만 아니라 국회의원의 3분의 1도 대통령 추천으로 통일주체국민회의에서 선출하고, 헌법의 효력을 일시에 정지시킬 수 있는 긴급조치권을 대통령에게 부여하며, 국회 해산권 및 모든 법관 임명권을 대통령이 갖도록 하는 등 국민의 헌법이 아닌 박정희를 위한, 박정희에 의한, 박정희의 헌법이었다.

유신헌법이 선포된 지 2년이 지난 1974년 1월, 대통령에게 긴급조치권을 허용한 유신헌법에 따라 긴급조치 1호가 선포되었다. 긴급조치의 선포는 민주주의에 대한 사망선고나 다름없었다. 당시 민청학련 사건으로 수배 중이던 김지하는 이날의 비극을 「1974년 1월」이라는 시에 담았다.

> 1974년 1월을 죽음이라 부르자
> 오후의 거리, 방송을 듣고 사라지던
> 네 눈 속의 빛을 죽음이라 부르자

우리 기쁜 젊은 날 – 응답하라 1975-1980

좁고 추운 네 가슴에 얼어붙은 피가 터져

따스하게 이제 막 흐르기 시작하던

그 시간

다시 쳐온 눈보라를 죽음이라 부르자

모두들 끌려가고 서투른 너 홀로 뒤에 남긴 채

먼바다로 나만이 몸을 숨긴 날

낯선 술집 벽 흐린 거울 조각 속에서

어두운 시대의 예리한 비수를

등에 꽂은 초라한 한 사내의

겁먹은 얼굴

그 지친 주름살을 죽음이라 부르자

그토록 어렵게

사랑을 시작했던 날

찬바람 속에 너의 손을 처음으로 잡았던 날

두려움을 넘어

너의 얼굴을 처음으로 처음으로

바라보던 날 그날

그날 너와의 헤어짐을 죽음이라 부르자

바람 찬 저 거리에도

언젠가는 돌아올 봄날의 하늬 꽃샘을 뚫고

나올 꽃들의 잎새들의

언젠가는 터져 나올 그 함성을

못 믿는 이 마음을 죽음이라 부르자

아니면 믿어 의심치 않기에

두려워하는 두려워하는

저 모든 눈빛들을 죽음이라 부르자

아아, 1974년 1월의 죽음을 두고

우리 그것을 배신이라 부르자

온몸을 흔들어

온몸을 흔들어

거절하자

네 손과

내 손에 남은 마지막

따뜻한 땀방울의 기억이

식을 때까지

긴급조치의 내용은 박정희의 영구 집권을 방해하는 어떤 행위도 모조리 금지한다는 것이었다. 민주주의 국가의 국민으로서 마땅히 누려야 할 기본적인 자유를 모두 박탈하는 헌법 위의 초헌법이었다. 내가 무슨 짓을 하든 너희들은 그냥 눈 막고 귀 막고 입 닥치고 가만히 있으라는 얘기인데, 1호에서부터 9호까지 이어진 긴급조치의 내용을 보면 향후 발생 가능한 모든 적대 행위를 망라한 깨알 같은 세심함에 놀라게 된다.

제1항은 대한민국 헌법을 부정, 반대, 왜곡 또는 비방하는 행위를 금한다는 것이다. 조금 딱딱해 보이지만 이것을 일상 언어로 풀어 쓰면 다음과 같은 말이 된다. "유신헌법은 헌법이 아니야." "나는 유신헌법을

우리 기쁜 젊은 날 - 응답하라 1975-1980

싫어해." "나는 유신헌법을 반대해." "유신헌법! 너 나빠." "유신헌법은 박통이 영원히 해 먹으려고 만든 법이야." 이렇게 말하면 잡아간다는 것이다.

제2항은 대한민국 헌법의 개정 또는 폐지를 주장, 발의, 제안 또는 청원하는 일체의 행위를 금지한다는 것이다. 이것도 쉽게 풀어 쓰면 다음과 같다. "유신헌법을 고쳐야 해." "유신헌법을 없애야 해." "유신헌법을 개정해야 한다는 것이 제 의견입니다." "유신헌법을 폐지해야 한다는 것이 제 의견입니다." "유신헌법을 고치는 것이 어떨까요?" "유신헌법을 폐지하는 것이 어떨까요?" "유신헌법을 폐지해 주세요." "유신헌법을 고쳐 주세요." 이런 것을 일체 금지한다는 얘기다.

제3항은 유언비어를 날조, 유포하는 일체의 행위를 금한다고 되어 있다. 그런데 역사적으로 보면 독재자들이 유언비어라고 하는 것이 실제로는 진실인 경우가 더 많다. 따라서 저 조항을 제대로 번역하면 "박정희와 유신헌법에 대해 진실을 말하는 일체의 행위를 금한다"가 된다. 친구랑 막걸리를 마시다가 사람들이 다 들리게 큰 소리로 "박정희가 죽을 때까지 해 먹으려고 유신헌법을 만든 거야." 이런 말을 했다가는 큰일 난다. 꼼짝없이 잡혀가 늘씬하게 두들겨 맞은 다음 감옥에서 몇 년을 썩어야 한다.

"막걸리 마시다가 박정희 욕 좀 했다고 잡아가는 게 말이 돼? 이런 개 같은 인간이 어디 있어?" 이렇게 말하는 것도 금지다. 욕하는 것도 금지지만, 욕했다고 잡아간 것을 욕하는 것도 금지다. 죄목은 귀에 걸면 귀걸이, 코에 걸면 코걸이로 말하자면 취중진담 배설죄, 취중울분 토로죄, 국가원수 불경죄, 하극상유발 괘씸죄, 어영부영 진실유포죄, 모국어 모욕죄, 애완동물 비하죄, 내맘대로 욕설발화죄 등이 되시겠다.

조지 오웰의 『1984년』이나 헉슬리의 『멋진 신세계』처럼 사람을 감시하는 최첨단 기기가 없어도 이 시절에는 효과적인 감시가 가능했다. 박정희를 욕하는 사람은 무조건 빨갱이라고 믿는 사람들, 철저한 반공 정신으로 무장한 인간 감시자들이 도처에 깔려 있었기 때문이다. 택시 안에서 박정희를 욕했다가 고발정신이 투철한 기사에 의해 택시에 탄 상태 그대로 경찰서로 직행한 사람이 있는가 하면, 막걸리를 마시다 술 취한 김에 "통일이 되려면 박근혜를 김정일에게 시집보내면 돼"라고 농담했다가 몇 년 동안 징역살이를 한 사람도 있었다. 그는 감옥에서 나온 후 "취중 농담 한마디에 징역 살리는 이놈의 세상이 김일성이보다 나은 게 뭐 있어?"라고 했다가 또다시 몇 년을 더 감옥에서 보내야 했다.

내가 미래에 대한 희망으로 벅찬 가슴을 안고 대학에 들어갔던 바로 그해는, 대한민국 헌정 사상 가장 잔혹한 만행이 자행된 해였다. 박정희는 자신의 영구 집권을 위해 사람 몇 명 죽이는 것쯤은 아무렇지도 않게 했다. 대표적인 예가 인혁당 사건이다. 1975년 4월 8일, 비상보통군법회의 검찰부는 인혁당 관련자 여덟 명에 대해 사형을 선고했다. 사형을 선고했어도 실제 사형이 집행되기까지는 상당한 시간이 걸리는 법이다. 그런데 인혁당 관련자들에 대해서는 이런 관례가 적용되지 않았다. 사형선고가 내려진 지 불과 열여덟 시간 만에 전격적으로 사형을 집행했기 때문이다. 당사자들은 정치 문제니까 조금만 참으면 금방 감옥에서 나갈 것이라고 알고 있었는데, 덜컥 다음 날 죽여버렸다. 처음에는 가족들도 사형이 집행된 사실을 몰랐다고 한다.

작년 가을, 동양예술극장에서 〈맨발의 청춘〉이라는 영화를 보았다.

이 영화는 맨발로 청춘을 바쳐 산업화와 민주화를 이룬 5060세대에 바치는 일종의 헌정 다큐멘터리였다. 지금은 까마득하게 잊어버린 지난 시절을 담은 영상을 보면서 울다가 웃다가를 반복했다. 그중 정말 가슴 미어지는 영상이 있었다. 인혁당 관련자들의 사형 소식을 듣고 오열하는 유족의 모습을 담은 영상이었다. 세상에! 사형선고를 받은 바로 다음 날 죽여버리다니. 자기들이 무엇 때문에 죽는 줄도 모르고 사형장으로 끌려가야 했던 사람들은 얼마나 억울했을까. 뒤늦게 사랑하는 남편, 아들, 아버지, 오빠, 동생이 죽었다는 소식을 들은 가족들은 또 얼마나 기가 막혔을까. 사람을 어떻게 이렇게 죽일 수가 있단 말인가. 세상에 이런 법은 없다. 오열하는 가족들의 모습을 보니 가슴이 미어터지는 것 같았다. 이 일 하나만으로도 박정희는 천벌을 받아야 마땅하다. 게다가 고문의 흔적이 드러날까 봐 시신까지 탈취했다고 하니 세상에 그 잔인함과 극악무도함을 따라갈 자가 또 있을까.

이렇게 권력 유지를 위해 사람의 목숨을 아무렇지도 않게 앗아가는 사람이 무슨 일인들 못 하랴. 대학에 휴교령을 내리는 것은 박정희에게 식은 죽 먹기보다 쉬운 일이었다. 그는 학문의 전당인 대학에 군인들을 보내 학생들을 학교 밖으로 내쫓았다. 그 과정에서 학생들에 대한 무차별적인 폭력이 자행되었다. 인혁당 관련자에 대해 사형선고가 내려진 바로 그날, 긴급조치 7호가 선포되었다. 고려대만을 대상으로 하는 긴급조치였다. 학교에 휴교령이 내려지고 교문이 봉쇄된 상태에서 무장한 군인들이 학교를 지켰다. 그리고 바로 다음 날 인혁당 관련자들이 억울하게 형장의 이슬로 사라졌다. 사태가 이렇게 되자 전국의 대학들이 '알아서 기기' 시작했다. 4월 10일, 이대를 비롯한 몇몇 대학들이 자진 휴교에 들어갔다. 그날 멋모르고 학교에 갔다가 교문 앞에 서 있는 팻말을 보았다.

"4월 10일부터 당분간 휴강함. 단 대학원과 교육대학원은 제외. 1975년 4월 10일 이화여자대학교."

교문은 굳게 닫혀 있고 그 앞을 군인들이 지키고 있었다. 학교 안으로 아무도 들어갈 수 없었다. 퇴실 명령을 받은 기숙사 학생들이 짐을 싸서 하나둘 나오는 모습이 보였다. 모두들 어리둥절했다. 언제 다시 수업을 재개하나 물어보아도 누구 하나 속 시원하게 대답해 주는 사람이 없었다. 그냥 무작정, 무기한 학교 문을 닫는다는 것이다. 그때 휴교령이 한 달 정도 이어졌던 것으로 기억한다. 나는 수업이 없어도 매일 이대 입구 다방에서 친구들과 놀았다. 그때는 뭘 모르던 때여서 그저 중간고사를 안 봐도 된다는 것이 좋았다. 중간고사는 리포트로 대신했는데, 과목 담당 교수가 우편으로 각 학생에게 읽어야 할 책의 목록을 보내 주었다. 친구들과 페이지를 뒤지며 이 문장 저 문장 짜깁기해서 리포트를 작성해 제출했다.

휴교령이 내려진 지 한 달 후인 1975년 5월 13일, 박정희 정권은 고려대에 대한 휴교령을 해제하는 긴급조치 8호를 선포했다. 그렇다면 긴급조치는 완전히 해제된 것일까. 아니다. 바로 그날 그러니까 1975년 5월 13일, 박정희 정권은 긴급조치 1호와 4호의 주요 내용을 부활시킨 긴급조치 9호를 선포했다. 5월 13일 하루 동안 긴급조치 7호의 해제를 명시한 긴급조치 8호와 종전의 긴급조치 내용을 보강한 긴급조치 9호의 선포가 이루어진 것이다.

그로부터 얼마 지나지 않아 대학 학생회가 해체되었다. 그리고 학생회가 떠난 자리에 학도호국단이 들어섰다. 학생회를 전국 단위의 군사 편제로 재편한 것이다. 이해 6월 전국 대학에서 학생회 해체식과 학도호국단 발단식이 잇달아 열렸다. 이에 따라 총장은 학도호국단 단장, 학생처장은 부단장, 학생회장은 사단장, 학생회 간부는 각각 연대장, 대대장, 중대장 등으로 불렀다. 일제강점기의 군국주의를 연상시키는 조치라고 할 수 있는데, 이로써 박정희는 군사주의와 국가주의에 기반을 둔 통치 체제를 확실히 구축하게 되었다. 내가 대학 생활을 시작한 바로 그해에, 역사의 수레바퀴는 이렇게 끊임없이 뒷걸음질 치고 있었다.

불러서는 안 되는 노래와
반드시 불러야 하는 노래

나와 비슷한 시기에 20대를 보낸 사
람들은 '신중현과 엽전들'이 연주하는 〈미인〉이라는 노래를 기억할 것
이다. 한국적인 멜로디에 서양의 하드록을 접목시킨 〈미인〉은 당시로서
는 상당히 시대를 앞서가는 노래였다.

> 한 번 보고 두 번 보고 자꾸만 보고 싶네
> 아름다운 그 모습을 자꾸만 보고 싶네
> 그 누구나 한 번 보면 자꾸만 보고 있네
> 그 누구의 애인인가 정말로 궁금하네

노래도 노래지만 한 소절이 끝날 때마다 나오는 기타 연주가 인상적
이었다. "떵까떵까 띠가다다다당 띠가당 당띠가 디가당~" 노래는 물론

이 독특한 선율의 기타 연주도 입으로 따라 불렀던 기억이 난다. 〈미인〉은 나오자마자 공전의 히트를 쳤다. 어른, 아이 할 것 없이 모두가 이 노래를 불렀다. 다방에 가도, 버스를 타도, 거리를 걸어도, 라디오를 틀어도 언제나 이 노래가 흘러나왔다. 음반도 백만 장 이상 팔렸다고 한다. 그런데 어느 날 이 노래가 갑자기 금지곡이 되었다. 금지의 표면적인 이유는 '저속'이었다.

70년대는 금지의 시대였다. 머리도 길게 기를 수 없었고, 미니스커트도 입을 수 없었으며, 좋아하는 노래도 부를 수 없었고, 원하는 책도 읽을 수 없었다. 젊은이들이 통기타를 치며 노는 것도 퇴폐풍조를 조장한다는 이유로 금지되었다. 길거리를 지나다가 경찰에게 붙잡혀 머리를 잘리거나 유원지에서 통기타를 치며 노래를 부르다가 기타를 압수당하는 일이 부지기수로 일어났다.

나도 비슷한 일을 경험했다. 대학 때 친구들과 신촌역 근처를 지나다가 뒤에서 따라오던 남학생이 장발 단속 경찰관에게 잡혀가는 일이 있었다. 앞서서 가던 우리는 그것도 모르고 술집에 가서야 그 남학생이 없어진 것을 알았다. 그때는 휴대전화 같은 것이 없을 때여서 이 친구가 왜 갑자기 증발했는지 이유를 알 길이 없었다. 각자 흩어져서 근처를 샅샅이 뒤졌지만 끝내 찾을 수 없었다. 다음 날, 우리 앞에 모습을 드러낸 그로부터 사건의 진상을 들을 수 있었다. 장발 단속에 걸려 파출소로 끌려갔단다. 우리는 그가 머리를 완전히 빡빡 깎고 나타난 것을 보고 놀랐다. 이유를 물으니 경찰관이 바리캉으로 머리를 어설프게 미는 바람에 꼴이 아주 우스워졌단다. 모양도 우습고, 이런 상황이 화가 나기도 해서 이발소에 가서 아예 밀어 버렸다는 것이다. 그때는 이런 이유로 머리를 삭발하는 괴짜가 가끔 있었다.

70년대 나온 하길종 감독의 영화 〈바보들의 행진〉을 보면 장발 단속에 쫓겨 도망가는 젊은이들이 나온다. 여학생과의 미팅을 위해 목욕재계를 마치고 양복까지 쫙 빼입은 병태와 영철은 길을 가다가 장발을 단속하는 경찰관과 마주친다. 경찰관을 발견하는 순간 두 사람은 필사적으로 도망치기 시작한다. 두 젊은이와 경찰관 사이에 피를 말리는 추격전이 벌어진다. 한국은행 앞 사거리를 지나 을지로 입구까지 도망을 친 두 사람은 육교 난간에 매달리는 위험까지 감수한다. 이들이 장발 단속을 피해 도망가는 장면에서 나오는 노래가 있다. 송창식의 〈왜 불러〉이다.

왜 불러? 왜 불러?
돌아서서 가는 사람을
왜 불러? 왜 불러?

이런 가사로 시작하는데, "왜 불러?"라는 가사와 멜로디 그리고 가수의 창법에서 상대방을 조롱하는 듯한 뉘앙스가 풍긴다. 2절은 심지어 "안 들려. 안 들려"로 시작한다. 삐딱하게 들으면 완전히 사람 놀리려고 작정했구나 하는 생각이 들 정도이다. 경찰이 장발을 단속하는데, "왜 불러?"라든가 "안 들려"라고 반응하는 것은 공권력을 심하게 무시하는 행위가 아닐 수 없다. 이 때문에 괘씸죄가 적용되었는지 송창식의 〈왜 불러〉는 곧 금지곡이 되었다. 금지의 표면적인 이유는 노래가 '반항적'이라는 것이었다.

1975년 긴급조치 9호를 발표한 후 박정희 정권은 국가 안보와 국민

총화를 해치고 국민의 긍정적인 정서 함양에 지장을 초래하는 퇴폐적이고 선정적인 노래 222곡을 금지곡으로 선정했다. 금지된 곡들은 방송과 연주 금지는 물론 음반까지 모두 압수 폐기되는 운명을 맞았다.

이때 금지의 철퇴를 맞은 노래 중에서 대표적인 것이 김민기의 〈아침이슬〉이었다. 내가 이 노래를 처음 들은 것은 중학교 때였다. 당시 여학생들이 즐겨 읽던 《여학생》이라는 잡지가 있었는데, 여기에 '친구 없으면 못 사는 희은이'라는 제목으로 가수 양희은의 인터뷰 기사가 실렸다. 그것을 읽고 양희은이라는 가수를 알게 되었고, 그녀가 부르는 노래를 좋아하게 되었다. 〈아침이슬〉은 그중에서도 내가 가장 좋아하는 노래였다. 아니, 나뿐만 아니라 또래 친구들이 다 좋아했다. 중고등학교 때는 쉬는 시간마다 친구들과 노래를 부르곤 했는데, 〈아침이슬〉은 당시 10대들의 우상이던 클리프 리처드, 사이먼 앤 가펑클, 비틀즈의 노래와 함께 우리가 가장 많이 불렀던 애창곡 중 하나였다. 그리고 우리는 이 노래에서 어떤 불순한 의도도 읽을 수 없었다.

이 무렵 통기타 가수들의 활약이 눈부셨다. 김민기, 양희은, 송창식, 윤형주, 한대수, 이장희, 김세환, 서유석, 조영남 등 내로라하는 가수들이 가슴 적시는 서정적인 노래로 젊은이들의 마음을 사로잡았다. 한 치 앞도 내다볼 수 없이 어둡고 암울한 유신 독재 시대에 이들 통기타 가수들의 노래는 어두운 우리 삶을 비추는 한 줄기 빛과 같은 것이었다. 그런데 박정희 정권이 여기에 철퇴를 가한 것이다. 금지곡이 무려 222곡이었다. 당시 젊은이들이 즐겨 부르던 대부분의 노래가 금지곡이었다고 해도 과언이 아니다. 그런데 그 금지의 이유가 더 가관이었다. 노래 가사는 비유적인 표현이 많기 때문에 '귀에 걸면 귀걸이, 코에 걸면 코걸이'인 경우가 대부분이다. 〈아침이슬〉의 경우, 처음에는 "긴 밤 지새우고"의 '긴 밤'이 유신을 의미하는 것이라고 했다가 이 노래가 유신헌법 이전에 만들어졌다는 사실이 밝혀지자 이번에는 "태양은 묘지 위에 붉게 떠오르고"라는 가사를 문제 삼았다. 태양이 '붉게' 떠오른다는 것은 '적화'를 의미하는 것이란다. 그리고 왜 하필 태양이 떠오르는 장소가 '묘지' 위냐고 했다. 태양이 붉게 떠오르지 그럼 파랗게 떠오르나? 그리고 하필 묘지 위라니. 태양은 세상 어느 곳에서도 떠오를 수 있는 것 아닌가?

양희은의 〈이루어질 수 없는 사랑〉은 왜 사랑이 이루어질 수 없냐는 이유로, 김추자의 〈거짓말이야〉는 불신 풍조를 조장한다는 이유로, 이장희의 〈그건 너〉는 "그건 너 때문이야"라는 가사가 남에게 책임을 전가하는 것이라는 이유로 금지곡이 되었다. 그런가 하면 한대수의 〈물 좀 주소〉는 물고문을 연상시킨다는 지적을 받았다. 그런데 사실 이것은 도둑이 제 발 저리는 경우라 할 수 있다. "물 좀 주소"라는 가사를 듣고 물고문을 연상하는 사람이 대한민국에 몇 명이나 될까. 유신 치하의 고문 경찰관 외에는 '물'이라는 단어를 듣고 이렇게 놀라운 상상력을 발휘하는 사람은 한 명도 없을 것이다. 한편 김민기의 〈아름다운 사람〉은 "한 아이 홀로 서 있네"라는 가사가 문제였다. 왜 아이가 혼자 서 있냐는 것이다. 아이를 혼자 세워 놓았으니 아동학대라는 말일까? 여하튼 당시 심의위원들은 이 가사가 대중가요 가사로 적합하지 않다는 판단을 내렸다고 한다. 그런가 하면 배호의 〈0시의 이별〉은 당시에 시행되던 통행금지 제도에 어긋난다는 이유로 금지곡이 되었다. 통행금지를 지키려면 적어도 11시 이전에는 헤어져야 한다. 따라서 0시에 헤어진다는 것은 곧 국가 시책에 반기를 드는 행동이라고 해석할 수 있다. 그래서 금지곡으로 지정했다는 것이다. 하지만 만약 노래 제목을 〈11시의 이별〉이라고 했다면 금지곡을 피해갈 수 있었을까. 그랬다면 분명히 왜 하필 11시에 헤어지냐고 시비를 걸었을 것이 분명하다. 핑계는 얼마든지 만들 수 있으니까.

길옥윤의 〈사노라면〉은 "사노라면 언젠가는 좋은 날도 있겠지"라는 가사가 권력자의 심기를 '심히' 불편하게 만들었단다. 그리고 송창식의 〈고래사냥〉은 포경수술을 연상시키고 "술 마시고 노래하고 춤을 춰 봐도 가슴에는 하나 가득 슬픔뿐이네"라는 가사가 너무 염세적이라는 이유로 금지곡이 되었다. 지금 보면 코미디도 이런 코미디가 없다. 그 황당무계하고 창의적(?)인 금지의 이유가 그 자체로 박정희 시대를 희화화하고 있었다.

하지만 금지곡을 선정하는 것이 무슨 효과가 있을까. 물론 방송이나 공적인 장소에서는 금지곡을 들을 수 없었다. 하지만 일상생활에서 우리는 아무런 제약도 받지 않고 이 노래들을 마음껏 부르고 들었다. 아무리 서슬 퍼런 독재 시대라 해도 박정희가 개인의 삶 구석구석까지 감시할 수는 없는 노릇이었기 때문이다. 개인이 소지한 금지 음반들은 카세트테이프라는 형태로 복제되어 손에서 손을 거쳐 널리 퍼져 나갔다. 그리고 그중 김민기의 노래를 비롯한 많은 곡이 그 시대 '저항'의 아이콘이 되었다.

독재 정권의 제일 큰 특징은 국민에게 행복을 강요한다는 것이다. 박정희 독재 정권 시대에도 이렇게 강요된 낙관주의가 팽배해 있었다. 독재자는 "너희는 모두 행복해야만 해"라고 명령했고, 국민은 모두 "우리는 지금 행복해요"라고 외쳐야 했다. 이 세상을 원망하거나 자기 신세를 한탄하는 노래가 나오면 바로 금지의 철퇴를 내렸다. 조영남의 〈불 꺼진 창〉은 창에 불이 켜져 있어야지, 왜 꺼져 있냐는 이유로 금지곡이 되었다. 창에 불이 꺼져 있다는 것은 곧 절망을 의미한다는 것이다. 그리고 한대수의 〈행복의 나라로〉에 대해서는 "그럼 지금 행복하지 않다는 말이냐?"라고 시비를 걸었다.

박정희 독재 정권은 '불러서는 안 될 노래'뿐만 아니라 '반드시 불러야 할 노래'도 선정했다. 이 시대의 '강요된 행복의 노래'가 바로 건전 가요였다. 문공부는 국민의 애국심 고취와 건전한 정신 함양이라는 미명하에 건전 가요를 만들어 보급했다. 70년대 중반, 교통부는 대중교통 수단인 버스와 택시에 건전 가요만 틀도록 하는 특별 지시를 내렸다. 유치장에서도 유치인을 '참다운 인간으로 개조시키기 위한' 목적으로 건전 가요가 울려 퍼졌다. 인간을 개조시키다니. 조지 오웰의 『1984년』이나 헉슬리의 『멋진 신세계』를 생각나게 하는 끔찍한 발상이 아닐 수 없다. 하지만 이런 노래들을 사람들이 즐겨 부를 리 만무했다. 자생력이 없으니 억지로 끼워 팔기를 할 수밖에 없었다. 문공부는 시중 음반사에 어떤 음반이든 수록곡에 건전 가요나 군가 한 곡씩을 끼워 넣도록 권장했다. 말이 권장이지 사실은 강제나 다름이 없었다. 그 시절에 정부 방침에 반기를 들 정도로 간 큰 음반사는 없었으니까. 그리하여 "루돌프 사슴코는"이라는 크리스마스 캐럴 다음에 난데없이 "사나이로 태어나서"와 같은 군가가 나오는가 하면, "사랑하기 때문에"라는 달콤한 사랑 노래 다음에 "열리는 새 시대의 힘찬 발걸음"이라는 분위기 깨는 노래가 나오는 촌극이 벌어지기도 했다.

건전 가요에는 〈새마을 노래〉〈나의 조국〉〈걸어서 가자〉〈정화의 노래〉〈수출의 노래〉〈향토방위의 노래〉〈향토 예비군가〉〈진짜 사나이〉〈조국 찬가〉〈잘살아 보세〉〈어허야 둥기 둥기〉〈시장에 가면〉〈간첩 표어의 노래〉 등이 있었는데, 이 노래들이 사적인 자리에서 불리는 일은 거의 없었다. 하지만 공적인 장소에서는 어김없이 이런 관제 가요들이 울려 퍼졌다.

이 중에서 가장 끔찍한 것이 〈대통령 찬가〉였다. 이런 종류의 노래는 북한에만 있는 것이라고 생각하는 사람이 많은데, 우리에게도 이런 노래가 있었다.

어질고 성실한 우리 겨레의
찬란한 아침과 편안한 밤의
자유와 평화의 복지 낙원을
이루려는 높은 뜻을 펴게 하소서
아! 아! 대한, 대한 우리 대통령
길이길이 빛나리라
길이길이 빛나리라

나는 박목월 작사, 김성태 작곡의 〈대통령 찬가〉를 직접 부를 뻔한 적이 있다. 대학 4학년이던 1978년 12월 27일, 박정희 대통령 취임식이 장충체육관에서 열렸다. 그는 국민의 직접 선거가 아닌, 통일주체국민회의 대의원에 의한 간접선거에서 99.9퍼센트의 찬성을 얻어 제9대 대통령으로 선출되었다.

제9대 대통령 취임식에서 내가 다니던 이화여대 음대 학생들이 〈대통령 찬가〉를 부르기로 되어 있었다. 다른 친구들은 합창할 때 입을 한복을 공짜로 맞추어 준다니까 아주 좋아했다. 하지만 나는 죽으면 죽었지 그 자리에 가서 〈대통령 찬가〉를 부르고 싶지 않았다. 그래서 교수한테 안 하겠다고 했다. 그랬더니 대통령 취임식을 합창 수업으로 치기 때문에 만약 참석하지 않을 경우 합창 수업을 결석한 것으로 처리하겠다는 소리를 들었다. 합창 과목은 출석 점수로 학점을 주었다. 수업에 결석을 한 번도 하지 않으면 A 학점을 받을 수 있었는데, 그때까지 나는 합창 수업에 빠진 적이 없었다. 하지만 만약 취임식에 참가하지 않는다면 그 시간이 결석으로 처리되어 나는 A 학점을 받을 수 없다는 얘기가 된다. 어떻게 대통령 취임식 참가가 수업의 일환일 수가 있는가. 그때 왜 학교에 따지지 않았을까 후회가 된다. 하기야 따졌어도 별 성과는 없었을 것이다. 여하튼 나는 취임식에 가지 않았고, 그 결과 합창 수업을 한 번도 빠지지 않았음에도 불구하고 B 학점을 받았다.

박정희 정권은 건전 가요의 끊임없는 반복 청취를 통해 국민의 의식을 개조시키려고 했다. 이 시대 건전 가요 중에서 국민에게 가장 심하게 반복의 테러리즘을 자행한 곡은 박정희가 만들었다고 알려진 〈새마을 노래〉와 〈나의 조국〉이었다. 박정희가 죽고 나서 얼마 지나지 않아 친구, 선후배와 술자리를 가진 적이 있었다. 이 자리는 자연스럽게 박정희 성토대회로 변했는데, 그중에 한 친구가 동정론을 폈다.

"야. 너무 그러지 마라. 그래도 박정희가 음악에 조예가 아주 깊은 사람이었다는 건 인정해야 해. 직접 작사, 작곡까지 하셨잖아."

그 말에 내가 음악 전공자의 한 사람으로서 발끈했다.

"〈새마을 노래〉 말하는 거야? 야, 그게 노래냐?"

그러자 한 선배가 조심스럽게 이렇게 말했다.

"그런데 그 노래 유치하긴 하지만 은근히 중독성 있는 것 같지 않니?"

하지만 중독성이 있다고 그 노래의 예술적 완성도가 높다는 의미는 아니다. 그것은 끊임없는 반복 청취가 빚어낸 일종의 부작용 같은 것이었다. 70년대에 우리는 〈새마을 노래〉를 정말 신물 나게 들었다.

새벽종이 울렸네. 새아침이 밝았네
너도나도 일어나 새마을을 가꾸세
살기 좋은 내 마을 우리 힘으로 만드세

초가집도 없애고 마을길도 넓히고
푸른 동산 만들어 알뜰살뜰 다듬세
살기 좋은 내 마을 우리 힘으로 만드세

전 국민을 대상으로 자행된 그 무한 반복의 테러리즘은 예술작품을 판단하는 우리의 감각마저 마비시켜 버렸다. 나는 이런 방식으로 예술의 신을 모독한 박정희를 용서할 수 없다. 『쿠오 바디스』의 페트로니우스가 감히 시인 흉내를 내는 네로를 결코 용서할 수 없었던 것처럼.

예술작품의 가치를 평가하는 기준에는 여러 가지가 있다. 〈새마을 노래〉라는 작품을 평가할 때, 나는 창작자와 그가 만든 작품 사이의 혼연일체성을 기준으로 삼기로 했다. 그런 기준에서 볼 때 〈새마을 노래〉는 불후의 명작에 속한다. 창작자의 정신세계를 있는 그대로 작품 속에 녹여낸 그 숭고한 리얼리즘에 고개가 절로 숙여질 지경이다.

〈새마을 노래〉는 박정희가 작사, 작곡한 것으로 알려져 있었지만 실제로 작곡은 그의 둘째 딸 박근영이 했다고 한다. 이 사실은 훨씬 나중에 밝혀졌다. 어느 날 박정희가 작사한 것을 보여 주면서 "근영아, 콩나물 좀 붙여 봐라"라고 했다는 것. 하지만 이렇게 작곡가가 달라졌다고 해서 이 노래가 갖는 숭고한 리얼리즘의 의미가 퇴색되는 것은 아니다. 아니, 오히려 박근영의 개입으로 그 미학적 완성도가 더 높아졌다고 해야 할까.

박정희를 성토하는 그 술자리에서 우리는 그가 만들었다고 하는 〈나의 조국〉도 불렀다. 물론 그대로 부른 것이 아니라 노래 가사를 바꾸어 불렀다.

> 백두산의 푸른 정기 이 땅을 수호하고
> 한라산의 높은 기상 이 겨레 지켜 왔네
> 무궁화꽃 피고 져도 유구한 우리 역사
> 굳세게도 살아왔네. 슬기로운 우리 겨레

이것이 1절 가사이다. 2절과 3절은 "우리 모두 정성 다해 길이길이 보전하세" "영원토록 후손에게 유산으로 물려주세"라는 가사로 끝나는데, 이것을 활용하여 노래 가사를 바꾸었다.

> 5·16 쿠데타로 이 땅을 장악하고
> 3선 개헌 없었으면 이 나라 망했겠네

우리 기쁜 젊은 날 – 응답하라 1975-1980

10월 유신헌법으로 내 자리 수호하고

길이길이 보전하여 내 딸에게 물려주세

(지만아! 미안해)

새로운 〈나의 조국〉에는 영어 버전까지 있었다.

Five sixteen by coup d'etat

Take over this land

Without third election

This land collapsed

October innovation, maintain my positon

Eternally keeping safe

Hand over my daughter

(I am sorry. Giman!)

이 노래를 부를 때만 해도 우리는 "내 딸에게 물려주세"라는 가사가 훗날 현실이 되리라고는 꿈에도 생각하지 못했다. 그냥 박정희와 박근혜, 박지만을 싸잡아 비웃어 주는 재미로 노래를 불렀다. 그런데 그것이 현실이 되다니. 역사의 신은 인간 세상을 향해 가끔 이렇게 지나친 농담을 던지기도 한다.

『역사란 무엇인가』가
금서인 시대

　　　　　　　　　유신 정권은 민주 인사와 학생들의
반독재 투쟁과 인권운동, 노동운동을 모두 용공으로 몰았다. 사회주의
의 '사' 자만 들어가도 알레르기 반응을 보였다. 마르크스니 엥겔스니
레닌이니 모택동이니 하는 사회주의자들의 저서를 읽고 사회주의 사상
에 대해 공부하는 것은 물론 그들의 이름을 입에 올리는 것조차 금지했
다. 마르크스의『자본론』뿐만 아니라 지금은 서점에 가면 누구나 쉽게
구할 수 있는 온건한 내용의 서적들도 당시에는 모두 금서로 취급되었
으며, 그런 책을 공부하는 것은 체제 전복을 도모하는 이적 행위로 간
주했다.

　유신 시대는 출판의 암흑기였다. 체제에 조금이라도 비판적이라고
생각되는 책은 무조건 출판 금지하거나 판매 금지했다. 그런데 그 판단
기준이 참 황당할 때가 많았다. 이 황당함은 금지 도서를 지정하는 사

람들의 지적 수준에서 비롯된 것이다. 책을 다 읽고 그 내용을 정확하게 파악할 능력이 안 되는 이들이 책의 제목이나 저자의 정치적 성향을 보고 금서를 지정했기 때문이다. 리영희의 책들은 의식화의 원흉으로 당연히 금지되었고 백기완, 김지하, 장준하, 한완상, 김동길 같은 반체제 인사들의 책도 무조건 금지였다. 책의 제목이나 내용에 혁명, 해방, 민족, 사회주의, 노동자, 인권, 운동, 민중, 도시 선교, 계급, 자본주의, 제3세계, 프롤레타리아와 같은 단어가 있으면 역시 금서가 되었다.

금서의 저자 중에 김동길이 눈에 띈다. 그가 쓴 『가노라 삼각산아』 『길을 묻는 그대에게』 『우리 앞에 길이 있다』 세 권이 모두 금지 목록에 올랐는데, 의식화 원흉 3종 세트를 쓴 리영희와 함께 금서 3관왕에 오르는 영광을 누렸다. 그는 1974년 민청학련 사건에 연루되어 구속된 반체제 인사였다. 김동길 교수는 제자들에게 "긴급조치로 박정희는 스스로 자신의 묘혈을 팠다"고 용기 있게 말했는가 하면, 다음과 같은 파격적인 법정 최후진술을 남겼다. "나는 석방을 원하지 않는다. 석방이 되더라도 나는 계속 유신에 반대할 것이다. 그러면 다시 구속될 텐데, 그렇게 구속과 석방을 반복하는 것은 피차 번거로우니까 계속 감옥에서 조용히 살게 해 달라"며 거침없는 기개를 과시했다. 그는 1심에서 징역 15년을 선고받고 그날로 항소를 포기함으로써 유신헌법에 의한 재판을 철저하게 비웃어 주었다.

이 무렵 김동길은 사회의 통념을 뛰어넘는 재치 있는 입담으로 인기를 끌었다. 누나가 이대 총장 김옥길이었기 때문에 가끔 이대 채플 시간에 와서 설교를 하기도 했는데, 내용이 참으로 신선했다. 지금 기억나는 것은 기독교인들의 선민의식을 비판하는 설교였다.

"교회 다니는 사람들이 하나님이 우리만 '특별히' 사랑한다는 말을 많이 하는데 이건 틀린 거예요. 하나님은 어느 누구도 특별히 사랑하지 않아요. 만약 기독교인들만 사랑한다면 비를 내릴 때 예수 믿는 사람 논에만 비를 내리고, 믿지 않는 사람 논에는 비를 내리지 말아야지. 하나님이 그런 치사한 짓을 왜 하시겠어?" 이런 말을 해서 좌중을 웃겼다.

입담이 좋아서 여기저기에서 설교를 많이 했는데, 1977년 양평동에서 야학 출범을 위한 예배를 드리는 자리에서도 김동길 교수가 설교를 했었다.

"며칠 전에 아는 사람이 무슨 상을 받는 자리에 갔었는데, 무슨 놈의 축사가 그렇게 많고, 길이는 또 왜 그렇게 긴지 아주 지루해서 죽을 뻔 했어요. 내가 볼 때 축사하는 사람들 말이 전부 거짓말이야. 그런데 단한 사람 진실을 말하는 사람이 있더라고. 바로 상을 받는 당사자인데, 나와서 '부족하고 보잘것없는 제가 상을 받게 되어서' 뭐 이런 식으로 말을 하더라고. 그 말 빼놓고는 다 거짓말이야."

이렇게 위선과 부조리한 현실에 유쾌하고 통렬한 입담을 날리던 그가 언제부터 달라지게 되었는지 모르겠다. 80년대 후반에 우리가 모 일간지를 구독하고 있었는데, 그때 그 신문에 김동길의 칼럼이 정기적으로 실렸다. 그런데 그 내용이 너무 황당해서 도저히 읽어줄 수 없을 정도였다. 이 때문에 신문 구독을 끊기로 했다. 남편이 신문을 끊겠다고 보급소에 전화를 했다.

"신문을 끊으시는 이유가 뭔데요?"

"그걸 꼭 얘기해야 하나요?"

"저희가 신문사에 보고하도록 되어 있거든요. 독자의 의견을 잘 파악

해서 신문 제작에 참고하려고 합니다."

"아침에 그 상판××를 신문에서 보고 나면 온종일 재수가 없어서요."

그러자 보급소 직원이 '얼굴'을 의미하는 네 음절의 비속어를 천천히 받아 적었다.

"아, 그러니까 그 상…… 판…… ×…… ×……를 보면 온종일 재수가 없으시다고요?"

네 음절로 이루어진 그 단어가 무엇인지는 독자 여러분이 충분히 짐작하리라 믿는다.

금서 중에는 전혀 금서가 될 이유가 없는 책도 많았다. 그 대표적인 예가 E.H. 카의 『역사란 무엇인가』이다. 영화 〈변호인〉에서 공안 당국이 불온서적으로 지정했던 바로 그 책이다. 그 밖에도 〈변호인〉에 나온 불온서적으로 『전환시대의 논리』『우상과 이성』『난장이가 쏘아올린 작은 공』『자본주의 사회주의 민주주의』『경제사관의 제문제』『제3세계의 이해』『민족경제론』『한국경제의 실상과 허상』『제3세계와 종속이론』『해방전후사의 인식』등이 있는데, 모두 70년대 운동권의 필독서로 널리 읽힌 책들이다. 영화에서 증인이 『역사란 무엇인가』의 저자가 소련에서 살았기 때문에 이 책이 공산주의 서적이라고 우기자 송우석 변호사가 이렇게 말한다.

"네 맞습니다. 소련에서 살긴 살았습니다! 근데 왜? 소련 사람도 아니면서 소련에서 살았는가! 그게 중요합니다. E.H. 카는 6·25 때 우리를 위해 참전한 우방 영국의 외교관이었습니다. 소련에는 영국 대사로 파견 나갔던 겁니다."

재판장이 이 말을 입증할 수 있냐고 하자 송우석 변호사는 영국 외교부에서 보내온 전문을 읽는다.

"E.H. 카는 런던에서 태어나 케임브리지대학을 졸업한 영국인으로 영국을 위해 헌신한 외교관이며, 존경받는 역사학자이다.『역사란 무엇인가』라는 책이 공산주의 사상을 옹호하는 책이 아님을 밝힌다. 아울러 『역사란 무엇인가』가 한국 독자들에게 많이 읽히길 바란다. 영국 외교부. 이 학생들 빨갱이 만들려고 인제는 6·25 때 참전한 영국 외교관도 빨갱이라고 우길 겁니까?"

『역사란 무엇인가』는 불온서적이 아니며 더구나 공산주의 사상을 담은 책은 더더욱 아니다. 그전에 대학입시 본고사의 지문으로도 나왔었고, 대학에서 추천하는 필독서이기도 했다. 대학 3학년 때 교직과목으로 이수한 교육사 시간에 김인회 교수가 "역사는 현재와 과거의 영원한 대화"라는 말을 재미있는 에피소드에 비유해서 설명했던 것이 기억난다. 여담이지만 강의 내용을 잠깐 소개하자면 다음과 같다.

A라는 여자가 있었다. 그녀는 대학 시절에 B라는 남자와 아주 로맨틱한 연애를 했다. 하지만 대학을 졸업하고 막상 결혼을 하려고 보니 B의 가정환경이 마음에 걸렸다. B는 홀어머니에 줄줄이 달린 동생들을 모두 책임져야 하는 집안의 실질적인 가장이었다. A는 B를 사랑하지만 평생 시댁 식구들 뒷바라지할 정도로 사랑하지는 않았다. 그래서 결국 B와 헤어지고, 아는 사람의 중매로 C라는 남자를 만났다. 중매쟁이의 말에 의하면 C는 안정적인 직장을 가지고 있으며, 시부모는 모두 돌아가셔서 부양할 가족은 없다고 했다. 여자의 입장에서 보면 있을 건 있고, 없을 건 없는 천상의 신랑감이었다. 결혼 생활은 평범했다. 성실한 남편이 매달 가져다주는 봉급으로 풍족하지는 않지만 그렇다고 막 쪼

들리지도 않는 그런 삶을 살았다. 연애 시절처럼 눈부시게 행복한 순간은 없었지만 크게 아쉽지는 않았다. 다른 사람도 결혼하면 으레 그렇게 사는 것이려니 하면서 살았다.

그러던 어느 날, 우연히 TV 뉴스에서 B의 모습을 보게 되었다. 외국에서 벌인 사업이 크게 성공해 어마어마하게 많은 돈을 번 그가 금의환향했다는 뉴스였다. 그때 B의 옆에서 카메라 플래시를 받으며 환하게 웃고 있는 그의 아내가 눈에 들어왔다. 표정에서부터 '있는 자'의 여유가 느껴졌다. 저 자리가 내 자리가 될 수도 있었는데, 때늦은 후회가 밀려왔다. 그때부터 성실한 남편이 갑자기 무능력해 보이기 시작했다. 그래서 남편에게 짜증을 많이 부렸다.

그러던 어느 날, 또 B가 나오는 뉴스를 보게 되었다. 하지만 이번에는 쇠고랑을 찬 모습이었다. B가 사실은 사기꾼이었으며, 큰돈을 벌었다는 말도 다 사기였다는 것. 이번에 주가조작으로 다시 큰돈을 벌려다 걸려서 감옥에 가게 되었다는 뉴스였다. 그것을 보고 A는 가슴을 쓸어내렸다. 며칠 전까지는 B와 결혼하지 않은 것을 후회했지만 이제는 그와 결혼하지 않은 것이 얼마나 다행인지 모른다고 생각하게 되었다. "A와 B가 결혼하지 않았다"는 것은 움직일 수 없는 역사적 사실이지만, 이에 대한 해석은 경우에 따라 달라질 수 있다는 것이 교수님 말씀의 요지였다.

『역사란 무엇인가』와 같이 공산주의와 아무런 상관이 없는 책도 금서가 되다 보니 출판사에서도 이념 서적을 내기 위한 나름대로 비책을 강구했다. 말하자면 책의 제목을 아주 원론적으로 짓는 것이다. 『정치학 기초입문』 『철학 입문』 『정치학 개론』 이런 식으로 지으면 책을 꼼

꼼히 읽어 보지 않는 이상 불온한 내용을 담고 있다는 것을 알아내기 힘들기 때문이다.

당시에는 금서를 가지고 있기만 해도 구속되었다. 그래서 집에 형사가 찾아오면 우선 문을 잠그고 문제가 될 만한 책을 숨긴 다음에 문을 열어 주었다. 친구가 수배를 당하면 다른 친구들이 그의 집에 가서 책들을 정리해 주고 오기도 했다. 그때는 집회 현장 근처나 교문을 통과할 때 수시로 가방 수색을 당했는데, 이때 문제가 될 만한 책을 가지고 있으면 바로 경찰서로 끌려갔다. 막스 베버의 『프로테스탄트 윤리와 자본주의 정신』이라는 책을 갖고 있다가 끌려간 친구도 있었다. 경찰이 '막스'를 '마르크스'로 알았기 때문이라고 한다.

금서와 관련해서는 이외에도 재미있는 얘기들이 많다. 대부분 사실이 아닌, 그야말로 웃자고 만든 얘기인데 제일 유명한 얘기가 앞에서 말한 막스 베버의 책에 관한 것이다. 긴급조치 위반으로 친구가 감옥에 들어가면 밖에 있는 사람들이 책을 넣어 준다. 교도소의 영치 담당이 책을 검열하는데, 이것을 통과하기가 쉽지 않다. 조금이라도 문제가 있으면 바로 퇴짜를 놓기 때문이다. 여하튼 당시에 막스 베버의 책은 무조건 안 된다는 것이 정설이었다. 검열관이 막스 베버를 칼 마르크스라고 생각하기 때문이란다.

검열관이 영어를 잘 모르기 때문에 원서는 웬만하면 통과한다는 말도 있었다. 예를 들어 『Class Struggle』 즉 『계급 투쟁』이라는 책이 있는데, 이것을 『학급 전쟁』이라고 하면서 학교 아이들끼리 싸우는 소설이라고 해서 무사히 통과했다는 말도 있었다. 마르크스 경제학자인 폴 스위지의 『Theory of Capitalist Development자본주의 발전 이론』와 역시 마르크스 경제학자인 모리스 도브의 『Studies in the Development of Capitalism자본주의 발전 연구』역시 별 어려움 없이 검열을 통과할 수 있었다. 두 권 다 자본주의를 비판한 것이지만 제목에 '발전' 즉 'development'라는 단어가 들어 있기 때문이다. 자본주의가 발전한다는데 이것을 가지고 꼬투리를 잡을 사람이 누가 있겠는가? 그 검열관이 영어를 못 해도 'development'가 '발전'이라는 것 정도는 알고 있다는 것이다.

그런데 영어 원서임에도 검열을 통과하지 못한 책이 있다. 폴 스위지와 함께 활동했던 경제학자 리오 후버만의 자본주의 경제사 『Man's Worldly Goods인간의 세계적 재화』이다. 나는 지금도 이 책을 가지고 있는데, 앞에서 얘기한 스위지와 도브의 책에 비해 영어가 엄청 쉬워 원서임에도 불구하고 아주 수월하게 책을 읽었던 기억이 난다. 그런데 후버만의 이 책을 검열관이 '남자의 세계적 물건'이라고 해석하는 바람에 통과가 안 되었단다. 제목을 보고 영어로 된 음란 소설인 줄 알았다고. 실제로 교도소의 영치 도서 검열관이 이랬을 가능성은 지극히 낮다. 하지만 너무나 말도 안 되는 이유로 퇴짜를 맞다 보니 이런 우스갯소리가 나온 것이다.

나는 유신 정권의 금서 정책이 효과가 있었다고 생각하지 않는다. 읽고 싶은 책은 어떻게든 구해서 다 읽었기 때문이다. 서대문인가 어딘가에 금서만 전문적으로 취급하는 곳도 있었다. 이름이 '진흥문화사'인가 그랬다. 거기서 레닌, 모택동, 카를 카우츠키, 루카치, 파울로 프레이리, 폴 스위지, 모리스 도브 등 이름만 들어도 무시무시한 이론가들의 책을 복사한 해적판을 팔았다. 나도 여기서 파울로 프레이리의 『비판의식을 위한 교육』과 폴 스위지의 『자본주의 발전 이론』, 모리스 도브의 『자본주의 발전 연구』를 샀다.

그 후에 광화문의 세종문화회관 뒤편에 '민중문화사'라는 서점이 생겼는데, 여기서도 뒷거래로 이런 금서들을 팔았다. 당시 정진영(고대 사학과 69)과 함께 이 서점을 운영하던 김태경(서울대 미학과 74, 작고)은 일찍이 헌책방이나 외서 수입상과 안면을 터서 못 구하는 책이 없었다. "민중문화사에 없으면 대한민국에 없다"라는 말이 나올 정도였으니까. 그가 그 금서들을 다 읽었는지는 모르겠지만 여하튼 학문적 자부심이 높았던 것은 틀림없다.

그와 관련해서 생각나는 일화가 있다. 79년 가을인가. 친구들과 일본어 공부도 할 겸 일본어판 『현대의 휴머니즘』을 읽기로 하고 책을 사러 민중문화사에 갔다. 마침 김태경이 있었다. 내가 "『현대의 휴머니즘』 주세요"라고 했더니 그가 대뜸 "지금 몇 학년이세요?"라고 물었다. 내가 "졸업했는데요"라고 하자 "졸업했는데 이제 그 책을 읽어요?"라면서 한심하다는 표정을 지었다. 그러고는 내가 달라고 하지도 않은 『인간의 과학과 철학』 일본어판을 내밀었다. 순간 화가 났다. 안 그래도 그가 책을 사러 온 사람들을 종종 이런 식으로 대한다는 얘기를 들었던 나는 단호하게 말했다. "누가 이 책 달라고 했어요? 그냥 『현대의 휴머니즘』 주세요." 그러자 "하, 아직도 자본주의적인 사고에서 벗어나지 못한 사람이 있네"라며 빈정거리는 것이 아닌가. 그 말에 나는 이렇게 쏘아붙였다. "『현대의 휴머니즘』 읽는 거랑 자본주의가 무슨 상관이 있는데요? 그런 식으로 치면 책을 팔아서 이윤을 남기는 이 서점은 자본주의 체제 안에 있는 것 아닌가요?" 그 말에 감정이 상한 그가 "네. 네. 잘 알겠습니다. 나같이 책이나 팔고 있는 무식한 놈이 뭘 알겠습니까?"라고 대꾸했다. 나는 그가 권하는 『인간의 과학과 철학』을 끝내 거부하고 기어이 『현대의 휴머니즘』을 사 들고 서점을 나왔다.

지금은 고인이 된 그를 욕하려고 이 이야기를 하는 것은 아니다. 누구나 젊었을 때는 자부심에 과부하가 걸려 이런 행동을 하는 경우가 많다. 일찍이 사회과학 서적을 탐독한 그에게 대학을 졸업씩이나 한 사람이 자기 눈에 초보용으로 보이는 책을 읽겠다고 하니 충고를 하고 싶었을 것이다. 그 방식이 다소 과격해서 문제였지만 말이다. 여하튼 그의 충고가 어떤 작용을 했는지 나는 나중에 그가 추천한 『인간의 과학과 철학』을 읽기는 했다. 나와 그가 다툰 이야기가 얼마 후 서점 주인인 정진영의 귀에 들어갔다. 나중에 그가 맥주 한 잔 사겠다고 해서 친구와 함께 얻어먹었는데, 술을 사주는 이유는 내가 '김태경과 싸운 유일한 사람이어서'였다. 그로부터 몇 년 후, 나는 그가 강금실(서울대 법학과 75, 전 법무부 장관)과 결혼했다는 소식을 들었다.

금서 판매는 짭짤한 수입이 되었다. 수요와 공급의 법칙에 따라 수요는 많은데 공급이 달리니 당연히 장사가 잘될 수밖에. 후배 중에 아르바이트로 금서와 창비 단행본을 파는 친구가 있었다. 장사가 아주 잘되어 돈을 꽤 벌었는데, 여기에는 그만의 영업 비책이 있었다. 금서에 단행본을 끼워 파는 것이 그것이었다. 그는 금서를 사면 반드시 곁다리로 창비 단행본을 사야 한다는 조건을 내걸고 영업을 했다. 창비 단행본은 서점에 가면 얼마든지 살 수 있지만 금서는 마음대로 살 수 없기 때문에 금서가 필요한 사람은 울며 겨자 먹기로 창비 단행본을 사야만 했다. 치사하다고 불평하는 사람도 있었지만 그는 이에 아랑곳하지 않고 자신의 영업 방식을 고수해 짭짤한 수입을 올렸다.

　그런가 하면 후배 중에 어디선가 용케도 일본어나 영어로 된 금서를 잘 구해와 선배들의 사랑을 받던 친구가 있었다. 마치 싸움터에서 남달리 값비싼 전리품을 약탈해 왕 앞에 내놓는 충실한 장군처럼 그는 세미나 때마다 선배들 앞에 이런 금서들을 의기양양하게 꺼내 놓으며 자신의 능력을 과시하곤 했다. 보안 감각이 남달랐던 그 후배는 불가피하게 사회주의자들의 이름을 말하게 되었을 때 절대로 그것을 그대로 발음하지 않았다. 누군가가 자신의 얘기를 엿듣고 있을 경우를 대비해 마르크스는 M, 레닌은 L, 트로츠키는 T, 엥겔스는 E라고 불렀다. 공부할 때마다 "M이 말하기를" 혹은 "E가 그랬는데" 하는 식으로 말을 시작했으며 수시로 "M 읽어 봤어요?" 혹은 "L 읽어 봤어요?"라고 물어 선배들을 당혹스럽게 만들곤 했다. 그의 이런 식 질문에 물린 한 친구가 어느 날 그에게 넌지시 이렇게 물은 적이 있다.

　"너 P 읽어 봤니?"

　P 자로 시작하는 사회주의자의 이름을 얼핏 떠올릴 수 없었던 그 후배가 되물었다.

　"P가 누군데요?"

　"가까이서 본 박정희 대통령."

78년 투쟁의
첫 테이프를 끊은
김철수

　　　　　도시산업선교회의 양평동 야학은 1년
과정을 무사히 끝내고 조촐하게 졸업식을 치렀다. 그리고 이듬해 구로
동에서 새로운 야학을 시작했다. 기존의 멤버 중에서 일부는 빠지고 일
부는 남았다. 야학을 나간 교사 중에는 거사巨事를 준비하는 친구도 있
었다. 하지만 어느 누구도 그 말을 입 밖에 내지 않았다. 그런 것은 알아
도 모르는 척하는 것이 이 세계의 불문율이었으니까.

　1978년 한 해를 어떻게 보냈는지 모르겠다. 평소에 알고 지내던 친
구, 후배가 시위를 주도해 잡혀 들어갔다는 소식이 여기저기서 동시다
발적으로 들려왔다. 그 첫 테이프를 끊은 사람이 김철수였다. 겉으로 말
은 안 했지만 그는 양평동 야학을 할 때 이미 거사를 준비하고 있었던
것 같다. 일찌감치 노동운동에 뜻을 두고 있던 그에게 대학 졸업장은
아무 의미가 없었다. 당시 이런 생각을 하는 친구들이 거치는 전형적인

코스가 있었다. 그것은 시위 주도, 제적, 구속, 공장행이었다. 일단 한 번 터트리고 구속되어 형을 살고 나오면 바로 노동현장으로 들어가는 것이 정해진 수순이었다.

1978년 5월 8일, 김철수는 친구 서동만(서울대 정치학과 75, 전 상지대 교수, 작고), 부윤경(서울대 경제학과 75, 삼성물산 부사장)과 함께 시위를 주도했다. 서동만, 부윤경은 그 자리에서 잡혔지만 김철수는 현장을 무사히 빠져나가는 데 성공했다. 김철수가 도망가자 서동만과 부윤경은 그를 빼고 두 사람이 시위를 주동한 것으로 입을 맞추었다. 실제 선언문 낭독은 김철수가 했는데, 부윤경이 친구를 보호하기 위해 자기가 한 것으로 진술했다. 그 후 도피 중인 김철수가 군대에 갔다는 소식을 들었다. 데모를 주동하고 도피 중인 사람이 어떻게 군대에 갈 수 있을까 의아했는데, 알고 보니 서동만과 부윤경이 그를 사건에서 빼준 덕분에 그럴 수 있었다고 한다. 도피 생활 중 징집영장을 받은 김철수가 뒤늦게 자신이 사건에서 빠진 것을 알고 안심하고 군에 입대한 것이다. 하지만 그 후 다른 사건을 수사하는 과정에 과거의 혐의가 드러나는 바람에 군사재판을 받는 신세가 되었다.

민간인 신분이 아닌 군인 신분으로 구속되었다면 밖에서보다 훨씬 혹독한 취급을 받을 것이 뻔했다. 군사재판이라니. 생각만 해도 치가 떨렸다. 그로부터 며칠 후 가리봉동에 있는 김철수의 집을 찾아가 그의 가족들을 만났다. 그의 누나하고 이야기를 나누었는데 지금은 무슨 얘기를 했는지 잘 생각나지 않는다. 다만 가족 모두가 아주 절망하고 있었던 것만은 기억에 생생하다.

김철수가 서울대에서 시위를 한 바로 다음 날인 5월 9일 아침, 양평동 야학을 같이하던 친구 윤혜주로부터 전화가 왔다.

"오늘 채플 시간에 정순이가 터트린대. 지금 정순이한테 유인물 받아서 화장실에서 몰래 한 장씩 학보 사이에 끼워 넣고 있어."

그 말을 듣고 나는 "올 것이 오고야 말았구나"라고 생각했다. 최정순(이대 사회학과 75, 서울시의원)이 언젠가는 한 건 터트릴 것이라고 미리 짐작하고 있었기 때문이다. 그로부터 1년 전인 1977년, 정순이를 비롯한 선후배들이 반정부 시위를 계획했다가 미수에 그친 사건이 있었다. 4·19 기념일을 며칠 앞둔 4월 16일 채플 시간에 검은 리본을 나누어 주고 반정부 선언문을 낭독한다는 계획이었다. 이때 최정순과 신경진(사회학과 74)이 검은 리본을 배포하는 역할을 맡고 홍미영(사회학과 74, 전 국회의원)이 선언문을 낭독하기로 했다. 그런데 거사 당일, 검은 리본을 다 나누어 주었는데도 선언문을 읽기로 한 홍미영이 나타나지 않았다. 그 바람에 시위 계획이 수포로 돌아가고 말았다. 홍미영이 거사 계획을 사전에 들키는 바람에 그렇게 되었다고 한다.

비록 미수에 그치기는 했지만 정순이의 이런 전과를 아는 주변 사람들은 이 친구가 언젠가는 크게 한 건 할 것을 짐작하고 있었다. 그날이 1978년 5월 9일이었다. 이날의 시위는 이대 학생 운동권이 암암리에 계획해 온 일련의 시위 중 마지막 작품이었다. 그전에 학내 이념 서클의 대표인 김광희(파워), 전방지(새얼), 최정순(흥사단아카데미), 박인혜(기독교학생회)가 모여 대대적인 학생 시위를 계획했다. 그때 시위를 한 번에 하지 말고 분위기를 고조시키는 의미에서 세 번에 나누어서 하기로 했다. 이대 후문 옆에 C관이라는 건물이 있다. 인문사회 계열과 교양학부가 사용하는 건물인데, 여기에 몇백 명을 수용할 수 있는 대형 강의실이 있다. 414호실이다. 4월 14일, C관 414호실에서 '근대화 현장과 인간소외에 관한 학술 세미나'가 열렸다. 이때 김안나(사회학과 76)가 '8천 이화인에게'라는 유인물을 배포했다. 정순이도 함께 유인물을 제작했는데, 필체를 들키지 않기 위해 왼손으로 글씨를 썼다고 한다. 이 유인물 배포 사건은 들키지 않고 완전 범죄로 끝났다. 1차 계획이 성공한 것이다.

2차 시위는 5월 4일에 있었다. 사범대 축제 '벗님네와'에서 박인혜(국문과 75), 한경희(가정관리학과 75), 오현주(사회생활학과 75)가 학도호국단 철폐와 학원 자유 보장, 유신헌법 철폐와 민주 질서 회복, 긴급조치 철폐와 구속 학생 석방, 노동자 인권 보장 등을 주장한 유인물을 배포했다. 이 자리에서 주동자인 한경희, 오현주를 비롯한 학생 이십여 명이 연행되었다. 한편 박인혜는 유인물을 나누어 주고 무사히 현장을 빠져나오는 데 성공했다. 하지만 집으로 들어갔다가 하루 만에 5월 8일 아침, 가족과 함께 식사하던 중 갑자기 들이닥친 형사에 의해 체포되었다.

박인혜가 잡혀간 바로 다음 날인 5월 9일은 야심차게 계획한 일련의 시리즈의 마지막 방점을 찍는 날이었다. 주동은 최정순 한 사람이지만 여기에는 배후가 있었다. 인재근(사회학과 73, 국회의원), 고은광순(사회학과 73, 한의사), 이혜경(사회학과 73)이었다. 이 선배들이 돈을 모아 정순이에게 8천 원을 주었다. 정순이가 이 돈으로 서울역 밑에 있는 문방구에 가서 등사기와 종이를 샀다. 그리고 김안나의 방에서 유인물 3천 장을 찍었다. 등사기를 일일이 손으로 밀어 3천 장을 찍어 내는 것은 만만치 않은 일이었다. 정순이는 한 장 한 장 유인물이 나올 때마다 말할 수 없이 가슴이 벅차올랐다고 한다. 등사기를 미는 손에서 일종의 전율이 느껴졌다고.

정순이는 시위 바로 전날까지 아무에게도 이 사실을 말하지 않았다. 1977년에 이른바 검은 리본 사건이 미수에 그친 아픈 경험이 있기 때문이다. 그래서 이번에는 사전에 발각되지 않도록 모든 것을 극비리에 진행했다. 혼자서 모든 것을 해야 하는 고립감과 중압감이 엄청났다. 그때 혼자서 술을 많이 마셨다. 지금도 잘 먹지 못하는 술을 그때는 소주 한 병 반씩이나 마셨다. 술집에서 그렇게 혼자 술을 마시고 술집을 나와 길을 걷다 보면 사방이 뭉크의 그림처럼 구불구불 구부러진 것처럼 보였다. 술에 취해 비틀비틀 걸으며 실존적 고민을 많이 했다. 시위를 하면 감옥에 가겠지. 한 10년을 받을지도 몰라. 그래도 좋다. 한 10년 썩는다고 생각하지. 뭐. 이런 생각을 하며 술 취한 몸으로 흔들흔들 자취방으로 돌아가곤 했다.

5월 9일 아침, 최정순은 아주 가까운 친구들에게만 채플 시간에 시위를 할 계획임을 알렸다. 다른 학교에 비해 이대는 상대적으로 '데모하기 좋은 학교'로 꼽힌다. 채플 시간이 있기 때문이다. 운동권 학생들이 학내 시위를 계획할 때 제일 먼저 부딪치는 난관이 학생들을 한자리에 모으는 것이었다. 그때는 교내 곳곳에 경찰 즉 '짭새'들이 쫙 깔려 있어서 누군가 구호를 외치기만 하면 몇 초 만에 여러 명이 달려들어 바로 잡아가곤 했다. 제대로 된 구호 몇 마디 외쳐보지도 못하고 잡혀간 경우가 부지기수였다. 사정이 이러니 학내 여기저기에 흩어져 있는 학생들을 선동해 한군데로 모으는 일이 쉽지 않았다. 몇백 명 모으는 것도 힘들었다.

그런 면에서 채플 시간이 있는 이대나 연대 같은 기독교 학교는 운동권 학생들의 '데모 본능'을 자극하는 천상의 환경을 갖추었다고 해도 과언이 아니다. 내가 학교 다니던 시절에 이대생은 모두 8천 명이었고, 대강당의 수용인원이 4천 명이었다. 그래서 단과대별로 월, 수, 금과 화, 목, 토로 나누어 일주일에 세 번씩 12시에서 12시 20분까지 예배를 드렸다. 나는 짧게 시간을 나누어 일주일에 세 번씩 예배를 드리는 것이 매우 효율적이지 못하다고 생각했다. 하지만 다른 학교 운동권 친구들은 정말 부러워했다. "월요일부터 토요일까지 매일 4천 명이 한자리에 모인다는 거지? 그런데 어떻게 데모를 안 할 수가 있어? 이런 환경에서 데모를 안 한다는 것은 역사에 대한 죄악이야." 이렇게 말하는 친구도 있었다.

그렇기 때문인지 유신 정권은 기독교 학교의 채플 시간을 아주 싫어했다. 하지만 기독교가 학교의 설립 이념이기 때문에 제아무리 독재 정권이라도 예배를 금지할 수는 없었다. 그랬다가는 정말 난리 나지. 대한민국에서 개신교 파워가 얼마나 막강한데. 자칫 잘못 건드렸다가 자칭 보수라고 하는 사람들까지 들고 일어설 수 있으니 이도 저도 못 하는 상황이었다. 그때 서대문서 형사가 "김옥길(이대 총장)이가 말이야. 그놈의 채플이라는 걸 핑계로 애들을 그렇게 많이 모아 놓으니 이거 되겠어? 이건 그냥 대놓고 데모하라는 거나 마찬가지잖아" 하며 한탄하던 것이 기억난다.

채플 시간이 하도 문제가 되자 결국 대강당 채플이 폐지되었다. 그 후에는 채플이 단과대별로 혹은 학과별로 이루어졌다. 하지만 정순이가 시위를 주도한 1978년에는 대강당 채플이 살아 있을 때였다. 아침에 혜주로부터 거사 계획을 들은 나는 두근거리는 가슴을 안고 대강당

우리 기쁜 젊은 날 – 응답하라 1975-1980

으로 들어갔다. 아직 예배가 시작되기 전, 학생들이 찬송가를 부르고 있었다. 정순이가 언제 등장할까 초조한 마음으로 기다리고 있는데, 드디어 정순이가 연단 위로 올라갔다. 연단 위에 앉아 있는 김옥길 총장에게 "총장님 죄송합니다"라고 꾸벅 절을 하더니 선언문을 낭독하기 시작했다. "8천 이화인이여!"로 시작하는 선언문이었다. 내용은 이화인의 각성을 촉구하는 것으로 길이는 그렇게 길지 않았다. A4 용지 한 장 정도의 분량이었다. 정순이는 선언문을 쭉 읽어 나가다가 마지막에 유신헌법 철폐, 긴급조치 해제, 학원 자유 보장, 동일방직 사태의 해명을 요구하는 구호를 외쳤다.

갑작스러운 사태에 당황한 김옥길 총장이 최정순을 말렸다. 놀라기는 학생들도 마찬가지였다. 모두들 어리둥절한 표정이었다. 그래서인지 선언문을 낭독한 후에도 별 반응이 없었다. 이에 머쓱해진 정순이가 다시 한번 선언문을 낭독했다. 그런 다음 서둘러 자리를 빠져나갔다. 주변의 조력자들이 얼른 정순이의 웃옷을 벗긴 다음에 뒷문으로 피신시켰다. 예배는 무산되었지만 강당에 남아 있는 학생들은 밖으로 나가지 않고 노래를 불렀다. 당시만 해도 변변한 저항 가요가 없던 시절이라 찬송가 중에서 이런 상황에 어울릴 만한 노래, 예를 들자면 〈부름 받아 나선 이 몸〉과 같은 노래를 계속해서 불렀다. 총장이 마이크를 잡고 "너희들 그만해. 그만하라고. 그만하지 못해!"라고 외쳤지만 아무도 그 말을 듣지 않았다.

채플 시간에 워낙 사고(?)가 많이 나는지라 당시에는 형사들이 채플 시간마다 대강당 2층에서 망원경으로 감시를 했다. 그날도 예외는 아니었다. 사고가 터지자 바로 주동자인 최정순의 인상착의를 포착하고 검거에 나섰다. 하지만 정순이는 이미 밖으로 도망친 후였다. 그런데 현장에 정순이와 비슷하게 덩치도 크고 키도 큰 후배가 있었다. 박정옥이라는 후배였는데, 형사가 이 친구를 정순이로 오인해 잡아갔다. 경찰서로 잡혀가는 동안 아무리 나는 최정순이 아니라고 해도 막무가내였다. 잡혀간 지 이틀 후에야 겨우 풀려났다. 이 후배는 지금도 정순이를 만나면 "그때 경찰이 나를 왜 언니로 잘못 봤는지 모르겠어. 정말 기분 나빠. 내가 언니보다 훨씬 예쁜데 말이야"라면서 웃는단다.

나는 강당에 남아 계속 노래를 부르면서도 속으로 "우리 이제 어떻게 하지?" 하는 생각을 했다. 주동자가 없으니 아무리 인원이 많아도 그냥 오합지졸이었다. 그렇게 노래를 부르다가 어찌어찌해서 밖으로 나오게 되었다. 그중 일부가 대강당 앞 계단에 앉았다. 강당에서 나온 사람은 4천 명이지만, 정작 남은 사람은 2백여 명 정도밖에 되지 않았다. 뭘 어떻게 해야 할지 몰라 그냥 멀뚱멀뚱 앉아 있었다. 누구 한 사람 나서서 구호를 외치든가 노래를 불렀으면 금세 분위기가 달라졌을 텐데 아무도 그런 용기를 내는 사람이 없었다. 사복 경찰 여러 명이 우리를 빙 둘러싸고 있었다. 그렇지만 뭐 분위기가 그렇게 험악하지는 않았다.

경찰들은 평소에 누가 말썽을 일으킬 사람인지 다 파악하고 있었다. 평소에 사고를 칠 가능성이 있는 학생들을 자주 만나 동향을 파악하거나 "부모님 속 썩이지 말고 공부나 열심히 해"라는 충고를 하기도 했다. 그렇게 형사와 학생이 자주 만나다 보니 심지어 친해 보이기까지 했다. 한 형사가 계단에 앉은 무리 중에서 평소에 친하게(?) 지내던 학생을 발견했다. "무슨 학과 아무개. 너, 집에 가라. 부모님이 이걸 보시면 얼마나 걱정하시겠니?" 하자 지목을 받은 친구가 "싫어요. 안 갈 거예요"

우리 기쁜 젊은 날 - 응답하라 1975-1980

라고 장난스럽게 대답하는 등 나름 분위기가 화기애애했다. 증거 채집을 위해 사진을 찍는 형사를 향해 "아저씨. 사진 예쁘게 찍어 주세요. 나중에 선볼 때 쓰게"라며 손을 흔드는 친구도 있었다.

멀리 교문 앞에 닭장차 두어 대와 전경 수십 명이 서 있는 것이 보였다. 얼마나 시간이 지났을까. 갑자기 정문에 도열해 있던 전경들이 발을 맞추어 우리가 있는 계단 쪽으로 걸어오기 시작했다. 저벅저벅 발자국 소리를 내며 전경들이 다가오는 모습을 보니 공포가 밀려왔다. 방금 전까지 화기애애하던 분위기가 갑자기 얼어붙었다. 계단에 있는 학생들이 동요하기 시작했다. 하나씩 슬금슬금 자리에서 일어나 도망치려고 하는 순간, 발을 맞추어 걸어오던 전경들이 갑자기 2인 1조로 달려들어 잡아가기 시작했다. 순식간에 계단 주변이 아수라장이 되었다. 전경들은 도망가는 학생들을 필사적으로 쫓아가 마구 잡아들였다. 곳곳에서 비명이 난무했다. 나는 죽기 살기로 도망쳤다. 다리가 후들후들 떨렸다. 전경들이 특별히 폭력을 가한 것도 아닌데, 왜 그렇게 무서웠는지 모른다. 공권력의 위력을 아주 가까이에서, 처음으로 보았기 때문일까. 여하튼 태어나서 그렇게 무서운 적은 처음이었던 것 같다.

대강당의 뒷문으로 빠져나온 정순이는 그 후 이화여대 기독교학과 박순경 교수 집에서 숨어 지냈다. 그러다가 5월 25일 오빠의 권유로 자수했다. 서대문경찰서에서 조사를 받는 과정에서 정순이는 자기가 긴급조치 9호 위반 외에 교사죄까지 저지른 것으로 되어 있음을 알게 되었다. 5월 4일 시위를 주도한 박인혜, 오현주, 한경희가 모두 최정순이 시켜서 했다고 진술했기 때문이다. 정순이가 안 잡힐 줄 알고 그랬다고 한다. 정순이는 "똑같은 4학년인데 누가 누구를 교사합니까? 저는 오현주 한 번 만난 것밖에 없습니다"라고 부인했다. 나중에 재판에서 박인혜가 최정순이 시켜서 한 것이 아니라고 진술을 번복했지만 받아들여지지 않았다. 긴급조치 9호 위반에다 교사죄까지 덤으로 뒤집어쓴 최정순은 항소심에서 징역 1년 6개월형을 받았다.

80년 봄
후배들 앞에서 〈백치 아다다〉를
부른 최정순

　　　　　　　　　　　2심에서 1년 6개월형을 받은 최정순
은 1979년 3월, 구속 11개월 만에 형 집행 정지로 풀려났다. 그리고 다
음 해 3월에 복학했다. 유신 시대에 긴급조치 위반으로 제적당했던 학
생들이 이때 모두 학교로 돌아왔다. 같은 학번 친구들은 이미 졸업을
한 상태지만, 정순이는 뒤늦게 대학을 다닌 덕분에 소위 '서울의 봄'이
라는 1980년 봄의 투쟁 과정을 고스란히 지켜볼 수 있었다.

　학생운동은 박정희가 죽은 직후인 1980년을 기점으로 큰 변화를 겪
었다. 우선 눈에 띄는 변화는 양적 팽창이었다. 70년대만 해도 대학에
서 운동권은 비주류에 속했다. 전체 대학생의 비율로 볼 때 극히 일부
학생들만 참여했다. 그런데 80년에 들어서면서 운동권 학생의 수가 폭
발적으로 늘어났다. 그때는 대학생이면 누구나 운동권일 정도로 학생
운동이 대중화, 보편화되었다. 이론투쟁도 치열하게 전개되었다. 70년

대에는 운동권 학생들이 그저 인문사회과학을 열심히 공부하기만 했지 서로 다른 노선이나 이론을 앞세우며 논쟁을 벌이지는 않았다. 하지만 80년대 들어서자 민족해방파(NL)니 민중민주파(PD)니 하는 정파로 나뉘어 서로 치열하게 이론투쟁을 벌이기 시작했다. 사실 나는 구세대 사람으로 이 두 정파가 주장하는 바를 그저 어렴풋이 알고 있을 뿐이다. 그리고 지금 와서 더 자세하게 알고 싶은 생각도 없다.

시위의 양상도 많이 달라졌다. 70년대에는 가물에 콩 나듯 있던 가두시위가 80년대에 들어와서는 일상의 풍경이 되었다. 스크럼을 짜고 구호나 외치던 70년대식 시위는 낭만 시대의 유물이 되었다. 구호 대신 돌과 화염병이 난무하고, 누군가 분신자살로 아까운 생을 마치는 일이 일어나곤 했다. 운동의 양상이 이렇게 변한 것은 그만큼 한국 사회가 잔혹해졌기 때문일 것이다. 더 이상 박정희 시대와 같은 투쟁 방식으로는 사회를 바꿀 수 없다는 절박함. 그것이 80년대의 투쟁을 더욱 과격하고 치열하게 만든 것이 아닐까 하는 생각이 든다.

최정순은 80년에 학교로 돌아와 70년대 학번이 경험하지 못한 운동권의 변화를 몸으로 체험했다. 그 첫 경험이 80년 5월 초, 이대 학생 5천여 명이 학생식당에 모여 벌인 1박 2일 농성이었다. 5천여 명이라니. 전교생의 절반이 넘는 숫자가 아닌가. 대학 다닐 때, 나는 이렇게 많은 학생이 시위에 참여하는 것을 본 적이 없다. 밤을 새워 릴레이 농성을 벌이는 것도 매우 이례적인 경우였다. 그 2년 전에 선언문 한 번 읽고, 구호 한 번 외치고 싱겁게 끝난 채플 시간 농성을 생각하면 5천여 명의 릴레이 농성은 정말 가슴 벅찬 일이 아닐 수 없다.

당시 후배들 사이에서 정순이는 이대 운동권의 대모 같은 존재였다.

농성을 벌이던 중 누군가 "최정순 나와라!"를 외치기 시작했다. 이 외침은 곧 시위대 전체로 퍼져 나갔다. 우레와 같은 박수를 받으며 정순이가 앞으로 나갔다. 하지만 발언은 아주 짧게 했다. 발언을 짧게 하는 대신 노래를 불렀다. 노래의 제목은 〈백치 아다다〉. 그동안 운동권으로서 외롭게 지내 왔던 세월에 대한 슬픔을 담아 구슬프게 노래했다. 노래가 끝났을 때, 그 반응이 폭발적이었다. 세상의 그 어떤 선언문보다도, 세상의 그 어떤 구호보다도 듣는 사람의 마음에 깊은 감동을 주는 노래였다. 아직도 그 자리에 있던 후배들은 정순이가 불렀던 〈백치 아다다〉를 잊지 못하고 있다. 이제까지 들었던 〈백치 아다다〉 중에서 가장 감동적인 〈백치 아다다〉였다고.

대학을 졸업한 최정순은 1983년, 웅진출판사에 입사했다. 그리고 얼마 지나지 않아 정순이가 결혼한다는 소식이 들렸다. 그런데 신랑감의 이름을 듣고 깜짝 놀랐다. 상대가 서울대에서 전설적인 천재로 이름을 날리던 이을호(서울대 철학과 74)라는 것이다. 나는 대학 다닐 때부터 그 이름을 알고 있었다. 그때 이미 그의 천재성을 둘러싼 이야기들이 전설처럼 널리 퍼져 있었다. 그 전설이란 전북의 명문 전주고에 입학했을 때 이미 미적분을 마스터한 상태였다, 그냥 노는 것 같은데도 늘 전교 수석을 놓치지 않았다, 전교 2등과의 점수 차이가 10점 내지 15점이나 날 정도로 압도적인 1등이었다, 서울대에서도 모든 과목에서 A를 받았다, 교수를 압박해 서울대에 헤겔 강의를 개설했다, 교수보다 독일어를 더 잘해 교수가 쩔쩔맸다. 뭐 이런 것이었다.

이을호에 대한 소문이 하도 무성해서 나도 어떤 사람인지 한번 보고 싶다는 생각을 했었다. 그러던 차에 남산에 있는 독일문화원에서 서울대 임석진 교수가 주관하는 헤겔 관련 세미나가 열린다는 소식을 들었다. 당시 학구열에 불타던 나는 그 어려운 헤겔 철학에 대해 뭐 좀 얻어들을 것이 없나 해서 그곳에 갔었다. 그리고 그 자리에서 그동안 소문으로만 듣던 이을호를 처음 보게 되었다. 내 눈에 비친 그는 전형적인 천재의 풍모를 지닌 사람이었다. 예사롭지 않은 눈빛이 특히 인상적이었다.

최정순은 민주화운동청년연합(민청련)의 준비 모임에서 이을호를 처음 만났다. 당시 그는 민청련의 이론 담당으로 군사정권에 맞서 이길 수 있는 과학적 운동 방법론을 제시하는 과제를 맡고 있었다. 이때 이을호는 민청련을 합법 조직과 비합법 조직으로 이원화하는 그림을 그렸는데, 그 탁월한 이론이 정순이에게 깊은 인상을 주었다.

그러던 어느 날, 이을호가 정순이에게 "최정순 씨 같은 사람 좀 소개해 주세요"라고 부탁했다. 그 말에 정순이가 "최정순 같은 사람 말고, 최정순은 어때요?"라고 대응하면서 두 사람의 관계에 질적 변화가 일어났다. 나는 두 사람의 결혼식에 갔었다. 결혼식을 무사히 마치고 피로연을 하는데, 동석한 후배들의 표정이 좋지 않았다. "아니, 정순이 언니가 어떻게 그렇게 굴욕적인 조건을 받아들일 수가 있어?" 한 후배가 흥분한 목소리로 이렇게 말했다. 무슨 말인가 내용을 들어 보니 이을호가 최정순에게 결혼의 전제 조건으로 세 가지를 내세웠다는 것이다. 첫째, 앞으로 1년 6개월 동안 나는 돈을 벌지 않을 것이다. 고로 가정 경제는 네가 책임져라. 둘째, 부부간에 노선 차이가 있을 경우 반드시 남편의 노선을 따른다. 셋째, 나는 신비주의자이므로 신비주의자인 나를 그대로 이해하고 받아들여라. 이렇게 세 가지였다.

그런데 페미니즘으로 무장한 후배들은 이 중에서 제2항이 마음에 들지 않았던 모양이다. 한쪽에서는 신랑이 어떻게 그런 조건을 내세울 수 있냐고 흥분했고, 다른 한쪽에서는 신부가 왜 그런 굴욕적인 조건을 받아들였냐고 흥분했다. 피로연 자리가 마치 두 부부에 대한 성토대회 같았다. 나는 사실 웃음이 나왔다. 뭘 그런 것을 그렇게 심각하게 받아들이나. 결혼하려면 무슨 짓을 못 해? 그렇게 한다고 하고 나중에 안 하면 되지. 무슨 국가 간의 조약도 아니고, 강제성이 있는 것도 아닌데 호들갑을 떨기는. 뭐, 저러다가 제풀에 지쳐 나가떨어지겠지. 이렇게 생각했다. 그런데 웬걸. 정순이 말에 의하면 후배가 그 후에도 계속 집에 찾아와서 이 조건의 철회를 줄기차게 요구했다고 한다. 피켓만 안 들었지 "철회하라! 철회하라! 여성 권리 침해하는 불평등 조항 철회하라!!" 이런 식으로 계속 데모를 한 것이다. 하도 들볶이다 못해 이을호가 결국 3년 만에 백기를 들고 이에 대한 철회를 선언했다고 한다.

정순이는 결혼 후에도 웅진출판사에 다니며 가족의 생계를 책임졌다. 그러면서 민청련 활동도 계속했다. 그런데 첫 아이가 백일쯤 되었을 때, 청천벽력 같은 일이 일어났다. 서울대 민추위 사건의 배후로 지목되어 김근태와 함께 체포된 이을호가 남영동 대공분실에서 고문을 받다가 정신분열증에 걸리고 만 것이다. 당시 정순이는 둘째 아이를 임신한 상태였다. 23일 동안 잠도 안 재운 채 물고문을 하는 극한의 상황을 누군들 맨정신으로 견딜 수 있을까. 더구나 그는 매사에 합리성을 추구하던 철학도였다. 그전까지 세상을 판단하는 그의 도구는 이성과 논리였다. 하지만 남영동의 대공분실은 이런 합리적이고 이성적인 사고가 통하지 않는 곳이었다. 육체가 감당할 수 없을 정도로 무지막지한 폭력을 당해야 했던 시간, 인간으로서 마지막 남은 자존심마저 무참히 짓밟히는 잔혹한 굴종의 시간을 견디는 동안 천재의 신경줄은 언제 끊어질지 모르는 위태로운 상태가 되었다. 그가 대공분실에서 고문을 당하던 중 정신이상 증세를 보였다는 소식을 듣고 가족들이 석방을 호소했다. 하지만 받아들여지지 않았다. 그렇게 위험한 상태로 서대문 구치소로 이송되었다. 신속한 치료가 필요한 환자를 그냥 방치한 것이다.

그러다가 결국 일이 터지고 말았다. 구치소에 있다가 검사에게 불려가 조사를 받는 자리에서 그만 심한 정신분열 증상을 일으킨 것이다. 합리적인 생각을 가진 한 인간이 엄청난 고통을 겪으면서 자신이 지닌 육체적 정신적 에너지를 모두 소진해 버렸을 때, 그 스트레스가 자신이 수용할 수 있는 용량을 초과해 버렸을 때, 인간은 어떤 행동을 하게 될까. 그 순간 부조리한 상황을 벗어나기 위한 방어기제가 무의식적으로 작동할 것이다. 이을호에게 그것은 스스로 정신줄을 놓아 버리는 것이었다. 그로부터 약 이 주 후 이을호는 서대문 시립병원에 이송되었다. 하지만 병원에서도 제대로 된 치료를 받지 못했다. 가족들이 병원의 비인간적인 처우에 항의한 끝에 비로소 국립정신병원으로 옮길 수 있었다. 국립정신병원에 이송된 후 이을호는 감정유치 명령을 받았고, 그에 의해 정신분열증이라는 것이 판명되었다. 하지만 석방은 계속 미루어졌다. 통상 2개월로 정해진 감정유치 명령 기한은 9개월 동안 다섯 차례나 연장되었다.

견디다 못한 정순이가 만삭의 몸으로 김수환 추기경을 찾아갔다. 김 추기경에게 "남편이 석방되지 않으면 여기에서 죽겠습니다. 아비 없는 아이를 낳을 수는 없습니다"라며 소파에 그냥 드러누워 버렸다. 그로부

우리 기쁜 젊은 날-응답하라 1975-1980

터 여섯 시간이 지난 뒤 김 추기경이 누군가에게 전화를 걸어 호통을 치는 것을 들었다. 전화를 끊은 김 추기경이 남편이 곧 풀려날 것이라는 얘기를 해 주었다. 둘째 아이가 태어나던 날, 정순이는 비로소 남편의 얼굴을 볼 수 있었다. 그러나 남편은 아이를 보고도 전혀 기뻐하는 기색이 없었다. 그 후 고난의 시간이 시작되었다. 아주 오랫동안 정순이는 남편의 고문 후유증과 맞서 싸워야 했다. 너무나 힘들고 외로운 싸움이었다.

"의사가 그러더라. 이 병은 가족들이 먼저 포기하는 병이라고. 완치되는 경우도 없고, 아주 길게 길게 가는 병이라고."

이 무렵 정순이가 무거운 목소리로 이렇게 말하는 것을 들었다. 그후 이을호는 입원과 퇴원을 반복하며 살았다. 해마다 가을이면 어김없이 발작을 일으켰다. 행방불명되거나 안방에 놓인 국화 화분에 불을 지르는 등 이상 증세를 보였다. 그래서 정순이의 가족들은 10월만 되면 불안에 떨었다. 남들은 국화꽃이 핀 도심이나 들판을 거닐며 가을 정취를 즐기지만, 정순이는 이때가 되면 하루하루 살얼음판을 걷는 것 같은 심정이 되었다. 국화꽃이 피는 계절이면 남편의 미친 악령이 되살아나기 때문이다. 일단 발작을 일으키면 잠을 안 자고 이상한 행동을 계속했다. 그것을 바라보는 가족들의 마음이 오죽할까. 오랫동안 입원과 퇴원을 반복하는 그를 지켜보면서 가족들도 마음의 병을 얻었다. 그래서 가족들도 지속적인 상담을 받으며 마음의 병을 치유한다고 한다.

이 얘기를 듣고 나는 내심 정순이의 아이들이 걱정되었다. 그러던 어느 날 우연히 그 딸을 보게 되었다. 정순이가 "우리 딸이야" 하고 소개를 하길래 내가 "엄마 아빠가 천재니 딸은 오죽 천재일까" 했다. 그 말에 정순이가 "그건 진화론이고, 얘는 돌연변이다"라고 맞받아쳤다. 그러자 딸이 정색하면서 "엄마. 돌연변이가 진화의 한 과정인 거 몰라?" 하는 것이 아닌가. 진화의 동인動因이 돌연변이라는 것까지 알고 있다니. 참, 천재의 딸은 뭐가 달라도 다르구나. 인문학적 소양을 가지고 자식을 키우려다 뜻을 이루지 못한 부모의 한 사람으로서 나는 그 딸이 정말 부러웠다.

83년 웅진출판사에 입사한 정순이는 전무의 자리까지 올랐다가 지난 2012년 퇴직했다. 퇴직한 뒤에 인생을 확 바꾸자는 생각으로 남편의 고향인 전북 부안으로 귀농했다. 최정순, 이을호의 이름에서 한 글자씩 딴 '정을두레'라는 농업 공동체를 만들어 농사도 짓고, 농산물도 팔고 있다. 나도 매년 김장 김치는 정을두레에서 사 먹는다. 고향에 내려간 후 남편의 건강이 아주 좋아져 더 이상 입원을 하지 않는다고 한다. 기적이 일어난 것이다. 책을 쓰는 동안 정순이가 서울시의원에 도전한다는 얘기를 들었다. 마음으로 목표를 이루기를 바랐는데, 당선되었다는 소식이 들려왔다. 정치인으로 새로운 인생을 시작하는 정순이의 앞날에 축복이 있기를 바란다.

비록 마음의 병을 앓기는 했지만 천재성이 어디 가는 것은 아닌 모양이다. 몇 년 전에 대학 친구들과 함께 하는 클래식 감상 모임에 정순이가 남편을 데리고 온 적이 있다. 그 자리에서 그가 공자의 음악 사상에 대해 얘기하는 것을 듣고 놀랐다. 마치 이 주제를 가지고 박사학위 논문이라도 쓴 사람처럼 막힘이 없었다. 그런데 어느 분야에 대해서나 다 그렇다고 한다. 분야를 막론하고 그냥 공부만 했다 하면 전문가 못지않은 실력을 갖추어 주변 사람들을 놀라게 한다고.

사람은 겉으로 보이는 것과 실제가 다른 경우가 많다. 학생 때부터 지금까지 정순이는 다른 사람들의 머릿속에 씩씩한 민주 투사, 여장부, 사회적으로 성공한 유능한 커리어우먼으로 각인되어 왔다. 언젠가 정순이로부터 이런 얘기를 들은 적이 있다.

　"내가 진해에서 학교를 다녔는데, 학부형 중에 해군 장교가 많았어. 학교에서 장교 부인들의 치맛바람이 얼마나 셌는지 몰라. 장교의 자녀들이 텃세를 많이 부렸지. 한번은 내가 그 아이들에게 도둑으로 몰린 적도 있다니까."

　이 말을 듣던 친구가 "그때부터 군부에 대한 반감을 키웠구나"라고 해서 모두 웃었던 적이 있다. 불의에 저항하는 반골 기질의 투사. 우리는 모두 정순이를 이렇게 생각하지만 나는 이것이 전부라고 생각하지 않는다. 물론 예나 지금이나 정순이는 씩씩한 투사이다. 이것은 누구도 부정할 수 없는 명백한 사실이다. 그러나 나는 정순이의 내면에 아무도 모르는 또 다른 정순이가 있다고 생각한다. 정순이와 알고 지내는 동안 나는 그 내면에 투사의 이미지에 가려 우리가 미처 알아차리지 못했던 여성 특유의 섬세한 감수성이 있다는 것을 알게 되었다.

　80년 봄에 후배들 앞에서 불렀던 〈백치 아다다〉도 그렇고, 나는 정순이가 다른 친구들보다 유달리 감성적인 반응을 보이는 것을 여러 번 보았다. 한번은 내가 홈페이지에 영화 〈엘비라 마디건〉에 나오는 모차르트의 피아노 협주곡 21번의 〈2악장〉을 글과 함께 올린 적이 있었다. 그때 정순이가 "고마워. 진회숙. 사랑의 환상이 생각난다"라는 댓글을 달았던 것이 기억난다. 나는 그 글에서 세상 그 누구로부터도 진정한 위로를 받을 수 없는 사람의 근원적인 외로움을 읽었다.

그런 일을 겪었으니 참 힘들었겠다. 그래도 최정순이니까 버텼지 다른 여자 같으면 못 버텼을 것이다. 최정순 장하다! 이런 얘기는 얼마든지 할 수 있다. 하지만 이런 말의 성찬으로 정순이가 그동안 겪었던 모든 고통이 상쇄되는 것은 아니다. 우리는 그 고통의 실체를 짐작조차 하지 못한다. 아무리 투사라지만 한 남자의 아내로서 남편의 사랑을 받으며 평범하게 사는 삶을 어찌 꿈꾸지 않았겠는가. 그 꿈이 무너졌을 때, 그런 상황에서 도망치고 싶은 마음이 어찌 들지 않았겠는가. 그런데도 끝내 놓을 수 없었던 그 끈의 실체는 무엇일까. 사랑일까. 의리일까. 책임감일까. 언제나 절망의 끝에 서서 기어이 희망을 잃지 않으려는 몸부림일까.

이을호 외에도 군사정권 시절에 고문을 받다가 정신병을 얻은 사람들이 꽤 있다. 그중 몇몇은 내가 개인적으로 아는 사람들이다. 나는 단지 독재에 저항했다는 이유만으로 이들을 잔혹한 방법으로 이 세상에서 영원히 '아웃'시킨 그 시대의 야만을 증오한다. 무엇보다 안타까운 것은 이렇게 세상 밖으로 내쫓긴 사람들을 다시 세상으로 끌어들일 방법이 없다는 것이다. 촛불 혁명이 일어나고 민주 정부가 들어섰지만 이렇게 달라진 '좋은 세상'도 그들의 것은 아니다. 그렇게 그들은 역사 발전의 불쏘시개로 쓰인 후 비참하게 세상 밖으로 내동댕이쳐졌다.

수갑을 찬 채
도망친 오상석

1978년 가을, 또 다른 거사 소식이
들렸다. 주인공은 양평동 야학을 같이하던 오상석(고대 경제학과 76, 호
루라기재단 이사)이었다. 오상석과는 평소 친하게 지내면서 개인적인
얘기를 많이 나누었는데, 그러는 동안 나에 대한 신뢰가 생겼는지 어
느 날 조심스럽게 데모 주동 계획을 밝혔다. 그 말을 듣고 나는 철없이
'아! 당분간 못 보겠구나. 술친구 한 사람 줄었구나.' 이런 생각을 했던
것 같다. 그 말을 들은 것이 시위 이틀 전인가 사흘 전인가 그랬다. 마
지막으로 만났을 때, 기분이 착잡했지만 웃고 떠들며 마치 옆집에 마실
가는 사람을 배웅하듯 잘 갔다 오라고 했다.

9월 14일 아침, 오상석이 천상만(고대 행정학과 75), 이혜자(고대 생물
학과 74)와 고대 학내 시위를 주동했다는 소식이 들렸다. 나는 이미 알고
있던 터라 놀라지 않았다. 다만 성공하기를 바랄 뿐이었다. 이날의 상황

은 오상석의 고대 동기였던 서명숙의 책『영초언니』에 자세히 나와 있다. 원래의 계획은 본관 쪽은 천상만이, 교양학부와 학생회관 쪽은 오상석이, 서관 쪽은 이혜자가 맡아서 학생들을 끌고 강당으로 집결하는 것이었다. 하지만 오상석과 천상만이 유인물을 뿌리고 학생들을 끌고 오다가 형사들에게 먼저 잡히는 바람에 이혜자 혼자 시위를 이끌어야 하는 상황이 되었다. 당시 고대 수위실 옆에는 성북서 형사들이 상주하며 학생들의 동태를 감시하던 목조 건물이 있었다. 이혜자가 이 건물을 부수어 버리자고 외치며 먼저 시범을 보였다. 그러자 학생들이 우르르 몰려들어 건물을 때려 부쉈다. 그때 안에 있던 성북서 형사들이 큰 부상을 입었다. 이일로 이혜자는 긴급조치 9호 위반에 폭행죄가 추가된 경합범이 되었다.

고대 시위가 있던 다음 날, 나는 평소와 같이 학교에 갔다. 그날 점심시간에 양평동 야학을 같이했던 김현실(이대 국문과 75, 시인)과 학생식당에서 만나 점심을 먹기로 되어 있었다. 그런데 식당에서 만나자마자 현실이가 "너랑 같이 갈 데가 있어" 하면서 나를 이대 앞에 있는 한 다방으로 데려갔다. 그런데 거기에 놀랍게도 오상석이 있는 것이 아닌가. 어제 데모를 주동하고, 오늘 경찰서에 있어야 할 사람이 여기에 있다니. 얼마나 놀랐는지 모른다.

오상석이 자초지종을 얘기해 주었다. 애초에 계획한 대로 그는 교양학부 쪽에서 수업을 마치고 나오는 학생들에게 유인물을 나누어 주며 강당으로 모이자고 외쳤다. 그런데 학생들의 반응이 영 신통치 않았다. 유인물을 받아 들고도 쉽게 동조하는 분위기가 아니었다. 그래도 열심히 유인물을 나누어 주고 있는데, 십여 명의 형사들이 한꺼번에 몰려와 그를 번쩍 들어서 끌고 갔다. 수갑을 채우려 하다가 저항을 하니까

우리 기쁜 젊은 날 – 응답하라 1975-1980

급하게 한 손에만 수갑을 채운 채였다. 애초에 구속을 각오했지만 막상 그런 상황이 되니 잡히기 싫다는 생각이 들었다. 그래서 주변에 있는 학생들에게 "사람이 잡혀가는데 가만있을 거예요? 도와주세요"라고 외쳤다. 그러자 학생들이 으쌰으쌰 달려들어 그를 구해 냈다. 형사들보다 학생들의 수가 훨씬 많았기 때문에 가능한 일이었다.

도망치는 데 성공하기는 했지만 문제는 손에 채워진 수갑이었다. 수갑을 찬 채로 돌아다닐 수는 없었다. 어찌어찌하다가 심리학과 사무실로 들어가게 되었는데, 거기서 은인을 만났다. 해병대 출신이라는 한 대학원생이 수갑 푸는 기술을 가지고 있었다. 이런 일에 익숙한 듯 서류철을 얇게 잘라 수갑 안으로 살살 밀어 넣으니 '딸깍' 하고 수갑이 풀렸다. 수갑을 과사무실 휴지통에 버리고 밖으로 나와 우선 학교 뒷산으로 올라갔다. 멀리서 구호 외치는 소리와 노래 부르는 소리가 들렸다. "아! 성공했구나!" 하는 안도감에 눈물이 나왔다. 기록에 의하면 이날 약 3천여 명이 시위에 참가했다고 한다. 엄청나게 성공한 것이다. 오상석은 산에서 어두워지기를 기다렸다가 학교를 빠져나왔다.

이대 앞에서 우리를 만난 오상석은 그날부터 당장 갈 곳이 없었다. 그래서 일단 내가 사는 공항동으로 데려왔다. 우리 집에 숨겨둘 수 없어서 아는 동네 오빠에게 부탁했다. 그렇게 고단한 오상석의 도피 생활이 시작되었다. 그때 혼자 시간을 보내는 것이 아마 굉장히 힘들었을 것이다. 도피 중이라 만날 수 있는 사람이 극히 제한적이었는데, 당시 나는 학교에 다니고 있어 그와 늘 함께 시간을 보낼 수는 없었다. 그래도 수업이 없는 시간에는 같이 있어 주려고 노력했다. 나와 같은 동선으로 움직이다 보니 평소에 하지 않던 일도 많이 하게 되었다. 덕분에 팔자에도 없는 클래식 연주회에 가기도 하고, 교회 성가대석에 앉아 찬송가를 부르기도 했다.

　도피 생활을 하려면 돈이 필요하다. 나는 믿을 만한 사람 몇 명에게 도움을 요청했다. 그때 가장 큰 도움을 준 사람이 양평동 야학을 같이 했던 친구 윤혜주(트랜스유라시아 정보네트워크 사무총장)였다. 혜주로부터 5만 원을 받았는데, 이 돈은 혜주가 한 달 내내 뼈 빠지게 아르바이트를 해야 벌 수 있는 돈이었다. 그런데 이렇게 큰돈을 선뜻 내주었다. 아마 지금 본인은 이 일을 까맣게 잊어버리고 있을 것이다. 하지만 나는 그때 일을 뚜렷하게 기억한다. 그리고 진심으로 고마운 마음을 가지고 있다. 사람마다 각자 타고난 달란트가 있다면, 혜주는 뒤에서 조용히 도와주는 '후원자'의 달란트를 가지고 있는 친구가 아닌가 생각한다. 정순이가 시위를 할 때도 뒤에서 말없이 도왔고, 그 때문에 정학을 맞았다. 뿐만 아니라 수배자의 도피 자금이나 구속자의 영치금, 책 등을 넣어 주는 일도 서슴없이 했다. 정순이가 감옥에 들어가 있을 때도 혜주의 도움을 많이 받았다고 한다.

　오상석의 도피 생활을 돕는 동안, 나는 아무도 모르게 나만의 일을 도모했다. 학교에 유인물을 뿌리기로 한 것이다. 물론 절대 잡힐 생각은 하지 않았다. 나는 대학을 포기할 용기도 없었고, 감옥에 갈 용기도 없었다. 그런데 이상하게 들킬 것이라는 생각이 전혀 들지 않았다. 그렇게 완전 범죄를 자신했다. 이 근거 없는 자신감이 어디서 나온 것인지 지금도 궁금하다.

　학교에서 들키지 않고 유인물을 뿌릴 수 있는 장소가 어딜까 생각해 보았다. 문득 학생회관이 떠올랐다. 학생회관 1층이 식당이고, 2층에는 식당을 내려다볼 수 있는 난간이 있었다. 여기에 몸을 숨기고 아래 식당으로 유인물을 뿌린 다음 형사들이 2층으로 올라오는 동안 몸을 피하면 된다는 생각이 들었다. 그때 유인물의 내용이 무엇이었는지는 지금 전혀 기억이 나지 않는다. 유신철폐, 독재타도 뭐 이런 것이 아니었을까 싶다. 나는 교회에 있는 등사기를 몰래 가지고 나왔다. 오상석이 등사기 미는 것을 도와주었다.

막상 유인물을 만들고 보니 혼자 뿌리기에는 무리라는 생각이 들었다. 그래서 누군가로부터 같이 뿌릴 후배를 소개받았다. 이혜원(이대 철학과 76)이라는 친구였다. 우리는 유인물을 나누어 들고 학생회관 2층으로 올라갔다. 점심시간이라 식당이 몹시 붐빌 때였다. 나는 아래층에서 내 모습이 보이지 않게 난간에 몸을 숨기고 손을 뻗어 아래로 유인물 뭉치를 던졌다. 그러고는 몸을 숙인 채 난간을 벗어날 때까지 뛰었다. 그런데 함께 뿌린 후배는 그냥 서서 덜렁덜렁 걸어 나갔다. 그것을 보고 얼마나 조마조마했는지 모른다. 다행히 우리는 잡히지 않았다. 워낙 순식간에 일어난 일이었으니까 형사들도 미처 손을 쓰지 못했을 것이다.

나는 내가 뿌린 유인물의 운명이 궁금했다. 그래서 슬슬 식당으로 내려와 보았다. 어느 틈엔가 형사들이 와서 학생들 손에 들려 있는 유인물을 빼앗고 있는 것이 보였다. 형사들 손에 유인물이 꽤 들려 있는 것으로 보아 절반의 성공, 절반의 실패 같았다. 그래도 안 잡힌 것이 어디야. 나는 우쭐한 마음으로 학생회관을 빠져나왔다. 그렇게 이 일은 완전범죄로 끝났다.

대놓고 데모를 주동하는 것은 제적과 구속을 각오해야 하는 위험한 일이다. 이에 비해 유인물을 뿌리는 일은 상대적으로 위험 부담이 덜하다. 유인물을 뿌리다 재수 없게 들키는 경우도 있지만, 공개된 장소에서 데모를 주동하는 것보다 훨씬 안전한 것이 사실이다. 학교 안에 경찰이 상주한다고 해도 그 넓은 캠퍼스를 구석구석 지킬 수는 없는 노릇이기 때문에 감시의 사각지대를 노리면 얼마든지 완전 범죄가 가능하다.

오래전부터 많은 사람이 유인물을 효과적으로, 들키지 않게 뿌리는 방법을 연구했다. 실험을 통해 어떤 방법이 효율적이라는 것이 입증되면 그 노하우를 비밀리에 공유하고 전수했다. 그중 몇 가지를 소개하자면 이렇다.

먼저 사람들이 많이 모인 곳에서 유인물을 뿌릴 경우이다. 이때 최대한 많은 사람에게 유인물이 전달되도록 유인물을 넓게 흩어지도록 해야 한다. 유인물 뭉치가 그냥 한군데로 떨어지면 곧바로 경찰에게 회수될 가능성이 크기 때문이다. 그래서 유인물을 멀리 흩뜨려 뿌리는 방법이 개발되었다. 유인물을 부채꼴로 감아 공중으로 높이 던지는 것이다. 그러면 유인물이 바람에 흩날리면서 여기저기 흩어지게 된다.

대학의 경우, 수업이 없는 빈 강의실에 들어가 책상 위에 유인물을 한 장 한 장 올려놓고 나오는 방법도 있다. 그리고 밤중에 몰래 가정집 대문 앞에다 유인물을 놓아두는 방법도 있다. 이때 반드시 지켜야 할 수칙이 있다. 골목을 들어갈 때 뿌리지 말고, 나올 때 뿌려야 한다는 것 그리고 절대로 집 안으로는 유인물을 던지지 말라는 것이다. 집 안으로 유인물을 던지면 안 되는 것은 만약 개가 있는 집일 경우, 유인물을 던지면 개가 짖을 확률이 높기 때문이다. 이런 수칙은 물론 누군가가 범했던 실패의 경험에서 나온 것이다. 멋모르고 가정집 안으로 유인물을 투척했다가 온 동네 개들이 동시에 짖어대는 바람에 혼쭐이 난 아픈 경험으로부터 터득한 노하우였다.

　　　　　　　　　　　우리 기쁜 젊은 날 – 응답하라 1975-1980

버스를 이용해 유인물을 뿌리는 방법도 인기가 있었다. 버스가 출발하기 직전에 버스 천장의 환기통을 열고 지붕 위에 유인물을 놓아두는 방법이다. 버스가 달리면 지붕 위에 있는 유인물이 사방으로 흩어지게 된다. 물론 이 방법의 노하우는 버스가 정거하기 직전에 환기통을 열고, 멈추었을 때 유인물을 놓은 다음 떠나기 전에 재빨리 내리는 것이다. 그러면 버스가 달리면서 유인물이 사방으로 흩어져 떨어지는 감동적인 장면을 볼 수 있다. 지하철에서 유인물을 뿌리는 방법도 있었다. 지하철을 타고 가다가 정거장에서 문이 열리면 밖으로 유인물을 뿌리거나 반대로 밖에서 지하철 안으로 유인물을 뿌리는 방법, 지하철을 계속 타고 가면서 정거장마다 자동문이 열리면 밖으로 유인물을 뿌리는 방법이 있다.

가두시위를 할 때 주변 건물에 올라가 시위가 한창인 거리의 시위대 위로 유인물을 뿌리기도 한다. 처음에는 이렇게까지 할 줄 몰랐던 경찰이 속수무책으로 당했지만 나중에는 경찰도 약아져서 일단 시위가 일어나면 주변 건물의 옥상까지 경찰을 배치해 유인물 살포를 원천 봉쇄했다.

그러자 이에 대응할 기발한 아이디어가 등장했다. 이른바 '무인 유인물 살포기'이다. 유인물 뭉치를 돌돌 말아 실로 묶어 높은 층 창문에 매달아 놓고, 담배에 불을 붙인 다음 실 가까이 놓아두면 담배가 타들어 가면서 실이 끊어지고, 그와 동시에 실에 매달려 있던 유인물 뭉치가 아래로 떨어지는 원리이다. 담뱃불이 타들어 가는 동안 유인물을 설치한 사람은 유유히 건물을 빠져나올 수 있다. 하지만 중간에 담뱃불이 꺼지는 불상사가 가끔 일어났다. 이런 문제점을 해결하기 위해 연구에 연구를 거듭한 끝에 보통 담배보다는 쑥담배가 훨씬 효율적이라는 사실을 발견했다. 그런데 문제는 여기서 끝난 것이 아니다. 담뱃불이 타

들어 가서 실을 끊는 데 성공하더라도 유인물이 공중에 날리지 않고 그대로 뭉치째 떨어지는 경우가 있기 때문이다. 이 문제에 대한 해결책은 유인물 뭉치 안에 얇고 탄력성 좋은 책받침을 같이 끼워 놓는 것이다. 그러면 실이 끊어지는 것과 동시에 빳빳한 책받침이 펼쳐지면서 유인물이 사방으로 흩어지게 된다. 자기가 설치한 유인물이 높은 곳에서 하늘하늘 떨어지는 광경을 상상해 보라. 하늘에서 생명의 양식인 만나가 떨어지는 것을 보는 것이 이보다 더 기쁠까. 그 엄청난 희열은 오직 경험해 본 사람만 안다고 한다.

낙서를 활용하는 것도 좋은 방법이다. 낙서는 주로 화장실 같은 내밀한 공간에서 많이 발견되는데, 화장실 낙서는 현실적으로 단속하기가 거의 불가능하다고 할 수 있다. 아무리 독재국가라도 화장실까지 따라 들어올 수는 없기 때문이다. 나도 음대 화장실 벽에 이런 종류의 낙서를 한 적이 있다. 그로부터 며칠 후 후배가 화장실에 이런 낙서가 쓰여 있다고 나에게 말했다. 나는 물론 모르는 척했다. 강의실 벽에도 정부를 비판하는 낙서가 있었다. 이런 낙서들은 문장이 아니라 '유신철폐' '독재타도' 같은 짧은 문구가 대부분이었다. 사람들이 많은 강의실에서 긴 문장의 낙서를 할 수 없다는 현실적인 제약이 있기 때문이다. 사실 강의실 벽에는 이런 낙서 외에 커닝용 낙서도 많이 있었다. 이상과 현실, 대의大義와 소의小意가 혼재하는 이 낙서들은 정기적인 페인트칠로 일소一消되는 운명을 맞곤 했다. 그렇게 해서 깨끗해진 벽 앞에 서면 가슴 저 밑바닥에서부터 꿈틀거리고 올라오는 낙서 본능을 주체할 길이 없어진다.

낙서보다 더 스케일이 큰 방법으로는 페인트칠이 있다. 한밤중에 몰래 학교로 들어가 페인트로 건물이나 아스팔트 바닥에 '유신철폐' '독재

타도'와 같은 구호를 쓰고 나오는 것이다. 옛날에 나치에 대항했던 백장미단이 이런 방법을 많이 썼다고 하는데, 들킬 염려가 없는 아주 안전한 방법 중 하나로 알려져 있다. 그런데 접시 물에도 코 박고 죽는 수가 있다더니 이렇게 안전한 방법을 쓰고서도 들킨 친구가 있었다. 밤중에 학교에 몰래 들어가 페인트로 구호를 쓰고 자취방까지 무사히 돌아오는 것까지 성공했는데, 다음 날 아침에 바로 경찰에게 잡힌 것이다. 낙서 현장에서부터 자취집까지 페인트 방울이 줄줄이 이어져 있었단다. 이건 뭐 헨젤과 그레텔도 아니고. 경찰도 어이가 없었는지 일부러 그랬냐고 물어보더란다. 그다음부터 그 친구의 별명은 '줄줄이'가 되었다.

오상석이 도피 생활을 하는 동안, 성북서에서는 그를 찾는 데에 혈안이 되어 있었다. 주변 사람들을 하나씩 불러 그의 행방을 물었다. 양평동 야학 교사였던 현실이에게도 형사가 찾아왔다. 현실이는 고대 시위가 있던 다음 날, 나와 함께 오상석을 만났으며 내가 그를 숨겨 주고 있다는 것을 잘 알고 있었다. 양평동 야학을 함께 했던 여학생이 현실이 말고도 많이 있는데 왜 다른 사람은 그냥 두고 현실이만 찾아갔을까 궁금했다. 형사가 오상석의 집에서 발견된 그의 수첩에 지인들의 전화번호가 적혀 있었는데, 유독 김현실이라는 이름 옆에만 동그라미가 그려져 있었단다. 그래서 오상석과 무언가 특별한 관계에 있는 것이 아닌가 궁금했다고. 하지만 그 말을 듣고 오상석은 "내가 왜 김현실 씨 이름 옆에 동그라미를 쳐 놓았을까?" 하며 고개를 갸우뚱했다.

불안한 도피 생활을 이어 가고 있던 어느 날, 아찔한 일이 일어났다. 앞에서 얘기한 것처럼 당시 오상석은 내가 수업을 받는 시간을 빼놓고는 항상 나와 같이 행동했다. 교회에 갔을 때는 나와 함께 성가대석에 앉기도 했다. 이 얘기를 듣고 오상석을 잘 아는 사람들은 고개를 갸우뚱할 것이다. 오상석과 성가대는 안 어울려도 너무나 안 어울리는 조합이기 때문이다. 그런데 우리 교회는 신도 수가 얼마 안 되는 변두리의 작은 교회였다. 특별히 노래를 잘 하는 사람이 성가대에 앉는 것이 아니라 그냥 '아무나' 성가대석에 앉았다. 특히 남자 신도 중에는 정말로 성가대를 할 만한 실력을 갖춘 사람이 전무했다. 그래서 젊은 남자를 그냥 성가대석에 앉혔다. 그리하여 도피 중이던 오상석이 성가대가 되는 부조리한 상황이 벌어진 것이다.

주로 젊은 사람으로만 채워진 우리 교회 성가대는 사상이 상당히 리버럴했다. 예배가 끝나면 교회에서 멀찌감치 떨어진 곳에 있는 술집에서 '또 다른' 주님을 모셨다. 그러던 어느 일요일, 그날도 술집에서 주님을 가까이하고 있는데, 성가대 젊은이들과 옆 테이블에 있는 손님들 사이에 시비가 붙었다. 싸움이 커지자 주인이 파출소에 신고했다. 사태가 심상치 않게 돌아간다는 것을 눈치챈 나는 재빨리 오상석과 함께 자리를 피했다. 싸움을 벌인 사람들 모두 파출소로 끌려갔다. 그런데 다음 날, 파출소에 끌려갔던 성가대원 중 한 사람이 나에게 "어제 파출소에 가서 보니까 지명수배자 전단에 오영민(오상석의 가명) 씨가 있던데요?" 하는 것이 아닌가. 내가 놀라서 "아이, 다른 사람이겠지" 했더니 "사진을 보니까 얼굴이 똑같던데요, 뭘." 이러면서 능글맞게 웃었다. 순간 등골이 오싹했다. 더 이상 여기에 있는 것이 위험하다는 생각이 들었다.

결국 오상석은 공항동에서의 도피 생활을 청산하고 지방에 있는 선배의 집으로 내려갔다. 그러는 동안에도 성북서 형사들이 그의 행방을 찾기 위해 고대 선후배나 친구들을 불러다가 마구 때린다는 소식이 들려왔다. 더 이상 주변 사람들을 고생시킬 수 없다고 생각한 오상석은 결국 자수하기로 결심했다. 자수하기 전날, 마지막으로 그를 만났다. 도피 생활 중에 몇 번 만났던 그의 여동생도 함께한 자리였다. 앞날에 대한 불안 때문인지 분위기가 무거웠다. 오상석은 살짝 눈물을 보이기도 했다.

그가 자수하자 성북서에서 수갑은 누가 풀어 주었는지, 그동안 누가 숨겨 주었는지를 물었다. 수갑을 풀어 준 해병대 출신의 선배는 경찰서에 불려들어가서 엄청 맞았다고 한다. 도피 생활을 도운 사람을 대라고 할 때 차마 내 이름을 댈 수 없었던 오상석은 내 부탁으로 소극적으로 그를 도운 '동네 오빠'의 이름을 댔다. 당시 신학대학에 다니고 있던 그 오빠는, 사실 운동권도 아닌 그냥 순수한 동네 오빠였는데 나 대신 성북서에 들어가 엄청나게 맞고 나왔다. 나중에 나를 찾아와서 멍이 든 무릎을 보여 주는데 얼마나 미안하던지. 그렇게 맞는 중에도 끝내 내 이름을 대지 않은 것이 정말로 고마웠다.

오상석이 구속된 후, 나는 그의 가족이 면회할 때 가끔 서대문 구치소에 같이 갔었다. 물론 나는 직계가족이 아니라서 직접 면회를 할 수는 없었다. 동생이 들어가 나와 함께 왔다고 소식을 전해 주곤 했다.

구속 후 그의 모습을 처음 본 것은 법정에서였다. 수갑을 차고 포승줄에 묶인 채 들어오는 그를 보았다. 푸른 죄수복 대신 밖에서 넣어 준 흰색 한복을 입고 있었다. 그때는 눈인사만 주고받았을 뿐 얘기를 나눌 수는 없었다. 재판이 끝나고 호송차로 걸어갈 때 멀리서 "오상석 씨. 혹시 매 맞거나 그러지 않았어요?"라고 큰 소리로 물어보니까 "아직 안 맞았는데 맞을 때 되면 맞을 거예요"라는 대답이 돌아왔다. 표정도 좋았고 목소리도 씩씩해서 안심이 되었다.

척박한 환경 속에서도
자신만의 꽃을 피운 연숙이

오상석의 도피 생활을 돕고 있던 10
월 15일, 서울여대에 다니는 친구 이연숙(서울여대 농촌과학과 75)이 반
정부 시위를 계획했다가 잡혀갔다는 소식이 들렸다. 그 소식을 듣고 가
슴이 먹먹해졌다.

내 친구 연숙이.

내 인생을 통틀어 가장 친했던 친구, 누구에게도 할 수 없는 내밀한
이야기까지 할 수 있는 유일한 친구. 그런 친구가 연숙이였다. 내가 여
기서 과거형을 쓰는 것은 지금은 이 친구가 세상에 없기 때문이다.

운동권에서 만난 다른 친구와는 달리 연숙이는 같은 동네에 살면서
친해진 초등학교 동창이었다. 초등학교 때는 반이 달라서 서로 잘 몰랐
고, 본격적으로 친해진 것은 고등학교 때였다. 고등학교 때 나는 집이
지긋지긋하게 싫어서 공부한다는 핑계로 동네 독서실에서 거의 살다시

피 했다. 당시 나에게 독서실은 아버지의 억압을 피해 자유롭게 숨 쉴 수 있는 유일한 도피처, 유일한 해방공간이었다. 바로 그곳에 연숙이가 있었다. 비록 학교는 달랐지만 우리는 많은 것을 공유했다. 당시 사춘기 소녀들의 필독서인 루이제 린저와 전혜린, 헤르만 헤세의 책을 읽으며 서로의 감상을 얘기했고, 일기를 바꾸어 보기도 했다.

지금 돌이켜보면 당시 내가 연숙이를 훨씬 더 좋아했던 것 같다. 완전히 일방적인 관계는 아니지만 내가 좋아하는 것만큼 그 친구가 나를 좋아하지 않았던 것은 확실하다. 그 이유가 무엇이었을까. 아마 환경의 차이에서 오는 괴리감이 아니었을까 싶다. 물론 우리 집도 부자는 아니었다. 하지만 연숙이 집과는 비교가 안 되었다. 언젠가 그 집에 가 본 적이 있다. 단칸방에 부엌도 따로 없는 집에서 네 식구가 살고 있었다. 아버지가 막노동을 하며 생계를 꾸려간다고 했다. 나는 이런 환경에서 어떻게 연숙이 같은 아이가 나올 수 있을까 놀라웠다. 연숙이는 아주 총명하면서 사려 깊은 친구였다, 동생 은숙이가 "연숙이 언니가 언니 친구 중에서 제일 똑똑한 것 같아"라고 말했을 정도였다. 연숙이의 경우를 보면서 진정으로 '난' 사람은 척박한 환경에서도 자기 자신의 꽃을 피운다는 것을 알게 되었다.

어느 날 내가 달짝지근한 표정으로 "연숙아. 나는 비 오는 날이 너무 좋아"라고 했더니 "비 오는 날에는 우리 아버지 일 못 나가"라고 했던 말이 생각난다. 대학 때는 "기숙사에서 화장지를 쓰다가 집에 와서 신문지를 쓰려면 ×구멍이 건방져져서 ×이 안 나온다니까" 하면서 자조적으로 웃는 것도 보았다. 연숙이는 대학 갈 형편이 못 되었다. 고등학교 때 나는 이른바 '방황'이라는 것을 하고 있었다. 그런데 이런 나의 방황이 당시 연숙이의 눈에는 감정의 유희, 배부른 자의 사치로 보였을지도 모른다. 대학 보내 주는 부모를 둔 주제에 무슨 방황? 이렇게 생각하지 않았을까. 여하튼 나는 나 자신의 고통에 너무나 도취되어 있어 척박한 환경 속에서 불투명한 미래에 대해 고민하는 친구의 절박함을 잘 몰랐다. 그때 연숙이가 전혜린의 『이 모든 괴로움을 또 다시』라는 책의 속표지에 써 준 편지가 생각난다.

"오늘 네가 오나 안 오나 열릴 듯 닫힌 문을 계속 쳐다보았지. 귀여운 여인! You! 회숙아! 먼바다에서 방황하던 배가 이제 등대를 찾아 항구로 돌아온단다."

그 후 연숙이는 서울여대 농촌과학과에 4년 전액 장학생으로 입학했다. 대학에 들어가서는 연숙이가 기숙사 생활을 했기 때문에 자주 만나지 못하고 편지만 주고받았다. 녹수회라는 이념 서클에 들어가 서울대 농법회와 세미나와 농촌활동을 같이 한다는 말을 들었다. 지금 사회학, 역사, 철학, 문학, 경제학 이런 것에 대해 공부하고 있다며 그 '지식의 성찬'이 주는 포만감에 대학 생활이 즐겁다는 편지를 받았던 기억이 난다.

당시 나는 겉멋이 살짝 든 음대생이었다. 그래서 연숙이가 왜 자기 전공과 관계없는 그런 쓸데없는 공부를 하는지 잘 이해하지 못했다. 내가 보내는 편지의 내용은 "어제 《엘레강스》라는 잡지를 샀어. 거기 나온 배우 아무개가 입은 옷이 정말 예쁘더라." 대충 이런 것이었다. 그러면 "《엘레강스》를 샀다니 요즘 경제 사정이 좋은 모양이네. 축하!" 이런 식의 답장이 왔다. 그때는 어쩌다 만나서 얘기를 해도 잘 통하지 않았다.

그러다가 대학 3학년 때 내가 양평동 야학을 하게 되면서 두 사람 사이에 공통분모가 생겼다. 연숙이가 했던 공부들을 나도 야학 세미나에서 하게 되었기 때문이다. 그때부터는 서로 얘기가 잘 통했던 것 같다. 4학년 때 연숙이는 친구 권명자(서울여대 국문과 75)와 함께 자취를 하고 있었는데, 거기에 내가 놀러 가면서 명자하고도 자연스럽게 친구가 되었다.

명자는 발랄하고 솔직하고 담대한 친구이다. 젊었을 때도 그랬고, 지금도 그렇다. 연숙이를 통해 알게 되었지만 나중에는 연숙이 못지않게 친한 친구가 되었다. 한번은 명자가 연숙이랑 우리 집에 놀러 와 자고 간 적이 있었는데, 그때 내 방에서 보냈던 광란(?)의 밤이 기억난다. 무더운 여름날 밤, 연숙이, 명자, 나 그리고 동생 은숙이 이렇게 네 명이서 음악을 틀어 놓고 미친 듯이 춤을 추었다. 춤이라고 해야 뭐 이렇다 할 계보가 없는 막춤이었다. 특히 명자의 춤은 세상 모든 춤의 계보를 비웃는 춤이었다. 초현실주의를 넘어 포스트모던을 달리고 있었다. 그것을 보면서 배꼽을 잡고 얼마나 웃었는지 모른다.

그것이 우리의 마지막 축제였다. 광란의 밤을 함께 보낸 두 달 후 명자는 수배자가 되고, 연숙이는 구속되었다. 연숙이가 구속되기에 앞서 명자는 1978년 10월 17일, 광화문 세종문화회관 앞에서 열기로 한 대학 연합 시위를 계획하고 있었다. 명자가 연숙이에게 그 집회를 알리는 유인물을 서울여대에 뿌리자고 제안했다. 그래서 공릉동에 있는 명자의 자취방에 연숙이와 김숙임(서울여대 국문과 75), 박희옥(서울여대 국문과 75)이 함께 모였다. "서울여대 천이백 학우들이여!"로 시작하는 '자유민주선언'은 명자가 초안을 썼고, 나머지 세 명이 검토해서 최종적으로 확정했다.

네 사람은 밤새 등사기를 밀어 유인물을 만들었다. 이튿날 오전 11시 30분부터 네 명이 각자 구역을 담당해 뿌릴 예정이었다. 그런데 새벽에 명자 오빠가 찾아와 대학 연합 시위 건으로 형사가 명자를 잡으러 광명에 있는 본가를 찾아왔다는 얘기를 전했다. 이 소식을 듣고 네 사람은 유인물을 뿌리지 않기로 계획을 수정했다. 명자가 추적을 당하는 상황에서 유인물을 뿌리는 것이 위험하다고 판단했기 때문이다. 그래서 이미 만들어 놓은 유인물을 모두 태우고 등사기는 추적되지 않을 곳으로 숨기는 등 모든 증거를 없앴다. 그런데도 꼬리가 잡혔다. 명자의 자취방 주인이 그날 밤에 명자의 방에서 모종의 모임이 있었음을 증언한 것이다. 명자는 도피 생활을 시작했고, 연숙이는 뿌려 보지도 못한 유인물 때문에 구속되는 신세가 되었다.

연숙이가 구속되었다는 소식을 들었을 때, 먼저 연숙이의 부모님이 떠올랐다. 사실 나는 연숙이가 구속당할 일을 하지 않을 것이라고 생각했다. 대학을 졸업하고, 가족을 부양해야 할 책임이 있기 때문이다. 부모님도 아마 그것을 기대하고 있었을 것이다. 그런데 마른하늘에 날벼락이라니 그 마음이 오죽했을까. 연숙이가 구속된 후 연숙이 아버지를 만난 적이 있다. 그때 그분이 "인생이라는 것이 참, 산 넘어 산이네"라며 한숨을 쉬던 것이 생각난다.

연숙이는 1979년 8월 15일 광복절 특사로 풀려났다. 그리고 얼마 후 농법회에서 만난 김재현(서울대 철학과 75)과 결혼했으며, 경남대 교수인 남편을 따라 마산에 내려가 살았다. 멀리 떨어져 살다 보니 만나는 횟수가 뜸해졌다. 그러다가 연숙이의 주선으로 마산의 '시와 자작나무'라는 북카페에서 클래식 감상회를 하면서 1년에 한 번씩은 꼭 보게 되었다.

연숙이와 마지막으로 만난 것이 2013년 여름이었다. 그때 일 때문에 서울로 올라온 연숙이와 명자가 우리 집에서 하룻밤을 함께 보내며 오랜만에 회포를 풀었다. 당시 막 중국 여행에서 돌아온 연숙이는 『정글만리』라는 책을 읽고 있었다. 나는 한 번도 가 보지 못한 중국에 대한 인상이라든가 앞으로는 중국어가 영어보다 더 유용해질 것이라는 얘기를 해 주었던 기억이 난다. 하지만 그 외에 어떤 이야기를 나누었는지 지금 잘 생각나지 않는다. 아마 별로 중요하지 않은 이런저런 잡담을 나누었던 같다. 다음 날 아침부터 상담 관련 세미나가 있다고 했다. 그래서 우리는 다음에 또 보자는 등의 평범한 인사를 나누고 헤어졌다. 그 날 저녁, 초등학교 동창 영만이랑 술 한잔하고 있다는 전화가 왔고, 그로부터 몇 달 후 신문에 실린 내 칼럼을 읽은 소감을 카톡으로 보내왔다. 그것이 마지막이었다. 그해 겨울, 일을 마치고 집으로 돌아가는 택시 안에서 연숙이가 중국 여행 도중 갑작스러운 뇌출혈로 세상을 떠났다는 명자의 전화를 받았다.

아무리 사람이 앞일은 모르는 것이라고 하지만, 나는 연숙이가 먼저 세상을 떠나리라고는 예상하지 못했다. 지금까지 적지 않은 날들을 살아왔지만 내 나이가 아직 죽음을 생각할 나이는 아니지 않은가. 그래서 그런지 나는 지금도 연숙이가 내 곁을 떠났다는 사실을 받아들이기가 힘들다. 비보를 접했을 때 처음 든 생각이 "어떻게 이런 일이 일어날 수 있지?"였다. 평소에 인간을 온갖 불확실성 속에 대책 없이 방치된 존재라고 믿어 왔지만 그럼에도 불구하고 이런 일은 애당초 내 사전에는 없는 일이었다. 그런데 그런 일이 일어나고 말았다. 이럴 줄 알았으면 마지막 카톡에 답장이라도 해 줄 걸. 때늦은 후회가 밀려온다.

가족들의 상실감이 무엇보다 크겠지만, 나 역시 한동안 세상에서 가장 친한 친구를 잃었다는 상실감에서 헤어 나오지 못했다. 연숙이는 이 세상에서 내가 가장 내밀한 이야기, 부끄러운 비밀까지도 다 털어놓을 수 있는 유일한 친구였다. 그런 친구가 가고 나니 기댈 언덕이 없어진 느낌이다. 비록 멀리 살아도 나는 힘든 일이 있을 때마다 전화로 고민을 털어놓곤 했었다. 내가 고민을 털어놓으면 연숙이는 들어 주는 쪽이었다. 얼마 전에도 힘든 일이 있었는데, 아무에게도 털어놓을 수가 없었다. 그때 사무치게 연숙이가 그리웠다.

우리는 함께 '빛나는 20대'를 치열하게 보낸 경험을 공유하고 있다. 술자리에서 우리는 얼마나 비장했던가. 지금도 울분에 찬 목소리로 〈빼앗긴 들에도 봄은 오는가〉를 부르던 연숙이의 모습이 눈에 선하다. 서슬 퍼런 유신 시절, 우리는 청춘의 그 황금 같은 시간을 긴급조치로 구속된 친구나 선후배의 재판을 쫓아다니고, 영치금을 넣어 주고, 수배자를 숨겨 주는 것으로 보냈다. 뿐만 아니라 우리는 사회와 역사에 대해 열심히 공부하고 고민하고 치열하게 싸웠다. 그렇게 '우리 기쁜 젊은 날'을 함께했다. 요즘 세상 돌아가는 것을 보니 감회가 새롭다. 친구가 살아 있었다면 이 기쁨을 함께 나눌 수 있었을 텐데. 역사는 진보하는 것이라는 우리의 믿음이 틀리지 않았다고 함께 환하게 웃었을 텐데.

연숙이가 세상을 떠나고 나서 〈경남도민일보〉에 기사가 실렸다. 신문에 실린 사진을 보니 또 눈물이 나온다. 제목이 '역경 맞서 스스로 삶 개척…… 못다 전한 사랑 "여운"'인데, 기사 내용을 잠시 소개하자면 이렇다.

유신 말기, 1978년 고인은 서울여대 농촌과학과에 재학 중이었다. 집안 사정이 어려워 사립 여대에 다닐 형편은 아니었으나 4년 전액 장학금을 받고 입학한 터였다. 그리고 한국 학생운동사에 한 획을 그은 녹수회 주축 멤버로 활동했다.

그러던 중 서울여대 유인물 사건으로 구금됐다. 이때 대학생 연합 서클 모임을 하며 알고 지내던 김재현 교수(당시 서울대 재학)가 고인의 옥바라지를 하며 서로 사랑을 키워 나갔다는 이야기는 당시 학생운동사의 한 페이지를 장식했다.

1986년 남편과 함께 마산에 온 고인은 우리 지역사회에 본격적인 여성운동이 태동하던 현장에도 서게 된다. 가톨릭여성회관을 중심으로 첫걸음을 떼기 시작한 지역 여성운동은 1987년에 접어들면서 그 외연을 점차 확장해 나가기 시작했다. 고인은 지역 여성계를 대표하는 많은 이들과 함께 교류하며 행동하는 시민으로 살아왔다.

1996년부터는 경남대학교 대학원에서 상담심리를 전공했고 창원대학교 전문상담교사 양성과정도 이수했다. 남편이 교수였지만 "학습지 회사에 다니면서 한 학기 공부하고 한 학기 휴학하기를 반복하면서 공부"를 하던 때였다. "참 힘들었지만 그래도 적성과 잘 맞아서 그런지 열심히 했던" 시절이었다.

가정 형편 때문에 적성에 맞지 않는 학과에 진학했고, 또 역사의 소용돌이에 휘말리면서 때를 놓쳤던 공부를 하기 시작하던 때였다. 그리고 고인은 지난 2007년 지천명의 나이에 '경남도교육청 공립 중등·보건·사서·전문상담·특수교사' 시험에서 최고령 합격자라는 영예를 안았다. 이때 고인은 "저처럼 가정환경이 어려워 자기 진로를 제대로 찾지 못하고 방황하는 학생들에게 앞으로 큰 힘이 되고 싶어요"라고 소회를 밝혔다.

　고인은 창원 좋은벗상담교육센터 연구원, 성가족상담소 소장, 경남대 가정교육과·심리학과 강의, 마산교육청 순회 전문상담 기간제 교사 등의 활동을 해 왔다. 그리고 상담 특수교사로 일선 중학교에서 교사직을 수행하고 있었다.

<경남도민일보> 2014년 1월 20일 자

　연숙이를 보내고 난 후 힘들 때마다 부르는 노래가 있다. 바로 아일랜드 민요 <오! 대니 보이>이다. 이 노래는 "I simply sleep in peace, until you come to me"라는 가사로 끝난다. 나는 이것이 연숙이가 살아남은 나에게 하는 말이라고 생각하기로 했다. 문장 중에 'simply'라는 단어가 특히 마음에 든다. 노래처럼 연숙이가 아무 걱정 없이 '그저' 편안하게 잠들어 있기를 바란다. 나는 내세를 믿지 않기에 "다시 만날 때까지"라는 말은 하지 않겠다. 설사 죽어서도 우리는 절대 만나는 일이 없을 것이다. 그럼에도 불구하고 나는 나 자신도 언젠가는 그와 같은 상태 즉 존재의 무無로 돌아갈 유한한 존재라는 사실에서 연숙이에게 무한한 친근감을 느낀다.

　육체는 스러지고 남는 것은 기억뿐이다. 이제 내가 할 일은 점점 희미해지는 기억의 조각들을 끄집어내 친구와 함께했던 소중한 시간을 열심히 추억하는 것이다. 이 글을 쓰는 것도 바로 그런 이유에서이다.

2부

미치지 않고서야

왼손을 들고 있잖아.
그건 좌익이라는 소리거든

　　　　　　　　　드라마나 영화를 보면 판사가 형을
선고할 때 근엄한 목소리로 "피고 아무개에게 징역 몇 년을 선고한다"
하고 망치를 "탕탕탕" 두드리는 장면이 나온다. 재판을 한 번도 보지 못
한 보통 사람들은 실제 재판도 이와 비슷할 것이라고 생각한다. 나 역시
그랬다. 하지만 긴급조치 위반자들의 재판을 쫓아다니면서 내가 상상했
던 재판과 실제 재판의 모습이 상당히 다르다는 사실을 알게 되었다.

　나는 먼저 형을 선고하는 판사의 말투에 충격을 받았다. 영화에서 보
면 판사가 누구에게나 들리는 크고 엄숙한 목소리로 판결을 내리는 것
으로 나오지만 실제는 그렇지 않았다. 특히 여러 명의 공범에 대해 줄
줄이 판결을 내릴 때는 더욱 그랬다. 마치 처리해야 할 업무를 서둘러
처리하듯 작고 빠른 목소리로 "피고 아무개에게 징역 몇 년을 선고한
다"라고 말하는 과정을 번갯불에 콩 볶아 먹듯 지나갔다. 판결 망치 같

은 것은 애당초 없었다. 나중에 알아보니 우리나라에서는 판결 망치를 쓰지 않는다고 한다. 하기야 줄줄이 사탕처럼 이어지는 판결마다 망치를 치는 것이 번거롭기는 할 것이다.

내가 본 재판만 유난히 그랬는지 모르지만 판사가 자기보다 나이가 훨씬 많은 피고인에게 반말 비슷하게 하는 것도 보았다. 피고가 일흔이 넘은 노인이었는데 귀가 어두운 듯 판사가 하는 말을 잘 못 알아들었다. 아니, 귀가 밝은 젊은이였어도 못 알아들었을 것이다. 거의 혼잣말처럼 웅얼거리는 목소리로 얘기했으니까. 그 판사는 피고에게 자기 말을 전달하려는 뜻이 전혀 없는 것처럼 보였다. 그러다가 노인이 못 알아듣자 짜증을 냈다. 긴급조치 위반으로 들어온 소위 먹물들에게는 그렇게까지 심하게 하지는 않았다. 하지만 그 밖의 일반범들은 거의 사람 취급을 하지 않는 것처럼 보였다. 마침내 그 판사가 예의 중얼거리는 목소리로 판결을 내렸다.

"피고 아무개를 징역 3년에 처한다."

자신에 대한 판결만은 알아들은 듯 그 순간 노인의 얼굴에 동요가 일었다. 방청석에 앉아 판결을 듣던 노인의 아내인 듯한 할머니가 "아이고, 아이고" 하면서 통곡을 시작하는 순간 판사가 말을 이었다.

"단, 이 형의 집행을 5년 동안 유예한다."

하지만 이 말은 할머니의 통곡 소리에 묻혀 잘 들리지 않았다. 설사 들렸다 하더라도 배움이 짧은 노인이 이 말의 의미를 알았을 리 만무하다. 그전의 어떤 재판에서도 이런 식의 판결을 받은 한 피고인이 자신이 그날 석방된다는 얘기를 듣고 어리둥절한 표정을 지었던 것이 생각난다. 이와 마찬가지로 그 노인 역시 자신에게 내려진 판결이 징역 3년이라는 것만 알아들었을 가능성이 크다. 판결이 끝나고 노인이 퇴장하자 방청석에 앉아 있던 할머니도 법정 밖으로 나갔다. 그러면서도 계속 통곡을 멈추지 않은 것으로 보아 할머니 역시 자기 남편이 오늘 석방된다는 것을 몰랐던 것 같다.

70년대 긴급조치 위반을 포함한 시국 사건의 변호는 대부분 인권 변호사가 맡았다. 그 시절 인권 변호사로 한승헌, 황인철, 이돈명, 조준희, 홍성우 변호사가 있었다. 이들 인권 변호사들은 민청학련 사건, 지학순 주교 사건, 김지하 반공법 위반 사건, 3·1 구국선언 사건, 동아·조선투위 사건, 청계피복노조 사건, 리영희·백낙청 반공법 위반 사건, 한승헌 필화 사건, 크리스찬아카데미 사건, 동일방직 사건, 통혁당 재건 사건, YH 사건 등 세상의 이목이 집중된 굵직한 시국 사건들을 도맡아 변론했으며, 그 밖에 자잘한(?) 긴급조치 위반 사건에서도 변호인으로 활약했다.

인권 변호사들은 재판에서 죄는 미워하되 사람은 미워하지 말라는 등의 상투적인 변론은 절대 하지 않는다. 대신 피고인들이 한 행위의 역사적 당위성을 주장하고, 그들이 왜 그런 일을 할 수밖에 없었는지, 그들을 잡아 가둔 법이 헌법이 정한 인간의 기본권을 얼마나 침해했는지, 고문에 의해 조작된 증거와 진술이 얼마나 터무니없는 것인지를 역설했다. 이들의 열성적인 변론에 비해 재판부의 태도는 심드렁 그 자체였다. 당시의 재판은 거의 요식행위에 불과했고, 검사와 판사는 정권의 입맛에 따라 기소하고 판결하는 꼭두각시에 불과했다. 나는 사법 고시를 통과한, 자타가 공인하는 이 나라의 우수한 두뇌들이 재판정에서 얼마나 적나라하게 자신의 무능을 드러내는지를 보았다.

어느 날, 한 판사가 긴급조치 위반으로 재판받는 한 학생에게 "악법도 법이라는 말이 있는데 어떻게 생각하나?"라고 물었다. 모두가 이것이 소크라테스가 한 말이라고 믿고 있던 시절이었다. 그래서 유신헌법을 옹호하는 사람들이 소크라테스의 명언이라며 툭하면 이 말을 인용하곤 했다. 그러자 피고석에 앉은 학생이 대뜸 반격에 나섰다. "판사님께서는 지금 소크라테스의 명언 같지 않은 명언을 말씀하시는 모양인데, 그 말은 아무리 나쁜 법이라도 그냥 입 닥치고 지키라는 얘기가 아닙니다." 그러면서 사형선고를 받았던 당시 소크라테스의 상황과 그의 철학, 민주주의에 대한 그의 태도 그리고 그리스 민주정치의 실체에 대한 장황한 설명이 이어졌다. 그 말에 판사는 아무 반박도 하지 못했다. 어설픈 논리를 들이댔다가 본전도 못 찾은 것이다.

이렇게 당시 시국 사건의 재판정은 신념에 따라 한 자신의 행위가 옳다고 믿는 확신범과, 법과 양심에 비추어 이들의 행위가 정당하다고 주장하는 변호사와, 권력의 눈치를 보며 영혼 없는 판결을 내리는 '소신 없는' 법관들이 서로 만나 의미 없는 공방을 주고받는 요식행위의 장이었다. 피고인과 변호사가 무죄를 주장하는 용공 사건을 맡은 검사와 판사들은 아마 이것이 조작되었음을 알고 있었을 것이다. 그럼에도 불구하고 그들은 한 사람의 인생, 아니, 더 나아가 그 가족들의 인생까지 모조리 황폐화시키는 판결을 잘도 내렸다. 그렇게 조작된 증거로 10년, 20년씩 옥살이를 했던 희생자들이 재심을 통해 줄줄이 무죄판결을 받고 있는 지금, 그때 판결을 내린 사람들은 어떤 생각을 하고 있는지, 피해자에게 일말의 양심의 가책이라도 느끼고 있는지 궁금하다.

긴급조치 위반자들을 대개 인권 변호사에게 변론을 맡기는데, 가끔

가다 큰돈을 들여 일반 변호사를 고용하는 경우도 있었다. 대학 동창 중 한 명이 그랬다. 그다지 가정 형편이 좋지 않았음에도 불구하고 아버지가 딸을 구하겠다는 일념으로 수임료를 5백만 원이나 주고 일반 변호사에게 변론을 맡겼다. 당시 5백만 원이면 거짓말 조금 보태서 요즘 돈 5천만 원에 해당하는 어마어마한 돈이다. 5백만 원에 변호사를 선임했다는 얘기를 듣고 나는 그 변호사의 변론이 몹시 궁금했다. 그가 인권 변호사를 능가하는, 그리하여 거뜬히 무죄판결을 끌어낼 수 있는 비장의 무기를 가지고 있지 않을까 기대했다. 하지만 재판정에서 직접 들어 본 그의 5백만 원짜리 변론은 이런 나의 기대를 여지없이 무너뜨렸다.

"피고인이 지금 몇 살입니까? 스물세 살입니다. 시집가기에 딱 좋은 나이지요. 여기서 나가면 피고인이 무슨 일을 할 수 있을까요? 학교에서 잘리고, 그냥 고졸인데 변변한 직장에라도 들어가겠습니까? 시집가는 거 외에는 할 일이 없습니다. 본인이 가기 싫어도 부모님이 그리고 주변 사람들이 시집가라, 시집가라, 노래를 부를 겁니다. 아무리 잘못을 했어도 이렇게 앞으로 시집가서 자식 낳고 살 사람을 몇 년씩 감옥에 가두어 두는 것은 의미 없는 일이라고 생각합니다."

이것이 5백만 원짜리 변론의 요지였다. 그의 변론을 들으며 "저걸 변론이라고 하고 있나? 저런 변론이라면 나도 하겠다"라는 생각이 들었다. 인권 변호사들의 변론과 수준 차이가 나도 너무 났다. 어떤 사람은 이것이 일종의 전략인지도 모른다는 얘기를 했다. 일부러 순진한 척, 수준 낮은 척하는 전략이란다. 감옥에서 일찍 내보내 주면 이 친구가 과거의 일을 뉘우치고 조용히 '여자의 길'을 갈 것이라고 읍소하는 전략.

이것이 과연 먹혀들어 갔을까? 물론 아니다. 짐짓 순진함을 가장한 변호사의 백치 투혼에도 불구하고 이 친구는 인권 변호사의 도움을 받은 다른 친구들과 똑같은 형을 받았다.

대부분의 긴급조치 위반자들은 자기가 한 일을 당당하게 시인하며 의연한 자세로 재판을 받는다. 하지만 아주 드물기는 하지만, 그렇지 않은 경우도 있다. 엉겁결에 시위에 가담했지만 나중에 이를 후회하는 경우 그리고 시위에 가담하지 않았는데 억울하게 잡혀 들어온 경우가 그렇다.

여기서 실명을 밝힐 수는 없지만 전자에 해당되는 재판에 간 적이 있다. 유인물을 만들었다가 발각된 모 여대 학생들이 재판받고 있었는데, 서로 상대방이 했다며 혐의를 미루는 꼴이 정말 볼썽사나웠다. 눈물을 질질 짜며 "네가 했잖아" 하는데, 보는 내가 '죽방'을 날리고 싶은 심정이었다. 저 정도의 기개를 가지고 무슨 유인물을 만들 생각을 했을까 한심했다.

내가 직접 보지는 않았지만 이와 비슷한 또 다른 재판에 대한 얘기를 들은 적이 있다. 서울 시내 모 대학 의대생들이 시위를 하다 구속된 사건이었다. 재판에 나온 앳된 얼굴의 의대생들이 사실심리에서 "우리 엄마가 데모하지 말라고 했지만, 진리를 탐구하는 학생으로서 어쩌고 저쩌고……" 하며 연신 '우리 엄마'를 연발했다고 한다. 말끝마다 "우리 엄마가 이랬어요" "우리 엄마가 저랬어요"를 반복하는 마마보이가 어떻게 한순간 독립적인 인간이 되어 엄마의 말을 거역하고 시위를 주도할 생각을 했는지 못내 궁금하다. 최후진술에서 이들은 하나같이 밖에 나가면 공부나 열심히 하겠다며 재판부의 선처를 호소했다고 한다.

우리 기쁜 젊은 날 – 응답하라 1975-1980

친구 연숙의 재판을 보러 갔다가 정말 억울한 경우를 보기도 했다. 그날 연숙이가 연루된 사건뿐만 아니라 긴급조치 9호를 위반한 다른 서울대생의 재판도 함께 열렸는데, 그의 태도가 보통의 긴급조치 위반자들의 태도와 사뭇 달랐던 것이 기억난다. 긴급조치 위반자들이 대부분 자기가 한 행동을 시인하는 데에 반해, 그는 절대로 시위를 하지 않았다고 줄기차게 주장했다. 진술하는 태도로 보아 나는 그가 정말로 시위를 하지 않았을 것이라고 확신했다. 만약 했더라도 상황에 밀려 우발적으로 한 것이 분명했다. 그렇지 않고서야 저렇게 죽기 살기로 자기 행동을 부인할 리 없기 때문이다. 그는 요즘 식으로 얘기하자면 금수저 출신으로 보였다. 거만한 표정에 키가 크고 얼굴이 하얀 것이 고생이라는 것은 전혀 모르고 자란 부잣집 아들 같았다. 재판을 보러 온 그의 부모 역시 신수가 훤했다. 방청석에 앉아 아들의 이름을 부르며 연신 눈물을 찍어 내는 그의 어머니는 모피 코트를 입고 있었다. 아직도 그녀의 손가락에서 반짝이던 루비 반지가 눈에 선하다.

나는 시위에 참여하지도 않은 그가 무슨 연유로 구속이 되었는지 궁금했다. 알고 보니 시위 현장에 있는 것이 사진에 찍혔단다. 심문하는 과정에서 그가 혐의를 부인하자 검사가 사진을 증거로 보이며 이렇게 말했다.

"이렇게 사진이 찍혔는데도 부인할 건가?"

"그 자리에 간 것은 맞는데요, 데모하려고 간 것이 아니라 데모를 하는 친구를 말리러 간 겁니다."

"무슨 소리야. 손을 들고 있는 거 보니까 적극적으로 가담한 것 같은데."

"친구를 가리키며 거기서 나오라고 손짓하는 겁니다."

"친구를 가리키는 거라고? 그러면 집게손가락만 펴야지 왜 나머지 손가락도 다 펴고 있어?"

이런 식으로 공방을 벌였다. 사진을 보니 그는 왼손을 들고 있었다. 얼핏 보아도 누군가를 손가락으로 가리키는 것처럼 보이지는 않았다.

재판이 끝나고 함께 법정을 나오던 선배가 한마디 했다. "저 친구 무죄 받기는 힘들 거야." 내가 "왜요?"라고 묻자 선배는 "사진을 봐. 왼손을 들고 있잖아. 그건 좌익이라는 소리거든. 좌익이 어떻게 나오겠어?" 이렇게 농담을 던졌다.

당시 우리는 이와 비슷한 농담을 자주 했다. 75년에 일어났던 그 유명한 서울대 5월 22일 사건 때 피켓을 든 친구로부터 이런 말도 들었다. 당시 신입생이던 자기와 또 다른 친구가 피켓을 양쪽에서 들었는데, 오른쪽을 들었던 자기는 무사하고 왼쪽을 들었던 친구는 제적을 당했단다. 따라서 데모를 할 때는 반드시 오른손을 들어야 한다. 왼손을 들었다가는 꼼짝없이 좌익으로 몰린단다. 아무나 잡아가 간첩을 만드는 사태를 풍자한 농담이었다. 재판을 지켜보면서 나는 그가 정말 억울하게 옥살이를 하고 있다고 생각했다. 최후진술에서 그는 이렇게 말했다.

"저는 데모를 하지 않았습니다. 평소 저는 데모를 반대하는 데모 반대론자입니다. 사진에 찍힌 날도 데모대 안에 있는 친구를 밖으로 끌어내기 위해 거기에 간 겁니다. 검사님은 안 믿으시지만 손을 들고 있는 저 사진은 친구에게 나오라고 하는 사진입니다. 정말로 억울합니다. 밖에 나가면 데모대 근처에는 가지도 않겠습니다. 선처를 부탁합니다."

나는 그 재판 결과가 매우 궁금했다. 나중에 그와 함께 재판을 받았던 친구에게 그 좌익(?) 학생이 무죄로 풀려났는지, 아니면 유죄가 인정되어 징역형을 선고받았는지 물어보았다. 그런데 범행을 시인한 다른 학생들과 똑같이 징역 2년형을 받았단다. 범행을 일관되게 부인했음에도 불구하고 형량이 전혀 줄지 않은 것이다. 판사의 판결문에 "다른 학생들은 자기가 한 행동을 떳떳하게 시인하는데, 피고인은 '비겁하게' 자기가 한 일은 부인하는 등 죄질이 좋지 않다"는 표현이 있었다고 한다. '비겁함'에 괘씸죄가 적용된 것이다. 내가 볼 때 그 학생은 정말 억울하게 당한 것이 분명하다. 단지 데모하는 친구를 구하러 갔을 뿐인데, 그 때문에 별을 달게 되다니. 그에게 죄가 있다면 그것은 시대를 잘못 타고난 죄가 아닐까.

긴급조치 위반으로 구속된 학생 중에는 가정 형편이 어려운, 소위 흙수저 출신이 많았다. 그때는 지금처럼 계급이 고착화되기 전인지라 가정 형편이 어려운 아이들도 소위 일류 대학에 많이 들어갔다. 특히 서울대 같은 국립대의 경우에는 등록금이 거의 공짜에 가까웠기 때문에 형편이 어려운 지방의 수재들이 많이 모였다. 그리고 이런 흙수저 출신의 수재들은 집안의 기대를 한 몸에 받았다.

우리 부모 세대는 일제의 식민지배와 한국 전쟁을 겪으며 온갖 고생을 다 한, 말하자면 고생이라면 이골이 난 사람들이다. 부모는 이런 고생을 자식에게 물려주지 않기 위해 자신을 기꺼이 희생했다. 가족 중에 공부 잘하는 아이가 있으면 가족의 지원이 모두 그에게 집중되었다. 부모는 그가 대학만 졸업하면 고시에 합격해 판사, 검사, 변호사, 고위 관료가 되어 집안을 일으키고 일가친척을 도울 것이라 믿어 의심치 않았다. 그런 희망 하나로 부모는 막노동이나 행상을 하며, 동생들은 공장일이나 식모살이를 하며 '잘난 자식'을 뒷바라지했다.

그런데 이 무슨 청천벽력 같은 일이란 말인가. 그렇게 믿었던 자식이 학교에서 잘리고 감옥까지 가게 되다니. 자식 하나 믿고 살아온 그동안의 삶이 모두 물거품이 되는 가혹한 현실 앞에 부모들은 절망했다. 재판을 보러온 그들의 얼굴에서 나는 가없는 절망의 그림자를 보았다. 부모뿐만 아니라 그를 위해 희생한 가족 모두가 절망했다. 내가 아는 친구의 형수가 그런 경우였다. 일찍이 형이 사고로 죽고, 형수가 초등학생인 조카 두 명을 키우고 있었다. 그녀는 어렸을 때부터 공부를 잘해 최고의 수재들이 간다는 서울대 사회 계열에 들어간 삼촌이 2학년 때 법대에 들어가 고시 패스를 한 다음 집안을 일으키고, 조카인 자기 아이들까지 남편을 대신해 이끌어 줄 것이라 믿어 의심치 않았다. 그래서 재혼도 하지 않고 시부모를 도와 시동생 뒷바라지를 했다. 가족 모두가 이 친구 하나만을 바라보고 살았다.

그런데 이게 웬걸. 1학년 때 이념 서클을 하면서 학점 관리를 안 한 탓에 2학년 때 법대가 아닌 지리학과에 배정되고 말았다. 당시 서울대와 이대는 인문 계열, 사회 계열, 자연 계열 이렇게 계열별로 학생을 모집했다. 그렇게 1학년을 보낸 다음 2학년 올라갈 때 과를 배정받았다. 이대의 경우, 희망하는 과에 모두 들어갈 수 있었다. 그래서 편중 현상이 심했다. 인기 학과인 영문과는 몇백 명, 비인기 학과인 철학과, 사학과, 기독교학과는 겨우 네댓 명, 이런 식이었다. 어느 해인가 기독교학과에 아예 지망자가 한 명도 없어 앨범에 교수들끼리 찍은 사진만 올라온 경우도 보았다.

하지만 서울대의 경우, 국가 인력 수급에 심각한 차질이 빚어질 것을 염려해 성적순에 따라 원하는 과를 배정했다. 입학시험에서 제일 커트라인이 높았던 사회 계열에는 법학과, 경영학과, 경제학과, 정치학과, 외교학과, 사회학과, 지리학과, 신문학과, 인류학과 등이 있었다. 사회 계열에 들어갔다는 것은 곧 '법대'에 들어갈 확률이 아주 높다는 것을 의미한다. 자식을 사회 계열에 들여보낸 부모들의 자부심이 하늘을 찔렀다. 하지만 1학년 때 일찌감치 운동권에 뛰어든 학생들은 학점 관리를 거의 하지 않았다. 학교 공부는 뒷전에 두고 학점 관리에 전혀 도움이 안 되는 엉뚱한 공부만 했다. 따라서 2학년에 올라갈 때 학점이 나빠 소위 입신출세가 보장되는 인기학과에 들어가지 못하는 경우가 많았다. 성적순으로 과를 배정하다 보니 사회 계열에서는 지리학과, 신문학과, 인류학과, 인문 계열에서는 종교학과, 고고학과, 미학과 같은 비인기 학과에 운동권 학생들이 바글거렸다.

한편 자연 계열에서는 지질학과, 해양학과, 천문학과가 가장 인기가 없었다. 지질과 해양을 합하면 지구가 되고, 여기에 천문을 더하면 우주가 된다. 그렇게 지구 포함 온 우주를 아우르는 거대한 배포로 주어진 기득권을 초개와 같이 버리고 학생운동에 헌신했다.

부모들은 자식이 생전에 한 번도 들어본 적 없는 '듣보잡' 과에 들어간 것에 경악했다. 주변 사람들이 "서울대에 들어간 아들이 무슨 과에 다녀요?"라고 물을 때마다 대답하기 창피해했다. 인류학과 다닌다고 하면 "과가 얼마나 좋으면 이류학과가 아니라 일류학과일까?" 하는 소리가 전혀 칭찬처럼 들리지 않았다. 미학과에 다닌다고 하면 영락없이 이런 반응이 나왔다. "어머. 걔가 그림에 소질 있는 줄은 몰랐네. 그런데 그 과 나오면 뭐하고 먹고 살아요?"

부모들도 과에 대한 정보가 없기는 매한가지였다. 한때 인문 계열이 1계열, 2계열, 3계열로 나뉜 적이 있었다. 3계열이 철학 계열이었는데, 이렇게 복잡한 입시 체계를 배움이 부족한 부모가 이해할 리 만무했다. 계열을 과로 이해한 한 친구의 어머니는 인문 3계열을 '인문 3과'라고 불렀다. "아들이 이번에 서울대 들어갔다면서요. 무슨 과에 들어갔어요?"라고 물을 때마다 "인문 3과에 들어갔어요"라고 대답했다. 그러다가 나중에 이 '인문 3과'라는 말이 자가발전을 하여 '인문 상과'가 되었다. 아들이 상대에 들어갔으면 좋겠다는 무의식이 인문대와 상대를 포괄하는 묘한 단어의 조합을 만들어 냈는지도 모른다. 그때부터는 아들이 인문 상과에 들어갔다고 했다. "인문 상과라는 과도 있어요?" 하면 "나도 몰라. 그런 과가 있대"라고 대답하곤 했다.

서울대 법대에 들어가 사법 고시에 패스해 집안을 일으킬 줄 알았던 시동생이 겨우 지리학과 같은 데를 가더니 이번에는 한술 더 떠서 그마저도 졸업을 못 하고 감옥에 갇히는 신세가 되었으니 형수의 마음이 오죽했을까. 나는 그 친구의 재판에 갔다가 형수를 보았다. 몇 달 만에 폭삭 늙은 것 같았다. 눈물을 글썽이며 "삼촌이 정말 너무 했어요. 정말 너무 했어요." 이 말만 반복했다. 나는 뭐라고 할 말이 없었다. 그 친구의 아버지도 옆에 있었는데 역시 몹시 초췌한 얼굴이었다. 그가 구속되었을 때 그 아버지가 지푸라기라도 잡는 심정으로 한 민주 인사를 찾아갔다고 한다.

"어제 그 친구 아버지가 나를 찾아왔더라고. 아들이 구속되었는데 어떻게 하면 빼낼 수 있겠느냐고 하면서 울먹이는데, 참, 도와줄 방법이 있어야지. 오죽하면 나를 찾아왔을까. 참 안됐다는 생각이 들더군. 그러니까 조신하게 학교 다니다가 졸업이나 할 것이지 왜 데모는 해 가지고 부모 속을 썩이나. 에이, 불효자식 같으니라고."

나는 본인도 긴급조치 위반으로 감옥에 갔다 온 그분이, 당시에도 열심히 시국 집회에 참가하며 민주화에 대한 열망을 쏟아 내던 그분의 입에서 이런 말이 나오는 것을 듣고 깜짝 놀랐다. 어떻게 저런 말을 할 수 있지? 생각했었다. 지금 생각해 보면 나는 그때 자식 키우는 부모의 마음을 잘 몰랐던 것 같다. 하지만 당신 자신도 자식을 키우는 아버지의 입장에서 그 아버지가 너무나 측은해 보였던 것 같다. 그래서 순간적으로 그 아버지로 빙의해 그런 말을 한 것이 아닐까 하는 생각이 든다.

우리 부모 세대는 우리보다 훨씬 힘든 시대를 살았던 사람들이다. 부모도 인간인데, 어찌 자식을 통해 자신의 한을 풀어 보려는 생각이 없었겠는가. 온갖 고생을 마다하지 않고 자식을 키웠는데, 그 자식으로부터 보상받고 싶은 마음이 어찌 없었겠는가. 그러다가 그동안의 고생이 물거품이 되었는데 어찌 절망하지 않을 수 있었겠는가. 꿈을 이루지 못한 부모는 불행하다. 꿈을 이루지 못한 부모 밑에서 태어난 자식은 불행하다. 왜? 부모는 자식을 통해 자신의 꿈을 이루려 하지만 자식은 부모의 꿈과는 전혀 다른 꿈을 갖고 있기 때문이다. 그렇게 부모와 자식은 서로 동상이몽을 꾸는 존재들이다.

어떤 희생을 치르고라도 기어코 자식을 성공시키고자 했던 우리 세대의 부모들. 그런 부모들의 간절한 소망 속에는 바로 그가 살아왔던 시대의 좌절과 고통이 고스란히 응축되어 있다. 이렇게 우리 부모들은 자식을 통해 그 한을 보상받고 싶어 했지만 과연 몇 퍼센트의 부모들이 이런 소망을 이루었을까. 과연 몇 퍼센트의 자식들이 이런 부모의 꿈과 행복하게 조우했을까. 서로 다른 꿈을 안고 같은 시대를 살아가야 하는 부모와 자식은 슬프다.

박정희 시대는 수없이 많은 불효자를 양산해 냈다. 1978년 5월 8일, 김철수와 함께 서울대 시위를 주도했던 부윤경은 부모가 보는 앞에서 경찰에 연행되는 불효를 저지른 것으로 유명하다. 그의 부모는 한 달 동안 자식이 행방불명 상태라는 경찰의 연락을 받고 광주에서 급히 상경했다. 그리고 아들을 찾아 백방으로 돌아다녔지만 찾을 수 없었다. 그러다가 혹시 학교 안에 있는 것이 아닌가 하는 마지막 기대를 걸고 학교에 갔는데, 공교롭게도 그날이 바로 아들의 거사일이었다. 부윤경은 아크로폴리스 광장에 모여 있는 학생들 틈에서 낯익은 얼굴을 보았다. 바로 어머니, 아버지의 얼굴이었다. 처음에는 잘못 본 줄 알았다. 광주에 계셔야 할 부모님이 학교에 올 것이라고는 짐작조차 하지 못했기 때문이다. 여하튼 그의 부모는 바로 그 자리에서 자식이 경찰에게 잡혀가는 꼴을 보아야 했다. 그날이 5월 8일 어버이날이었다. 부모에게 최악의 어버이날 선물을 하는 불효를 저지른 셈이다.

자식일 때는 부모의 마음을 잘 모른다. 부모의 간섭이 귀찮고 짜증 날 뿐이다. 자식이 옳은 일을 하겠다는데 부모로서 격려는 해 주지 못할망정 훼방을 놓다니. 이런 생각을 하기도 한다. 나 역시 이런 일로 잔소리를 하는 어머니에게 아주 세게 대든 적도 많았다. 부모와의 갈등이 너무나 심한 나머지 집을 나온 친구도 있었다. 어느 날, 친구 여러 명이 술을 마시고 있는 자리에서 한 친구가 그에게 물었다. "야, 너 아직도 집에 안 들어갔니? 아버지 버릇이 아직 안 고쳐졌어?"

말로 대들거나 일시적으로 집을 나오는 것은 그나마 나은 편이다. 부모에게 정말 치명적인 타격을 입힌 친구도 있었다. 시골의 부모님이 소 팔고 밭 팔아서 보내 준 등록금을 운동 자금에 몽땅 털어 넣는가 하면, 학생운동 하느라 학점 관리를 안 한 탓에 어렵게 들어간 대학에서 제적당한 친구도 있었다. 자식이 긴급조치 위반으로 구속되는 바람에 아버지가 공직에서 물러나거나 진급에서 누락되는 경우도 허다했다. 이런 모든 불상사에 대한 우리 자식의 입장은 한마디로 "불효자는 웁니다"였다. 그 생각을 하니 박노해의 「어머니」라는 시가 떠오른다.

> 이 세상에 태어나 단 한 사람
> 어머니의 가슴에 못을 박습니다
> 어머님의 간절한 소원을 위하여
> 이 땅의 모든 어머니들의 비원을 위하여
> 짓눌리고 빼앗긴 행복을 되찾기 위해
> 오늘, 우리는 불효자가 되어
> 저 참혹한 싸움터로 울며 울며
> 당신 곁을 떠나갑니다
>
> 어머님의 피눈물과 원한을 품고서
> 기필코 사랑과 효성으로 돌려드리고야 말
> 우리들의 소중한 평화를 쟁취하고자
> 피투성이 싸움 속에서
> 승리의 깃발을 드높이 펄럭이며 빛나는 얼굴로 돌아와
> 큰절 올리는 그 날까지

어머님, 우리는 천하의 불효자입니다
당신 속에 도사린 적의 혓바닥을
냉혹하게 적대적으로 끊어 버리는
진실로 어머니를 사랑하옵는
천하의 몹쓸 불효자 되어
피눈물을 뿌리며 나아갑니다
어머니
어머니

    부모는 자식 앞에 약자일 수밖에 없다. 부모는 죽는 날까지 자식을 향해 가망 없는 짝사랑을 보낸다. 아무리 부모의 기대를 저버렸어도, 아무리 부모에게 가혹한 절망을 안겨 주었어도 부모는 끝내 자식을 버리지 못한다. 반면에 자식은 언제라도 부모의 뒤통수를 칠 수 있다. 인간사의 비극이 바로 여기에서 시작된 것이 아닐까.

    처음에 부모는 자신의 기대를 저버린 자식에게 원망의 말을 쏟아 낸다. 하지만 머지않아 이런 원망이 염려로 바뀐다. 이미 모든 것을 체념한 부모가 입신출세는 그만두고 자식이 그냥 안전하게 살아 있기만을 바라게 되는 것이다. 자살이든 타살이든 자식의 죽음 앞에 초연할 부모는 세상에 없다. 자칫하면 목숨을 잃을 수도 있는데, 어느 부모가 자식에게 역사와 민족을 위해 네 소임을 다하라고 호기 있게 얘기할 수 있을까. 세상 모든 부모가 안중근의 어머니 같진 않다. 아무리 거창한 대의명분도 자식의 안녕 앞에서는 빛을 잃는 법이다.

    "제발 죽지는 말아라." 80년대 한동안 학생들의 자살 행렬이 이어졌을 때 부모들이 한 말이다. 내가 부모였어도 그런 말을 했을 것이다. "제발 죽지는 말아라. 살아서 싸워라. 살아서도 얼마든지 할 일이 많다." 그렇게 애원했을 것이다. 그것이 부모의 마음이다. 자식의 죽음은 부모에게는 참형이나 다름없다. 설령 자식의 희생으로 세상에 유토피아가 실현된다 한들 그것이 무슨 소용이랴. 자식 잃은 부모들은 그 유토피아에 영원히 들어가지 못하는 것을.

긴급조치 위반으로 구속되어 감옥에 있는 아들을 면회하러 온 한 어머니가 생각난다. 착한 사람을 가리켜 '법 없이도 살 사람'이라는 말이 있는데, 이 어머니가 딱 그런 인상이었다. 그런 사람이 공부 잘하는 늦둥이 아들을 서울대에 보냈다가 험한 꼴을 보게 되었다.

"우리 같은 사람은 정말 경찰서 근처에도 갈 일이 없는 사람들인데……"라며 말꼬리를 흐리는 어머니의 표정이 애처로웠다. 재판정에서 대찬 어머니들은 간혹 판사나 검사를 향해 소리를 지르기도 한다. 김지하의 어머니가 독한 목소리로 "내 아들 지하를 내놓아라"라고 소리 지르는 것도 보았다. 하지만 이 어머니는 분노라는 감정 자체를 못 느끼는 사람 같았다. 세상 사람들의 마음이 다 자기 같다고 생각하는지 모든 것을 그냥 그러려니 하고 받아들였다. 아니, 더 정확하게 얘기하자면 지엄하신 박정희 대통령에게 미안한 마음을 더 많이 가지고 있었다. 그 어머니는 박정희 대통령 각하 내외를 무한 존경하는 분이었다. 특히 국모라 불리던 육영수 여사에 대한 숭배는 거의 신앙에 가까웠다. 그런데 아들이 이렇게 존경하는 대통령에게 반기를 들었으니 얼마나 미안했을까. 그래서인지 그녀는 경찰을 향해서도 판사나 검사를 향해서도 그저 굽신굽신 인사만 했다.

어느 날 친구들이랑 이 어머니를 모시고 구치소로 면회를 간 적이 있었다. 긴급조치 위반자는 직계가족밖에 면회가 안 되기 때문에 어머니를 들여보내 놓고 우리는 밖에서 기다렸다. 잠시 후 어머니가 나왔다. "우리 아들이 이 책을 넣어 달라고 하던데……" 하면서 종이쪽지를 내밀었다. 거기에 삐뚤빼뚤한 글씨로 '이대와 유통'이라고 적혀 있었다. "이대와 유통? 그런 책이 있나?" 우리는 고개를 갸웃거렸다. 그런 제목의 책을 본 적이 없기 때문이다. 그런데 바로 그때 한 친구가 갑자기 생각났다는 듯이 말했다. "아, 알았다. 만하임의 『이데올로기와 유토피아』야." 우리는 '이대와 유통'이라는 말에서 '이데올로기와 유토피아'를 생각해 낸 친구의 놀라운 상상력에 찬사를 보냈다. 친구의 어머니가 멋쩍어하면서 "아이고. 내가 잘못 들었나 보네" 했다. 평생 농사만 짓던 사람이 어찌 만하임의 책 제목을 제대로 들을 수 있을까. '유토피아'를 꿈꾸는 유식한 아들과 '이데올로기'의 희생자인 무식한 어머니. 그 조합은 당시 우리에게 전혀 낯선 것이 아니었다. 그렇게 그 시대 부모와 자식들은 각각 이데올로기와 유토피아의 편에 서서 서로를 절망에 찬 눈빛으로 바라보고 있었다.

우리 기쁜 젊은 날 - 응답하라 1975-1980

일일 찻집 티켓의
최초 판매자를 밝혀라

1978년, 구로동에서 새로운 야학을 시작했다. 기존의 교사들은 대부분 그만두고 새로운 얼굴들이 야학 교사로 들어왔다. 기존 멤버인 이을재, 전성 외에 신재철(서울대 영어교육과 76, 국회의원), 유시민(서울대 경제학과 78, 작가), 서명숙(고대 교육학과 76, 제주올레 이사장), 한송이(서울대 화학교육과 76, 교사), 엄주웅(고대 경제학과 76, 서울시 장애인 택시기사), 강정숙(이대 사학과 77), 김태현(서울대 법대 75)이 교사로 합류했다.

서명숙은 상당히 총명하고 유머 감각이 뛰어난 후배였다. 같이 대화를 나누다 보면 누구나 그 얘기에 빠져들 수밖에 없는 뛰어난 입담의 소유자였다. 그래서 만나서 얘기할 때마다 늘 유쾌하고 즐거웠다. 정서적으로 조금 죽이 맞아서 국립극장에서 하는 〈흑인 수녀를 위한 고백〉이라는 연극을 같이 보러 가기도 했었다. 공연을 보고 술을 마시며 주인공의 연기가 오버액션이라고 수다를 떨었던 것이 생각난다. 이때만 해도 나는 서명숙이 같은 야학 교사인 엄주웅을 좋아한다는 사실을 모르고 있었다. 야학을 하면서 그런 티를 전혀 내지 않았기 때문이다. 엄주웅이 세미나에서 파울로 프레이리의 『페다고지』를 발제할 때였는데, 발제자인 엄주웅보다 서명숙이 더 열심히 준비해 온 것을 보고 놀랐던 적이 있다. 그 후 교사 MT를 가서 밤에 둘이만 얘기를 할 기회가 있었고, 그때 엄주웅에 대한 마음을 살짝 비치는 것을 듣고서야 그녀의 마음을 알게 되었다. 그로부터 한참 세월이 흐른 후 두 사람이 결혼했다는 소식을 들었다.

심재철과는 꽤 친하게 지내서 그가 친구들과 함께 살던 신길동 기찻길 옆의 자취방에 놀러 간 적도 있었다. 늘 색깔이 칙칙한 군복 비슷한 옷을 입고 다녔는데, 운동권으로서는 보기 드물게 상당한 미남이었다. 그런데 나만 그렇게 느낀 것이 아니었던 모양이다. 같은 야학 교사인 서명숙도 그가 미남이라고 생각했던 것 같다. 『영초언니』에 보면 서명숙이 심재철을 '아폴론' 같다고 했다가 엄주웅으로부터 "걔가 아폴론이면 나는 아도니스게"라고 했다는 이야기가 나온다. 심재철은 요즘 식으로 얘기하자면 아재 개그 같은 것을 잘 구사했다. 예를 들자면 내가 "글쎄" 하면 "글쎄(글세)는 등록금이여"라든가 "미안해" 하면 "미안은 쌀눈이여" 하는 식의 썰렁 개그를 구사했다. 한번은 이 친구와 고대에서 열리는 마당극을 보러 간 적이 있다. 공연 중에 "니가 시집을 가도 여러 번 갔겠구나" 하는 대사가 나왔는데, 이 말에 심재철이 "암, 다다익선이지"라고 해서 좌중을 웃게 했다.

서명숙의 『영초언니』에 보면 그가 "자네가 ……했는가"라는 말을 많

우리 기쁜 젊은 날 - 응답하라 1975-1980

이 했다는 구절이 나온다. 나도 그 말은 종종 들었다. 서명숙은 그것을 자기를 무시하는 것으로 받아들였지만 나는 어린 친구가 늙은이 흉내를 낸다고 생각했다. 여하튼 당시 대학생들이 일상적으로 말하는 것과는 조금 다른 말투를 구사한 것은 사실이다.

야학을 그만둔 이후에는 직접 만난 적은 없고 간간이 소식만 들었다. 그가 서울대 총학생회장이 되었다는 것과 1980년 5월 15일에 있었던 이른바 '서울역 회군 사건'의 주역으로 비판을 받았다는 것이 제일 기억에 남는다. 서울역 회군 사건이란 전두환의 12·12 군사반란에 항거하기 위해 수만 명의 학생이 서울역에 모여 시위를 벌이던 중 서울대 총학생회 대의원회 의장이었던 유시민과 이해찬 그리고 경희대 예비역 복학생 문재인이 시위 철수 반대를 주장했지만, 심재철이 철수를 강하게 밀어붙여 성사시킨 사건을 말한다.

그로부터 몇 년이 흐른 1988년, 심재철이 5공 청문회에 나와서 증언하는 모습을 TV를 통해 보았다. 그리고 또 시간이 한참 흐른 후 뜻밖에 MBC 로비에서 그를 만났다. 내가 MBC 〈나의 음악실〉의 작가로 일하고 있을 때였다. 누군가 다가와서 "혹시 진회숙 씨 아니세요?" 하고 묻는데 보니 심재철이었다. 반가워서 지하의 구내식당에서 밥을 먹으며 이야기를 나누었다. 그때 스포츠 기자로 일하고 있다는 얘기를 들었다. 1988년에 방송사 최초로 MBC 노조를 만들어 초대 전임자를 지낸 그는 나를 만났을 당시 강성 노조원이었다. 로비를 지나다가 노조원들을 앞에 놓고 농담 섞인 연설을 하는 모습도 보았다.

그러다가 그가 교통사고를 당해 크게 다쳤다는 소식을 들었다. 의사가 이 정도로 심하게 다친 환자를 본 적이 없다며 혀를 내두를 정도의 중상이었다고 한다. 그 얘기를 듣고 한 1년이 지났을 때였던가. MBC에 갔다가 우연히 먼발치에서 그를 보았다. 로비 저쪽에서 어떤 사람이 아주 힘겹게 발걸음을 옮기고 있었는데, 자세히 보니 심재철이었다. 예전에 유쾌하고 장난기 어린 표정은 어디 가고 너무나 수척하고 외로워 보였다. 차마 아는 척을 할 수가 없었다. 그저 먼발치에서 바라보며 쾌유를 빌었다.

그리고 또 한참 시간이 흐른 후, 그에 대해 전혀 예상치 못한 소식을 들었다. 그가 한나라당 국회의원이 되었다는 소식이었다. 국회의원이 된 후에는 가끔 TV를 통해서 그의 모습을 볼 수 있었다. 젊은 시절, 민주화운동에 앞장섰던 그가 어찌하여 보수 여당의 국회의원을 하게 되었는지, 그 안에 어떤 내적인 변화가 있었는지 나로서는 알 수 없는 일이다. 하지만 겉으로 드러난 변화 즉 외모의 변화는 확실하게 감지할 수 있었다. TV를 통해 보는 그는 그냥 대한민국의 평범한 아저씨 그 자체였다. 한때 아폴론을 연상시키던 그 수려한 용모는 다 어디로 갔을까. 심재철의 경우를 보면서 나이가 들면 외모의 평준화가 이루어진다는 진리를 새삼 깨닫게 되었다.

그렇게 멀리서 소식만 듣다가 2005년 5월, 그를 직접 만난 일이 있었다. 태평로 프레스센터에서 열린 긴급조치 9호 철폐운동 30주년 기념식 자리에서였다. 식이 끝나자 다른 자리에 있던 그가 내 쪽으로 와서 아는 척을 했다. 내가 악수를 하며 "아니 국회의원이 엄청 바쁘실 텐데 이런 자리까지 오시다니"라고 농을 건넸다. 그랬더니 옆에 있던 누군가가 "야당 의원은 안 바빠. 아무도 불러 주는 사람이 없거든" 해서 웃었던 기억이 난다. 그는 지금 5선의 중진 의원이 되어 있다. 6선은 가능할까. 글쎄. 이 시점에서 "글쎄는 학비여"라는 그의 썰렁 개그가 생각

우리 기쁜 젊은 날 – 응답하라 1975-1980

나는 것은 무슨 까닭일까.

유시민은 심재철의 권유로 야학에 들어왔다. 그와 처음 만났을 때 나는 4학년이었고, 그는 이제 막 대학에 들어온 신입생이었다. 까무잡잡한 얼굴에 눈빛이 총명한 소년의 이미지였던 것으로 기억난다. 처음 만날 날, "저는 대구의 심인고등학교를 나왔습니다"라고 자기소개를 했다. 자기 이름과 발음이 같은 학교를 나왔다고 말해서 지금까지 기억하고 있다. 유시민은 워낙 까마득한(?) 후배여서 개인적인 교류는 별로 없었다. 술자리를 함께한 기억도 없는 것으로 보아 당시 '윗것'과 '아랫것'들이 따로 놀았던 것 같다. 하지만 그와 관련해서 딱 하나 뚜렷하게 떠오르는 기억이 있다. 당시 우리는 구로동의 어느 교회를 빌려서 야학을 하고 있었다. 그런데 경찰의 사주를 받은 건물주가 교회에 압력을 가해 더 이상 교회에서 야학을 할 수 없게 되었다. 다른 장소를 구해야 하는데 대학생들이 돈이 있을 턱이 있나. 우리는 기금 마련을 고민하다 일일 찻집을 열기로 했다. 그때는 돈을 모으기 위해 일일 찻집을 여는 일이 많았다. 장소는 종로 2가에 있는 '종각다방'이었다. 다방과 계약을 하고 우리는 각자 티켓을 나눠 주변 사람들에게 팔았다.

그러던 중 문제가 발생했다. 이야기가 좀 길어지기는 하는데, 문제가 발생하게 된 과정을 이야기하자면 이렇다. 1978년 6월 26일, 광화문에 있는 세종문화회관 앞에서 최초로 가두시위가 있었다. 그전까지 학생들이 학교 안에서 시위를 한 적은 있지만 이렇게 거리로 나와 시위를 벌인 것은 그때가 처음이었다. 그 일이 있기 전, 언제부터인가 정체불명의 유인물이 나돌았다. 6월 26일 광화문 세종문화회관 앞에서 모여 반독재 시위를 벌이자는 것이었다. 이것은 나중에 소문의 형태로 입에서 입으로 전해졌다. 그래도 모두들 반신반의하는 분위기였다. 정말 모이기는 하는 걸까? 만약 그렇다면 시위 주도는 누가 하는 거지? 하는 의문이 있었다. 마음속에 확신이 없는 상태에서 그 날 세종문화회관 앞으로 갔다. 여기저기 소문을 듣고 온 듯 대학생들이 많이 눈에 뜨였다. 처음에는 그냥 오합지졸에 불과했다. 구호를 외치는 사람도, 노래를 부르는 사람도 없었다. 하지만 다들 무언가를 간절히 바라고 있었다. 일이 어떻게 되어 가는지 관망하면서도 누군가 나서서 구호를 외치기만 하면 바로 폭발할 것 같은 분위기라고나 할까.

세종문화회관 근처는 이미 전경들로 포위된 상태였다. 그러자 종로로 개별적으로 빠져나가 그쪽에서 시위를 하자는 이야기가 입에서 입으로 전해졌다. 그때만 해도 가두시위는 처음이라 경찰의 대처가 치밀하지 않았다. 경찰로서는 애초에 모이기로 한 세종문화회관 근처만 막으면 된다고 생각했던 것 같다. 우리는 개별적으로 슬금슬금 광화문을 빠져나와 종로 쪽으로 갔다. 그때 평소에 알고 지내던 조형제(서울대 사회학과 76, 울산대 교수)라는 친구를 우연히 만났다. 그래서 함께 종로 2가로 갔다. 상당히 많은 인원이 거리에 모여 있었다. 경찰이 여기까지는 생각을 못 했던 것 같다. 누군가 "유신철폐! 독재타도!"를 외치자 모두들 구호를 따라 했다. 우리는 노래를 부르며 거리를 걸었다. 시위대로 인해 종로 일대의 교통이 마비되었다. 버스 안에 있던 한 남자가 창문을 열고 "지금 뭐 하고 있는 거냐?"라고 물었다. 옆에 있던 조형제가 "유신헌법 철폐하라고 데모하는 겁니다"라고 했더니 "참, 학생들이 하라는 공부는 안 하고." 남자가 짜증을 내며 창문을 닫았다.

지금 생각해 보면 70년대의 시위는 비교적 평화적이었던 것 같다.

우리 기쁜 젊은 날 - 응답하라 1975-1980

돌이나 화염병을 던지는 것은 상상도 할 수 없었다. 그야말로 순진하게 스크럼을 짜고 걸어가며 구호를 외치고 노래를 부르는 것이 전부였다. 하지만 진압은 무자비했다. 곳곳에서 최루탄이 터지고 무차별적인 폭행이 이루어졌다. 그날 많은 학생들이 잡혀갔으며, 그 후 대학가에 칼바람이 불었다.

그때부터 검문검색이 강화되었다. 그렇게 검문검색을 받던 서울대생들의 가방에서 우리 야학 교사들이 판 일일 찻집 티켓이 나왔다. 경찰은 이것을 일일 찻집을 빙자한 가두시위 계획이라고 보았다. 장소가 다른 곳도 아닌 종로 2가의 종각다방이라는 점에서 의심은 더욱 짙어졌다. 경찰이 티켓을 판 사람에 대해 추궁한 것은 너무나 당연한 일이었다. 티켓이 여러 사람의 손을 거쳐 갔기 때문에 처음부터 최초 판매자의 신원이 밝혀진 것은 아니었다. 하지만 거슬러 올라가다 보면 티켓 판매의 진원지를 밝혀내는 것은 시간문제였다.

경찰이 한 사람, 한 사람씩 데려가 티켓의 출처를 밝혀 나가는 동안, 야학 교사들은 대책 회의를 열었다. 만약 우리 중 누구라도 먼저 경찰서에 불려 가는 사람이 있다면 이름도 모르고 학번도 모르고 무슨 과인지도 모르는 어떤 학생에게서 티켓을 샀다고 하자고 말을 맞추었다. 불우 이웃을 돕기 위해 일일 찻집을 연다는 말에 측은지심이 발동해서 신원도 모르는 사람에게 티켓을 샀다고 말하기로 한 것이다. 지금 생각하면 참 한심하고 순진한 시나리오였지만 이것 외에 별 뾰족한 수가 없었다.

우리는 억울했다. 경찰이 예상하는 가두시위를 위해서가 아니라 정말로 일일 찻집을 하려고 한 것인데, 이것이 먹혀들지 않는 분위기였다. 그렇다고 야학을 위해 찻집을 한다고 말할 수도 없었다. 당시는 '야학'

이라는 말만 나와도 알레르기 반응을 보일 때였기 때문이다.

제일 먼저 경찰서로 불려간 사람은 교사 중에서 제일 나이가 어린 유시민이었다. 운동권에서 산전수전, 공중전까지 다 겪은 선배들과 달리 유시민은 이제 갓 대학에 들어온 순진한 젊은이였다. 우리는 새파랗게 어린 후배가 제일 먼저 추적의 타깃이 된 상황이 당황스러웠다. 그런데 이런 선배들의 우려와 달리 유시민이 능청스럽게 연기를 잘했다. 미리 짜 놓은 각본대로 이름도 모르고, 학번도 모르고, 어느 과인지도 모르는 누군가에게서 티켓을 샀다고 말한 것이다.

"그럼 얼굴밖에 모른다는 거야?"

"네."

우리는 이렇게 하면 경찰이 추적을 포기하리라고 생각했다. 하지만 오산이었다.

"얼굴은 확실히 기억한다 이거지?" 이러더니 두꺼운 사진첩을 몇 권 들고 오더란다. 당시 관악경찰서에는 서울대 전교생들의 얼굴이 담긴 사진첩이 있었다. 단과대 별로 되어 있는 사진첩을 유시민에게 내밀며 그중에서 찾아보라고 했단다. 대략 난감한 상황. 그가 사진첩을 보면서 자기에게 티켓을 판 누군가의 얼굴을 찾느라고 애쓰는 연기를 하고 있을 때 경찰이 말했다.

"대구에서 공부 잘해서 서울대까지 들어온 놈이 지금 경찰서에서 이러는 것을 부모님이 아시면 얼마나 슬퍼하시겠냐?"

이 말이 유시민의 눈물샘을 자극했다.

"그 말을 들으니까 정말로 부모님 생각이 나면서 눈물이 나는 거예요."

그래서 울었단다. 그랬더니 경찰이 그의 등을 두드리면서 하는 말.

우리 기쁜 젊은 날 – 응답하라 1975-1980

"울지 마. 괜찮아. 괜찮아. 오늘 인문대 보고, 내일 사회대 보고 그러면 되지."

그 후로 일이 어떻게 되었는지 잘 기억나지 않는다. 여하튼 당시 유시민이 사진첩을 보며 티켓을 판 사람의 얼굴을 특정하지 못했음은 분명한 사실이다.

그러던 중 나에게도 경찰서에서 연락이 왔다. 이번에는 공릉경찰서였다. 내가 서울대 공대에 다니던 초등학교 선배에게 티켓을 팔았는데, 그 선배가 내 이름을 얘기한 것이다. 당시 서울대 공대는 공릉에 있었다. 나는 운동권하고는 거리가 먼 음대생의 이미지를 백분 활용하기로 했다. 잠자리 날개 같은 하늘하늘한 옷을 입고 귀걸이와 목걸이로 한껏 치장했다. 평소에 하지 않던 화장까지 하고는 경찰서로 갔다. 경찰 앞에서 나는 미리 준비한 각본대로 얘기했다. 도서관에서 공부하고 있는데, 어떤 언니가 오더니 불쌍한 사람을 돕기 위해 일일 찻집을 하는데 티켓을 사 달라고 해서 사 주었다고. 그것도 무려 열 장씩이나. 이 부분은 아무래도 실수인 것 같기는 하다. 두세 장이면 몰라도 아무리 박애주의자라도 그렇지 신원도 모르는 사람에게 열 장씩이나 티켓을 사? 경찰이 이런 합리적인 의심을 할 수도 있었을 텐데, 여하튼 처음 볼 때부터 전혀 운동권의 이미지가 없었는지 내 말을 마구마구 믿어 주고 싶어 하는 분위기였다. 공릉경찰서에 이대생의 사진첩이 있을 리 만무했다. 시종일관 화기애애한 분위기 속에서 조사를 마치고 나는 하늘하늘 홀가분한 마음으로 집으로 돌아왔다.

그로부터 며칠 후 예정대로 종각다방에서 일일 찻집이 열렸다. 혹시 경찰이 들이닥치면 어떻게 하지? 설마 찻집까지 쳐들어올까? 긴가민

가하는 상황에서 심재철과 나를 비롯한 몇몇 교사들은 다방 안에 들어가지 못하고 밖에 있었다. 그런데 내 앞에 거리를 두고 서 있는 심재철 곁으로 내 눈에 정말 '짭새' 같아 보이는 남자가 다가가는 것이 아닌가. 아! 어떡하지? 가슴이 쿵쾅거렸다. 하지만 그렇다고 도망가라고 소리칠 수도 없었다. 속으로만 '심재철, 제발 도망가. 지금 짭새가 너를 잡으러 가고 있어'라고 외쳤다. 심재철은 그것도 모르고 그냥 그 자리에 서 있었다. 다행히 그 남자는 짭새가 아니었다. 그냥 심재철을 지나쳐 걸어갔다. 나는 가슴을 쓸어내렸다.

이때 일이 어떻게 돌아갔는지 잘 기억이 나지 않아 최근에 이을재에게 물어보았다. 그날 이을재와 또 다른 야학 교사 중 누군가가 다방 안에 있다가 함께 경찰서에 잡혀갔단다. 경찰서에서 한 일주일 있었는데, 조사해 봤자 사실 아무것도 나올 것이 없었다. 정말로 일일 찻집을 한 것이니까. 그래서 이을재가 경찰에게 항의를 했단다. 왜 죄 없는 사람을 일주일씩이나 잡아 두냐고. 그랬더니 돌아오는 대답이 걸작이었다. "죄가 없기는 왜 없어? 일일 찻집을 해서 돈을 버는 건 기부금법 위반이야." 세상에 기부금법 위반으로 사람을 일주일씩이나 가두어 놓는 경우도 있다니. 당시에는 아무 죄목이나 갖다 붙이는 경우가 비일비재했다. 80년대 초 서울의 한 대학에서 아무것도 쓰이지 않은 종이를 뿌린 이른바 '백지 유인물 사건'이 있었다. 그 일로 잡혀간 학생들이 백지를 돌렸는데 무슨 죄냐고 하니까 경찰이 '이심전심 유언비어 유포죄'라고 했단다. 죄목을 만들어 내는 창의성이 이 정도면 가히 노벨문학상 감 아닌가 하는 생각이 든다.

발랄하고 씩씩한
내 친구, 권명자

　　　　　　6개 대학 연합 시위 사건으로 경찰의 추적을 받던 명자는 연숙이가 구속된 후에도 한참 동안 도피 생활을 계속했다. 그러던 어느 날이었다. 집에 있는데 따르릉 전화벨이 울렸다. 받아 보니 명자였다. "나 집에서 도망 나왔어. 지금 공항동인데 택시비 좀 갖고 나와." 다급한 목소리였다. 그런데 마침 나도 그때 돈이 없었다. 그래서 급히 동네 친구에게 돈을 꾸어서 택시비를 냈다. 택시비가 4천 원인가 했었다. 택시에서 내린 명자의 몰골이 말이 아니었다. 집에 숨어 있다가 형사가 찾아오는 바람에 급하게 도망 나왔단다. 나는 명자가 무슨 생각으로 도피 중에 집에 들어갔는지 궁금했다. 집에 있으면 형사가 찾아올지도 모르는데 말이다. 그래서 왜 집에 들어갔냐고 물었더니 도망 다니는 것이 너무 힘들어서 그랬단다. 위험한 것은 알았지만 몸까지 아프니까 정말 어쩔 수가 없었다고.

유신 시대에는 반공법이나 국가보안법, 긴급조치 위반으로 구속을 피해 도피 생활을 하는 사람들이 아주 많았다. 이들이 얼마나 힘든 시간을 보냈는지 직접 경험해 보지 않은 사람은 모른다. 나 역시 도피 생활을 옆에서 지켜본 관찰자에 불과하기 때문에 이들의 고통을 가슴 깊이 공감하지는 못한다. 짧게는 몇 개월에서 길게는 몇 년 도피 생활을 하다 보면 몸과 마음이 말할 수 없이 피폐해진다. 김사인의 「노숙」이라는 시는 도피 생활의 고단함을 이렇게 그리고 있다.

헌 신문지 같은 옷가지들 벗기고
눅눅한 요 위에 너를 날것으로 뉘고 내려다본다
생기 잃고 옹이 진 손과 발이며
가는 팔다리 갈비뼈 자리들이 지쳐 보이는구나
미안하다
너를 부려 먹이를 얻고
여자를 안아 집을 이루었으나
남은 것은 진땀과 악몽의 길뿐이다
또다시 낯선 땅 후미진 구석에
순한 너를 뉘었으니
어쩌랴
좋던 날도 아주 없지는 않았다만
네 노고의 헐한 삯마저 치를 길 아득하다
차라리 이대로 너를 재워둔 채
가만히 떠날까도 싶어 네게 묻는다

우리 기쁜 젊은 날 – 응답하라 1975-1980

어떤가 몸이여

　김사인 시인은 그 자신이 도피 생활을 한 경험을 이 시를 통해 풀어
냈다. 서울시향에서 월간지를 만들고 있을 때, 나는 김 시인에게 에세이
한 편을 부탁했다. 그때 보내온 글에서 그는 도피 생활 중 들은 슈베르
트의 〈겨울나그네〉에 대해 얘기했다. 살면서 그처럼 '뼈저리게' 〈겨울나
그네〉를 들은 적이 없었다고.

　도피 생활을 하면 사람을 마음대로 만날 수 없다. 만날 수 있는 사람
이 지극히 제한되어 있다. 특히 괴로운 것은 가장 가깝고, 가장 보고 싶
은 사람을 가장 멀리해야 한다는 것이다. 일정한 주거지도 없이, 지친
몸을 널 따뜻한 방 한 칸 없이 이리저리 떠돌아다녀야 하는 그 완벽한
고립과 상실의 시간들. 어떤 선배는 나에게 그랬다. 도피 생활 중 가장
견디기 힘든 것이 시간을 참아 내는 것이라고. 언젠가 김사인 시인에게
젊은 시절의 경험을 글로 써 볼 생각이 없냐고 물은 적이 있었다. 그랬
더니 "어휴. 저는 그 시절은 생각하고 싶지도 않아요"라는 대답이 돌아
왔다. 좋은 날이 아주 없었다고 할 수는 없으나 대부분 진땀과 악몽으
로 걸어온 그 길을 다시 떠올리고 싶지 않은 것이다.

　도피 생활의 가장 큰 어려움은 거처를 구하는 것과 도피 자금을 마
련하는 것이다. 혼자서 방을 구하기도 하고, 다른 사람의 집에 묵기도
하는데, 두 가지 다 쉬운 일은 아니다. 방을 구하면 독립적인 생활은 보
장되지만 안정된 수입이 없는 상태에서는 방세를 비롯한 생활비를 마
련하는 것이 힘들다. 그렇다고 다른 사람의 집에 얹혀사는 것이 편한
것도 아니다. 아무리 가까운 사이라도 같이 살다 보면 사소한 생활 습

관의 차이가 문제가 되기도 하기 때문이다. 한 친구는 독신인 여자 교수 집에서 지냈는데, 이 분이 얼마나 깔끔하던지 집 안에 먼지 하나, 머리카락 한 올 없었단다. 달걀을 사 오면 하나하나 물로 깨끗이 씻어 냉장고에 넣을 정도로 깔끔한 분이어서 적응하기가 쉽지 않았다고 한다. 깨끗한 집을 오염시키는 이물질이 된 것 같은 느낌이라고나 할까. 집안일을 도와주고 싶어도 주인의 마음에 안 들까 봐 선뜻 나서지도 못하는 상황이었다. 한번은 밥을 하려고 쌀을 씻었더니 그렇게 씻으면 안 된다고 해서 무안을 당했다고 한다. 결국 그 친구는 한 달도 못 되어 그 집을 나오고 말았다.

그런가 하면 같이 사는 가족 중 한 사람이 군식구에게 눈치를 주는 경우도 있다. 친구가 도피 생활을 하는 후배를 데리고 있었는데, 당시 같은 집에서 살고 있던 미혼의 시동생이 그렇게 그 후배를 싫어했단다. 그는 집에 형과 형수가 없을 때마다 후배에게 만약 당신이 이 집에 있는 것을 들키면 우리 형이 감옥에 가게 될 것이라는 말로 압박을 했다. 그렇다고 후배가 친구에게 당신 시동생이 이런 말을 했다고 일러바치는 것도 못할 짓이었다. 이리저리 고민하던 후배는 얼마 못 가 그 집을 나오고 말았다.

또 한 친구는 자기 집에 서클 선배를 숨겨 주었다. 친구가 학교에 가고 친구 오빠가 직장에 나가면 집에는 그 선배와 친구의 어머니만 남는데, 그 선배가 싹싹하게 집안일을 아주 잘 도와주었던 모양이다. 어머니가 사윗감으로 점찍어 두고는 친구에게 "나는 저 사람 도망 다닌다고 해도 괜찮아. 네가 좋으면 얼마든지 허락할 수 있어"라고 얘기했다고 한다. 그런데 이렇게 집주인의 총애를 받던 사람이 어느 날 갑자기 그

집을 나갔다. 친구는 선배가 갈 데가 생겼다고 생각했다. 그런데 나중에 알고 보니 친구의 오빠가 나가라고 했단다.

남의 집에 얹혀살면 주인이 뭐라고 하지 않는데도 공연히 눈치가 보이는 법이다. 나도 몇 달간 후배를 숨겨 준 적이 있었다. 민폐를 끼치기 싫었는지 그는 늘 아침밥을 먹기 전에 나갔다가 밤늦게 들어오곤 했다. 집에 와서도 초인종을 누르지 않고 현관문을 조심스럽게 손으로 똑똑 두드렸다. 한번은 내가 잠이 깊이 들어 문 두드리는 소리를 듣지 못한 적이 있었다. 그런데도 끝내 초인종을 누르지 않고 집 밖에서 기다렸다. 나중에 일어나서 얼마나 미안했는지 모른다. 추운 겨울에 변변한 옷이 없어서 남편의 패딩을 빌려준 적이 있었다. 어느 날, 그가 밖에 나갔다가 들어왔는데 마침 집에 시부모님이 와 계셨다. 그것을 보고 후배가 몹시 당황하면서 남편의 패딩을 서둘러 벗던 것이 생각난다. 사실 시부모님은 그것이 남편의 옷이라는 것도 모르고 계셨다. 그런데도 그냥 본능적으로 이런 행동을 한 것이다.

그래도 남자는 나은 편이다. 여자의 몸으로 도피 생활 하기는 더 힘들다. 명자는 운동권 선배, 친구 등 여러 집을 전전하며 살았다. 우리 집에도 가끔 와서 자고 가곤 했다. 그렇게 불안한 생활을 하는 중에 병에 걸렸다. 성한 몸도 기탁할 곳이 만만치 않은데 아픈 몸은 오죽하랴. 결국 명자는 거의 자포자기 심정으로 광명에 있는 본가로 들어갔다.

그런데 형사가 들이닥친 것이다. 당시 명자는 방에 있었는데, 마당에 있던 어머니가 방에 있는 명자가 들으라고 일부러 큰 소리로 "왜 남의 집에 멋대로 들어와?"라고 소리쳤다. 방문을 잠그긴 했지만 잡히는 것은 시간문제였다. 창문을 열고 밖으로 나가려고 하는데 하필이면 창문에 방충망이 붙어 있었다. 지금은 방충만이 창문처럼 여닫는 식으로 되어 있지만 당시에는 그냥 창문에 고정되어 있는 것이 많았다. 손으로는 방충망을 뚫을 수가 없는 상태였다. 형사들이 "권명자. 문 열어" 하면서 방문을 두드리고, 어머니는 옆에서 "아이고. 아이고. 어쩌면 좋아"라며 안절부절못하는 상황이었다. 당황한 명자는 방충망을 찢기 위한 도구를 찾으려고 이리저리 책상 서랍을 뒤졌다. 다행히 안에 칼이 있었다. 그 칼로 방충망을 찢고 창문을 넘어 도망쳤다. 맨발로 다닐 수 없어 옆집에서 슬리퍼를 슬쩍 훔쳐 신었다. 그리고 무작정 택시를 잡아타고 우리 동네까지 온 다음에 나한테 전화를 한 것이다.

명자는 아무런 대비도 하지 않은 채 있다가 갑자기 당했지만 도피 생활을 오래 한 사람들은 이런 일이 생길 경우를 대비해 긴장의 끈을 놓지 않는다. 한 선배가 도피 생활 중에 혼자 자취하는 후배의 집을 찾은 적이 있다. 신발을 보면 안에 사람이 있는 줄 알까 봐 신발을 방 안으로 가지고 들어와 숨겼다. 그러고는 두 사람이 술상을 마주 보고 술을 마시는데 밖에서 "계십니까?" 하는 소리가 들렸다. 본능적으로 경찰임을 알아챈 선배는 먹던 술잔과 수저를 들고 다락으로 몸을 피했다. 곧이어 형사가 문을 열었다. 혼자서 술잔을 기울이는 후배를 보고는 그냥 돌아갔다.

또 한 친구는 자취하는 선배의 집에서 며칠 묵은 적이 있다. 아침에 조금 늦잠을 자고 있는데, 형사가 와서 갑자기 방문을 확 열었다. 그때 방 주인은 일어나 책을 읽고 있었고, 도피 중인 후배는 등을 돌리고 누워 있었다. 잠은 깬 상태였는데 형사가 갑자기 문을 여니 그냥 조용히 자는 척을 했다. "저 친구 누구야?"라는 형사의 물음에 방 주인이 "제 동

우리 기쁜 젊은 날 - 응답하라 1975-1980

생입니다. 어제 늦게 들어와서 지금 자고 있어요"라고 대답했다. 그러자 형사가 문을 닫고 돌아갔다. 하지만 누워 있는 친구는 미동도 하지 않고 아까와 똑같은 자세로 등을 보인 채 계속 누워 있었다. 그런데 한 5분쯤 지났을까. 돌아간 줄 알았던 형사가 또다시 문을 확 열었다. 방 안 풍경이 달라진 것이 아무것도 없다는 사실을 확인하고서야 돌아갔다. 만약 누워 있던 친구가 자리에서 일어났거나 방 주인과 이야기라도 나누었으면 바로 들켰을 것이다.

길을 걸어가다가 누군가 뒤에서 자기 이름을 불러 돌아보았다가 잡힌 수배자도 있다. 사람은 누구나 자기 이름을 부르면 본능적으로 뒤를 돌아보게 되어 있다. 이것을 노린 것이다. 따라서 수배자들은 어디서 자기 이름을 불러도 결코 돌아보지 않는 연습을 해야 한다. 쉬울 것 같지만 생각만큼 쉬운 일이 아니다.

맨발로 집에서 도망 나온 명자는 그 후 아무리 힘들어도 집으로 다시 돌아가지 못했다. 이렇게 외롭고 힘겹게 도피 생활을 하던 중 김부섭(서울대 공대 74, 큐빅테크 대표)으로부터 백경진(서울대 기계공학과 72, SMC 이사)을 소개받았다. 김부섭은 백경진에게 명자를 소개하면서 이 여자를 책임지라고 했단다. 이와 더불어 명자에게도 이 남자를 반드시 애인으로 만들라는 특명을 내렸다고 한다.

백경진에 대한 명자의 첫인상은 예쁘고 선한 사람이라는 것이었다. 명자는 처음에 자신의 신분을 속이고 만났다. 학교는 이대 의류학과, 이름도 가명을 썼다. 그런데 아무래도 신분을 속이고 만나다 보니 진솔한 대화가 잘 안 되었던 모양이다. 늘 대화가 겉돌았다. 명자는 백경진이 마음에 들었으나 상대의 반응은 영 신통치 않았다. 껄렁한 얘기만 하고 다시 만나자는 약속도 하지 않았다. 그래서 명자가 먼저 애프터를 신청하곤 했다. 이렇게 겉돌기만 하던 두 사람의 관계가 급진전된 것은 세 번째 만남에서였다. 그날 백경진은 수수께끼 같은 여자에게 이별을 고했다. 그제야 명자가 자신의 정체를 밝혔다.

"저 사실 도피 중이에요. 서울여대 국문과고, 이름은 권명자예요."

이렇게 이실직고를 했다. 전에 도망자 생활을 한 경험이 있는 백경진은 명자의 처지를 이해했다. 그렇게 두 사람은 연인 사이가 되었다. 백경진은 답십리에 명자가 은신할 방을 얻어 주고, 자신도 그 부근으로 거처를 옮겼다. 5만 원짜리 월세방이었다. 이런 식으로 청량리 일대와 노량진 등지를 전전하며 살았다. 그 시절 달동네에는 행상이 많았다. 광명 집에서 형사의 급습을 받은 경험이 있는 명자는 일종의 트라우마에 시달렸다. 밖에서 물건 사라는 남자 목소리만 들어도 가슴이 철렁 내려앉았다. 그런 상황에서 백경진은 든든한 버팀목이 되어 주었다. 두 사람은 나중에 부부가 되었다.

명자에게 백경진을 소개해 준 김부섭은 남조선민족해방전선 소위 남민전의 핵심인물이었다. 명자는 김부섭의 권유로 남민전에 가입했다. 그즈음에 나는 명자를 가끔 만났다. 하지만 이 사실은 전혀 몰랐다. 명자가 나에게 남민전의 '남' 자도 꺼내지 않았기 때문이다. 나중에 안 얘기지만 명자는 남민전에서 한민성이라는 가명으로 활동했다고 한다. 그 무렵 명자로부터 "나 이름 지었다. 한민성이라고. 한국 민중의 소리라는 뜻이야"라는 소리를 언뜻 들었던 기억이 나기는 한다. 수배자들이 가명을 지을 때, 가장 선호하는 글자는 단연 '백성 민民' 자였다. 이런 운동권 인사들의 'People's Dream'은 그들의 자식 세대에 이르러 꽃을 피웠다. 자녀들의 이름에 '민' 자를 넣어서 짓는 것이 유행이 된 것이다. 민주, 민진, 지민, 민정, 민철, 정민, 성민 등 '민' 자에 그냥 아무 자나 갖다 붙여도 될 만큼 수많은 민돌이, 민순이들이 탄생했다.

명자는 나중에 정말로 '민성'이라는 이름으로 개명했다. 그런데도 친구들은 여전히 그녀를 '명자'라고 부른다. "친구들한테 민성이라고 불리는 것은 포기했어. 친구들에게 나는 그냥 명자일 뿐이야. 이제 그냥 그러려니 해." 한동안 바뀐 이름으로 안 불러 준다고 섭섭해하던 명자가 어느 날 이렇게 말했다. 이름이 바뀌었어도 사람의 본질은 바뀌지 않는다. 이름을 어떻게 부르던 무슨 상관인가. 우리에게 명자는 젊은 시절과 마찬가지로 여전히 대차고, 씩씩하고, 발랄하고, 유쾌한 바로 그 명자인 것을.

만리아카데미에서의
운명적인 사랑

대학 졸업을 앞둔 78년 겨울이었다.

"우리 경제사 공부 한번 해 볼래?"

어느 날, 명자가 이렇게 제안했다.

"경제사? 누구랑?"

"데모하고 지금 도망 다니는 선배가 있는데, 그 선배랑 같이 공부하는 건 어떨까?"

공부가 목적이었는지 아니면 나와 그 선배를 엮어 주려고 그런 것이었는지는 확실하지 않다. 명자의 생각은 잘 모르겠지만 나는 내심 기대를 했다. 대학 생활 내내 연애다운 연애 한 번 못해 보고 매번 차이기만 했던 나는 그때도 여전히 '운명적인 사랑'에 대한 로망을 갖고 있었다. 하지만 이상형을 만나기가 쉽지 않아 대학 졸업을 앞둔 당시에도 여전히 모태 솔로인 상태였다. 나는 명자의 제안을 받아들였고, 그래서 종로

5가에 있는 다방에서 처음으로 그를 만났다. 내가 조금 늦게 나갔는데, 멀리서 다가오는 나를 보고 그 선배가 "전형적인 음대생 타입이네"라고 말했단다.

예나 지금이나 나의 이상형은 영화배우처럼 잘 생긴 남자이다. 아무리 인격과 덕망이 훌륭해도 외모가 별로면 전혀 마음이 동하지 않는다. 이 때문에 친구들로부터 "남자 얼굴 뜯어먹고 살 거냐?"라는 말을 듣기도 했지만 그럴 때마다 나는 "그래. 나는 남자 얼굴 뜯어먹고 살 거야. 아름다움을 추구하는 것은 인간의 본성이야"라는 말로 받아치곤 했다. 그런데 운동권에 들어오면서 여기에 한 가지 조건이 더 추가되었다. 운동권이야 한다는 것이다. 운동권이면서 미남인 남자. 말이 쉽지 이런 남자 만나기는 하늘의 별 따기보다 어려운 일이다. 물론 스스로를 미남이라고 칭하는 남자는 있었다. 그가 자신의 외모를 이렇게 과대평가하게 된 데에는 다분히 국가의 책임이 크다. 그 역시 시위를 주도한 혐의로 수배를 당한 적이 있는데, 지명수배 전단의 사진 밑에 '미남형'이라고 적혀 있었단다. 그때부터 그는 자신을 '대한민국 국가 공인 미남'이라고 불렀다. 나는 미남 중에서도 차가운 지성미의 도시적인 미남을 좋아했다. 열흘 동안 피죽도 못 먹은 것 같이 창백한 얼굴에 안경 너머로 날카로운 지성의 눈빛만이 반짝이는 남자. 그런 남자가 내 이상형이었다.

명자가 선배와 함께 공부를 하자고 제안했을 때, 나는 내심 이런 남자가 나오기를 기대했다. 그런데 웬걸. 그날 다방에서 만난 선배는 시골에 사는 마음씨 좋은 아저씨 같은 인상이었다. 농심 라면 CF에 나오면 어울릴 것 같은 얼굴이라고나 할까. 나는 절망했다. 아! 이상형을 만나는 것이 왜 이렇게 힘들까. 내 이상형인 차가운 지성의 남자는 도대체 어디에 숨어 있는 걸까. 속으로 한탄을 했다. 그리고 아무런 사심 없이 공부에만 집중하기로 했다.

당시 그 선배는 친구인 전재주(서울대 영문과 74), 후배 소준섭(외대 중국어과 78, 국회도서관 조사관)과 함께 서울역 근처 만리동에서 방 하나를 얻어 자취를 하고 있었다. 당시 전재주는 청사출판사에 다니고 있었고, 소준섭은 수배 중이었다. 부엌도 따로 없는, 옆에 붙은 방에 또 다른 가구가 사는 엄청나게 허름한 집이었다. 하지만 유식한 방 주인은 동네 이름을 따서 이 방을 만리아카데미라고 불렀다. 만리아카데미는 양정고등학교 정문 바로 앞에 있었는데, 그 바람에 당시 양정고에 다니던 동생이 내 심부름으로 음식을 갖다 주러 간 적도 있었다.

명자는 나와 그 사람을 엮어 주려고 각고의 노력을 기울였다. 어느 날, 명자가 내 방에 있는 슈베르트 액자를 자꾸 달라고 졸랐다. 나는 도망 다니는 처지에 슈베르트 액자가 왜 필요할까 생각했지만 하도 달라고 조르는 바람에 할 수 없이 액자를 주었다. 그런데 그날 저녁 공부를 마치고 헤어지려는 순간 명자가 그 액자를 선배에게 주면서 "선배! 이 액자 회숙이가 선배한테 주는 선물이야" 하는 것이 아닌가. 어휴 이 여우. 그래서 그렇게 액자를 달라고 했구나. 속으로 웃음이 나왔지만 그에게는 마치 내가 선물로 주는 것처럼 아무 말도 하지 않았다.

나중에 만리아카데미에 가보니 내가 그에게 선물한 것으로 되어 있는 문제의 그 액자가 벽에 걸려 있었다. 허름한 자취방에 걸린 클래식 작곡가의 얼굴. 전재주가 슈베르트를 '슈벨 가수'라고 불렀고, 그와 관련해 여러 농담이 오고 갔다. 예를 들자면 "나는 슈베르트가 가수인 줄 알았는데, 알고 보니 작곡가라고 하더라고" 하는 식의 농담 말이다.

우리 세 사람은 일주일에 한 번씩 모여 이영협의 『일반경제사요론』을 공부했다. 지금도 국내에는 마르크스 경제학을 다룬 책이 별로 없다. 그러니 지금으로부터 40여 년 전에는 더했다. 이영협의 『일반경제사요론』과 같은 저자의 『경제학』이 당시 국내에서 발간된 거의 유일한 마르크스 경제학 관련 도서였다고 해도 과언이 아니다.

공부를 위해 보문각에서 발행한 책을 샀을 때 느꼈던 난감함이 아직도 생생하다. 아무리 40여 년 전이라지만 그래도 70년대에 나온 책들은 가로쓰기가 대부분이었고, 한자를 그렇게 많이 섞어 쓰지도 않았다. 그런데 『일반경제사요론』은 오른쪽부터 읽어 나가는 세로쓰기로 편집되어 있었다. 게다가 한자는 어찌나 많은지 조사를 제외하고는 거의 한자로 쓰여 있다고 해도 과언이 아닐 정도였다. 예를 들어 '여하튼'을 '如何튼'이라고 한다든지 '공부'와 같이 평소에 한자로 잘 표기하지 않는 단어까지 '工夫'라고 하는 등 책의 편집에서부터 표기법, 활자체, 문체, 지질紙質에 이르기까지 70년대의 기준으로도 촌스러움의 극치를 이루는 고색창연한 책이었다.

이 글을 쓰다가 혹시 이 책이 남아 있나 싶어서 서가를 뒤졌더니 세상에나! 아직도 있다. 이영협의 『일반경제사요론』과 『경제학』이 나란히 책장에 꽂혀 있었다. 종이가 누렇다 못해 붉게 변해 버리고, 겉표지가 떨어져 나간 책이 아직도 책장에 꽂혀 있다니. 오래전에 집을 정리하면서 책을 상당히 많이 버렸는데, 그때 왜 이렇게 후진 책이 폐기 처분의 손길을 피해 갔을까. 혹시 차마 버리지 못한 것은 아닐까. 내 무의식이 은연중에 이것을 가로막았던 것은 아닌가.

야학에서 세미나를 할 때 그랬던 것처럼 나는 그 고색창연한 책을 열심히 읽었다. 그러면서 마르크스라는 사람에 대해 무한한 존경심을 품게 되었다. 생산력과 생산관계의 질곡을 역사 발전의 동인動因으로 본 그의 탁월한 해석에 고개가 절로 숙여졌다. 이 책에 감동해서 나는 나중에 따로 이영협의 『경제학』도 사서 읽었다. 두 책 다 이해하기 힘든 책이었지만 내 능력 닿는 한 열심히 이해하려고 노력했다. 그리고 과거에 공부깨나 했다는 지식인들이 왜 마르크스에 빠졌는지 알 것 같은 기분이 들었다.

공부 모임을 주도하는 것은 그 선배였다. 나는 여러 가지 질문을 했다. "마르크스는 생산성과 생산관계의 질곡으로 인해 자본주의는 필연적으로 망할 수밖에 없고, 그다음 사회주의 생산 경제가 온다고 했는데 왜 소련을 비롯한 사회주의 국가들은 자본주의를 거치지 않고 바로 봉건제에서 사회주의로 넘어갔어요?"

그때 그 선배가 어떤 대답을 했는지는 잘 기억나지 않는다. 여하튼 내가 어떤 질문을 하든 그는 막힘없이 그리고 매우 논리적으로 대답을 해 주었다. 그러면서 조금도 잘난 척하지 않고, 겸손하고 배려하는 마음으로 후배인 나를 대했다. 아마 그 점이 내 마음을 흔들었던 것 같다. 어느 순간부터 운동권 투사라고 하기에는 너무나 유연한 태도와 다른 사람을 배려하는 따뜻한 마음이 눈에 들어오기 시작했다. 그러자 그의 아저씨 같은 외모는 전혀 문제가 되지 않았다. 본래 이상은 현실 세계에서는 이루어질 수 없는 법이다. 배우 뺨치게 잘 생긴데다가 날카로운 지성과 사회 비판 의식을 동시에 지닌 차도남은 현실 세계에는 아예 존재하지 않는 사람인지도 모른다. 그래. 이번 생에서 못 이룬 꿈은 다음

생에서 이루자. 그 무렵 나는 이 세상 어딘가에 혹은 저 세상 어딘가에 있을지도 모르는 내 이상형과 과감히 작별했다.

슈벨 가수가 굽어보는 만리아카데미에서 우리는 자주 술을 마셨다. 그러던 어느 날, 그 날은 내가 술을 좀 과하게 먹은 날이었다. 그래서 술주정을 좀 했다. 그런데 그걸 보고 그 사람이 명자의 귀에다 대고 "내가 쟤를 좋아하게 될 것 같다"라고 말했다고 한다. 우리의 여우 같은 명자가 바로 나에게 얘기해 줘서 알았다. 물론 나는 이미 그를 좋아하고 있었다. 그리고 나도 어느 정도 그가 나를 좋아하리라는 예감을 가지고 있었다. 그렇게 해서 우리는 연인 사이가 되었다. 일방적인 사랑이 아닌 쌍방의 사랑, 내가 일생 꿈꿔온 '운명적인 사랑'이 드디어 시작된 것이다.

일단 공식적인 연인 사이가 된 후 우리의, 아니, 정확하게 말하자면 나의 애정 행각은 거침이 없었다. 물론 시대가 시대인지라 다른 사람들 앞에서 스킨십 같은 것을 하지는 않았다. 하지만 나는 스킨십을 제외하고 내 사랑을 표현할 수 있는 그 모든 것을 다했다. 그와의 관계에 대해서는 이른바 내숭이라는 것이 없었다. 지금도 그때를 생각하면 얼굴이 화끈거리고 닭살이 돋는다. 어떻게 그렇게까지 유치할 수가 있었을까 하는 생각이 든다. 하지만 그렇다고 해서 그때의 내가 거짓이었다는 말은 아니다. 내 감정을 표현하는 데 있어서 나는 어느 한순간도 진실하지 않은 적이 없었다.

비록 수배자 신세지만 우리는 남들이 연애할 때 하는 것은 다했다. 같이 영화도 보고, 술도 마시고, 비 오는 날 같이 우산을 쓰고 시시덕거리며 거리를 걷기도 하고, 찬바람을 맞으며 한강 다리를 건너기도 했다.

아직도 기억이 난다. 권명자, 백경진 커플과 함께 바람을 맞으며 한강 다리를 건너던 것이. 당시 나는 얇은 옷을 입고 있었다. 다리 위를 바람을 맞으며 걷다 보니 상당히 추웠다. 나는 속으로 이쯤 해서 남자가 겉옷을 벗어 나에게 입혀 주어야 하는 것이 아닌가 생각했다. 영화나 드라마에 나오는 남자들이 다 그렇게 하지 않는가. 그런데 그는 한강 다리를 다 건널 때까지 자기 옷을 벗어 주지 않았다. 나는 "아! 이 남자 참 센스가 없구나"라고 생각했다.

나중에 얘기를 들으니 자기도 그 생각은 안 한 것은 아니라고 한다. 그런데 웃옷을 벗어 주고 나면 자기가 너무 추울 것 같아서, 그러면 나한테 추위에 덜덜 떠는 모습을 보여 주어야 하는데, 그것이 더 우스울 것 같아서 안 했단다. 하기야 호기 있게 옷을 벗어 주었는데 덜덜 떨면 그것처럼 모양 빠지는 일도 없을 것이다. 우스운 꼴이 되느니 차라리 센스 없는 남자가 되는 편이 낫지.

나는 뻔질나게 만리아카데미에 드나들었다. 거기서 자주 노래를 불렀다. 그때 가장 많이 불렀던 노래가 김민기의 〈바다〉였다.

어두운 밤바다에 바람이 불면
저 멀리 한바다에 불빛 가물거린다
아무도 없어라 텅 빈 이 바닷가
물결은 사납게 출렁거리는데
바람아 쳐라 물결아 일어라
내 작은 조각배 띄워 볼란다

그 누가 탄 배일까 외로운 저 배

그 누굴 기다리는 여윈 손길인가

아무도 없어라 텅 빈 이 바닷가

불빛은 아련히 가물거리는데

바람아 쳐라 물결아 일어라

내 작은 조각배 띄워 볼란다

〈바다〉는 만리아카데미의 주제가 같은 것이었다. 여하튼 그때는 주제곡인 〈바다〉를 포함해 이 곡 저 곡 정말 많이 불렀다. 그렇게 노래를 많이 불렀기 때문일까. 어느 날, 만리아카데미 학자들이 나에게 '종달새'라는 별명을 지어 주었다.

"종달새? 좋기는 한데 좀 경박하지 않나요?"

내가 이렇게 묻자 그가 대답했다.

"아, 물론 그런 면까지 다 고려해서 지었지."

그 후 그는 나를 '달새', 전재주는 '달새 씨', 후배는 나를 '달새 누나'라고 불렀다.

그렇게 한겨울이 지나고 어느새 1979년 봄이 되었다. 그 봄에 만리아카데미의 학자들은 미아리 판자촌으로 이사를 했다. 나는 내가 살던 공항동에서 미아리까지 그 먼 길을 버스를 타고 갔다. 손에는 집에서 몰래 퍼온 반찬이며 쌀이 들려 있었다. 그때는 집에서 음식을 몰래 도둑질해 가는 것에 대해 전혀 죄책감을 느끼지 않았다. 그를 만나러 가던 날, 그때 버스 창 안으로 비치던 밝은 태양. 설레는 내 마음을 축복처럼 비추어 주던 그 빛, 그 따스한 온기, 그 순수한 기쁨. 생각해 보면 그때가 내 인생에서 가장 찬란한 때였던 것 같다.

미아리 판자촌, 구불구불 난 골목길을 거쳐 한참 언덕 위로 난 길을 올라가야 하는 달동네에 그의 집이 있었다. 그런데도 나는 그 집이 천국 같았다. 일단 한 번 가면 다시 나오기 싫었다. "미아리 눈물 고개"라고 시작하는 유행가도 있지만 나에게도 미아리는 '눈물 고개'였다. 그를 만나고 집으로 돌아올 때마다 헤어지기 싫어 칭얼거렸다. "맨발로 절며 절며"까지는 아니더라도 "뒤돌아보고 또 돌아보며"까지는 해 보았다.

당시 내가 열망하는 것은 단 한 가지. 그의 곁에 영원히 머무르는 것, 보다 현실적으로 말하면 그와 결혼하는 것이었다. 오로지 그 생각밖에 없었다. 고학력 여성으로서 당연히 가질 법한 자아실현 욕구도 없었다. 그 사람을 사랑하는 나 이외의 또 다른 내가 있다는 생각조차 하지 않았다. 그리고 그 사람에게도 그와의 결합을 간절히 바라는 나 이외의 다른 모습을 보여 준 적이 없었다.

그는 내가 글을 제법 쓴다는 사실도 몰랐다. 나는 어려서부터 꾸준히 일기를 써 왔다. 일기는 고통으로 점철된 내 삶의 유일한 탈출구였다. 중학교 때부터 글 잘 쓴다는 소리를 들었다. 어쩌면 '글 쓰는 나'는 나의 또 다른 자아일지도 모른다. 하지만 당시 나는 그에게 이런 나의 모습을 보여 주지 않았다. 일부러 그런 것이 아니라 아예 나 자신이 내가 그런 사람이라는 사실을 까맣게 잊고 있었다. 어느 날, 우연히 내가 쓴 글을 그에게 보여 준 적이 있었는데 그때 그가 "너 이거 누가 대신 써 준 거지?"라고 했던 것이 기억난다. 그렇게 그의 눈에 비친 나는 사랑에 미쳐서 다른 것은 하나도 눈에 안 보이는 불나방 같은 존재였다.

"걔는 순정파야."

그가 전재주에게 이렇게 말했다는 얘기를 들었다. 당시 그의 눈에 내가 그렇게 보였을지도 모른다. 하지만 과연 그럴까. 사실 순정파라는 말처럼 나와 어울리지 않는 말도 없다. 나는 천성적으로 결혼제도에 맞지 않는 사람이다. 그동안 살아오면서 나는 결혼제도가 내 적성에 맞지 않는다는 사실을 뼈저리게 느껴왔다. 그렇게 적성에 맞지 않는 일을 하느라 죽도록 힘들었다. 그런데 그때는 왜 그랬을까. 왜 적성에도 맞지 않는 결혼에 그토록 목을 맸을까.

지금 생각해 보면 나는 플로베르 소설 『보바리 부인』의 주인공 엠마와 같은 꿈을 가지고 있었던 것 같다. 어려서부터 낭만주의 소설에 심취해 현실에 존재하지도 않는 이상적인 사랑을 꿈꾸었다. 그런 의미에서 나는 '보바리주의자'였다. 삶의 여러 양상을 간략하게 '빛과 그림자'의 이분법으로 얘기하자면, 스무 살까지의 나의 삶은 깊고 어두운 그림자였다. 나는 깊은 그늘에 갇혀 허우적댔다. 하지만 그럼에도 불구하고 아직 젊기에 희망이 있었다. 그림자가 깊을수록 빛에 대한 열망은 더욱 간절했다. 나에게는 사랑이 그 빛이었다. 내가 그토록 연애에 매달렸던 것은 사랑이 나를 이 비루하고 비참한 일상에서 구원해 줄 것이라 믿어 의심치 않았기 때문이다.

당시 나는 그와 결혼한다는 것이 무엇을 의미하는지 잘 몰랐다. 대학도 졸업하지 못하고 수배자 신세인 사람, 그 앞에 놓여 있는 험난한 삶, 그 삶을 내가 과연 잘 견뎌낼 수 있을까. 그는 그것을 걱정했고, 이런 그의 판단은 옳았다. 나는 투사의 아내가 될 만큼 강인한 정신력의 소유자가 아니다. 사회 비판 의식을 갖고 자신의 신념에 따라 살려고 노력하는 그가 멋있어 보였지만, 그를 좋아하는 것은 또 다른 의미의 허영이었다. 허영은 허영일 뿐이다. 허영에는 그 어떤 책임도, 어떤 성실함도, 어떤 인내도 따르지 않는다. 그럼에도 불구하고 나는 사랑이 모든 것을 해결해 줄 것이라고, 사랑이 나에게 유토피아를 선사할 것이라 믿어 의심치 않았다. 이 얼마나 어리석은 환상인가. 그 환상을 믿은 대가로 나는 참혹하게 파국을 맞았다.

민중 음악의 효시,
김민기의 〈공장의 불빛〉

그와 한창 연애 삼매에 빠져 있던 1978년 겨울, 나는 김민기의 노래굿 〈공장의 불빛〉의 녹음에 참여하게 되었다. 녹음에 앞서 음대 후배인 안혜경(이대 성악과 76, 가수)과 아현동의 한 다방에서 김민기를 만났다. 70년대 김민기는 저항문화의 아이콘이었다. 별다른 운동 가요가 없던 시절에 〈아침 이슬〉을 비롯한 김민기의 노래는 유신 반대 데모의 단골 레퍼토리로 인기를 끌었다. 이렇게 데모에서 많이 불렸지만 사실 그의 노래는 가사도 그렇고 음악도 그렇고, 데모에 적합한 노래 즉 선전, 선동에 어울리는 노래는 아니다. 암울한 독재 시대를 살아가는 젊은 세대의 고뇌와 감성을 담은 다분히 은유적이고 관념적인 서정 가요가 대부분이었다.

그런 의미에서 〈공장의 불빛〉은 김민기의 창작 지평에 새로운 획을 긋는 작품이라 할 수 있다. 김민기는 그즈음에 일어난 동일방직 노조

탄압 사태와 그 자신이 공장에 위장 취업했을 때 겪은 경험을 바탕으로 이 노래굿을 만들었다. 〈공장의 불빛〉에는 열악한 노동환경, 회사의 비인간적인 대우, 노동조합에 대한 탄압과 음모, 도시 노동자의 좌절된 꿈, 그럼에도 불구하고 끝내 포기할 수 없는 미래에 대한 희망이 트위스트, 남도 소리, 흑인 영가, 포크송, 구전 가요, 풍물 등 다양한 음악 양식으로 구현되어 있다. 그동안 다소 관념적이고 은유적인 세계에 머물러 있던 김민기의 음악은 이 노래굿을 기점으로 생생한 민중적 현장성을 획득하게 된다. 그런 의미에서 〈공장의 불빛〉은 진정한 민중 음악의 효시라 할 수 있다. 70년대 문학에 김지하의 「오적」이 있었다면 음악에는 김민기의 〈공장의 불빛〉이 있었다고 할 정도로 문화사적 의미가 아주 큰 작품이었다.

연습과 녹음은 가수 송창식의 개인 스튜디오와 이화여대 방송국 스튜디오에서 이루어졌다. 이번에 책을 쓰면서 기록을 찾아보니 반주는 송창식 스튜디오에서 창문을 담요로 가린 채 비밀리에 녹음했고, 그 반주 테이프를 가지고 이대 방송국 스튜디오에서 노래를 녹음한 것으로 나온다. 그런데 내 기억으로는 송창식 스튜디오에서 반주 녹음만 한 것이 아니라 노래 연습도 했던 것 같다. 처음에 갔을 때 나는 그곳이 송창식 스튜디오인 줄 몰랐다. 송창식과 너무나 비슷하게 생긴 사람이 왔다 갔다 하는 것을 보고 "와. 저 사람 송창식하고 너무 닮았다"고 해서 사람들을 웃겼던 생각이 난다.

〈공장의 불빛〉의 기획은 서울대 탈춤반 출신 모임인 놀이패 '한두레'가 했고, 제작 지원은 한국교회사회선교협의회가 했다. 녹음에 참여한 사람으로는 대금에 김영동(서울대 국악과 71, 국악인), 장구에 조경만(서울대 농대, 목포대 교수), 목소리 연기에 이여녕(서울예전, 배우), 김경란(서울대 미대 75, 무용가), 노래에 김봉준(홍익대 조소과, 민중화가), 안혜경(이대 성악과 76, 가수), 조동호(연대 건축과 72, 미국 퀸즈칼리지대 교수), 서울대 '메아리'의 멤버 김창남(서울대 경영학과 78, 성공회대 교수), 박용범(서울대 금속공학과 77, 순천대 교수), 문승현(서울대 정치학과 78, 교수), 한동헌(서울대 경제학과 78) 그리고 지난 94년 작고한 민청련 의장 이범영(서울대 법대 73), 조영래 변호사의 동생 조중래(서울대 산업공학과 72, 명지대 교수) 그리고 이화여대 한소리와 경동교회 빛바람중창단이 있었다.

〈공장의 불빛〉은 그 자체로도 귀중한 작품이지만 녹음에 참여한 사람들에게도 소중한 경험이었다. 서울대 메아리의 일원으로 녹음에 참여했던 김창남은 "적당히 낭만적이면서 적당히 고뇌의 포즈를 취하며 짐짓 '의식 있는' 대학생 흉내를 내고 있던 우리에게 어설픈 낭만의 껍질을 순식간에 벗겨 버리는 충격을 던져 주었다"고 회고했다.

〈공장의 불빛〉은 편지-교대-사고-작업장-야근-음모-선거-싸움과 패배-해고와 새로운 결의 순으로 구성되어 있다. 먼저 언니 역을 맡은 이여녕이 편지를 읽는다.

미영이가 방학을 했겠군요. 공연히 딴 마음 먹지 말고 (기침) 꼭 고등학교에 갈 생각하라고 그러세요. 뒤는 언니가 책임지고, 책임지고…….

이때 작업 종료 벨소리가 울린다. 야간조가 근무 교대를 할 시간이다. 언니가 "모두들 자니? 일 나갈 시간. 얼른얼른. 교대할 시간"이라며 동료들을 깨운다. 이때부터 여자와 남자가 서로 교대로 캄캄한 밤에 찬

바람을 맞으며 작업장으로 향하는 노동자들의 모습을 그린다. 한 소절이 끝날 때마다 똑같이 반복되는 전자기타 소리에 한밤중의 황량함이 그대로 묻어난다. "세파트 한 놈 난로에 졸고, 수은등도 추워"에 이어 "파랗게 떠네"라고 하던 안혜경 특유의 떼라블 비브라시옹이 아직도 생각난다.

곧이어 사이렌 소리가 나고 언니가 다급한 목소리로 "아범이 일을 하다가 손을 다쳤어요"라고 외친다. 하지만 그뿐이다. 마치 아무 일도 없었다는 듯이 다시 종전과 같은 어조로 "싸늘한 계단, 새하얀 회벽"이 이어진다. 그 무미건조한 내레이션 중간중간에 언니의 목소리가 들린다.

회사에 다니다 보면 (기침) 아주 흔히들 (기침) 있는 일이에요. (기침) 아무, 아무 걱정 마세요. (기침) 기술은 더 써먹을 수 (기침) 없게 되었지만 (기침) 좀 편한 자리라도 (기침), 좀 수월한 자리라도 해 줄지 (기침) 몰라요 (기침).

곧 깡패들의 휘파람 소리와 야간 작업 시작을 알리는 벨소리가 들린다. 그런 다음 일하다 손가락을 잘린 노동자의 사연을 소개하는 노래가 나오는데, 멜로디는 김민기의 창작이 아니라 군인들이 부르는 다음과 같은 구전 가요에서 가져온 것이다.

소령 중령 대령은 찝차 도둑놈
소위 중위 대위는 권총 도둑놈
하사 중사 상사는 모포 도둑놈

불쌍하다 일이상병 건빵 도둑놈

　군대 갔다 온 남자라면 모두가 아는 이 노래의 멜로디에 사장님의
강아지만도 못한 노동자의 사연이 실렸다.

　　서방님의 손가락은 여섯 개래요
　　시퍼런 절단기에 뚝뚝 잘려서
　　한 개에 오만 원씩 이십만 원을
　　술 퍼먹고 돌아오니 빈털터리래

　　울고 짜고 해봐야 소용 있나요?
　　막노동판에라도 나가봐야죠
　　불쌍한 언니는 어떡하나요?
　　오늘도 철야 명단 올렸겠지요

　　돈 벌어 대는 것도 좋긴 하지만
　　무슨 통뼈 깡다구로 맨날 철야유?
　　누구든 하고 싶어 하느냐면서
　　힘없이 하는 말이 폐병 삼기래

　　사장님네 강아지는 감기 걸려서
　　포니 타고 병원까지 가신다는데
　　우리들은 타이밍 약 사다 먹고요

시다 신세 면할 날만 기다리누나

결국 노동자들은 자신들의 권리를 찾기 위해 노동조합을 만들기로 한다. 피콜로와 장구 반주에 맞추어 힘찬 목소리로 "내일이면 선거날 노동조합 만드는 날 날만 새봐라 선거날 노동조합 만드는 날"을 부른다.

하지만 이런 노동자들의 움직임을 못마땅하게 바라보는 동료도 있다. 그녀는 "이 불평밖에 할 줄 모르는 천치들아. 너희들이 뭘 안다고 그래. 시키는 대로만 하면 될 것 아냐! 노조는 무슨 놈의 얼어 죽을 노조야"라고 외친다. 이 역할을 맡았던 김경란의 거의 발악에 가까운 목소리를 생각하면 지금도 모골이 송연해진다.

그런 다음 분위기가 가라앉으면서 이 노래굿의 주제곡인 〈공장의 불빛〉이 흐른다. 김민기의 휘파람 전주에 이어 나오는 순이의 가냘프고 순진한 목소리.

예쁘게 빛나던 불빛, 공장의 불빛
온데간데도 없고, 뿌연 작업등만
이대로 못 돌아가지 그리운 고향 마을
춥고 지친 밤 여기는 또 다른 고향
여기는 또 다른 고향

아련한 슬픔이 느껴지는 아주 서정적인 노래이다. 하지만 곧이어 이렇게 아름다운 노래로 촉촉해진 마음에 찬물을 끼얹는 회사 측의 음모가 펼쳐진다. 사장이 수출 목표액을 백만 불로 잡았다고 하며 선적일을 맞출 수 있겠냐고 묻자 과장이 "조지면 될 테지요"를 반복하는 대목이다. 과장은 노조가 결정된다는 소식에 사장에게 아부하며 "애들을 부를까요? 깡패를 부를까요?"라고 제안한다. 이 대목에서 과장 역할을 맡은 조중래의 야비하고 간사한(?) 목소리가 압권이었던 기억이 난다. 결국 노동자들을 돈으로 매수하기로 한 사장은 "돈 줘서 싫다는 놈, 아직은 못 보았지"라고 거드름을 피운다. 사장이 이렇게 말할 때, 깡패와 비서들은 옆에서 "돈? 왜 싫어. 돈? 왜 싫어"를 반복한다. 그런 다음 깡패들이 노래하는 〈돈타령〉이 나온다.

> 개같이 벌으랬다 돈만 벌어라
>
> 더러운 돈 좋아하네 돈만 벌어라
>
> 새 돈 헌 돈 따로 있나 돈만 벌어라
>
> 아무거나 시키세요 돈만 벌어라
>
> 인정 찾고 양심 찾고 개소리를 허덜 마라
>
> 정승처럼 쓰면 됐지 돈 벌어 돈만 벌어 돈

이렇게 노래하는 동안 다른 파트는 "돈 벌어, 돈만 벌어"를 반복한다. 하지만 이런 회사 측의 방해 공작에도 불구하고 노동자들은 힘찬 목소리로 결의를 다진다. 그다음 나오는 노래는 언니가 부르는 〈두어라. 가자〉이다. 고향을 떠나 낯선 곳에서 온갖 고생을 다 하는 노동자의 한을 담은 남도민요풍의 노래이다.

> 두어라 가자 몹쓸 세상

설운 거리여 두어라 가자

언 땅에 움터 모질게 돋아

봄은 아직도 아련하게 멀은데

객지에 나와 하 세월도 길어

몸은 병들고 갈갈이 찢겼네

고향집 사립문 늙은 어매

이제 내 가도 받아줄랑가 줄랑가

이렇게 나약해진 언니의 마음을 다잡으려는 듯 다시 "힘들 내요. 힘들 내"라는 격려가 이어진다. 그러나 회사 측의 반격도 만만치 않다. 곧 타이프 치는 소리를 배경으로 노동조합의 설립을 주도한 사람들에 대한 해고 조치가 내려진다.

아래 사람은 무단 결근자로서 사칙을 위반하였기에 퇴사 조치함. 아래 가, 나, 다, 라, 마, 바, 사, 자, 차, 카, 타, 파, 하.

그런 다음 구전 가요 가사에 김민기가 새로 곡을 붙인 〈아침 바람 찬 바람에〉가 나온다. 그렇게 서정적인 분위기가 한동안 이어진 후 노동자들의 각성을 촉구하는 김민기의 목소리가 나온다.

자, 그만한 일로 낙심하지 맙시다. 세상을 살아가다 보면 한두 번의 실패는 정말 흔히들 있는 일입니다. 그러나 우리의 일을 우리가 아닌 다른 어느 누구도 해결해 줄 사람은 없습니다. 이 나라의 살림을 제일 앞장에 서서 말고 있는 산업근로자 여러분! 여러분이 떳떳하게 이 나라의 주인으로 행세할 때, 이 나라의 내일 또한 떳떳할 것입니다. 노동조합은 바로 근로자들이 주인 행세를 할 수 있는 합법적이고도 효과적인 방편입니다. 자, 막연한 분홍빛 꿈을 깨어나서 우리의 찬란한 내일을 우리 스스로 만들어 나갑시다.

〈공장의 불빛〉은 〈이 세상 어딘가에〉라는 에필로그로 끝난다. 이 노래는 모두 3절로 이루어져 있는데, 나는 그중 2절을 불렀다. 노래를 부를 때 창법을 어찌해야 하나 고민했다. 내 창법이 마음에 안 들었는지 김민기로부터 "이건 오페라 아리아가 아니에요"라고 핀잔을 받았던 기억이 난다. 1, 2, 3절의 멜로디가 약간씩 다른데 특히 내가 부른 2절이 음의 도약이 심해서 부르기 힘들었다. 그럭저럭 부르기는 했는데 지금 들어도 별로 마음에 안 든다. 1절에서는 순이가 어딘가에 있을 분홍빛 꿈나라에 대해 노래한다.

이 세상 어딘가에 있을까 있을까
분홍빛 고운 꿈나라 행복만 가득한 나라
하늘빛 자동차 타고 나는 화사한 옷 입고
잘 생긴 머슴애가 손짓하는 꿈의 나라

하지만 언니는 이런 순이의 꿈이 헛된 꿈이라는 사실을 환기시킨다. 네가 꿈꾸는 분홍빛 꿈나라는 이 세상에 존재하는 않는다는 것. 그러니 두 눈 크게 뜨고 세상을 똑바로 바라보라고 충고한다.

이 세상 아무 데도 없어요 정말 없어요

살며시 두 눈 떠 봐요 밤하늘 바라봐요

어두운 넓은 세상 반짝이는 작은 별

이 밤을 지키는 우리 힘겨운 공장의 밤

그런 다음 3절에서 남녀 모두가 목소리를 합쳐 미래에 대한 결의를
다진다.

고운 꿈 깨어나면 아쉬운 마음뿐

하지만 이제 깨어요 온 세상이 파도와 같이

큰 물결 몰아쳐 온다 너무도 가련한 우리

손에 손 놓치지 말고 파도와 맞서 보아요

〈공장의 불빛〉은 카세트테이프로 제작되어 비밀리에 유포되었다. 당
시 약 2000개 정도를 만들었다고 한다. 앞면에는 노래와 반주가, 그리
고 뒷면에는 노동자들이 직접 노래를 부르며 공연할 수 있도록 반주만
실려 있었다.

애초에 카세트테이프로만 존재하던 〈공장의 불빛〉은 이듬해인 79년
2월, 제일교회에서 채희완(서울대 미학과 69, 전 부산대 교수)의 안무로
무대에 올려졌다. 나는 녹음 작업에만 참여했기 때문에 이 공연을 보지
는 못했다. 그러다가 이번에 책을 쓰면서 당시의 공연 동영상을 찾아보
고 충격을 받았다. 안무가 굉장하다는 생각이 들었다. 노동자들이 일터
로 나가는 제일 첫 장면이 특히 인상적이었다. 같이 영상을 보던 막내

딸도 "와! 멋있다. 큰 그림을 그리네!"라며 감탄사를 연발했다. 그렇게 〈공장의 불빛〉은 김민기와 채희완, 70년대 민중 문화를 대표하던 두 사람의 천재가 만들어 낸 '시대의 걸작'이었다.

1978년에 카세트테이프로 제작된 〈공장의 불빛〉은 지난 2004년 CD로 제작되었다. 하지만 CD를 받은 후에도 틀지 않고 그냥 구석에 치워 두고 있었다. 스스로 노래를 잘 못했다고 생각했기 때문에 그랬던 것 같다. 그러다가 이번에 용기를 내어 CD를 틀어 보았다. 음악을 들으니 40년 전의 일이 바로 어제 일처럼 생생하게 되살아난다. 내 목소리는 여전히 마음에 안 들지만, 이렇게 역사적으로 의미 있는 작업에 동참했다는 사실에 가슴이 뿌듯하다.

김민기는 남 앞에 나서거나 남의 신세지기를 극도로 싫어한다. 이런 그를 보고 주변 사람들이 '결벽증 4기'라고 불렀다. 90년대 초반인가. 그가 SBS의 〈주병진 쇼〉에 출연한 적이 있다. 나도 그 방송을 보았는데, 주병진이 만만치 않은 출연자를 만나 쩔쩔매는 것을 보고 얼마나 웃었는지 모른다. 출연자가 진행자의 의도에 절대로 말려들지 않았다. 예를 들어 "많은 분들이 김민기 씨를 저항 가수라고 하는데, 어떤 생각을 가지고 그런 노래를 만드셨어요?"라고 물으면 대답은 "어렵게 살아가는 사람들의 이야기를 담으려고 했을 뿐 특별히 저항하려는 생각은 없었어요." 이런 식이었다.

"작곡한 노래의 대부분이 금지곡이 되었는데, 굉장히 화가 나고 속상했을 거 같아요"라는 말에는 "금지하는 사람들도 나름대로 이유가 있어서 금지했겠지요. 그거에 대해서 특별히 유감은 없습니다." 이렇게 대답했다. 진행자가 의도한 대로 출연자가 따라와 주지 않자 나중에는 주병진이 거의 울상이 되어 "그래도 억울했을 거 아니에요"라며 애걸하다시피 진행했던 것이 생각난다. 〈주병진 쇼〉 출연 섭외가 들어왔을 때, 김민기는 방송국으로는 절대로 못가니 자기가 대표로 있는 학전에 와서 녹화를 하라고 했단다. 그래서 SBS 측에서 학전에 세트와 녹화 장비를 모두 가져오는 수고를 했다고 한다. 내가 그 말을 듣고 "아이참. 그렇게까지 할 건 또 뭐 있어요? 그냥 혼자 방송국에 갔으면 모두가 편했을 텐데" 했더니 "내숭 좀 떨었지" 하면서 씩 웃었던 기억이 난다.

방송에서 본인은 극구 부인했지만 김민기가 우리 세대의 문화적 상징이었다는 것을 부인하는 사람은 아무도 없을 것이다. 젊은 날을 추억할 때마다 떠오르는 그의 노래들. 〈아침이슬〉〈친구〉〈상록수〉〈금관의 예수〉 그리고 〈공장의 불빛〉까지. 요즘 젊은 세대들은 모르리라. 우리가 얼마나 깊은 가슴앓이로 이 노래들을 추억하고 있는지. 그것을 부르며 얼마나 많은 기쁨과 분노, 희망과 절망을 느꼈는지. 암울한 시절에도 그의 노래가 있었기에 우리는 충분히 아름답고 행복했었다. 나는 젊은 시절에 그의 노래를 부르고 들었다는 것, 그와 같은 시대를 살았다는 것에 대해 무한한 자부심을 느낀다. 그런 의미에서 김민기의 노래는 우리세대의 '클래식'이다. 시간이 흘러도 영원히 변하지 않는 가치를 갖는 것, 누구에게나 공감을 주는 것, 하나의 기준이 되는 것.

하나의 전형.

하나의 모범.

하나의 이상.

박기평이
시인 박노해라고?

　　　　　　　　1979년 봄, 나는 누군가의 소개로 수
원에 있는 경동교회 산하 크리스챤아카데미 교육원에서 하는 노동자
교육에 참여하게 되었다. 내 역할은 노동자들에게 노래를 가르치는 것
이었다. 피아노를 치며 각종 운동 가요를 신나게 불렀던 기억이 난다.
교육에는 당시 교육원의 간사였던 신인령(전 이화여대 총장)과 김세균
(전 서울대 교수)이 함께했다.

　거기서 만난 노동자 중에 내게 깊은 인상을 준 사람이 있었다. 이름
은 박기평. 선린상고 야간을 나왔다고 했다. 마른 체격에 얼굴이 하얗고
표정이 맑았다. 노동자라기보다는 백면서생 같은 이미지라고나 할까.
강의가 끝나고 오락 시간이 되었을 때, 그가 아련한 목소리로 〈언덕에
서서〉를 불렀던 기억이 난다.

취한 것들이 다 취해서 어둠에 쓰러질 때
취하지 않은 내 손으로 등불을 켜리라

죽은 것들이 다 죽어서 대지에 덧쌓일 때
죽을 수 없는 내 눈으로 하늘을 보리라

떠난 것들이 다 떠나서 길들이 무너질 때
떠나지 않은 내 발로써 언덕을 지키리라

노래를 부른 다음 그는 이 땅에서 노동자로 살아가는 것에 대한 자신의 생각을 얘기했다. 그런데 표현이 그렇게 시적詩的일 수가 없었다. 서정적이면서도 가슴 깊은 곳에서 우러나는 절절함이 있었다. 단 한 번 보았을 뿐인데, 이름과 얼굴을 두고두고 기억할 정도로 깊은 인상을 받았다. 그때 노동자 작곡가인 유범식도 함께 알게 되었는데, 그로부터 박기평에게 이대 약대 출신의 김진주라는 애인이 있다는 얘기도 들었다.

그로부터 몇 년 후, 나는 뜻밖에도 우리 집에서 그를 다시 만나게 되었다. 당시 나는 결혼 2년 차로 강남구 논현동에 있는 17평짜리 연립주택에 살고 있었다. 어느 날, 남편이 대학 선배의 부탁이라며 우리 집에서 노동자들이 모임을 가질 것이라고 일방적으로 통보했다. 그 말을 들었을 때 솔직히 싫었다. 당시 나는 둘째 딸을 임신한 상태로 이제 갓 돌이 지난 큰딸을 키우고 있었다. 임신한 몸으로 아이 키우는 것도 힘들어 죽겠는데, 17평의 좁아터진 집에 낯선 사람들이 드나드는 것이 썩 내키지 않았다. 하지만 나는 남편에게 싫다는 말을 하지 못했다. 그

우리 기쁜 젊은 날 – 응답하라 1975-1980

직전에 남편이 자고 가는 술손님을 데려온 적이 있었는데, 아침에 손님들에게 라면을 끓여 준다고 했다가 남편에게 엄청난 비난을 들었기 때문이다.

"어제 술을 먹어 지금 저 사람들이 속이 굉장히 쓰릴 거야. 그런데 어떻게 라면을 끓여 준다는 얘기를 할 수가 있어?"라며 나를 아주 몰인정한 사람으로 매도했다. 그래, 당시 남편은 나한테 그렇게 가혹했다. 아마 자기는 기억이 안 난다고 할 것이다. 원래 이런 일은 당한 사람만 정확하게 기억하는 법이니까. 요즘 나이가 들어 스스로 인공지능 하인이니 뭐니 하고 납작 엎드리는 것은 이때 지은 죄가 있기 때문이다. 그때 나는 "늙으면 두고 보자" 하고 이를 갈았었다. 여하튼 이런 일이 있고 얼마 지나지 않아 노동자 모임에 대한 통보를 받았기 때문에 섣불리 싫다고 할 수가 없었다. 만약 싫다고 할 경우 남편 입에서 나올 가혹한 비난의 말이 두려웠기 때문이다.

며칠 후, 약속한 날에 정말로 노동자들이 집으로 왔다. 그런데 바로 그중에 박기평이 있었다. 나는 몇 년 전 크리스찬아카데미 교육원에서 만난 그를 기억해 냈고, 그 역시 나를 기억하고 있었다. 우리는 반갑게 인사를 나누었다. 그는 김진주와 결혼을 했으며 노동운동을 위해 아이는 낳지 않기로 합의했다는 얘기를 들려주었다. 그 후로 일주일에 한 번인가 이 주일에 한 번인가 잘 기억나지 않지만 여하튼 정기적으로 노동자들이 우리 집에서 모였다. 그들이 무엇을 하는지는 알지 못했고, 일부러 알려고 하지도 않았다. 집에 모임이 있을 때면 나는 다른 방에 있거나 아이를 데리고 밖으로 나가거나 했다.

모임의 주도자는 박기평이었다. 그는 늘 깔끔한 양복에 넥타이를 매고 다녔는데, 아마 노동자가 아닌 화이트칼라처럼 보이려고 일부러 그랬던 것 같다. 노동자들이 모여서 무슨 일을 하는지 모르지만 들켜서는 안 되는 은밀한 모임이라는 것은 눈치챌 수 있었다. 지금 그에 대한 기록을 살펴보니 1985년에 김문수, 심상정과 함께 공개적인 노동자 정치 조직인 서울노동운동연합(약칭 서노련)을 창립해 중앙위원으로 활동했던 것으로 나온다. 그렇다면 당시 우리 집에서의 모임이 서노련 모임이 아니었을까. 이런 추측을 해 본다. 박기평은 남다른 보안 감각의 소유자였다. 한번은 가까운 친척이 집에 온 적이 있었는데, 그를 보자마자 경계하는 눈빛을 보냈다. 내가 친척이니 안심하라고 했지만 그는 경계의 눈빛을 늦추지 않았다. 그러다가 친척이 밖에 잠깐 나갔다 온 것을 보고는 바로 노동자들을 철수시켜 버렸다. 내가 아무리 아니라고 해도 소용이 없었다. 그 정도로 철저하게 보안에 신경을 썼다.

1986년 연말이었다. 박기평이 신년 인사차 식용유 세트를 사 들고 우리 집을 찾았다. 이번에도 역시 깔끔한 양복 차림이었다. 당시 나는 《객석》이라는 잡지에 칼럼을 연재하고 있었는데, 그와 이런저런 대화를 나누던 중 "잡지사에서 연재하는 칼럼을 묶어서 책을 내자고 하는데 어떻게 할까 생각 중이에요"라는 말이 나왔다. 그러자 그가 "나도 책을 내긴 내야 하는데……"라며 말을 흐렸다. 나는 속으로 "이 사람이 무슨 책을 쓰지?" 생각했다. 그래서 조금은 무심하게 "아, 책을 쓰세요?" 말했더니 그가 조금 놀란 표정을 지으며 "모르셨어요?"라고 물었다. 그 말에 나는 시큰둥한 표정으로 "뭐를요?"라고 대꾸했다. 그랬더니 그가 "제가 박노해잖아요"라고 하는 것이 아닌가.

나는 그때까지 그가 박노해라는 사실을 까맣게 모르고 있었다. 내가

우리 기쁜 젊은 날 - 응답하라 1975-1980

크리스찬아카데미 교육원에서 그를 처음 만났을 때는 그가 아직 시인으로 데뷔하기 전이었다. 하지만 당시 나는 일찌감치 그의 싹수를 알아보았다. 앞에서 얘기했듯이 그가 앞으로 무슨 일을 할지 모르지만 여하튼 범상치 않은 사람이라고는 생각했었다. 하지만 그가 시인 박노해일 것이라고는 꿈에도 생각하지 못했다.

박노해는 1983년 잡지 《시와 경제》에 「시다의 꿈」이라는 시를 발표하면서 시인으로 등단했다. 그리고 이듬해에 나온 시집 『노동의 새벽』으로 한국 문단에 일대 돌풍을 일으켰다. 그의 시가 놀라운 것은 노동자의 삶을 타자의 입장에서 바라본 화이트칼라의 시에서는 볼 수 없는 생생한 현장감을 갖고 있다는 점이었다. 오로지 직접 노동을 해 본 사람만이 알 수 있는 노동 현장의 정서가 수준 높은 시적 수사로 형상화된 그의 시는 노동자에 의한, 노동자를 위한, 노동자의 시 즉 진정한 노동문학이었다.

나도 『노동의 새벽』에 실린 시를 감탄하며 읽었다. 그중 「손무덤」이라는 시가 생각난다.

어린이날만은
안사람과 아들놈 손목 잡고
어린이 대공원에라도 가야겠다며
은하수를 빨며 웃던 정형의
손목이 날아갔다

작업복을 입었다고

사장님 그라나다 승용차도

공장장님 로얄살롱도

부장님 스텔라도 태워주지 않아

한참 피를 흘린 후에

타이탄 짐칸에 앉아 병원을 갔다

기계 사이에 끼여 아직 팔딱거리는 손을

기름먹은 장갑 속에서 꺼내어

36년 한많은 노동자의 손을 보며 말을 잊는다

비닐봉지에 싼 손을 품에 넣고

봉천동 산동네 정형 집을 찾아

서글한 눈매의 그의 아내와 초롱한 아들놈을 보며

차마 손만은 꺼내주질 못하였다

훤한 대낮에 산동네 구멍가게 주저앉아 쇠주병을 비우고

정형이 부탁한 산재관계 책을 찾아

종로의 크다는 책방을 둘러봐도

엠병할, 산데미 같은 책들 중에

노동자가 읽을 책은 두 눈 까뒤집어도 없고

화창한 봄날 오후의 종로거리엔

세련된 남녀들이 화사한 봄빛으로 흘러가고

영화에서 본 미국상가처럼

외국상표 찍힌 왼갖 좋은 것들이 휘황하여

작업화를 신은 내가

마치 탈출한 죄수처럼 쫄드만

고층 사우나빌딩 앞엔 자가용이 즐비하고

고급 요정 살롱 앞에도 승용차가 가득하고

거대한 백화점이 넘쳐흐르고

프로야구장엔 함성이 일고

노동자들이 칼처럼 곤두세워 좆빠져라 일할 시간에

느긋하게 즐기는 년놈들이 왜 이리 많은지

— 원하는 것은 무엇이든 얻을 수 있고

바라는 것은 무엇이든 이룰 수 있는 —

선진조국의 종로거리를

나는 ET가 되어

얼마간 미친놈처럼 헤매이다

일당 4,800원짜리 노동자로 돌아와

연장노동 도장을 찍는다

내 품속의 정형 손은

싸늘히 식어 푸르뎅뎅하고

우리는 손을 소주에 씻어들고

양지바른 공장 담벼락 밑에 묻는다

노동자의 피땀 위에서

번영의 조국을 향락하는 누런 착취의 손들을

일 안하고 놀고먹는 하얀 손들을

묻는다

프레스로 싹둑싹둑 짓짤라

원한의 눈물로 묻는다

일하는 손들이

기쁨의 손짓으로 살아날 때까지

묻고 또 묻는다

그가 나에게 자신의 정체를 밝힐 때까지도 그는 여전히 사람들 사이에서 '얼굴 없는 시인'으로 알려져 있었다. 박노해가 본명이 아닌 필명이라는 것은 누구나 다 아는 사실이었다. 지극히 의도적인 이 필명에서 '박해받는 노동자의 해방'을 읽어 내는 것은 그다지 어려운 일이 아니었다. 그렇게 박노해는 '얼굴 없는 노동자 시인'으로서의 상징성을 갖고 있었다.

그렇다면 박노해는 정말 누구일까? 이것을 궁금하게 여긴 한 일간지의 문학 담당 기자가 박노해의 정체를 밝혀내려고 노력한 적이 있었다. 그때 그가 내린 결론은 박노해는 실존하는 인물이 아니며, 그가 발표하는 시는《노동해방문학》의 발행인 김사인 시인이 썼거나 아니면 그 주변의 문학인들이 쓴 집단 창작물이라는 것이었다. 그래서 김사인 시인의 자백을 듣기 위해 그를 인사동 술집으로 불러내 캐묻기도 했다고 한다.

박노해의 정체는 그가 1991년 사노맹 사건으로 검거되기 전까지 베일에 싸여 있었다. 이런 그가 왜 나에게는 자기 정체를 밝혔을까. 조금만 이상하다 싶으면 곧바로 모습을 감출 정도로 보안에 철저한 사람이 왜 그랬을까. 나를 믿었기 때문일까. 당시 나의 느낌은 그가 나와 같이 글을 쓰는 사람으로서 자신의 존재를 어필하고 싶은 작은 욕망을 가지고 있었다는 것이다. 그는 내가 자신을 못 알아보는 것이 꽤 서운한 눈치였다. 속으로 "내가 그 유명한 박노해인데, 그것도 몰랐어?"라고 생각하는 것 같았다.

그 후 그는 자신이 박노해라는 사실을 확실하게 증명하려는 듯 나에게 『노동의 새벽』을 선물했다. 시집의 속표지에 "진실로 敬愛하옵는 兄님, 형수님께 바칩니다. 一九八六年 末, 朴 드림"이라는 문구가 적혀 있었다. 그리고 책과 함께 보낸 연하장에 간단한 편지가 들어 있었다. 그가 과도한 겸양의 미덕을 발휘해서 쓴 그 편지에는 우리 부부에 대한 과도한 찬사와 집을 빌려준 것에 대한 과도한 감사의 말이 담겨 있었다. 그런데 표현이 너무 과도해서 몸 둘 바를 모를 정도였다. 우리 부부가 과연 이 정도의 찬사를 받을 만한 일을 했는지 읽는 내내 낯이 뜨거웠던 기억이 난다.

그 후 박노해는 남한사회주의노동자동맹 이른바 사노맹을 결성해 활동한 죄로 지명수배를 받는 몸이 되었다. 당시 조직에서 함께 활동했던 인물로는 백태웅(서울대 법학과 81, 하와이대학 로스쿨 교수)과 은수미(서울대 사회학과 82, 성남시장), 조국(서울대 법학과 82, 청와대 민정수석)이 있었다. 수배 중에도 그는 가끔 안부 전화를 걸어왔다.

"형님과 따님은 잘 지내시지요? 서점에 가서 《객석》을 보니까 이번 호에는 음악사에 대해 글을 쓰셨네요."

이런 식으로 내가 쓰는 글에 관심을 가지고 잡지에서 내 글을 볼 때마다 연락을 해 왔다.

박노해는 1991년 3월 10일, 트럭을 타고 가다가 안기부 수사관들에게 검거되었다. 그다음 날인가. 신문에 대문짝만하게 그가 검거되었다는 뉴스가 실렸다. 검거 당시 그가 트럭의 앞 유리창을 발로 차 깨뜨리면서 "나는 박노해다" "박노해가 잡혀간다"라고 외쳤다고 한다. 신문에서 수갑을 찬 채 수사관에게 끌려가는 그의 사진을 보았다. 그 후 그에 관한 소식은 매스컴을 통해 들을 수 있었다. 그는 1991년 반국가단체를 조직한 죄로 무기징역형을 선고받았고, 1998년, 7년간의 옥살이를 마치고 출감했다.

　　너무나 오래전의 일이라 지금도 그가 나를 기억하고 있는지 모르겠다. 나는 그를 제외하고 그때 우리 집에 왔던 노동자들의 얼굴은 하나도 생각나지 않는다. 그런데 당시 우리 집을 모임 장소로 이용한 사람들은 박노해 팀 하나만이 아니었다. 또 다른 팀이 있었다. 그렇게 위험한 불순분자들이 번갈아 가며 우리 집에서 모임을 가졌다. 나중에 또 다른 팀 지도자가 우리 집에서 두 팀이 모인다는 사실을 뒤늦게 알고 화들짝 놀라며 빨리 한 팀을 정리하라고 경고했던 기억이 난다. 서로 전혀 관련이 없는데, 만약 들켰다가는 두 팀을 어떻게 해서든지 엮어서 사건을 조작할 것이 분명했기 때문이다.

　　지금 나는 그때 우리 집에서 모임을 했던 사람들에 대해 마음속 깊이 미안한 마음을 갖고 있다. 그들을 진심으로 반기지 않았기 때문이다. 당시 나는 나 자신을 추스르는 것조차 힘든 상태였다. 한국이라는 사회에서 결혼한 여성이 겪어야 하는 온갖 질곡의 늪에서 허우적거리고 있었다. "광에서 인심 난다"는 말이 있다. 그런데 당시 내 '마음의 광'은 텅 비어 있었다. 불편한 상황을 기쁘게 받아들일 만한 여력이 없었다. 그래서 그들을 살갑게 대해 주지 못했다. 아마 이런 마음이 내 얼굴에도 드러났을 것이다. 그것을 보고 얼마나 마음이 불편했을까. 이제 나이가 들어 어느 정도 철이 든 나는 그때의 철없던 내가 한없이 부끄러울 뿐이다. 이 자리를 빌려 '얼굴 모르는' 그들 모두에게 진심으로 미안하다는 말을 전하고 싶다.

당당한 자기 고백이자
양심선언, 최후진술

내가 수원에 있는 '내일의 집'에서 크리스찬아카데미 노동자 교육에 참여한 지 얼마 지나지 않은 1979년 3월, 크리스찬아카데미 사건이 터졌다. 크리스찬아카데미 간사들이 불온서적을 탐독하고, 노동자를 교육하며, 사회주의 국가를 건설하기 위한 비밀 조직을 만들었다는 혐의를 뒤집어씌운 사건이었다. 이때 '내일의 집'에서 내가 만났던 크리스찬아카데미 간사 신인령(전 이화여대 총장), 김세균(전 서울대 교수)을 비롯해 한명숙(전 국무총리), 이우재(전 국회의원), 장상환(전 경상대 교수) 등이 구속되었다.

단순한 학습 모임을 공산국가 건설을 위한 비밀조직으로 조작하기 위해 중앙정보부는 이들에게 혹독한 고문을 가했다. 이런 중앙정보부의 만행은 변호인의 반대 심문을 통해 세상에 드러났다. 피고 중 한 명인 한명숙은 조사관이 "너 공산당이지? 네 남편하고 어떻게 접선했어?

네 남편과 주고받은 편지가 혹시 암호 아니야? 암호를 풀어 봐. 이북에서 누가 내려왔지? 배후를 대. 무슨 조직이 있지?"라고 몰아붙였다고 진술했다. 그와 함께 자신이 받은 고문에 대해서도 자세하게 증언했다.

따귀를 때리고, 구둣발로 차고, 야전 침대의 커다란 각목으로 온몸을 두들겨 팼습니다. 도저히 살아날 거라고 생각하지 못했습니다. 어디를 어떻게 맞았는지 기억조차 나지 않습니다. 나중에 일어나 보니 뼈 마디마디가 부어 있고 온몸에 피가 맺히고 멍이 들어 걷지도 못할 지경이 되어 있었습니다. 자살하고 싶었습니다. 거기서 완전히 항복했습니다.

고문은 인간의 육체뿐만 아니라 정신까지 황폐화시킨다. 도저히 견디기 힘든 가혹한 고통을 가함으로써 인간이기를 포기하게 만드는 것이다. 가혹한 육체적 고통 앞에 항복할 수밖에 없었지만 한명숙은 이 모든 것이 고문에 의한 것이었다는 사실을 최후진술에서 폭로했다.

재판을 받는 피고인이 선고를 앞두고 재판장에게 마지막으로 하고 싶은 말을 하는 것이 최후진술이다. 그런데 여기에는 몇 가지 요령이 있다. 꼭 필요한 내용만 얘기한다. 재판받는 사건과 관계없는 말은 하지 않는다. 종이에다 적거나 손바닥에다 적어서 읽는 것은 금물이다. 하고 싶은 말을 잊어버리거나 더듬거리지 않도록 미리 연습을 한다. 전문용어나 "존경하는 재판장님!" 같은 격식을 차리는 말은 하지 않는다. 될 수 있는 대로 짧고, 간결하고, 명확하게 말한다. 바로 이것이 바람직한 최후진술을 위한 지침이다.

하지만 재판을 받는 사람 중에 이런 최후진술의 기본 지침을 무시하는 사람들이 있다. 자신의 신념에 따라 행동하다 영어의 몸이 된 양심수, 정치범, 운동가들이 그런 사람들이다. 이들에게 최후진술은 판사의 마음을 돌려 형량을 조금이라도 줄여 보려는 의도를 지닌 반성의 변이 아니다. 자신의 신념을 천명하고, 그것의 정당성을 주장하는 당당한 자기 고백이자 양심선언이다. 그래서 매우 오랜 시간 공을 들여 최후진술을 준비한다. 쿠바의 혁명가 카스트로는 원고 없이 장장 네 시간에 걸쳐 최후진술을 했는데, 이때 "나에게 유죄판결을 내리십시오, 역사가 나에게 무죄를 선고할 것입니다"라는 명언을 한 것으로 유명하다.

감동적인 최후진술은 사람의 마음을 울린다. 이렇게 말하기는 조금 뭐하지만 시국 사건 재판에 있어서 최후진술은 재판의 꽃이다. 모든 사람의 이목이 최후진술에 집중되기 때문이다. 그래서 시국사범들은 사람들의 기억에 길이 남을 감동적인 최후진술을 공들여 준비한다. 원고도 없이 자신의 생각을 논리적으로 그리고 설득력 있게 표현하기 위해서는 상당한 연습이 필요하다.

1974년, 민청학련 사건으로 재판을 받았던 김지하 시인은 장장 세 시간에 걸쳐 최후진술을 했다.

나는 시인입니다. 시인이라는 것은 본래부터가 가난한 이웃들의 저주받은 생의 한복판에 서서 그들과 똑같이 고통받고 신음하며 또 그것을 표현하고 그 고통과 신음의 원인들을 찾아 방황하고 그 고통을 없애며 미래의 축복받은 아름다운 세계를 꿈꾸고, 그 꿈의 열매를 가난한 이웃들에게 선사함으로써 가난한 이웃들을 희망과 결합시켜 주는 사람입니다. 그렇기 때문에 우리는 참된 시인을 민중의 꽃이라 부르는 것입니다.

(중략)

인혁당 사람들은 억울합니다. 그것은 비극입니다. 이 비극은 반드시 원한을 만들어냅니다. 그들과 그들 가족들의 원한이 하늘에 사무칠 때 하늘은 분명히 머지않은 장래에 역사를 통해서 심판하실 것입니다. 우리 세대 전체를 명백한 불의를 보고서도 일신의 더러운 안전과 평안을 위해서 침묵을 선택한 불의의 공범집단으로서 단죄할 것입니다. 여러분도 노력을 아끼지 말아 주십시오.

(중략)

하느님의 은총이 이 불행한 민족 위에 폭포수처럼 쏟아져서 다시는 샛별 같은 청년들이 이 더러운 분단의 비극 때문에 법정에 끌려와서 청춘이 시들게 되는 일이 없도록 끝없이 기원하겠습니다. 그리고 내일, 주의 성탄절을 맞이해서 여러분에게 축복이 내리고 나를 박해하고 그렇게 미워하는 현 정부 최고 지도자 박정희 선생과 중앙정보부의 고급 요원들에게도 가슴과 머리 위에 흰 눈처럼 은총이 폭폭 쏟아지기를 빕니다. 자비로운 은총이. 그래서 용서하시고 모두 축복받기를 빌겠습니다. 감사합니다.

이렇게 김지하는 최후진술을 통해 당당하게 자신의 소신을 밝혔다. 사형이 구형되었음에도 불구하고 자기를 박해하는 박정희 정권과 그 일당들에게도 신의 은총을 기원하는 초탈의 경지를 보였다. 김지하가 특유의 달변으로 무려 세 시간에 걸쳐서 최후진술을 한 것과 달리 같은 사건의 피의자 김병곤(서울대 상대 71)의 최후진술은 의외로 간단했다. 그런데 그 내용이 압권이었다.

자신의 순서가 되자 얼굴에 미소를 띠며 재판정 중앙으로 걸어 나간 그는 대뜸 "검찰관님, 재판장님, 영광입니다. 감사합니다"라고 외쳤다. 검사와 판사, 방청객들이 모두 의아하다는 표정으로 그를 바라보자 그는 이렇게 말했다.

아무것도 한 일이 없는 저에게까지 이렇게 사형이라는 영광스러운 구형을 주시니 정말 감사합니다. 사실 저는 유신 치하에서 생명을 잃고 삶의 길을 빼앗긴 이 민생들에게 줄 것이 아무것도 없어 걱정하던 차였습니다. 그런데 이 젊은 목숨을 기꺼이 바칠 기회를 주시니 고마운 마음 이를 데 없습니다. 감사합니다.

훗날 김지하는 「고행」이라는 글에서 최후진술을 마치고 돌아서는 김병곤의 눈길과 자태에서 속된 삶의 욕구를 훌쩍 뛰어넘은 '무념의 경지'를 느꼈다고 고백한 바 있다.

이어지는 다른 피고인들의 최후진술도 모두 이랬다. 이철(서울대 상사회학과 69)은 "나는 이 나라의 민주주의를 위해 목숨을 바치는 것은 아깝지 않다. 하지만 유신체제는 끝까지 반대할 것이며, 절대로 잊어서는 안 되는 반민족적인 것이라고 생각한다. 반유신을 이유로 나에게 빨갱이라는 누명을 씌우지 말라. 그렇다면 나는 떳떳이 죽겠다"라고 말했다.

한편 1978년, 한국 정치의 현실을 노예에 빗댄 「노예수첩」이라는 시를 써서 구속된 양성우(전남대 국문과 71) 시인은 "나에게 죄가 있다면 그것은 이 땅에 태어난 죄요, 또 나에게 죄가 있다면 그것은 이 시대에 살고 있는 죄요, 그리고 또 나에게 죄가 있다면 그것은 시인이 된 죄요,

그리고 또 나에게 죄가 있다면 그것은 내 나라와 내 민족을 사랑한 죄다"라고 최후진술을 남겼다.

가끔 특이한 방식으로 최후진술을 하는 사람도 있었다. 민청학련 사회부장으로 일하다 구속된 연성수(서울대 식물학과 73)는 최후진술 대신 「뱀이 두꺼비를 삼키다」라는 시를 읊어 주목을 받았다.

두껍아 두껍아 헌 집 줄게 새집 다오

봄비가 온다 봄비가 온다, 메마른 산봉우리 봉우리마다

민족해방의 봉홧불로 살 맞은 가슴을 사르는 봄비가 오는데

두껍아 두껍아 헌 집 줄게 새집 다오

봄비가 온다 봄비가 와

그늘진 산골짝 골짝마다 죽음을 넘어선 사람의 사랑

분이와 돌쇠는 핏빛 진달래 되어 흐드러지는데

두껍아 두껍아 헌 집 줄게 새집 다오

(후략)

연성수는 감옥에서 열흘 동안 단식을 하는 동안에 이 시를 지었다고 한다. 두꺼비는 새끼를 가지면 스스로 뱀에게 잡아먹힌다. 그 결과 자신은 죽지만 뱃속의 새끼들은 뱀의 몸을 양분으로 삼아 알을 깨고 나온다. 자신을 희생해 뱀을 죽이고 새끼를 살리는 두꺼비의 희생정신을 민주주의를 위한 헌신에 빗대어 쓴 시이다.

그런가 하면 재판정에서 불경스럽게 초상집에서나 하는 곡소리를 한 경우도 있었다. 1976년, 3·1 구국선언 사건으로 구속된 천주교정의

구현사재단의 신현봉 신부가 그 주인공이다. 그는 최후진술 때 "아이고, 아이고" 곡을 해서 재판장을 놀라게 했다. 재판장이 뭐 하는 짓이냐고 꾸짖자 "한국의 인권과 민주주의가 죽어서 곡을 합니다"라고 대답했다고 한다.

시국 사건의 재판에 쫓아다니며 나는 여러 사람의 최후진술을 들을 기회가 있었다. 그중에는 기대에 못 미칠 정도로 시시한 것도 있었고, 눈물 날 정도로 감동적인 것도 있었다. 그동안 들었던 수많은 최후진술 중에서 가장 감동적인 것을 꼽으라면 뭐니 뭐니 해도 1979년 크리스찬아카데미 사건 재판에서 있었던 한명숙 전 총리의 최후진술이 아닐까 싶다. 얼마나 감동적이었는지 지금도 그날을 떠올리면 가슴이 뭉클해진다.

재판 장소는 현재 서울미술관 자리에 있던 서울고등법원 대법정이었던 것으로 기억한다. 당시에는 시국 사건의 재판에 방청객을 제한하는 경우가 꽤 많았는데, 이 날은 아무 제약 없이 모두 재판정에 들여보내 주었다. 세계의 이목이 집중된 사건이어서 함부로 할 수 없었던 것일까. 지금은 한국이 촛불 혁명을 통해 세계가 부러워하는 민주국가가 되었지만 유신독재 시대만 해도 한국은 미얀마, 캄보디아, 시리아에 버금가는 인권 후진국이었다. 따라서 굵직한 시국 사건이 터질 때마다 세계 각국의 언론과 인권단체의 주목을 받았다. 그날도 방청석에 외신 기자와 국제인권단체 소속의 외국인들이 와 있었던 것으로 기억한다.

재판에서 여러 사람이 최후진술을 했다. 그런데 지금 기억나는 것은 신인령과 한명숙의 최후진술뿐이다. 신인령은 중앙정보부에서 당한 고문을 떠올리자 감정이 복받쳤는지 "중앙정보부가 가혹한 폭력집단이라는 것을……" 하더니 이내 울음을 터트렸다. 이후에는 거의 울음 섞인 소리로 말을 하는 바람에 정확하게 무슨 말을 하는지 잘 알아들을 수 없었다. 한마디로 신인령의 최후진술은 서러움에 복받친 울음 섞인 항변이었다.

이렇게 감정에 복받쳐 울음을 터트린 신인령과는 달리 한명숙은 아주 차분하고 또렷한 말투로 침착하게 최후진술을 했다. 그중에서 지금도 뚜렷하게 기억나는 말이 있다. "내 남편이 반공법 위반으로 15년형을 받고 지금 11년째 복역 중인데……." 이 말을 듣고 얼마나 놀랐는지 모른다. 15년형을 받았다는 것도 놀랍고, 그런 남편을 11년째 기다리고 있다는 것도 놀라웠다. 같은 신념을 가지고, 같은 지향점을 바라보며 살아가는 동지로서 이들 부부가 쌓아 온 무한 신뢰의 세월을 당시의 나는 전혀 이해하지 못했다.

최후진술이 꽤 길게 이어졌던 것으로 기억한다. 한 한 시간가량 되었을까. 따라서 그 내용을 지금 내가 정확하게 기억해 내는 것은 거의 불가능한 일이다. 이번에 글을 쓰면서 최후진술을 기록한 자료가 있나 찾아보았다. 하지만 찾을 수 없었다. 그래서 여기서는 당사자의 글과 내 머릿속에 남아 있는 기억의 편린들을 조합해서 당시의 최후진술을 재구성해 보고자 한다. 정확하진 않지만, 전체적인 내용이나 감정 표현 방식은 이와 비슷했다고 보면 된다.

크리스찬아카데미 사건으로 저는 중앙정보부에 끌려갔습니다. 그리고 엄청나게 가혹한 고문을 당했습니다. 지금도 그때를 생각하면 두려움으로 손이 떨립니다. 저는 정말, 정말, 정말 그 모멸의 순간을 영원히 내

기억에서 지워 버리고 싶습니다. 고문이라는 범죄를 알기 전의 나로 돌아가고 싶습니다. 그러나 가혹한 고문의 기억은 아무리 짓이겨도 지워지지 않는 문신처럼 여전히 내 상념의 어두운 한 모서리에 숨어 있습니다.

온몸이 꽁꽁 묶인 채 밤새도록 구타를 당했습니다. 밤과 낮을 구별할 수 없었고, 제가 살아 있다는 생각조차 들지 않았습니다. 온몸이 피멍이 들어 부어올랐고, 부은 피부는 스치기만 해도 면도날로 도려내는 듯한 고통을 주었습니다. 귓전에 울리는 윙윙거리는 소리 저 너머에서 저를 고문하는 사람들의 목소리가 속삭이듯 아스라하게 들려왔습니다. 셀 수 없이 많이 정신을 잃었지만 차라리 그 순간이 행복했습니다.

태어나 처음으로 죽음을 생각했습니다. 어쩌면 죽을지도 모른다는 공포가 고문의 고통보다 더 크게 저를 짓눌렀습니다. 그들이 저에게 요구한 것은 단 하나 '빨갱이'임을 실토하라는 것이었습니다. 아! 저는 패배했습니다. 나의 믿음과 나의 각성과 나의 정의감과 내가 알고 있던 모든 진실이 한꺼번에 무너져 버리고 말았습니다. 인간의 신념이 이토록 우습고 허약한 것인지 처음 알았습니다.

저는 결국 항복했습니다. 그 가혹한 육체의 고통 앞에서 저는 수없이 많이 하나님을 배반했습니다. 그리고 만약 다시 그런 순간이 온다 해도 저는 하나님을 배반하지 않을 자신이 없습니다.

모두 숙연한 분위기에서 한명숙의 최후진술을 들었다. 가혹한 고문 앞에 속절없이 무너질 수밖에 없던 사람이 느꼈을 모멸감과 절망감, 인간적인 고뇌가 그대로 가슴에 전해졌다. 방청석에 앉아 있던 사람 중에 눈물을 흘리는 사람이 있었다. 내 옆에서 최후진술을 받아 적던 선배

언니도, 또 그 옆에서 녹음을 하던 시민 단체 직원도 눈물을 흘렸다. 나역시 흐르는 눈물을 주체할 수 없었다. 말투는 침착했지만 끔찍한 기억을 되살리는 그녀의 영혼은 피를 흘리고 있었다. 엄청난 폭력 앞에 그토록 힘겹게 지켜왔던 신념을 저버리고, 인간으로서의 존엄성마저 빼앗긴 사람의 좌절과 공포, 인간적인 고뇌를 담은 한명숙의 최후진술은 40년이 지난 지금까지 절절한 감동으로 내 가슴에 남아 있다.

끝내
진실을 말하지 않은
오원춘

1979년 8월, 오상석과 연숙이가 광복절 특사로 석방되었다. 그때 나는 제주도에 있었다. 석방 소식을 듣고 얼마나 반가웠는지 모른다. 바로 올라가고 싶었지만 태풍 어빙인가 뭔가 하는 것이 제주도에 상륙하는 바람에 배가 끊겨 며칠 동안 발이 묶여 있었다. 신문에 광복절 특사로 나온 학생과 민주 인사들에 대한 기사가 실렸다. 그중에서 오상석에 관한 기사가 특히 인상적이었다. "고려대 3학년 재학 중 교내 시위로 구속된 오상석 씨는 석방 소감을 묻는 기자의 질문에 일단 휴식을 조금 취한 다음 미래에 대해 생각해 보겠다며 조용히 미소를 지었다"라고 되어 있었다. 기사를 보며 '조용히 미소 짓는' 오상석을 상상해 보았다. 갑자기 '풋'하고 웃음이 나왔다. 그 앞에 '먼 데 산을 바라보고'라는 말이 안 붙은 것이 얼마나 다행이야. 팩트를 왜곡하는 요즘 기자들과 달리 당시 기자들의 창작은 다분히 서정적인 면이 있었다.

제주도에서 서울로 올라오자마자 오상석에게 연락을 했다. 그리고 광화문에 있는 '전원다방'에서 몇 개월 만에 그를 다시 만났다. 그렇게 반가울 수가 없었다. 힘든 시기를 함께 보낸 동지로서의 유대감이라고나 할까. 사실 그가 구속되었을 때만 해도 이렇게 빨리 만나게 될 줄은 몰랐었다. 오상석은 감방 얘기를 재미있게 들려주었다. 서대문 구치소에 있을 때 긴급조치 위반자들을 한 방으로 몰아넣어 재미있게 보냈다는 이야기, 같이 단식 투쟁을 한 이야기, 잡범들로부터 감방살이를 보람차게(?) 할 수 있는 각종 비법을 전수받은 이야기 등 흥미진진한 이야기가 많았다. 사실 나는 그전까지 감옥에서 어떤 일이 일어나는지 몰랐다. 그런데 오상석의 얘기를 듣고 보니 감옥도 사람이 사는 곳이구나 하는 생각이 들었다.

나는 그가 감옥에 들어가 있는 동안 수배 생활 중인 남자를 만나 연애를 시작했다는 얘기를 들려주었다. 당시는 내가 연애에 올인하던 때라서 다른 이야기는 하지 않고 오로지 그 남자 얘기만 했던 것 같다. 그렇게 연애와 감방 이야기로 시간 가는 줄 모르고 수다를 떨었다.

그해 여름, YH 사건이 터졌다. YH무역은 가발을 수출하는 회사였다. 1966년 십여 명의 사원으로 출발한 이 회사는 정부의 수출 지원 정책에 힘입어 창립 4년 만인 1970년 종업원 3천 명의 국내 최대 가발 업체로 성장했다. 하지만 무리한 사업 확장으로 경영이 어려워지자 노동자들을 대량 해고했다. 그러자 노동조합이 강경 투쟁에 나섰다. YH 노동자들은 당시 야당인 신민당에 자신들의 문제를 호소하기로 하고, 8월 9일 신민당사에 들어가 회사 정상화와 노동자의 생존권 보장을 요구하는 농성 투쟁을 시작했다. 도시산업선교회의 알선으로 신민당사에 들어간 노동자들은 김영삼 총재의 환대를 받았다.

"여러분이 마지막으로 우리 당사를 찾아 준 것을 눈물겹게 생각합니다. 우리가 여러분을 지켜 주겠으니 걱정하지 마십시오."

하지만 이런 김영삼의 말을 비웃듯 경찰은 이들을 강경 진압했다. 8월 11일 새벽 2시, 천여 명의 경찰이 신민당사에 난입해 폭력을 써서 노동자들을 강제 연행했다. 이 과정에서 YH 노조원과 신민당 국회의원과 당원, 취재 중이던 기자들이 경찰이 휘두르는 무차별적인 구타에 중경상을 입었다. 신민당 총재인 김영삼과 대변인 박권흠은 갈비뼈가 골절되고 얼굴이 뭉개졌으며, 박용만 의원은 다리가 부러지고, 황낙주 원내총무는 어깨를 얻어맞았다.

이렇게 극심한 혼란 속에서 노조 집행위원인 당시 스물한 살의 김경숙이 온몸에 타박상을 입고 왼쪽 팔목 동맥이 절단되어 사망한 상태로 발견되었다. 경찰은 고인이 진압 작전 개시 30분 전에 스스로 동맥을 끊고 4층 강당 건물 뒤편 주차장 쪽 창문 아래로 떨어져 투신자살했다고 발표했다. 많은 사람들이 그 말을 믿었다. 나 역시 그녀가 전태일처럼 자신의 억울함을 세상에 알리기 위해 스스로 목숨을 끊은 줄 알았다. 얼마나 억울하면 그랬을까 하는 생각까지 했었다.

하지만 YH 노조는 김경숙의 죽음이 자살이 아니라 타살이라고 주장했다. 그리고 나중에 그녀가 경찰에 의해 사망했다는 사실이 밝혀졌다. 이때 농성을 배후에서 조종한 혐의로 인명진 목사와 문동환 목사, 이문영 전 고려대 교수, 시인 고은 등 여덟 명이 구속되었다. 그리고 신민당 총재인 김영삼은 여당의 주도로 징계 동의안이 통과되어 국회의원에서 제명되었다. 그러자 이에 항의하는 의미로 신민당 소속 국회의원 전원이 사퇴서를 제출하는 사태가 발생했다.

YH 사건이 일어났던 그 무렵, 일명 '오원춘 사건'으로 불리는 안동교구 가톨릭농민회 사건이 터졌다. 1978년, 정부는 소득 증대를 위해 양양면 농민들에게 '시마바라'라는 씨감자를 나누어 주었다. 하지만 감자가 거의 싹이 트지 않아 농민들이 엄청난 피해를 입었다. 그러자 가톨릭농민회 청기 분회장인 오원춘이라는 사람이 안동교구 사제들과 손을 잡고 당국의 갖은 공갈과 협박, 회유에도 굴하지 않고 농가의 피해 보상을 받아 냈다. 이 때문에 오원춘은 당국으로부터 미운털이 박히게 되었다.

그러던 어느 날 오원춘이 신원을 알 수 없는 남자 두 명에게 납치되어 울릉도에 보름 동안 감금되어 있다가 집으로 돌아온 사건이 발생했다. 울릉도에 잡혀가 엄청난 고문을 당한 오원춘은 집으로 돌아온 후에도 한동안 공포를 떨쳐 버리지 못했다, 그러다가 용기를 내어 이 사실을 밝히는 양심선언을 했다. 이에 가톨릭농민회 안동교구는 '짓밟히는 농민운동'이라는 문건을 제작해 정의구현전국사제단을 통해 전국에 배포했다. 그리고 사건의 진상을 밝히기 위한 농성을 시작했다. 7월 25일, 가톨릭 안동교구는 이 납치 사건이 중앙정보부에 의해 이루어진 것이라는 사실을 밝혔다.

하지만 경찰은 오원춘과 안동교구가 허위 사실을 유포했다는 혐의로 오원춘을 긴급조치 9호 위반혐의로 구속했다. 이에 격분한 가톨릭은 8월 6일 천주교 안동교구에서 김수환 추기경과 신부 1백20명, 신자 6백여 명이 참석한 가운데 전국기도회를 열었다. 김 추기경은 '가난한 사람들의 교회가 되기 위해'라는 제목의 강론에서 안동교구 가톨릭농민회 사건에 대해 깊은 아픔을 느끼며 가난한 자들과 함께하는 것이 교회의 의무라는 점을 역설했다.

그런데 9월 4일에 열린 첫 공판에서부터 오원춘이 다른 소리를 하기 시작했다. 자신의 양심선언이 허위라는 것이었다. 아무개 여인과의 불륜 관계를 은폐하기 위해 자작극을 벌였으며, 자신이 섬에서 몰래 썼던 "육지에 가면 진실을 말할 것이다"라는 쪽지도 모두 거짓이라고 하는 등 검찰의 공소사실을 거의 그대로 인정하는 진술을 했다. 그 자리에는 그가 15일간 머물렀던 울릉도의 식당 주인, 함께 있었다는 다방 종업원 이 모 양 등이 증인으로 참석했다. 이 자리에서 그는 자신이 납치되었다는 내용의 양심선언을 성당 신부가 쓰라고 해서 썼으며, 고문의 흔적이라는 상처는 울릉도로 가는 뱃길에 풍랑이 심해 부딪히면서 난 것이라고 진술했다.

오원춘의 이런 태도는 그동안 그의 양심선언을 도왔던 모든 사람을 허탈하게 만드는 것이었다. 2차 공판을 준비하면서 변호인들이 그의 말을 뒤집는 결정적인 증거를 그의 수첩에서 찾아냈지만 그는 납득할 수 없는 논리로 이를 부인했다. 재판을 보러 온 천주교 신자와 성직자들이 "알퐁소(오원춘의 세례명) 힘내라"며 손 팻말로 격려했지만 그는 끝내 진실을 말하지 않았다. 오원춘의 변호인으로 인권 변호사 4인방으로 불리는 이돈명, 황인철, 조준희, 홍성우 변호사가 참여했다. 이들이 2회 공판을 허탈하게 끝내고 서울로 올라오는 무궁화호에서 평소에 거의 술을 입에 대지 않던 황인철 변호사가 맥주 몇 잔을 마시고는 중앙 통로에 주저앉아 엉엉 울었다고 한다. 인권을 짓밟힌 사람을 돕기 위해 몸부림

치고 있는데 정작 당사자가 이에 동조하지 않는 현실이 너무나 참담했던 것이다.

YH 사건과 오원춘 사건으로 시국이 혼란스럽던 무렵, 나는 감옥에서 나온 최정순과 양평동 야학을 같이했던 윤혜주 그리고 혜주와 같은 과 동기인 나혜원(이대 불문과 75)과 함께 한국 근대사 공부를 시작했다. 몇 달 전에 출소한 정순이는 선배의 소개로 출판사에 다니고 있었고, 혜원이 역시 대학을 졸업한 후 출판사에 근무하고 있었다. 혜주는 불문과 대학원에, 나는 졸업 후 중화중학교의 음악 강사로 일하고 있었다. 공부 장소는 궁정동에 있는 혜원이의 집이었다. 누군가 공부 모임을 이끌어 줄 사람으로 황인범(서울대 국사학과 69) 선배를 소개해 주었다. 74년 민청학련 사건으로 징역 15년형을 받고 복역 중 출소한 황 선배는 당시 노동현장으로 들어갈 준비를 하고 있었다. 우리는 황 선배의 지도 아래 일주일에 한 번씩 혜원이 집에서 공부 모임을 가졌다.

그러던 어느 날, 조선 후기에 대해서 공부할 때였다. 그날 황 선배가 서울대 철학과 출신의 후배 한 사람을 데려왔다. 그는 우리 앞에서 자기가 한국 근대사를 완전히 꿰뚫고 있는 듯 엄청 잘난 척을 했다. 그런데 내가 보기에 잘못 알고 있는 것이 많았다. 내가 다른 것은 몰라도 조선 후기 상업자본에 관해서 만큼은 자신 있는 사람이다. 야학 세미나에서 이 주제를 가지고 직접 발제를 한 적이 있기 때문이다. 세미나 발제를 준비하면서 나는 이조 후기에 있었던 여러 현상 중에서 특히 상업자본의 발달에 대해 집중적으로 공부했다. 식민지 근대화론에 대한 반박의 근거로 일제강점기 이전인 조선 후기에 이미 근대 자본주의의 싹이 보였다는 이른바 자본주의 맹아론이 발제의 주제였다. 이를 위해 강만

길의 『이조 후기 상업자본의 발달』을 비롯한 여러 책을 뒤지며 공부했다. 그렇게 3학년 여름 방학 한 달을 꼬박 학교 도서관에서 보냈다. 나는 이렇게 야학 발제를 준비하면서 쌓은 내공을 발판으로 시종일관 잘난 척하는 그를 지긋이 밟아 주었다. 그는 조선 후기 상업의 발달에 대해 세세하게 알고 있는 나에게 놀라는 눈치였다. 나는 속으로 '이럴 줄 몰랐지?' 하면서 쾌재를 불렀다.

그날 공부를 끝내고 몇 사람이 광화문에 있는 한 술집으로 갔다. 그때 누구하고 함께 갔는지는 잘 기억나지 않는다. 이미 술자리를 하는 자리에 우리가 합석을 한 경우였다. 그때 내 맞은편에 아주 선해 보이는 얼굴을 한 사람이 앉아 있었다. 바로 김근태(서울대 경제학과 65)였다. 나와 함께 간 사람들은 그와 구면인 듯했다. 그래서 초면인 나만 간단하게 자기소개를 했다. 그는 까마득한 후배인 나를 굉장히 깍듯하고 정중하게 대했다. 후배가 아니라 그냥 하나의 인간으로서 대한다는 느낌이었다. 진지하고 겸손한 말투 속에 결기가 느껴졌다. 나중에 들은 이야기로 당시 그는 수배 중이었다고 한다. 김근태가 김활란이나 모윤숙처럼 소위 한국 최초의 여성 지도자라고 추앙받는 사람들이 저질렀던 죄에 대해 얘기했던 것이 기억난다. 오로지 이화를 살린다는 명목으로 학생들을 앞장서서 정신대로 보낸 김활란은 역사의 준엄한 심판을 받아야 한다는 말이 특히 인상적이었다.

내가 다닌 이대 본관 옆에는 김활란 동상이 서 있다. 학교 다닐 때는 이 동상에 대해 특별히 유감을 가진 적이 없었다. 학교 설립자의 동상이 학교에 서 있는 것이 전혀 이상하다고 생각하지 않았기 때문이다. 그런데 김근태로부터 김활란의 죄상을 자세히 듣고 나니 갑자기 모교에 있는 그 동상이 불편해졌다. 우리 사랑스러운 후배들은 이 사실을 알고 있을까. 게다가 당시는 전국적으로 반유신운동이 상승 국면에 있을 때였다. 그런데 유독 이대만 조용했다. 그전에 우연히 서울대 사회대에 다니는 같은 학번의 운동권 학생과 술을 마시다가 "이대에 있는 김활란 동상에 불을 지르세요"라는 말을 들은 적이 있었다. 이 친구가 평소에도 한 래디컬radical하는 친구라서 별로 놀라지는 않았다. 나는 그냥 무심하게 "그런데 동상이 돌이나 쇠로 만들어졌을 텐데 그게 불에 타나요?"라고 물었다. 이런 내 반응이 한심했는지 그가 갑자기 노래를 부르기 시작했다. 〈바람이 분다〉라는 노래였다.

바람이 분다 바람이 불어 현해탄에서 불어온다
쪽발이 대사관에 불이 붙었다
잘 탄다! (잘 탄다!) 신난다! (신난다!)
쪽발이는 게다짝만 돌린다

바람이 분다 바람이 불어 태평양에서 불어온다
양키놈 대사관에 불이 붙었다
잘 탄다! (잘 탄다!) 신난다! (신난다!)
양키놈은 츄잉껌만 씹는다

바람이 분다 바람이 불어 연해주에서 불어온다
로스께 대사관에 불이 붙었다
잘 탄다! (잘 탄다!) 신난다! (신난다!)

로스케는 시곗줄만 돌린다

바람이 분다 바람이 불어 동빙고에서 불어온다
동빙고 오적촌에 불이 붙었다
잘 탄다! (잘 탄다!) 신난다! (신난다!)
오적놈은 골프채만 돌린다

(후렴)
불은 붙어도 물이 있어도 안 끈다
소방대원은 석유 뿌린다
잘 탄다! (잘 탄다!) 신난다! (신난다!)

그가 "잘 탄다!" "신난다!" 하면 동석한 후배들이 "잘 탄다!" "신난다!"
하고 추임새를 넣었다. 원래 이 노래는 4절까지만 있는데, 4절이 끝나
자 이 친구가 5절을 만들어 부르기 시작했다. 지금 가사 내용은 정확하
게 기억 안 나는데, 여하튼 이화여대에 불이 붙었다는 것이었다. 그리고
지금도 뚜렷하게 기억나는 마지막 가사는 "이대생은 롯데껌만 씹는다."
이대생은 롯데껌만 씹는다, 이것은 분명히 이대생을 조롱하는 말이다.
외부 세계에 대해서 전혀 관심 없이 오로지 자신의 향락에만 도취해 있
는 모습. 여기서 말하는 이대생은 바로 이런 모습을 의미한다. 그런데
왜 하필 이대생일까. 다른 여대생들도 많은데 왜 늘 이대생이 이런 조
롱과 공격의 대상이 되어야 할까. 여하튼 이 노래를 부른 친구는 이대
생에 대해 별로 안 좋은 감정을 갖고 있는 것 같았다. 역사와 사회에 대

한 진지한 성찰 없이 그저 겉멋에 겨워 운동권에 뛰어든 것으로 보는 느낌이었다.

'이대 나온 여자'로서 나는 '롯데껌만 씹는 이대생'이라는 말이 못내 마음에 걸렸다. 그래서 근대사 공부를 하려고 모였을 때 친구들에게 얘기했다. 이대 후배들이 너무 안일하게 있는 것 아니냐. 우리 선배들이 후배들의 각성을 촉구해야 하는 것 아니냐. 이런 취지의 이야기를 나누었다. 그러다가 유인물을 만들어서 뿌리자는 결론에 도달했다. 이대생의 각성을 촉구하고 YH 사건과 오원춘 사건의 진실을 알리는 유인물을 만들기로 한 것이다.

유인물 제작에는 여러 명이 관여했다. 우선 공부 모임을 같이하던 나와 최정순, 나혜원, 윤혜주가 공모했고, 나혜원의 애인인 김도연(서울대 국문과 72, 작고)이 유인물 문구를 작성하는 데 도움을 주었으며, 예전에 나의 부탁으로 수배 중인 오상석에게 거처를 제공했던 동네 오빠가 등사기로 미는 작업을 도와주었다. 내가 엄중한 보안을 요하는 이 일에 운동권도 아닌 동네 오빠를 끌어들인 것은 그의 탁월한 등사 기술 때문이었다. 해 본 사람은 알겠지만 가리방을 긁어 글씨를 쓰는 일보다 더 어려운 것은 등사기로 미는 것이다. 글자가 모두 잘 나오게 하려면 상당한 기술이 필요하다. 관건은 롤러를 미는 힘이 일정해야 한다는 것이다. 너무 세게 밀어도 안 되고, 너무 약하게 밀어도 안 된다. 등사기로 다년간 교회 주보를 밀어 본 경험이 있는 동네 오빠는 이 분야의 베테랑이었다. 그래서 내가 이 거사에 특별히 모신(?) 것이다.

유인물을 만들고 난 다음 언제 그리고 누가 이것을 뿌릴지 의논했다. 이미 완전 범죄의 달콤한 추억을 가진 나는 우쭐해서 내가 뿌리겠다고 했다. 그런데 바로 그때 부마사태가 터졌다. 부마사태는 1979년 10월 16일부터 20일까지 부산과 마산에서 일어난 4·19 혁명 이후 최대 규모의 반독재 투쟁이었다. 10월 16일 오전 부산대에서 시작된 시위는 나중에 약 5만여 명의 학생, 시민들이 참여하는 대규모 시위로 발전했다. 시위대는 파출소와 어용신문사, 방송국, 경찰차에 돌을 던지고 불을 지르며 새벽까지 격렬한 시위를 벌였다.

다음 날인 10월 17일은 유신선포 10주년을 맞는 날이었다. 바로 그 날 부산대에 휴교 조치가 내려지고 18일 0시를 기해 부산 일대에 비상계엄이 선포되었다. 하지만 이에 아랑곳하지 않고 시위는 마산으로 확산되었다. 마산에서 경남대생 1천여 명이 경찰과 대치하며 투석전을 벌였고, 시내 곳곳에서 시민들이 합세한 대규모 시위가 벌어졌다. 시위 양상은 부산보다 오히려 더 격렬했다. 19일 공수부대 1개 여단이 탱크를 앞세우고 들어왔으나 시위는 수그러들 기미를 보이지 않았다. 20일 0시를 기해 마산, 창원 일대에 위수령이 발동되었다. 시민 봉기가 전국적으로 확산될 조짐을 보였다. 이것을 목격한 중앙정보부장 김재규가 박정희에게 사태가 심상치 않음을 보고했다. 하지만 오히려 박정희로부터 꾸지람만 들었다고 한다. 이 자리에서 차지철은 시민 몇백만 명쯤 죽이는 것은 일도 아니라면서 강경 진압을 하도록 박정희를 부추겼고, 만약 사태가 더 악화되면 이것이 현실이 되었을 가능성이 크다.

부마사태가 터지자 정국이 급속도로 얼어붙었다. 전국의 경찰서에 그동안 느슨하던 긴급조치 위반 수배자에 대한 일제 검거령이 내려졌다. 이 때문에 각 경찰서에 비상이 걸렸다. 대학에 대한 경찰의 경계도 강화되었다. 이런 상황에서 학교에 유인물을 뿌리는 것은 무리였다. 우리는 상황이 안정될 때까지 유인물 배포를 보류하기로 했다. 나중에 뿌릴 생각으로 유인물은 폐기하지 않고 내가 그냥 가지고 있었다.

껌 대신 닭,
긴급조치 9호 위반자

　　부마사태가 터졌을 당시 나는 망우동에 있는 중화중학교에서 학생들을 가르치고 있었다. 정식 교사가 아니라 자투리 시간을 맡는 강사였다. 망우동은 우리 세대 사람들에게는 이른바 '망우리공동묘지'로 더 유명한 곳이다. 집이 있는 공항동에서 망우동까지 버스를 타고 다녔는데, 창밖으로 수많은 장삼이사의 무덤들이 봉긋봉긋 솟아 있는 정겨운 풍경이 펼쳐졌던 것이 생각난다.

　　대학 4학년 때 교생 실습을 한 것을 제외하고 학생들을 가르치는 것은 그때가 처음이었다. 나는 중학교 1학년을 가르쳤는데, 지금 생각해 보면 아이들이 참 순진하고 귀여웠던 것 같다. 수업은 주로 교실에 풍금을 갖다 놓고 했다. 1학년 음악 교과서 제일 첫 페이지에 나오는 곡이 〈우리는 중학생〉이었다. "우리는 중학생 학교에 간다." 뭐 이렇게 시작하는 노래였는데, 지금도 그 느리면서도 무미건조한 가사와 멜로디가

　　　　　　　　　　　　우리 기쁜 젊은 날 – 응답하라 1975-1980

생각난다. 도대체 이런 재미없는 노래를 왜 교과서에 넣은 걸까. 내가 생각해도 지루하고 재미없었다. 이런 내 마음을 아는지 아이들 역시 영혼 없는 목소리로 노래를 불렀다.

중학교 1학년 음악 시간에는 특별한 애로사항이 있었다. 앞에 앉은 아이들은 어린아이 목소리를 내고, 뒤에 앉은 아이들은 성인 남자의 목소리를 내기 때문이다. 노래를 부르면 앞에 앉은 아이들과 뒤에 앉은 아이들의 목소리가 한 옥타브 차이가 난다. 뒤의 아이들을 생각해 조를 높이면 앞의 아이들이 캑캑거리면서 힘들어하고, 반대로 앞의 아이들을 생각해 조를 낮추면 뒤의 아이들이 밑에서 윙윙거리면서 힘들어한다. 두 음역 사이의 절충을 찾기가 쉽지 않았다. 또 다른 어려움은 음악 교과서에 실려 있는 노래들이 대부분 '구닥다리'라는 데에 있었다. 우리 학교 다닐 때 배웠던 교과서와 별로 다를 것이 없었다. 생각나는 노래 중에 현제명의 〈고향 생각〉이 있었다. "해는 져서 어두운데 찾아오는 사람 없어. 밝은 달만 쳐다보니 외롭기 한이 없다." 이런 가사로 시작하는데, 1930년대에 미국 유학 중에 고향을 그리며 작곡한 노래라고 한다. 아이들이 이 노래를 얼마나 공감할 수 있을까. 타향살이를 전혀 경험해보지 못한, 이제 갓 초등학교를 졸업한 아이들이 이 노래가 지닌 정서를 제대로 이해할 수 있을까. 내가 가르치면서도 참 한심하다는 생각이 들었다.

여하튼 나는 이 곡으로 실기 시험을 보았다. 모두 같이 노래 부를 때는 몰랐는데, 한 명씩 부르게 하니 놀라운 현상이 드러났다. 한 반 60명 중에서 이 노래를 제대로 곡조에 맞게 부르는 아이가 단 한 명밖에 없다는 사실이었다. 하도 기특해서 지금도 이름이 기억난다. 차문환이라고. 나머지 아이들은 원곡과 다른 곡조로 불렀다. 물론 정도의 차이는 있었지만 그 차이라는 것이 원곡과 아주 다름, 다름, 조금 다름, 조금 비슷, 비슷, 매우 비슷. 이런 수준이었다. 아이들은 자기도 못 부르는 주제에 다른 아이들이 노래를 부를 때마다 깔깔거리며 웃었다. 그래도 들을 귀는 있는지.

그러다가 한 아이가 정말 완전히 틀린 곡조로 노래를 부르기 시작했다. 그런데 이번에는 아이들이 한 명도 안 웃었다. 내가 의아해서 쳐다보니 아이들이 이구동성으로 말했다. "선생님. 쟤는 알토예요." 그 말을 듣고 어이가 없었다. 사연을 들어 보니 그 아이가 평소에 자기는 알토라고 얘기하고 다녔단다. 아이들은 알토를 어떤 식으로 이해하고 있었던 것일까. 물론 악보에는 알토가 없었다. 그런데도 자칭 타칭 알토라는 그 아이는 듣도 보도 못한 곡조로 〈고향 생각〉을 불렀다. 그런데 다른 아이들은 알토는 으레 그런 것이려니 생각하는 것 같았다. 나는 아이들의 알토라는 파트에 대한 막연한 환상을 깨고 싶지 않았다. 그리고 그렇게 뻥을 치고 다닌 그 아이가 밉기는커녕 귀엽다는 생각이 들었다. 그래서 "아, 그래. 너는 알토구나" 하면서 웃어 주었다. 그 말에 의기양양하던 아이의 얼굴이 떠오른다. 음치인 자신의 핸디캡을 나름대로의 생존 방식으로 극복한 아이에게 속으로 박수를 보냈다.

이렇게 아이들은 가르치는 것은 그럭저럭 재미있었다. 변두리 남자 중학교 하면 따분한 생각도 들 텐데 나름대로 재미있는 일도 많았다. 더구나 나는 강사로 음악 시간에 수업만 하면 되기 때문에 다른 교사, 교장, 교감과 부딪칠 일도 거의 없었다. 아이들은 순진하고 귀여웠지만 수업 시간에 엄청 떠들고 말을 안 듣는 것은 그 또래 다른 아이들과 마찬가지였다. 한번은 하도 떠들길래 화내는 척을 했다. "너희들 그렇게 말 안 들으려면 너희들 마음대로 해" 하고는 출석부를 들고 교무실로 와 버렸다. 중고등학교를 다닌 내 경험으로 비추어 볼 때 이렇게 선생이 화를 내고 나가면 반장이 와서 "선생님 잘못했어요. 다시는 안 그럴게요." 사정사정해서 선생을 교실로 데리고 가는 것이 정석이다. 나도 이것을 예상하고 교무실로 왔다. 그런데 이게 웬일. 감감무소식이었다. 반장이 데리러 오기는커녕 내가 교실을 나오자 이 녀석들이 살판났다는 듯이 더 떠들어댔다. 얼마나 시끄러운지 그 소리가 교무실까지 다 들릴 정도였다. 반장이 아이들을 조용히 시키고 나를 데리러 올 것이라는 예상은 나 혼자만의 착각이었다.

조금 있다가 수업 마치는 종이 울렸다. 그 수업이 끝 수업이었기 때문에 종소리와 동시에 집으로 가기 위해 교무실을 나왔다. 운동장을 가로질러 걸어가고 있는데, 어디선가 소리가 들려 왔다. "선생님, 미안해요." 돌아보니 조금 아까 내가 화를 내고 나왔던 바로 그 반 아이들이었다. 까까머리 아이들이 모두 창문을 열고 밖을 내다보며 일제히 "선생님, 미안해요"를 외치고 있었다. 아이고, 선생을 다루는 기본적인 요령조차도 없는 순진해 빠진 녀석들. 나는 웃으며 아이들을 향해 손을 흔들어 주었다. 다음 시간에 저 녀석들에게 뭐라고 얘기해 주지? 이런 생각을 했던 것 같다. 하지만 그것이 끝이었다. 나는 다시 그 아이들을 만나지 못했다.

그날 저녁, 집에 있는데 전화가 왔다. 오상석이었다. 지금 전성이라는 후배와 함께 공항동으로 오고 있으니 한잔하자는 전화였다. 오상석은 그때 구속되었다 출소한 후였지만, 전성은 6월 25일에 있었던 고려대 6월 민족선언문 시위를 주도한 혐의로 지명수배 중이었다. 세 사람이 공항동에서 만나 술자리를 가졌다. 술집에서 나오니 시간이 거의 자정 가까이 되어 있었다. 두 사람에게 여관을 잡아 주고 싶었지만 술값으로 돈을 다 쓴 탓에 그럴 수가 없었다. 나는 두 사람을 집으로 데려와 내 방에서 재웠다. 그런데 새벽 2시쯤 되었을까. 갑자기 초인종이 울렸다. 동생이 나가더니 나에게 와서 다급한 소리로 "언니. 경찰서에서 나왔대"라는 것이 아닌가. 나는 수배 중인 후배를 잡으러 왔구나 생각을 했다. 그래서 내 방으로 갔더니 두 사람은 위험을 감지하는 본능적인 감각으로 벌써 뒷문을 통해 밖으로 나가는 중이었다. 하지만 담을 넘자마자 바로 잡히고 말았다. 경찰들이 그럴 줄 알고 미리 담 주위를 포위하고 있었기 때문이다.

그런데 조금 있다가 경찰들의 다급한 소리가 들렸다. "집 안에 한 놈 더 있어." 그들은 수배 중인 다른 사람, 나와 연인관계에 있던 그를 찾고 있었다. 그런데 담을 넘은 친구들이 그 사람이 아닌 것을 확인하고는 구둣발로 집 안으로 뛰어들었다. 그러고는 이 방 저 방 뒤지기 시작했다. 하지만 어디에서도 그를 발견할 수 없었다. 그 사람은 우리 집에 없었고, 당시 나는 그가 어디 있는지 모르는 상태였다. 한참 집 안을 뒤지던 경찰이 나한테 그의 행방을 물었다. 구두는 여전히 벗지 않은 채였다.

"저도 몰라요."

"이년이 어디서 거짓말을 해. 정말 몰라? 우리 다 알고 왔어."

그러면서 이 방 저 방을 뒤졌지만 허탕이었다.

70년대에는 긴급조치 위반 수배자들이 상당히 많았다. 경찰들이 이들을 찾으러 다니기는 했지만 워낙 숫자가 많다 보니 검거하는 데에 어려움이 많았다. 거물급을 검거하면 1계급 특진 같은 특전이 주어지지만 그 사람은 거물급이 아닌 학생에 불과했기 때문에 그렇게 열심히 찾지는 않았던 것 같다. 그러던 중 부마항쟁이 발생했고, 이를 빌미로 박정희 정권은 전 경찰에 긴급조차 위반으로 수배된 학생과 민주 인사에 대한 대대적인 검거령을 내렸다.

그때부터 검거에 혈안이 된 경찰은 그 사람의 주변 인물들을 한 사람씩 불러다가 조사하기 시작했다. 그중에는 운동권이 아닌, 그냥 순수한 고등학교 동창도 있었다. 그와 사귀는 동안 나는 그 동창을 만난 적이 있다. 그런데 그 동창을 데려다가 엄청나게 때리며 그의 행방을 물었던 모양이다. 견디다 못한 동창이 내 이름을 얘기했단다. 경찰들은 그가 언젠가는 우리 집에 올 것이라고 생각해 사흘 전부터 집 근처에서 잠복하고 있었다. 그러다가 그날 밤 남자들이 우리 집에 들어가는 것을 보고 그가 틀림없다고 확신하고 한밤중에 덮친 것이다.

집에 들어간 남자가 그 사람일 것이라 확신했던 경찰은 집에서 그가 안 나오자 엄청나게 허탈해했다. 그럼에도 불구하고 뭐라도 나올까 싶어서 내 방을 뒤지기 시작했다. 그때 미리 제작해 놓고 뿌리지 않은 유인물이 발견되었다. 당시 정부를 비방하는 유인물을 만들면 긴급조치 9호 위반이었다. 수배자를 잡으러 왔다가 소기의 목적을 달성하지 못했지만 성과가 아주 없었던 것은 아니었다. 꿩 대신 닭이라고 긴급조치 9호 위반자를 체포하는 '부수입(실제로 형사들이 이렇게 말했다)'을 올린 것이다. 그런데 그때 내 방에는 유인물만 있었던 것이 아니었다. 근대사 공부를 지도했던 황인범 선배가 나한테 맡긴 금서 이른바 불온서적들도 여러 권 있었다. 선배가 자기 집에 이것을 가지고 있는 것이 위험하다고 해서 가장 안전하다고 생각하는 나에게 보관을 부탁한 것인데, 가장 안전하다고 생각했던 집이 가장 위험한 집이 된 셈이다. 그 책 중에 영어로 번역된 모택동의 『모순론Contradiction』도 있었던 것으로 기억한다. 그 책들도 모두 빼앗겼다. 책을 맡긴 선배가 그 후로 두고두고 아쉬워했다. 지금도 귀중한 책을 제대로 지키지 못한 점에 대해 선배에게 미안하게 생각한다.

나는 집에서 바로 긴급조치 9호 위반으로 체포되어 관악경찰서로 이송되었다. 앞에서도 얘기했지만 나는 민주 투사가 아니다. 한 번도 적극적으로 투쟁해 본 적도 없고, 구속을 각오한 적도 없었다. 그런데 우연히 발견된 유인물 때문에, 그것도 뿌려 보지도 못한 유인물 때문에 구속당하는 신세가 되고 말았다. 경찰서로 끌려가면서 머릿속이 복잡했다. 앞에서도 얘기했지만 이 유인물 작업에는 모두 여섯 명이 참여했다. 하지만 만약 들키면 혼자 한 것으로 하기로 미리 입을 맞추어 놓았다. 그런데 유인물과 함께 발견된 원본의 글씨체가 내 글씨체와 달랐다. 이것을 추궁할 텐데 혼자 했다고 하기에는 무리가 있다는 생각이 들었다. 그래서 원본을 쓴 나혜원을 불기로 했다. 나와 나혜원 이렇게 두 명이 뒤집어쓰기로 한 것이다.

관악경찰서에 도착해 바로 조사실로 들어갔다. 벽이 모두 검은색으로 칠해져 있는 방이었다. 의자에 앉아 있는데 형사 한 사람이 들어왔다. 그러고는 다짜고짜 "왜 이런 짓을 했어?"라고 물었다. 나는 그 기세에 눌려 약간 어눌한 말투로 "내가 옳다고 생각하는 일을……"이라고 하는데 말이 채 끝나지도 않은 상태에서 느닷없이 따귀가 날아왔다. 뺨에서 불이 나는 것 같았다. 그 순간 엄청난 모멸감이 몰려왔다. 그까짓

뺨 한 대가 뭐 대수라고 호들갑을 떠느냐 하겠지만 이것은 직접 당해 보지 않은 사람은 모른다. 아픔보다 견디기 힘든 것이 모멸감이다. 형사는 그것을 잘 알고 있었다. 그렇게 모멸감을 주어 정서적으로 기선을 제압한 다음에 조사를 시작하는 것이 훨씬 수월하다는 것을 오랜 경험을 통해 터득하고 있었다.

나는 일단 나와 나혜원 이렇게 두 사람이 한 일이라고 말했다. 그랬더니 바로 혜원이의 집으로 형사들을 보내 혜원이를 잡아 왔다. 나중에 들은 얘기인데, 형사들이 집에 왔을 때 하필 정순이가 혜원이 집에서 자고 있었다고 한다. 그런데 우리 집에서 잤던 고대 후배들도 그렇고, 정순이도 그렇고 수배와 구속의 경험이 있는 사람들은 위험을 감지하는 감각이 남다르게 발달한 듯하다. 밖에서 이상한 소리가 들리자 정순이가 바로 다른 방으로 피신했다. 그 방에 혜원이가 옷을 가지러 들어가자 정순이가 작은 소리로 "회숙이한테 연락할까?" 하더란다. 그래서 "벌써 잡혔어"라고 했단다.

우리 집에 들어왔을 때와 마찬가지로 형사들이 혜원이 집에서도 무례하게 굴었던 모양이다. 다른 가족은 가만히 있는데, 대차기로 유명한 혜원이 언니가 형사들에게 마구 퍼부었단다. 왜 데려가는지, 어디로 데려가는지 말도 안 하고 사람을 데려가는 법이 어디 있냐고. 그때는 그랬다. 형사들이 구둣발로 집 안을 헤집고, 사람을 마구 잡아가도 아무렇지도 않은 야만의 시대였다. 혜원이가 관악서에 오고 나서 본격적인 취조가 시작되었다. 대개 공범들은 서로 분리해서 수사를 한다. 설혹 사전에 입을 맞추었어도 따로 조사하는 과정에서 서로의 진술에 모순점이 발견되는 경우가 많기 때문이다. 나와 혜원의 경우도 그랬다. 애초에 여섯 명이 한 것을 두 사람이 한 것으로 하다 보니 논리에 맞지 않는 점이 많았다. 그런데 지금도 감사한 것은 혜원이를 조사하는 형사가 이 점을 눈치채고, 혜원이 방과 내 방을 오가면서 적당히 진술의 모순점을 은폐해 주었다는 것이다. 그 형사의 이름은 이건차였다. 우락부락하게 생긴 다른 형사와 달리 순하게 세련된 외모를 지닌 사람이었다. 그는 우리가 거짓말을 한다는 것을 뻔히 알고 있었다. 그런데도 불구하고 더 이상 캐묻지 않고 오히려 모범 답안을 가르쳐 주었다.

이건차는 오상석의 담당 형사이기도 했다. 당시에는 시국 사건 구속자가 석방되어도 동네별로 담당 형사를 두어 계속 동향을 감시하도록 했다. 당시 오상석의 주거지가 관악구였기 때문에 관악서의 이건차가 그의 담당 형사로 배정된 것이다. 오상석도 이건차를 좋은 사람으로 기억하고 있다. 예전에 미국 대통령이 방한했을 때, 말썽부릴 만한 사람들을 잡아가서는 미국 대통령이 돌아갈 때까지 2박 3일 가두어 놓은 적이 있었다(믿기지 않는 일이지만 옛날에는 그랬다). 그때 오상석도 잡혀갔다. 그래서 이건차가 오상석에게 굉장히 미안해하면서 잘해 주었다고 한다. 목구멍이 포도청이라서 어쩔 수 없이 이 일을 하지만 그는 최대한 자신의 직무를 소극적으로 수행했다. 그러나 모든 경찰이 다 그런 것은 아니었다. 그때 오상석이 다른 경찰한테 왜 죄 없는 사람을 잡아 가두냐고 항의하니까 이렇게 묻더란다. "국가가 먼저냐? 개인이 먼저냐?"

나를 조사한 형사는 지독하게 악랄하지는 않았지만 그렇다고 만만한 사람도 아니었다. 일종의 학벌 콤플렉스가 있는지 "고등학교만 나온 나도 아는데, 대학까지 나온 너는 왜 몰라?"라는 말을 자주 했다. 사실 당시 형사 중에 긴급조치 위반으로 체포된 학생들을 이런 식으로 비아

냉대는 사람들이 많았다. 그들 눈에는 이 모든 것들이 대학까지 들어간 놈들이 배불러서 하는 짓으로 보였기 때문이다. 이것은 들은 애기인데, 형사 중에 유독 국문과 학생만 까는 형사가 있었단다.

"야. 너 무슨 과야?"

"국문과요."

그러면 그때부터 형사의 눈에서 빛이 난단다.

"국문과 출신이면 송강 정철의 「사미인곡」 잘 알겠네. 한번 외워 봐."

사실 「사미인곡」을 고등학교 때 배워 외우기는 하지만, 대학교 때까지 끝까지 외우는 사람은 드물 것이다. 학생이 우물쭈물하면 그 형사는 내 그럴 줄 알았다는 듯이 회심의 미소를 지으며 「사미인곡」을 줄줄이 외우기 시작한다.

"이 몸 태어날 때임을 따라 태어나니, 한평생의 연분임을 하늘이 모를 일이던가. 나 오로지 젊어 있고 님 오로지 날 사랑하시니 이 마음 이 사랑 견줄 데가 전혀 없다……."

이렇게 다 외운 다음 형사가 말한다.

"고등학교 나온 나도 이렇게 외우는데, 대학도, 그것도 국문과썩이나 다니는 놈이 그것도 못 외워?"

이렇게 국문과 나온 학생을 갈구지만 사실 이것은 정말 말도 안 되는 억지이다. "물리학과 나온 놈이 전구도 못 갈아?"나 "음대 나온 년이 모차르트 생년월일도 몰라?"라는 것과 똑같은 차원이라고 하지 않을 수 없다. 여하튼 나를 담당한 형사의 고등학교 타령은 취조를 받는 내내 계속되었다. 나는 고등학교만 나왔지만 너보다 낫다는 이 형사의 못 말리는 자부심이 극에 달한 순간이 있었다. 그런데 그 대상은 내가 아니라 내 옆에 앉아 내가 진술하는 대로 조서를 받아 적는 그의 부하였다. 지방의 어느 대학을 나왔다는 그는 자신의 유식함을 과시하고 싶었는지 조서를 쓸 때 한자를 섞어서 썼다. 그런데 아마 아는 한자가 그렇게 많지 않았던 모양이다. 예를 들어 '학교'라고 한다면 '학校' 이런 식으로 자기가 아는 것만 한자로 썼다. 나는 진즉에 그것을 알고 웃음이 나왔지만 모르는 척하고 있었다. 그러다가 형사가 그것을 보게 되었다.

"이게 뭐야? 한자를 이런 식으로 쓰면 어떻게 해? 하여튼 대학씩이나 나온 놈이 고등학교만 나온 나보다 못하다니까."

처음에 따귀를 맞기는 했지만 조사는 그럭저럭 순조롭게 진행되었다. 가혹 행위를 당하지도 않았다. 그것보다 괴로운 것은 따로 있었다. 바로 옆방에서 들리는 소리였다. 우리가 체포되고 나서 관악서 조사실에는 하루가 멀다 하고 학생들이 잡혀 들어왔다. 그때는 주로 인문대나 사회대 학생들이 데모를 하고 자연대나 공대, 의대, 약대 같은 이과 계통 학생들은 데모를 잘 안 하던 때였다. 학생을 잡아다 놓고 "너 무슨 대야?" 했다가 인문대나 사회대라고 하면 금세 험악한 얼굴로 "이 새끼들 만날 데모나 하고!" 윽박지르고 자연대나 공대, 의대라고 하면 금세 만면에 미소를 띠며 "착한 녀석이 왜 그래?" 이랬다.

부마항쟁 이후 일제 검거령이 내려지면서 수배자와 관련된 사람들을 마구잡이로 잡아다가 수배자의 행방을 물었다. 들어온 사람 중에는 수배자의 행방을 아는 사람도 있었지만 정말 모르는 사람도 있었다. 이들에게서 원하는 답을 얻어 내려면 육체적 고통을 주는 수밖에 없다. 박종철도 그 과정에서 목숨을 잃었다. 방에 있으면 옆방에서 맞는 소리가 들렸다. 온종일, 밤이나 낮이나. 그 소리를 듣는 것이 엄청난 고통이

우리 기쁜 젊은 날 - 응답하라 1975-1980

었다. 때리는 소리보다 더 괴로운 것은 맞는 사람들의 신음 소리였다. 아! 정말 지금 생각해도 소름이 끼친다. 나는 날마다 제발 저 소리 좀 듣지 않게 빨리 유치장으로 넘어가기를 기도했다.

그러던 어느 날 아침, 세면장에서 이를 닦고 있는데 낯익은 사람이 들어왔다. 만리아카데미에 자주 드나들던 그 사람의 고등학교 선배 오용석(서울대 법학과 73, 전 금융감독원 정책연구팀장)이었다. 나를 보자마자 반가운 표정을 지었다. 그러고는 몰래 다가와 내 귀에 대고 그 사람이 지금 경기도 성남의 모처에 있다고 말해 주었다. 순간 당혹스러웠다. 왜 굳이 나에게 지금 그의 행방을 말해 주는 걸까. 차라리 모르는 것이 좋은데. 하기야 그때는 그가 이미 다른 곳으로 피신한 후여서 알아도 별문제가 되지는 않았다. 관악서 형사들은 나에게 그 사람의 행방을 묻지 않았다. 왜 그랬을까 이상하게 생각했는데, 나중에 그 이유를 알게 되었다. 우리 집 전화를 도청한 결과 내가 진짜 모른다고 생각했다는 것이다. 이것은 나중에 형사가 얘기해 줘서 알았다.

고문을 당하는 순간에도
세상은 잘 굴러가고

　　　　　　　　　조사실에서 유치장으로 넘어갈 날만
손꼽아 기다리고 있던 어느 날, 관악서 형사가 내가 있는 방으로 낯선
사람들을 데려왔다. 인상이 아주 험악했다. 그중 한 명이 나를 가리키며
"얘가 진회숙이야?"라고 관악서 형사에게 물었다. 그렇다고 하자 "알았
으니 이제 나가 봐" 하고 관악서 형사를 내보냈다. 나는 영문도 모른 채
불안한 표정으로 그들을 쳐다보았다. 그중 한 명이 점퍼를 벗었다. 비스
듬히 두른 띠에 총알 여러 발이 들어 있는 것이 보였다. 아무래도 겁을
주려는 것 같았다.

　"진회숙. 너 민정아 알아?"

　두 사람 중에 인상이 더 험악하게 생긴 사람이 물었다. 민정아. 처음
듣는 이름이었다. 그래서 모른다고 했다. 그랬더니 이번에는 "권명자 알
아?"라고 물었다. 물론 안다고 했다. 그러자 "민정아가 바로 권명자야

(나중에 알고 보니 중앙정보부 사람들이 잘못 알고 온 이름이었다)"라면서 나에게 조직도 비슷한 것을 보여 주었다. 1979년 10월 초, 이른바 자생적 공산주의 단체로 세간을 떠들썩하게 했던 남조선인민해방전선 즉 남민전의 조직도였다.

남민전 사건이 터진 것은 내가 체포되기 직전인 1979년 10월 9일이었다. 공안 당국은 기자회견을 열어 경찰이 북괴의 적화통일 혁명노선에 따라 대한민국을 전복하고 사회주의 국가를 건설하기 위한 전위 조직인 남조선민족해방전선 준비위원회라는 불법 불온 단체를 검거했다고 발표했다. 경찰은 남민전이 북의 지령을 받지 않는 자생적 공산주의 조직이기는 하지만 속칭 반체제와는 성격이 완전히 판이하게 다른 단체라는 점을 강조했다. 남민전 사건으로 모두 여든네 명이 구속되었는데, 그중에 나중에 이명박의 측근으로 한나라당 국회의원을 지낸 이재오도 있었다. 남민전은 반독재 민주화 투쟁에 주력하는 학생 연맹 조직을 두었는데, 명자가 수배 중에 아마 이 조직에 들어갔던 모양이다. 하지만 나는 그 사실을 몰랐다. 수배 중에 나랑 그렇게 많이 만났으면서 명자로부터 남민전 얘기를 들은 적이 한 번도 없었기 때문이다. 대학 연합 시위를 주도한 혐의로 피해 다니는 줄 알았지 남민전의 일원이라고는 꿈에도 생각하지 못했다.

내가 명자를 안다고 시인하자 바로 "지금 어디 있어?"라는 질문이 들어왔다. 나는 모른다고 대답했다. 그리고 실제로 몰랐다. 그러자 인상 험악한 남자가 의자에 앉아 있던 나에게 마구 발길질을 했다. 그러면서 이렇게 말했다.

"이년이 지금 어디서 새빨간 거짓말을 하고 있어. 야! 우리는 여기 있는 관악서 형사들이랑 질적으로 다른 사람들이야. 악명 높은 남산에서 왔어."

그들은 중앙정보부에서 나온 사람들이었다. 중앙정보부 사람들은 스스로 얘기했듯이 정말 '질적으로' 다른 사람들이었다. 무고한 사람들을 데려다가 고문하고 죽이는 것을 아무렇지도 않게 생각하는 사람들. 그 사람들이 지금 내 앞에 있다. 순간 소름이 끼치면서 엄청난 공포심이 엄습해 왔다. 자칫 끌려갔다가는 나도 쥐도 새도 모르게 죽을 수 있다는 공포였다. 당시에는 언제 누구에게나 일어날 수 있는 일이었다.

"너 하나 죽이는 것쯤은 식은 죽 먹기야. 너 한번 남산으로 끌려가서 물고문 좀 받아 볼래? 아! 너뿐만이 아니지. 너희 엄마도 권명자가 너희 집에 왔을 때 밥해 주고 그랬지? 그래, 너희 엄마도 잡아다가 거꾸로 매달고 고춧가루 좀 뿌려 줄까?"

엄마 얘기까지 나오니 정말 정신을 차릴 수가 없었다. 그들이 나에게 한 것은 발길질밖에 없는데, 마치 엄청난 고문을 당하는 것같이 고통스러웠다. 나는 그들에게 애원했다. 정말 모른다고. 만약 알았다면 나는 말했을 것이다. 하지만 정말 몰랐다. 아니, 몰랐기 때문에 더 심한 공포심을 느꼈는지도 모른다. 나는 모르는데, 저들은 나에게서 원하는 답을 얻어 내기 위해 수단과 방법을 가리지 않을 것이다. 나는 비굴하게 울면서 애원했다.

"정말 몰라요. 정말 모른다구요. 우리 엄마는 아무 죄도 없어요. 명자가 수배자인 줄도 모르고 그냥 친구니까 밥을 해 준 거예요, 제발, 제발 살려 주세요."

그렇게 발길질 세례를 받으며 빌고 또 빌었다. 그 순간을 모면할 수

우리 기쁜 젊은 날 - 응답하라 1975-1980

만 있다면 영혼이라도 팔고 싶은 심정이었다. 그러면서 생각했다. 저들은 그냥 물러나지 않을 것이다. 조그마한 단서라도 쥐여 주어야 한다. 나는 명자에게 백경진이라는 애인이 있다는 사실을 말했다. 그렇지만 이것이 그렇게 대단한 정보라고는 생각하지 않았다. 당시 수배 중인 친구가 섣불리 애인의 집에 가 있지는 않을 것이라 생각했기 때문이다. 그런데 이 말을 듣는 순간 그들의 눈빛이 반짝 빛났다. 아마 처음 듣는 정보였던 모양이다.

"그래? 권명자의 애인이 백경진이란 말이지? 너 거짓말이었다가는 정말 혼난다. 아까도 말했지. 우리 남산 사람들은 보통 사람들과 질적으로 다른 사람들이라는 거. 잔머리 굴렸다가 큰코다치는 수가 있어. 확인해 보고 다시 올 거야."

그러고는 마지막으로 "여기서 우리가 한 말 그리고 네가 우리한테 한 말 모두 관악서 형사들에게는 말하지 마"라고 신신당부한 다음 방을 나갔다.

그들이 나가고 나서 나는 마치 온몸을 흠씬 두들겨 맞은 것 같은 고통을 느꼈다. 말이 사람을 죽일 수 있다는 것, 극심한 공포심이 육체적 고문 못지않게 견디기 힘들다는 것을 그때 처음 알았다. 나는 참았던 울음을 터트리며 비명을 질렀다. 혜원이가 "저 사람들이 단지 너를 겁주려고 그랬을 거야. 너희 엄마한테까지 그럴 수는 없을 거야"라고 위로했지만 아무것도 귀에 들어오지 않았다. 다음 날 아침, 관악서 형사들이 방으로 들어왔다. 그리고 말했다.

"오늘 아침 권명자가 백경진 집에서 잡혔대."

명자가 잡혔다는 소식을 듣고서야 나는 어제 그 사람들이 나에게서 굉장히 중요한 정보를 얻어 갔다는 사실을 알게 되었다. 여하튼 내가 준 정보로 명자를 검거하는 데 성공했기 때문이다. 사실 관악서로 처음 왔을 때 형사들이 내가 명자랑 친구라는 것을 알고 잠깐 명자의 행방을 물은 적이 있었다. 나는 모른다고 했고, 형사들은 더 이상 캐묻지 않았다.

그런데 중앙정보부 사람들이 관악서에까지 와서 남민전 조직원의 행방을 묻고, 또 그것을 관악서 형사들에게 비밀로 한 것은 나름대로의 이유가 있었다. 당시 남민전이라는 거대한 지하조직을 적발한 것은 중앙정보부가 아니라 경찰이었다. 중앙정보부는 방대한 조직망에도 불구하고 남민전의 존재에 대해 아무런 정보도 알지 못했다. 남민전과 같은 조직을 적발해 내는 것이 중앙정보부 본래의 임무였음에도 불구하고 대어를 낚은 것은 경찰이었다. 이 때문에 중앙정보부장이던 김재규의 체면이 말이 아니게 되었다. 경호실장 차지철은 김재규의 무능을 질타했고, 박정희도 그에 대한 신임을 거두기 시작했다. 당시 중앙정보부와 경찰은 남민전 사건을 두고 서로를 견제하고 있었다. 중앙정보부는 경찰에 의해 무너진 자존심을 세우기 위해 아직 수배 중인 남민전 조직원의 검거에 열을 올렸다. 중앙정보부 사람이 나에게 왔을 때 관악서 형사들을 방에서 나가라고 한 것도, 가면서 나에게 여기서 말한 것을 관악서 형사들에게 얘기하지 말라고 한 것도 바로 그 때문이었다.

명자가 잡혔다는 소식을 나에게 전할 때 관악서 형사들은 화가 잔뜩 나 있었다. 엉뚱한 놈들이 자기들 관할에 들어와 매우 중요한 정보를 빼갔고, 내가 그 중요한 정보를 자기들한테가 아닌 중앙정보부 사람들에게 알려 주었다는 것에 화가 난 것이다.

"이년이 그동안 신사적으로 대해 주었더니 은혜를 모르고 완전히 사람 뒤통수를 치네. 너 오늘 한번 당해 봐라."

하더니 나를 지하실로 끌고 내려갔다. 나를 담당한 형사가 지켜보는 가운데 한자를 섞어 조서를 받아쓰던 그 부하 직원이 내 머리채를 잡고 시멘트 바닥을 질질 끌고 다니기 시작했다. 입고 있던 청바지가 바닥에 끌리면서 너덜너덜해졌다. 나는 비명을 질렀다. 한참 그렇게 질질 끌고 다니더니 그다음에는 각목을 무릎 사이에 끼운 상태에서 내 허벅지 위로 올라가 마구잡이로 밟기 시작했다.

대개의 고문은 조사받는 사람으로부터 무언가 정보를 얻어 내기 위해 한다. 하지만 당시 내가 받은 고문은 이와는 성격이 전혀 달랐다. 그것은 실적을 올릴 기회를 다른 사람에게 빼앗긴 것에 대한 일종의 보복이자 화풀이였다. 그들은 종일 할 예정이라고 했다. 공포심이 워낙 컸기 때문일까. 육체적인 고통을 별로 느끼지 못했다. 다리 사이에 각목을 끼우고 위에서 밟으면 상당히 아프다던데 나는 별로 고통을 느끼지 못했다. 나는 제발 살려달라고, 잘못했다고, 정말로 비굴하게 빌었다. 거기서 벗어날 수 있다면 무슨 짓이라도 할 수 있을 것 같았다. 지금 생각해 보면 그때의 내 모습이 그렇게 비굴할 수가 없다. 하지만 만약 지금 그런 일을 또 당한다 해도 나는 그때보다 덜 비굴할 자신이 정말로 없다.

그렇게 한참 당하고 있는데, 어떤 사람이 지하실로 들어왔다. 수사과의 높은 사람이라고 했다. 비록 상관이지만 내가 조사를 받은 정보과와는 소속이 다른 사람이었다. 그 사람이 보기에 딱했는지 "이제 그만하지"라고 했다. 그러자 나를 고문하던 형사가 작은 소리로 "다른 과 사람이 왜 와서 참견이야"라며 투덜거렸다. 그러면서도 고문은 중지했다. 만신창이가 되어서 울고 있는 나에게 수사과 사람이 이렇게 말했다.

"아가씨. 혹시 알고 있는 거 있으면 그냥 다 말해요. 괜히 고생하지 말고. 안 그러면 몸 상해요. 그래서 좋을 거 뭐 있어. 나중에 내가 누군지 알게 될 거예요."

그는 내가 알고 있는 것을 말하지 않아서 고문을 당하고 있다고 생각했던 것 같다. 여하튼 그 사람 덕분에 종일 걸릴 예정이던 가혹 행위가 끝났다. 지금도 그때 그 행위를 중지시킨 사람에게 고마움을 느낀다. 누구인지 이름이라도 알았어야 했는데, 그러지 못한 것이 못내 마음에 걸린다. 몸과 마음이 만신창이가 된 채로 조사실로 올라왔다. 안으로 들어가려는데 형사가 "브래지어 끌러서 나한테 줘"라고 했다. 혹시 내가 브래지어 끈으로 자살이라도 시도할까 봐 걱정이 되었던 모양이다. 그때 남자 형사에게 하고 있던 브래지어를 주면서 심한 성적 수치심을 느꼈다.

방에 돌아와 바닥에 깔린 매트 위에 누웠다. 그리고 밤이 되었다. 밖에서 우리를 지키는 전경들이 틀어 놓은 라디오 소리가 나직하게 들려왔다. 무심한 아나운서의 목소리와 달콤한 음악을 들으니 그렇게 서러울 수가 없었다.

언젠가 중앙정보부에서 모진 고문을 당한 사람의 수기를 읽었던 기억이 난다. 그때 가장 힘들었던 것은 물론 고문으로 인한 육체적 고통이지만 이에 못지않게 견디기 힘들었던 것이 바로 수사관이 틀어 놓은 라디오 소리였다고 한다. 온몸이 찢겨 나가는 것 같은 고통에 비명을 지르고 있을 때도 라디오에서 흘러나오는 소리는 그렇게 태평할 수가 없더란다.

"오늘은 날씨가 아주 화창하네요. 주말을 맞아 가족과 함께 교외 나

우리 기쁜 젊은 날 - 응답하라 1975-1980

들이를 해 보는 건 어떨까요?"

이런 아나운서의 멘트가 마치 "네가 고문을 당하는 이 순간에도 이 세상은 잘 굴러가고 있어"라고 비웃는 것처럼 들렸단다. 그 느낌이 그렇게 참혹할 수가 없었다고. 나도 같은 느낌이었다. 나는 이렇게 만신창이가 되었는데, 세상은 여전히 아무렇지도 않게 돌아가는구나. 그것이 서러워 밤새 울었다. 그러다가 문득 명자가 잡혔다는 사실이 머릿속에 떠올랐다. 형사들에게 처음 소식을 접한 후 워낙 정신없이 지난지라 까맣게 잊고 있다가 그 밤에 이르러서야 비로소 생각이 난 것이다.

명자가 잡혔다.

나 때문에 잡혔다.

지금 어떻게 하고 있을까?

혹시 고문을 당하고 있지는 않을까?

잡혀가는 명자의 모습을 생각하니 마음이 이루 말할 수 없이 괴로웠다. 나중에 명자가 나에게 전혀 미안해할 필요 없다고 했지만 나는 그게 아니었다. 두고두고 친구를 배신했다는 죄책감이 가슴을 짓눌렀다.

유치장 역시
구타의 무풍지대가
아니었다

　　　　　　　　　　관악서 조사실에 있을 때, 나는 하루
빨리 유치장으로 내려가고 싶었다. 매일 같이 옆방에서 들려오는 비명
과 신음 소리를 듣는 것이 괴로웠기 때문이다. 그렇게 며칠을 손꼽아
기다린 끝에 드디어 그토록 원하던 유치장으로 내려가게 되었다. 하지
만 유치장이 또 다른 지옥이라는 사실을 깨닫는 데에는 그리 오랜 시간
이 걸리지 않았다.

　유치장은 현행범으로 체포, 구속되거나 신체의 자유를 제한하는 판
결을 받은 자를 수용하기 위해 경찰서에 설치된 시설이다. 중범죄를 짓
고 들어온 사람도 있지만 구속영장이 발부되지 않고 하루 이틀 정도 머
물다 나가는 사람도 있다. 유치실에 들어가기 전에 여경의 입회하에 옷
을 모두 벗고 몸수색을 당했다. 행여 위험한 물건을 소지하고 있지 않
나 검사하는 절차였다. 그런 다음 유치실로 들어갔는데, 나와 친구를 포

함해 한 방에 서너 명 정도가 있었던 것 같다.

유치장은 반원형半圓形 구조로 되어 있었다. 경찰관이 가운데에 앉아 한 번에 모든 유치실을 효율적으로 감시할 수 있도록 고안된 구조이다. 그런 구조에서는 모든 것이 노출될 수밖에 없다. 밥 먹는 것, 잠자는 것은 물론 심지어는 ×누는 것까지 감시를 당한다. 이 중 가장 황당한 것은 화장실이었다. 방마다 하나씩 화장실이 있었는데, 칸막이가 있기는 하나 높이가 너무 낮아 용변을 보고 일어나는 순간 모든 것이 만천하에 드러나게 되어 있었다.

세상에! 어떻게 이럴 수가 있을까? 용변은 인간의 여러 행위 중에서 가장 내밀하고 개인적인 행위에 속한다. 어느 누구도 자신이 용변 보는 모습을 다른 사람에게 보이고 싶지 않을 것이다. 이것은 누구라도 보호받아야 할 인간의 기본권이다. 아무리 중죄를 지은 천하의 악당이라도 이것만은 지켜주어야 한다. 따라서 화장실을 개방한다는 것은 인간으로서 마땅히 누려야 할 최소한의 기본권마저 훼손하는 만행이다. 자살이나 자해, 가해행위, 도주를 막기 위한 불가피한 조치라고 하는데, 나는 만인 앞에서 용변을 보느니 차라리 자살하는 편이 낫겠다는 생각을 했다. 유치장에 있으면서 이것이 제일 괴로웠다. 낮은 칸막이로 인해 발생하는 노출의 문제는 엉거주춤한 자세로 옷을 대충 올리는 방식으로 해결이 되었지만 이보다 더 괴로운 것은 화장실을 사용할 때마다 내가 다른 사람에게, 그리고 다른 사람이 나에게 주는 불쾌함과 역겨움이었다. 그럴 때마다 인간으로서 심한 수치심과 굴욕감을 느꼈다. 그래서 가급적 음식을 먹지 않고, 될 수 있는 대로 화장실 가는 횟수를 줄이려고 노력했다.

지금은 이런 문제가 개선되었을 것이라 본다. 지난 2001년 누군가가 유치장의 개방형 화장실이 인간의 인격권을 침해하는 것이라는 헌법소원을 냈고, 이것이 재판부에 의해 위헌이라는 판결이 내려졌기 때문이다.

　앞에서 얘기한 것 외에 유치인들이 화장실 사용을 꺼리는 또 다른 문제가 있었다. 당시 화장실은 수세식이지만 변기는 요즘의 양변기가 아닌 재래식 변기였다. 사기 변기가 아니라 그냥 시멘트로 변기 모양을 흉내 낸 것이었는데, 턱이 낮아서 수압이 셀 경우 변이 그대로 밖으로 튀어나오는 불상사가 발생하기도 했다. 뿐만 아니라 물을 내리는 시스템도 이상했다. 화장실에서 물을 내리는 것이 아니라 밖에서 물을 내리는 구조로 되어 있었다. 그러니까 용변 후에 밖에 있는 경찰관에게 물을 내려 달라고 해야 하는 상황이었다. 그런데 이 일을 맡은 경찰관이 물을 내려 달라고 할 때마다 쌍욕을 했다. 유치장이 2층으로 되어 있는데, 꼭 자기가 2층에 있을 때 1층 화장실 물을 내려 달라고 하고, 1층에 있을 때 2층 화장실 물을 내려 달라고 한다는 것이다.

　"하여튼 이 새끼들은 내가 편하게 있는 꼴을 못 봐. 야! ×싸는 것도 제대로 조절 못 하냐? ×× 새끼들! 아주 나를 골탕 먹이려고 작정을 했어. 앞으로는 1층 놈들은 1층 놈들끼리, 2층 놈들은 2층 놈들끼리 한꺼번에 싸. 똥개 훈련시키는 것처럼 사람 계단 오르락내리락하게 하지 말고."

　이렇게 물 내려 달라고 할 때마다 욕을 했다. 물론 그 경찰관은 여자들한테는 그렇게 심하게 하지 않았다. 하지만 남자들에게 하는 욕만으로도 심리적으로 충분히 괴로웠다. 그러니 더욱 화장실 가는 것을 피하게 될 수밖에. 나는 인간의 기본적인 생리 현상마저 마음 놓고 해결할 수 없는 그 상황이 저주스러웠다.

나와 같은 방에 있던 사람 중에 지금도 기억나는 사람이 있다. 한 서른 중반쯤 되어 보이는 그 여자는 당시 임신 중이었다. 초등학교 교사라고 하는데, 죄명은 간통이었다. 여자의 남편이 고소를 해서 상대편 남자와 함께 들어왔다. 세수하러 갈 때 가끔 남자가 우리 방 앞으로 와서 여자의 건강을 걱정하며 살뜰히 챙기는 모습이 인상적이었다. 남자는 여자와 같은 초등학교에 근무하는 교감이라고 했다. 말하자면 교사와 교감 사이에 정분이 난 것이다. 여자가 자기 배 속에 있는 아이는 그 남자의 아이라고 우리에게 말해 주었다.

경찰관들은 그 남자를 '물총'이라고 불렀다. 강간범을 '물총강도'라고 한다는 소리는 들었는데, 간통을 '물총'이라고 하는 것은 그때 처음 알았다. 나는 경찰관들이 그 남자를 "어이! 물총!"이라고 부를 때마다 당사자가 아닌데도 심한 수치심을 느꼈다. 경찰관들이 그렇게 함부로 놀려 먹을 사람이 아니라고 생각했기 때문이다. 그는 생긴 모습이나 행동, 말투가 몹시 점잖은 사람이었다. 이런 곳에서는 좀처럼 만나기 힘든 순하고 진실한 인상이었다. 나이는 50대로 보였는데, 그 나이에도 여전히 순진한 소년과 같은 면이 있었다. 하기야 그러니까 여기까지 왔겠지. 교감과 교사면 일종의 갑을 관계로 당시 우리 사회의 성 의식에 비추어 볼 때 충분히 데리고 놀다가 버릴 수도 있는 것 아니었을까. 그런데 그는 끝까지 책임지는 모습을 보였다.

남들은 간통이라고 손가락질할지 모르지만 당시 내 눈에는 두 사람의 사랑이 너무나 애틋하고 안타까워 보였다. 그들은 어쩌다가 이토록 치명적이고 위험한 사랑에 빠진 것일까. 여자는 남편과 합의를 하면 나갈 수 있지만 그러기 싫다고 했다. 남편과는 절대로 같이 살지 않을 것이라고, 만약 구치소로 넘어가게 된다 하더라도 모두 감수할 것이라고. 이 말대로 그로부터 얼마 후 나는 영등포 구치소에서 그녀를 다시 만날 수 있었다.

그 남자는 오락 시간마다 경찰관들의 표적이 되었다. 한 사람씩 돌아가며 자기 죄명을 밝히고, 그 과정을 상세하게 얘기하도록 시켰다.

"제일 먼저 저기 물총! 여기 어떻게 들어오게 되었는지 한번 얘기해 봐."

남자가 간략하게 들어온 경위를 얘기했다. 하지만 경찰관들이 바라는 것은 그것이 아니었다. 간통하면 필연적으로 연상되는 보다 '찐한' 얘기를 원했던 것이다. 남자가 원론적인 얘기만 하자 경찰관이 답답한 듯 "아! 그러니까 그 부분에서 좀 더 자세하게, 좀 더 구체적으로 얘기해 보라니까"라고 다그쳤다. 입담이 있고 비위가 좋은 사람이라면 자기 이야기에 살을 붙여 그들이 원하는 '찐한' 얘기를 들려주었을 것이다. 하지만 그 남자는 그럴 사람이 아니었다. 거듭되는 요청에도 남자가 끝내 평범한 얘기만 하자 경찰관은 "하여튼 먹물들은 안 된다니까"라며 고개를 저었다.

남자 다음으로 절도로 들어온 젊은 청년 차례가 되었다.

"저는 훔친 게 아니에요. 어느 날 길을 가는데 개 한 마리가 저를 졸졸 따라오더라고요. 한참을 걸어가도 자꾸 따라오길래 주인 없는 개인 줄 알고 안고 갔어요. 그런데 나중에 주인이 나타나 개를 훔쳐 갔다고 해서……."

그 말에 사람들이 "와" 하고 웃었다. "개 안고 갔다가 졸지에 절도범이 되었구나." 누군가 이렇게 얘기하자 다른 사람이 "야. 그 말을 어떻게

우리 기쁜 젊은 날 – 응답하라 1975-1980

믿어. 지가 훔쳐가 놓고 괜히 저러는 수도 있어"라고 했다. 청년은 억울한 표정을 지었지만 무엇이 진실인지는 알 수 없는 일이었다.

이렇게 돌아가면서 각자의 죄상을 고백하는 시간이 끝나고 이어서 노래 부르는 시간이 돌아왔다. 경찰관이 나를 '일류 아가씨'라고 추켜세우며 노래를 시켰고, 그래서 노래를 불렀다. 무슨 노래를 불렀는지는 기억나지 않는다.

당시 유치장 2층에는 서울대생 다섯 명이 긴급조치 9호 위반으로 들어와 있었다. 강제휴학명령권을 부여한 학칙 개정에 반대하는 시위를 주도했다가 들어온 학생들이었다. 한 방에 한 사람씩 다섯 개의 방에 분산 수용되었는데, 그중에 김명인(서울대 국문과 76, 인하대 교수, 문학평론가), 유종일(서울대 경제학과 76, KDI국제정책대학원 교수). 장훈열(서울대 법학과 76, 변호사)이 있었다. 유종근 전 전북지사의 동생인 유종일은 평소에 가수 윤수일 하고 얼굴이 닮았다는 말을 많이 들었다고 한다. 그래서 그런지 노래를 시키자 윤수일의 〈사랑만은 않겠어요〉를 불렀다. 그런데 가사를 바꾸어 "데모만은 하겠어요"라고 했다가 경찰관에게 엄청나게 욕을 먹었던 기억이 난다.

조사실에 있을 때, 나는 때리고 맞는 소리가 듣기 싫어 간절히 유치장행을 원했다. 그런데 막상 유치장에 와 보니 이곳 역시 구타의 무풍지대가 아니었다. 경찰관들이 각종 명목으로 매일 사람들을 때렸다. 유치장은 부채꼴 모양으로 되어 있어 그 광경을 안 볼 수가 없었다. 조사실에서는 소리만 들었는데, 여기서는 소리와 더불어 때리는 모습까지 직접 눈으로 봐야 하니 정말 미칠 지경이었다. 가장 적극적으로 구타를 자행한 사람은 화장실 물 내릴 때마다 욕을 하던 바로 그 경찰관이었다. 지금 생각해 보면 그는 세상에 대해 일종의 분노를 가지고 있었던 것 같다. 그것을 유치인들에게 풀었던 것이 아닐까. 그렇지 않고서야 어떻게 그렇게 매 순간 화를 낼 수 있을까.

유치장에 처음 들어오면 옷을 벗고 몸수색을 한다. 사람들이 없는 방에 가서 몸수색하는 것이 원칙이지만 남자들은 그냥 홀 한가운데에 세워 놓고 옷을 벗겼다. 그래서 우리들은 적나라하게 벗은 그들의 뒷모습 (앞모습이 아닌 것이 얼마나 다행인지)을 볼 수밖에 없었다.

문신을 한 사람들이 많았던 것으로 기억이 난다. 팔뚝에 작은 용 한 마리를 그려 넣은 사람도 있지만, 커다란 용 한 마리가 온몸을 휘감으며 승천하는 모습을 새긴 사람도 있었다. 여러 명이 문신을 한 등을 보이며 쭉 늘어서 있는 것이 마치 눈앞에 십장생도 병풍이 서 있는 것처럼 보였다. 경찰관은 문신 새긴 사람들을 특히 혐오했다. 문신이 없는 사람보다 문신이 있는 사람이 훨씬 더 많이 맞았다. 구타의 명목은 다양했다. 어느 날 경찰관이 새로 들어온 신참의 등에 커다란 거즈가 붙어 있는 것을 발견했다.

"야! 이거 뭐야?"

"등에 상처가 나서 붙인 겁니다."

"상처? 놀고 있네. 이 새끼 누굴 병신으로 알아."

경찰관이 반창고를 떼어 냈다. 그 안에서 담배 두 개비가 나왔다. 유치장에서는 담배를 소지할 수도 없고, 피울 수도 없다. 그래서 이런 꼼수를 부린 모양인데, 이 방면의 베테랑인 경찰관의 눈을 속일 수는 없었다. 이 일로 그 남자는 엄청나게 맞았다. 구타는 늘 욕설과 함께 자행되었다. 나는 세상에 그렇게 창의적인(?) 욕이 많은지 그때 처음 알았다. 매일같이 사람들이 욕을 먹으며 무지막지하게 맞는 모습을 보는 것은 인간이 견딜 수 있는 일이 아니었다. 차라리 맞는 소리만 들었던 조사실이 그리웠다.

구타에 버금갈 만한 인권유린의 현장도 많이 보았다. 한번은 영등포에서 일하는 한 술집 작부가 들어왔다. 나이는 20대 초반으로 보이는데 말하는 품새로 보아 교육을 거의 받지 않은 것 같았다. 경찰관이 신상카드를 적으며 그녀에게 "키가 몇 센티야?"라고 물었다. 그런데 센티라는 말이 무엇인지 이해하지 못했다. 몸무게를 물을 때도 마찬가지였다. 킬로란 말을 이해하지 못했다. 그런데도 경찰관이 자꾸 재촉하자 머뭇거리며 2센티, 3킬로 뭐 이런 식으로 대답을 했다. 그 말을 듣고 경찰관이 욕설을 시작했다.

"하! 이 무식한 년. 넌 센티가 뭔지, 킬로가 뭔지도 몰라? 아무리 무식해도 그렇지 요즘 그런 것도 모르는 년이 있냐? 그래 가지고 어디 술이라도 팔아 처먹겠냐?"

하더니 갑자기 여자의 배를 쳐다보았다. 약간 배가 불러 있었는데, 사실 똥배인지 임신한 배인지 구분이 안 되는 정도였다. 그런데도 경찰관은 "이년 애 뱄나 보네. 그래 어떤 놈 씨야? 하기야 이놈 저놈 하고 붙어먹어서 어떤 놈 씨인 줄도 모르겠지. 어휴 더러운 년!" 이랬다. 오래된 기억을 더듬어 지금 글을 쓰는 순간에도 그때를 떠올리면 마음이 말할 수 없이 괴롭다. 사람이 사람을 저렇게 처참하게 짓밟을 수도 있다니.

매일매일 연속적으로 벌어지는 처절한 인권유린의 현장을 보고 나는 치를 떨었다. 내가 유치장에 안 들어갔으면 나는 평생 저런 세상이 있다는 것을 모르고 살았을 것이다. 도대체 그동안 나는 어떤 세상을 살아온 것일까. 야학을 한다고 깝죽대면서 정작 민중이 어떤 존재인지 그들이 사는 세상이 어떤 것인지 한 번이라도 제대로 보고 느낀 적이 있었던가. 내가 과연 저 처참한 현실을 감당할 수 있을까. 앞에서 펼쳐지는 그 모든 것들이 거대한 부조리극의 한 장면처럼 느껴졌다.

수감, 4347번!
기대지 말고
똑바로 앉아!

　　　　　　　　　　어느 날부터 유치장에 들어오는 사람들의 숫자가 폭발적으로 많아지기 시작했다. 이해할 수 없는 현상이었다. 세상 사람들이 일시에 범죄를 저지르기로 동맹이라도 맺었나? 왜 이렇게 갑자기 범법자가 많아진 거지? 분위기가 심상치 않았다. 그때 경찰관이 오더니 일반 수감자들과 같은 방에 있던 혜원이와 나를 꺼내다른 방에 격리 수용했다. 우리 두 사람이 있는 방만 널널하고, 다른 방에는 사람들이 바글바글했다.

　"지금 밖에서 일어난 일 저 두 사람에게는 얘기하지 마."

　경찰관이 새로 들어오는 신참들에게 이렇게 명령했다. 그 말을 듣고 밖에서 무언가 큰 사건이 일어났다는 것을 직감할 수 있었다.

　그러고 한 이틀이 지났을까. 책을 읽고 있는데, 갑자기 혜원이가 "야! 박정희 죽었대"라며 낮은 탄성을 질렀다. 나는 깜짝 놀라서 "누가 그래?"물으면서 앞을 보았다. 건너편 방에서 어떤 남자가 우리를 향해 열심히 손으로 글씨를 쓰고 있는 것이 보였다. 당시 우리가 있던 방은 반원형의 끝방으로 반대편의 끝방과 마주 보는 위치에 있었다. 내가 책을 보고 있는 동안 혜원이가 무심코 건너편을 보고 있었더니 그중 한 남자가 손으로 "박정희 서거"라고 쓰더란다. 우리는 놀라서 역시 손글씨로 "누가?"라고 물었다. 그랬더니 "중앙정보부"라는 대답이 돌아왔다. 그 말을 듣는 순간 맥이 빠졌다. 중앙정보부는 박정희의 수족과 같은 곳인데, 자기들끼리 이권 다툼으로 박정희가 죽었을 가능성이 크고, 그렇다면 제2의 박정희가 나와 예전과 같은 독재정치를 펼 것이 뻔했기 때문이다. 그 말을 듣고 보니 갑자기 사람들이 많이 들어오게 된 이유를 알 것 같았다. 10·26 이후 전국에 비상계엄령이 선포되면서 통행금지 조치가 취해졌는데, 그것을 어겨 경범죄로 들어온 사람들이 그렇게 많았던 것이다.

박정희가 죽기 직전인 1979년 10월 24일, 관악서 조사실에 만리아카데미 멤버인 전재주(서울대 영문과 74)가 끌려왔다. 내가 관악서 형사들에게 권명자의 행방을 알려주지 않았다는 이유로 보복성 구타를 당하고 유치장에 내려가 있을 때였다. 끌려온 이유는 수배 중인 그 사람의 행방을 캐기 위해서였다. 형사가 전재주에게 그 사람의 행방을 물었다.

"모릅니다."

당연히 정해진 답이 나갔다. 그러자 형사가 "야, 너 사람 피곤하게 할 래?"라고 소리를 지르며 따귀를 수차례 휘갈겼다. "몇 달 전에 갈라져서 지금은 연락처가 없어요"라고 하자 옆에 있던 젊은 형사의 발이 뺨으로 날아들었다.

"이 새끼 안 되겠어요, 내려갑시다."

젊은 형사가 말했다. 그 말과 함께 그는 지하실로 끌려갔다. 경찰서에 끌려올 때 그는 생각했다. 너무 쉽게 불어도 그들은 나를 믿지 않을 것이다. 모든 일에는 과정이 있는 법이다. 서로 어느 정도 주고받는 것이 있어야 한다. 그래야 끝이 난다. 그렇게 나름대로 시나리오를 구상했다.

지하실의 벽과 바닥은 따로 마감처리가 되어 있지 않은 시멘트였다. 안에는 달랑 철제 책상 하나와 의자 두 개, 각목 두 개 그리고 매트리스가 있었다. 내가 며칠 전에 구타를 당했던 바로 그 장소였다.

먼저 나이 든 형사가 그를 매트리스 위에 엎드리게 한 후 엉덩이 위에 올라앉아 닭날개꺾기를 했다. 이럴 때는 비명을 질러야 한다. 소리를 지르며 호응해 주어야 한다. 그것이 때리는 사람에 대한 예의이다. 그는 이렇게 생각하며 있는 대로 비명을 질렀다. 그러면서도 그들이 어깨를 부러뜨려 버리지는 않을 것이라는 믿음은 있었다. 그때까지만 해도 나름 여유가 있었다.

"무슨 일이 있는지 최근에는 연락이 끊겼습니다. 그래서 한 달 이상 그 친구를 보지 못했어요."

맞으면서도 그는 이렇게 대답했다. 수차례 닭날개꺾기를 해도 효과가 없자 이번에는 다리 사이에 각목을 끼우고 위에서 밟기 시작했다. 며칠 전, 나에게 하던 바로 그 수법이었다. 그는 비명을 지르며 고통을 호소했다. 그러면서도 마음속으로는 "이렇게 3일은 버텨야 한다"는 생각을 하고 있었다. 그로부터 3일 후에 친구와 만나기로 약속이 되어 있었기 때문이다. 그는 이렇게 버티다가 3일 후에 자기가 약속 시간에 안 나타나면 친구가 사태가 심상치 않다는 것을 알아차리고 나름대로의 행동을 취할 것이고 생각했다. 그래서 죽기 살기로 "3일만 버티자"고 다짐했다. 사실 당시 그는 친구가 어디에 살고 있는지 몰랐다. 그러니까 불고 말고 할 것도 없었다.

그렇게 두어 시간이 흘렀을까. 이번에는 더 '쎈' 사람들이 들어왔다. 일반 형사들과는 느낌이 다른, 아주 험악한 인상을 풍기는 사람들이었다. 관악서보다 더 높은 곳에서, 더 무시무시한 곳에서 나온 것 같았다. "수고하셨어요"라는 말로 형사들을 보낸 다음 슬슬 작업을 시작했다. 먼저 한 명이 매 맞는 요령을 설명했다.

"지금부터 매를 맞을 거다. 하지만 절대 뒹굴거나 나부대면 안 된다. 다리나 허리가 부러져 불구가 될 수 있다. 대답은 안 해도 좋다. 알겠나?"

그런 다음 그를 매트리스 위에 엎드리게 했다. 그리고 각목으로 엉덩이를 내려치기 시작했다. 대여섯 대를 맞는 동안 그는 비명을 지르며 뒹굴었다. 그는 생각했다. 그래. 이때는 반응해야 한다. 너무나 아프고 무서워서 견딜 수 없다는 것을 최대한 어필해야 한다. 몸에 너무 힘을 빼서 떡 치는 느낌을 줘도 안 되고, 너무 힘을 줘서 장작 패는 느낌을 주어도 안 된다. 이런 생각을 하며 비명과 나뒹굴기를 반복했다. 그렇게 한 이십여 대를 맞은 듯했다. 그는 울부짖으며 살려 달라고 애원했다. 아주 비겁한 표정으로 매를 때리는 자의 바짓가랑이를 붙잡고 "잘못했습니다"를 반복했다. 그러면서 친구가 예전에 살던 집의 주소를 댔다. 그로부터 친구의 주소를 들은 그들은 흙과 땀과 핏자국으로 뒤범벅이 된 그를 다른 형사에게 넘겨주고 사라졌다.

그 후 그는 조사실로 올라왔다. 창문이 없고, 사방이 모두 검은색 벽지로 도배되어 있는 '검은 방'이었다. 아마 내가 그 며칠 전까지 머물며 조사를 받던 관악서의 그 방과 비슷한 방이었을 것이다. 조사실에 머물고 있는 동안 잠시 화장실에 다녀왔는데, 그때 역시 같은 건으로 조사를 받고 있는 선배 오용석과 맞닥뜨렸다. 오용석은 전경의 감시를 받으며 화장실에서 나오는 중이었다. 그로부터 며칠 전, 내가 아직 조사실에 있을 때, 나 역시 세면실에서 오용석과 맞닥뜨린 적이 있다. 그때는 구타의 정도가 그렇게 심하지 않았는지 오 선배의 표정이 그런대로 편안했다. 나에게 귓속말로 그의 행방을 알려줄 정도였으니까.

하지만 그로부터 며칠 후, 전재주와 마주쳤을 때는 상황이 달랐다. 나중에 들은 얘기인데, 오 선배가 얼마나 맞았는지 팬티에 피가 묻어 나올 정도였다고 했다. 두 사람 다 가혹한 폭력에 심신이 피폐해진 상태에서 우연히 화장실에서 맞닥뜨렸다. 이런 상황에서는 서로 모르는 척 하는 것이 최선이다. 두 사람은 얼른 눈빛만 교환하고 얼굴을 돌렸다.

저녁을 먹고 나니 슬슬 오늘 밤에 일어날 일이 걱정되었다. 조금 있다가 어제 그렇게 그를 잔인하게 구타하던 두 남자가 다시 나타났다. 그들은 그가 친구의 예전 주소를 댄 것에 단단히 화가 나 있었다.

"이 새끼. 오늘 밤 한번 해 보자"

그러고는 그를 다시 지하실로 끌고 갔다. 그렇게 두 번째 밤이 시작되었다. 거짓말의 대가는 참혹했다. 한 사람이 뒹구는 그를 발로 잡아누르면, 다른 한 사람이 허리나 관절을 피해 요령껏 몽둥이를 휘둘렀다.

"사실을 말하겠습니다. 이번에는 진짜입니다."

이렇게 반복해서 말해도 소용이 없었다.

"대답은 필요 없어. 너는 무조건 맞아야 해." 이러면서 무자비하게 때렸다. 그는 울부짖으며 한참을 뒹굴었다. 그러다가 때리는 자들이 지쳤는지 구타를 잠시 멈추고 담배를 피우기 위해 밖으로 나갔다. 그동안 그는 자신의 몸을 살펴보았다. 엉덩이와 허벅지가 벌겋고 시커멓게 부풀어 있었다. 하지만 아직 찢어지지는 않은 상태였다.

그런 다음 후반전이 시작되었다. 그런데 그때는 더 이상 견딜 수 없다는 생각이 들었다. 육체의 고통이 그의 의지를 무너뜨린 것이다. 그는 육체에 가해지는 뜨겁고 싸늘하고 매서운 고통에 완전히 항복하고 말았다. 조사 초기에는 나름대로 취조를 잘 받기 위한 시나리오도 구상했었다. 하지만 가혹한 폭력 앞에서는 이 모든 것이 아무런 의미가 없었다. 그는 바닥에 뒹굴면서 짐승처럼 울부짖었다. 매를 든 사람의 사타구니에 얼굴을 틀어박고 "살려 주십시오"를 외쳤다. 그러면 다른 한 명이 그를 뜯어내서 때리기 좋은 자세를 취하게 했다. 때리면 다시 들러붙고, 들러붙으면 다시 뜯어내고 하는 일이 반복되었다. 그러다보니 나중에는 때리는 시간보다 그를 뜯어내서 엎드리게 하는 데에 더 많은 시간과 노력이 들었다.

그는 이미 수개월 전에 이사한 친구의 두 번째 주소를 댔다. 물론 당시 여기에 친구는 없었다. 그렇다면 다음 주소는? 그다음 주소는 그도 몰랐다. 그러니 그냥 자포자기하는 상태가 되었다. 그날의 고문은 꽤 길게 이어졌다. 고문이 끝나고 검은 방으로 올라오니 아침 식사가 들어왔다. 맞느라고 밤을 꼬박 새운 것이다.

오늘 밤은 또 어떻게 넘어야 하나. 공포 속에서 매트리스에 누워 있는데 조사실 문이 열리며 점잖게 생긴 중년의 남자가 들어왔다. 그가 전재주에게 괜찮냐고 물었고, 그는 괜찮다고 대답했다. 남자가 책상 앞에 앉더니 그보고 맞은편에 앉으라고 했다. 그리고 담배를 권했다. 그는 담배를 받아 피웠다.

"결국 알게 될 것이니까 말하겠는데……." 남자는 이렇게 뜸을 들이더니 "각하가 서거하셨다"라고 말했다. "예? 왜요?" 그는 어이없다는 표정을 지으며 물었다.

"자기들 내부 다툼인 것 같아. 내가 4·19 때 보니까 데모대들이 경찰서를 습격해서 뒤집어엎고 하더구만, 누구는 이런 일 하고 싶어서 하겠나. 위에서 시키는 일 어쩔 수 없이 하는 것이지. 자네도 악감정 가지고 경찰들 공격하고 그러지는 말게."

그러고서 그를 풀어 주었다. 박정희의 죽음이 그를 지옥 같은 고문에서 벗어나게 한 것이다. 그는 사태 파악을 위해 광화문에 있는 논장서적으로 갔다. 하지만 논장서적에는 아무도 없었다. 평소 같으면 몇 사람이라도 아는 얼굴이 있었을 텐데 아무도 안 보였다. 운동권 사람들에게는 사태의 추이가 불투명할 때는 일단 잠적하는 것이 상식이었다. 언제라도 일제 검거조치가 내려질 수 있기 때문이다. 박정희 죽음 직후가 그랬다. 모두가 영문을 모르는 채 어리둥절한 상태였다.

1979년 11월 1일, 나는 닭장차를 타고 영등포 구치소로 이송되었다. 수갑을 차고 포승줄에 묶인 채 창밖을 내다보았다. 갇혀 있던 시간이 얼마 안 되었음에도 불구하고 벌써 밖의 풍경이 낯설었다. 자유롭게 거리를 오가는 사람들이 나와는 다른 세계에 속한 사람들 같았다. 차 안에 틀어 놓은 라디오에서는 "우리의 위대한 영도자 박정희 대통령"을 추모하는 음악이 계속해서 흘러나오고 있었다. 그것을 들으며 절망했다. 박정희가 죽었다고 해서 고난이 끝난 것이 아니다. 나는 쉽게 감옥에서 나오지 못할 것이다. 아! 나는 감옥 체질이 아닌데, 감옥살이는 내

적성에 안 맞는데.

구치소로 가기 전에 영등포 법원에 들러 검사를 만났다. 검사를 만나기 위해 수갑을 찬 채 비둘기장에서 기다리는데, 밖에서 지키던 아저씨가 나를 보고 한심하다는 표정으로 "얼굴은 곱상하게 생겨서는 순 빨갱이 년이네. 젊은 아가씨가 감옥이나 들락거리고. 너 시집가기는 다 틀렸다" 하면서 혀를 끌끌 찼다. (아저씨! 저 시집갔고요. 지금 남편, 아이들과 함께 잘 먹고 잘 살고 있어요.)

나를 담당한 검사는 그동안 긴급조치를 위반한 수많은 서울대생을 구속시킨 사람이다. 지금도 이름이 기억나지만 여기서는 밝히지 않겠다. 우리를 보자마자 대뜸 "밖에서 일어난 일 알고 있지요? 앞으로 어떻게 될지 모르지만 일단 조사는 하고 봅시다"라고 했다. 내가 "앞으로 어떻게 될 것 같아요?"라고 묻자 "글쎄, 이번 일을 계기로 우리나라에 민주화가 이루어지면 좋겠지만 앞날을 알 수는 없지요"라는 대답이 돌아왔다. 그동안 수많은 학생을 감옥으로 보낸 검사가 갑자기 민주 인사가 된 것처럼 말을 하니 어이가 없었다.

곧 조사가 시작되었다. 검사가 내 신상 기록을 보더니 혼잣말로 "음대생도 운동하나?" 중얼거렸다. 조사는 매우 우호적인 분위기에서 이루어졌다. 우리가 만든 유인물을 읽어 보던 검사가 "아이, 이건 좀 너무했다"라고 했다. 학생들을 앞장서서 정신대로 보낸 김활란을 원색적으로 비난한 문장을 보고 그런 것이다. 검사는 "예전 같으면 이거 징역 2년 감인데" 하면서 고개를 저었다. 하지만 듣던 바와 달리 전혀 고압적이지 않았다. 권력을 탐하는 특유의 동물적 감각으로 이제 시대가 달라졌다는 것을 직감한 것일까. 어떤 태도를 취해야 이 난국에 살아남을 수 있을까 잔머리를 굴렸는지도 모른다. 우리가 조사받는 방 왼편에는 또 다른 검사가 있었다. 갓 사법연수원을 졸업한 것 같은 새파랗게 젊은 검사였다. 그가 쉬는 시간에 우리에게 수작을 부렸다. "아가씨들. 곧 나 갈 거니까 밖에서 만나 커피 한 잔 합시다." 우리도 가벼운 마음으로 응수했다. "그래요."

조사하는 도중 무슨 일인지 우리를 조사하던 검사가 잠시 밖에 나갔다. 젊은 검사는 자기보다 한참 나이가 많아 보이는 피의자를 조사하고 있었다. 그런데 갑자기 그 검사가 "뭐라고 이 새끼야?" 하면서 자리에서 벌떡 일어났다. 놀라서 고개를 돌렸더니 그가 신고 있던 슬리퍼를 벗어서 그 피의자의 따귀를 마구 때리는 것이 아닌가. 그것을 보고 얼마나 충격을 받았는지 모른다. 기껏해야 20대 후반으로밖에는 안 보이는 새파랗게 젊은 검사가 자기보다 나이가 훨씬 많은 피의자의 따귀를, 그것도 손이 아닌 슬리퍼로 때리고 있었다. 본래 검사에 대해 환상을 가지고 있었던 것은 아니었지만 적어도 그전까지 내가 생각했던 검사의 모습은 이런 것이 아니었다. 지금도 그 광경을 생각하면 진절머리가 쳐진다. 세상의 모든 검사가 다 그런 것은 아니겠지만 이 일 때문에 나는 검사에 대해 안 좋은 선입견을 갖게 되었다.

정작 더 충격적인 일은 그다음에 벌어졌다. 젊은 검사한테 따귀를 맞은 그 피의자가 그가 잠시 자리를 비운 틈을 타서 우리 쪽으로 고개를 돌리더니 "아까 저 들어오기 전에 검사가 전화 통화하면서 뭐라고 했어요?"라고 묻는 것이 아닌가. 나 같으면 여자들 앞에서 그런 일을 당하면 수치심과 모욕감에 고개를 들지 못할 텐데 마치 아무 일도 없었다는 듯 말간 얼굴을 하고 우리에게 그렇게 물었다. 그 모습에 나는 충격을 받왔다. 얼마나 평소에 사람대접을 못 받았으면 저런 일을 당하고도 아무런 수치심도 느끼지 못할까. 인권이니 자존심이니 인간으로서의 존엄성이니 하는 것도 다 우리 같은 먹물들에게나 해당되는 말이다. 사람들에게 존중을 받아 본 사람만이 자기 자신을 존중할 수 있다. 그렇지 않은 사람들에게는 그런 개념 자체가 없다. 그때 갑자기 유치장에서 경찰관에게 인권 유린을 당하던 사람들의 얼굴이 떠올랐다. 며칠 사이에 일어난 모든 일이 현실 세계의 일이 아닌 것처럼 느껴졌다.

조사를 마치고 법원을 나와 닭장차를 타고 영등포 구치소로 향했다. 구치소에 도착하고 입감 절차를 밟았다. 먼저 여자 교도관이 들어와 옷을 모두 벗으라고 했다. 그리고 재소자 신분 카드에 내 신체의 특징적인 부분을 자세히 기록하기 시작했다,

긴급조치 9호에 대한 위헌 판결이 난 후 나는 국가를 상대로 민사소송을 제기했다. 그때 법원에 자료를 내기 위해 국가기록원에 가서 내 재소자 신분 카드를 떼 왔다. 그동안 서랍에 처박아 두고 있다가 이번에 책을 쓰면서 내용을 자세히 살펴보았는데, 신체 특징을 기록하는 칸에 내 몸에 있는 점의 위치와 개수가 번호까지 매겨져 자세하게 기록되어 있는 것이 눈에 뜨였다. 나는 내 몸에 점이 이렇게 많은지 이번에 처음 알았다. 신체특징을 보다 자세하게 기록하는 칸에는 이렇게 쓰여 있었다. 머리카락 색깔은 흑색, 이마는 넓고, 눈썹 색깔은 밝다. 쌍꺼풀이 있으며, 귀와 눈의 크기는 보통, 입은 크고, 입술은 두꺼우며, 턱은 뾰족하고, 얼굴색은 황색이다. 수염은 없다.

그리고 그 옆에 인상 특징을 체크하는 항목이 있는데, 이것을 보고 내 눈을 의심하지 않을 수 없었다. 먹실, 곰보, 우두 자리, 검은 점, 검은

사마귀, 종기 자리, 다친 자리, 데인 자리, 뜸 자리, 주근깨, 흰점 사마귀, 귀머거리, 벙어리, 동상 자리, 사팔뜨기, 손가락 병신, 대머리, 절름발이, 덧니, 포경, 째보, 수술자리, 고자 등 시장 바닥의 술꾼들 사이에서나 오 갈 법한 비루한 저잣거리의 언어가 국가 기관의 공식 문서에 버젓이 올라가 있었기 때문이다. 신체장애에 대한 경멸을 노골적으로 드러낸 그 천박한 막말의 향연에서 나는 시대의 야만을 읽었다. 이것이 1979년 대한민국의 수준이었다. 그나저나 재소자가 고자라는 것을 어떻게 알 아내지?

재소자 카드를 작성한 다음 나는 푸른색 죄수복으로 갈아입었다. 내 수인 번호는 4347번. 번호가 쓰인 팻말을 들고 사진을 찍었다. 재소자 카드에 붙은 사진을 보더니 남편이 "예쁘게 나왔는데?"라고 했다. "그럼 그 미모가 어딜 가?" 하고 받아쳤지만 정말 이런 종류의 사진은 멀쩡한 사람도 범죄자처럼 보이게 만드는 마력이 있는 것 같다. 수의를 입고 찍힌 내 모습 역시 절도나 사기 전과 10범 정도는 되어 보였다.

재소자 카드의 마지막 장은 동태 보고였다. '요시찰 지정'이라는 부제가 붙은 동정 보고에는 다음과 같이 쓰여 있었다. 어법에 맞지 않는 부분이 눈에 뜨이지만 리얼리티를 살리기 위해 그대로 옮겨 본다.

본명은 79년 11월 1일 긴급조치 9호 위반으로 입소한 피의자인바 (1) 중화중학교 강사로 있으면서 긴급조치는 인권과 언론을 탄압하는 것 이라는 불만을 포지하고 오던 중 (2) 출판사 직원인 나혜원과 공모하여 79년 9월 16일부터 25일까지 사이에 진회숙의 집에서 등사기를 이용하 여 (3) "서민층의 생계를 파괴하는 독재정치를 탈피하기 위하여 이화인은 잠에서 깨어나라"는 유인물 350매를 (4) 오원춘 사건, YH 사건의 수사과정에서 악랄한 고문은 마르코스식을 방불케 하는 박○○의 폭력정치임은 명백하며 결의사항으로 "유신헌법 철폐하고 독재정권 물리치자"는 등의 내용을 타자원지 3매에 필경 준비를 하여 헌법을 반대하고 긴급조치를 비방하는 내용의 표현물을 제작하고 (5) 79년 10월 16일 새벽 2시 40분 본명의 주거지에서 배포할 목적으로 위 유인물을 보관 중 발각된 자임으로 보고합니다.

여기서 눈에 뜨이는 것은 '박정희'를 '박○○'라고 표기했다는 점이다. 우리의 절대 지존 박정희의 이름을 함부로 쓸 수 없었던 것일까. 발상 자체가 참으로 북한스럽다는 생각이 든다. 북한에서 김일성을 망령되이 부를 수 없었던 것처럼, 남한에서도 역시 박정희를 망령되이 부를 수 없었던 것일까.

옆에 있는 보고자 의견란에는 "본명은 타 재소자에게 유언비어 전파 및 선동 등 우려가 농후하므로 (1) 독거수용하고 (2) 요시찰에 부하여 그 동정을 엄중 사찰하겠습니다"라고 쓰여 있고, 그 옆에 이에 의거해 높은 사람이 지시를 내린 듯 도장으로 "요시찰에 부하여 엄중 사찰할 것, 독거 수용할 것"이라고 찍혀 있었다. 이렇게 옮겨 적고 보니 내가 엄청난 거물인 것처럼 보인다. 나는 겨우 유인물을 제작하고 보관하고 있었을 뿐인데, 유인물을 뿌려 보지도 못했는데, 요시찰 인물이라니. 하지만 지금은 이렇게 하찮은 나를 거물로 만들어 준 누군가에게 감사를 보내고 싶다.

내 죄수복에는 노란 딱지가 붙어 있었다. 긴급조치 위반자를 구별하기 위한 표식이라고 했다. 반공법 위반은 빨간 딱지, 살인범은 파란 딱지, 긴급조치 위반자는 노란 딱지로 구분했는데, 누군가에게 들은 얘기로 긴급조치가 있기 전에는 노란 딱지가 정신병자를 위한 표식이었다고 한다. 교도관이 우리를 독방으로 안내했다. 독방 세 개가 나란히 붙어 있었는데, 친구와 나는 중간 방을 사이에 두고 양쪽 방에 수감되었다. 공범끼리 소통하는 것을 막기 위한 조치였다. 방 안에 들어가니 희미한 형광등이 실내를 비추고 있었다. 0.75평의 작은 방 한쪽 구석에 재래식 화장실이 있었다. 내가 들어간 때가 겨울이어서 그렇지 만약 여름이었으면 악취가 장난이 아닐 것 같았다.

처음 수감되었을 때 가장 견디기 힘들었던 것은 추위였다. 난방이 전혀 안 되었기 때문이다. 난방이 안 되는 것이 아니라 아예 난방시설 자체가 없었다. 겨울의 혹독한 추위를 견디기가 힘들었다. 부실한 창문 틈새로 매서운 찬바람이 들어와 옷 속을 파고들었다. 온몸이 부르르 떨렸다. 감방 안에서는 독서 이외의 어떤 행위도 허용되지 않았다. 어떠한 물건도 소지할 수 없었다. 그냥 텅 빈 방에서 온종일 책을 읽거나 명상을 하면서 보내야 했다. 상대적으로 군기가 약했던 서대문 구치소에서는 낮 시간에 방에서 누워 자는 사람도 있었다는데, 내가 있던 영등포 구치소는 누워 있는 것은 물론 벽에 기대어 앉아 있는 것조차 허용하지 않았다. 잠깐 벽에 기대어 앉아 있을라치면 어김없이 "4347번! 기대지 말고 똑바로 앉아!"라는 말이 들려왔다.

얼마 전에 박근혜가 수감 중인 독방을 보고 깜짝 놀랐다. 너무 좋아서 이게 감방이야? 하는 생각이 들었기 때문이다. 크기도 일반 독방보다 크고, 무엇보다 난방이 들어오고, 화장실이 수세식이라는 사실이 놀라왔다. 게다가 개인 물품을 소지할 수 있고, 제한적이기는 하지만 TV도 시청할 수 있다니 그 정도면 거의 호텔급이 아닌가. 감옥살이의 가장 어려운 점이 겨울의 추위와 여름의 악취인데, 이를 피할 수 있는데 무슨 걱정? 저 정도라면 나는 무기징역이라도 살겠다.

매일같이 오로지 일편단심, 자장면만 생각나

　　　　　　　　감옥에서의 첫날밤을 어떻게 보냈는지 기억나지 않는다. 아침이 되니 식구통으로 밥이 들어왔다. 교도소에서 주는 밥을 관식이라고 하는데, 유치장에서 주는 관식도 그랬지만, 이곳의 관식 역시 질이 형편없었다. 네모난 통에 넣어 찐 직육면체 모양의 밥 덩어리 중간중간에 콩이 섞여 있었다. 이래서 '감옥 간다'는 것을 비유적으로 '콩밥 먹는다'라고 표현하나 보다. 밥의 양은 많았다. 하지만 질이 형편없었다. 우리가 평소에 먹는 밥과는 달리 쌀알끼리의 응집력이 거의 없는 푸석푸석한 느낌의 밥이었다. 반찬은 단무지 그리고 고춧가루가 가물에 콩 나듯 섞여 있는 김치가 전부였다. 아니, 또 다른 반찬이 있었던 것 같기는 하다. 하지만 기억이 나지 않는 것으로 미루어 그 역시 형편없는 반찬이었을 가능성이 크다. 만약 조금이라도 괜찮은 반찬이었다면 내가 그것을 잊어버릴 리 없기 때문이다.

평소에도 밥을 그다지 많이 먹는 편이 아닌데, 반찬까지 부실하니 밥이 거의 넘어가지 않았다. 그래서 매번 절반이 넘게 밥을 남겼다. 이렇게 부실하게 먹으면 누구나 영양실조에 걸리기 마련이다. 이것을 막아주는 것이 콩이었던 것 같다. 콩에 들어 있는 각종 영양소가 최악의 영양실조로부터 재소자들을 지켜주는 것이 아닐까. 글을 쓰다가 문득 요즘은 어떻게 먹고 있는지 궁금했다. 그래서 인터넷을 찾아보았더니 옛날과 비교가 안 될 정도로 풍성한(?) 식사를 하고 있었다. 그것을 보고 부러웠다. 요즘에는 저렇게 잘 먹는구나!

밖에서 넣어 준 영치금이 있는 사람들은 열악한 관식 대신 돈을 주고 사식을 시켜 먹었다. 나도 집에서 넣어 준 영치금으로 사식을 시켜 먹었는데, 사식 역시 밖에서 먹는 것에 비하면 종류도 적고 음식의 질도 떨어졌다. 그러다가 언젠가 교도관들이 먹는 밥을 얻어먹은 적이 있었다. 하얀 쌀밥에 비계가 잔뜩 붙은 돼지고기로 끓인 찌개였는데, 어찌나 맛있던지 아직도 그 맛을 잊을 수가 없다. 밖에서라면 비계가 많이 붙은 돼지고기는 거들떠보지도 않았을 것이다. 하지만 그동안 식사다운 식사를 못 했던 나에게 돼지비계로 끓인 찌개는 참으로 기름진 감동이었다.

오전에 마당으로 운동을 나갔다. 마당 한쪽에서 재소자들이 줄넘기를 하고 있었다.

꼬마야 꼬마야 뒤를 돌아라
꼬마야 꼬마야 땅을 짚어라
꼬마야 꼬마야 만세를 불러라

꼬마야 꼬마야 잘 가거라

뭐가 그렇게 재미있는지 줄넘기를 하면서 연신 깔깔 웃어댔다. 그 모습이 영락없는 사춘기 소녀들 같았다. 나는 마당 한쪽 구석의 벽에 기대서 그 모습을 물끄러미 쳐다보았다. 평소에 몸 움직이는 것을 싫어하는 탓도 있지만 옆에 교도관이 지키고 있는데 혼자서 운동하는 것도 어색하고, 또 혼자서 무슨 운동을 해야 할지 몰라서 그냥 그렇게 서 있었다. 조금 있으니 줄넘기를 하던 여자 중에서 한 사람이 내 쪽으로 다가왔다. 머리를 노랗게 물들인 것이 왕년에 젓가락깨나 두드려 본 것 같았다. 여자가 나에게 물었다.

"아가씨. 여기 왜 들어왔어?"

"긴급조치 9호를 위반해서 들어왔어요" 했더니 내 얼굴을 찬찬히 쳐다보다가 장난기 어린 목소리로 이렇게 말했다.

"아하! 나중에 국회의원 나가려고 그러는구나."

그때 나를 지키던 교도관이 그녀를 제지했다. 나는 재소자들에게 유언비어를 유포하거나 그들을 선동할 수 있는 위험이 있는 요시찰 인물이었다. 그래서 접근을 막은 것이다.

"나는 말이야. 긴급조치 위반이 온다고 해서 나이 든 사람이 오는 줄 알았어. 그런데 겨우 20대 초반의 애송이가 온 걸 보고 좀 기가 찼지. 새파랗게 젊은 것이 뭘 알아? 대학만 나오면 다야? 나는 내가 대한민국에 태어난 것이 얼마나 감사한지 몰라. 북한 사람들은 김일성 밑에서 고생하고 있는데, 우리는 박정희 대통령 덕분에 잘 먹고 잘 살았잖아. 도대체 뭐가 불만이야?"

나를 지키던 교도관이 이렇게 말했다. 서른 중반으로 보이는 그녀는 그 뒤로도 대한민국이라는 나라에 태어난 자신의 행운에 대해 주저리 주저리 잡설을 늘어놓았다.

운동 시간 외에는 종일 방에 앉아 밖에서 가족, 친구들이 들여보내 준 책을 읽으며 지냈다. 어느 날 오상석이 아주 두꺼운 공동번역성서를 넣어 주었다. 성경책을 받는 순간 의문이 생겼다. 웬 성경책이지? 얘가 나 여기 있는 동안 기독교로 귀의했나? 아니면 나보고 성경 읽고 회개하란 의미인가? 회개에 별로 소질이 없는 나는 성경책을 한쪽에 치워 두고 한번도 펼쳐 보지 않았다. 회사 돈을 횡령한 혐의로 징역 4년형을 선고받고 수감 중이던 한 재벌 회장은 수감 생활 내내 성경을 읽고 기도를 하며 마음을 다스렸다고 한다. 특별사면을 받고 출감하는 그의 왼손에 성경책이 들려 있던 것이 기억난다. 하지만 나는 아무래도 심성이 불량한 사람인 것 같다. 성경으로부터 그 어떤 위로도 구하고 싶은 생각이 없었기 때문이다.

후배가 이렇게 뜬금없이 성경책을 들여보낸 이유를 나중에 밖에 나와서 알게 되었다. "내가 성경책 사이에 샤프심 끼워 놓았는데 봤어요?" 그 말을 듣고 책을 펼쳐 보니 과연 책장 사이사이에 샤프심이 끼워져 있었다. 당시에는 별도의 허가를 받지 않는 한 교도소에서 필기도구를 소지할 수 없었다. 교도관의 감시 아래 집필실에서 편지나 소송 관련 서류를 쓰는 것이 전부였다. 일찍이 감옥 생활을 경험해 본 그는 감옥의 각종 금기 사항을 요령껏 피해 갈 노하우를 많이 가지고 있었다. 그래서 필기도구의 일종인 샤프심을 몰래 끼워 보낸 것이다. 하지만 감옥살이 초짜였던 나는 그 깊은 뜻을 알지 못했다. 설사 알았다 해도 별 소용이 없었을 것이다. 필기도구만 있으면 뭐하나 종이가 없는데. 그리고 설사 종이를 구해서 무엇인가를 쓴다고 해도 방 검사 때 들키지 않으리라는 보장이 없었다. 그리고 무엇보다도 당시 나에게는 글을 쓰고 싶다는 욕구 자체가 없었다.

밖에 있을 때는 기쁠 때나 슬플 때나 일기를 썼다. "너는 일기를 쓰기 위해 세상에 태어난 사람인 것 같아"라는 친구의 말처럼 그야말로 죽기 살기로 일기를 썼다. 일기 쓰기 즉 글쓰기는 내가 살아가는 이유이자 목적이었다. 하루라도 글을 안 쓰면 입안에 가시가 돋는 것 같았다. 그런데 감옥에서는 내가 언제 일기를 썼나 싶을 정도로 아무 생각이 안 들었다. 그전까지 나는 다른 사람은 몰라도 적어도 나에게 있어서는 글쓰기가 생존의 필연이라고 생각했다. 그런데 막상 모든 것이 차단되고 금지된 곳에 있어 보니 그것이 아니었다. 내가 생존의 필연이라고 생각했던 글쓰기에 대한 열망은 해도 그만이고, 안 해도 그만인 이차적인 욕구에 불과했다. 그 자리를 식욕이라는 보다 원초적인 욕구가 채웠다. 세상에 태어나서 그때처럼 무엇인가를 먹고 싶다고 강렬하게 열망한 적이 없던 것 같다.

나는 건넛방에 있는 혜원이와 가끔 통방을 했다. 통방은 원칙적으로 금지되어 있기 때문에 교도관이 자리를 비운 사이를 이용해 아주 잠깐씩밖에 할 수 없었다. 공범끼리 통방을 금지하는 데에는 여러 가지 이유가 있다. 재판을 앞두고 있는 상황에서 서로 정보를 교환하거나 말을 맞추거나 아니면 범죄를 공모하거나 하는 불상사를 막기 위해서이다. 하지만 우리가 하는 통방의 내용은 이런 우려와는 거리가 멀어도 한참 멀었다. 왜냐하면 우리는 거의 먹는 얘기만 했기 때문이다.

"저번에 사식으로 들어온 사과 정말 맛있더라."

"나 다 먹었는데, 너 남은 거 있니?"

"응, 지금 두 개 남았어."

"그러면 하나만 줄래? 나중에 갚을게. 이따가 교도관 통해서 넣어 줘."

뭐 이런 식의 대화였다.

"명동 칼국수 먹고 싶다." 내가 이렇게 말하자 친구가 "그 안에 만두가 들어 있었지"라며 추임새를 넣었다. 그 순간 김이 모락모락 나는 명동 칼국수와 만두가 눈앞에 아른거렸다. "아! 정말 맛있겠다." 나는 거의 신음 소리를 내다시피 했다. 사람마다 다르겠지만 나는 본래 식탐이 별로 없는 사람이었다. 맛있는 것이 있으면 아무리 먼 곳이라도 반드시 찾아가 그것을 먹어야 직성이 풀리는 사람이 있는데, 나는 당장 음식이 옆에 있으면 먹겠지만 그것을 먹기 위해 불원천리 찾아가는 일은 절대로 하지 않는 사람이었다. 물론 지금은 나도 '먹는 것의 즐거움을 아는 몸'이 되었다. 하지만 당시 나에게 식사란 주린 배를 채우는 것 그 이상도 이하도 아니었다.

그런데 막상 갇힌 몸이 되고 보니 그게 아니었다. 종일 눈앞에 먹을 것들이 아른거렸다. 명색이 정치범인데, 감옥에서 좀 고상한 생각을 해야 하는 것 아닌가. 예를 들어 조국의 민주화, 독재 정권 타도, 남북통일 뭐 이런 것 말이다. 하지만 감옥에서 나는 이런 생각을 해본 적이 없다. 매일같이 오로지 일편단심, 먹을 것만 생각했다.

그렇다고 먹고 싶은 음식이 고급인 것도 아니었다. 평소에도 나는 입맛이 상당히 저렴한 편이었다. 이대 앞에 '오리지널'이라는 튀김집과 그보다 나중에 생긴 '리바이벌'이라는 튀김집이 있었다. 학교 다닐 때는 즐겨 찾았으나 졸업 후에는 한 번도 가본 적이 없는데, 뜬금없이 그 집의 오징어 튀김이 너무 먹고 싶었다. 그 외에 자장면, 짬뽕, 떡볶이, 순대, 어묵, 맛탕, 돼지껍질, 김밥, 된장찌개, 김치찌개, 떡라면, 칼국수, 파전 등 내 저렴한 입맛을 채워줄 수많은 음식이 눈앞에 아른거렸다. 너무나 먹고 싶어 거의 환장할 지경이었다.

감옥에서 나가면 무엇부터 먹을까 생각해 보았다. 너무 많아서 일단 순서를 정해야 할 것 같았다. 먼저 시간을 지체하지 않고 바로 먹을 수 있는 것으로 복숭아 통조림을 생각했다. 중국집에 자장면과 짬뽕, 군만두를 시킨 다음 그것을 기다리는 동안 애피타이저로 먹을 생각이었다. 통조림을 먹을 때 국물도 함께 마실까 잠시 고민했다. 그러나 국물까지 마시면 배가 불러 다음 음식을 못 먹을 것 같아 국물은 동생들에게 양보하기로 했다. 자장면에 짬뽕에 군만두까지 먹고 나면 배가 부를 것이다. 그러면 배가 꺼지기를 기다렸다가 버스를 타고 이대 입구로 가는 거야. 오리지널이든 리바이벌이든 여하튼 거기 튀김집에서 오징어 튀김과 채소 튀김을 먹은 다음 근처 분식집으로 간다. 그리고 김밥, 떡볶이, 순대, 떡라면, 어묵 등 그곳의 모든 메뉴를 섭렵할 작정이다. 그런 다음에는 디저트를 먹어야겠지? 디저트로는 뭐가 좋을까? 아, 그래. 아이스크림이 있었지. 딸기 아이스크림, 바닐라 아이스크림, 초콜릿 아이스크림. 그 순간 야릇한 서러움이 밀려왔다. 아이스크림을 떠올린다는 것은 정말 고통스러운 일이었다. 단맛은 인간의 기본적인 생존 욕구와는 가장 거리가 먼 맛이다. 오로지 쾌감을 위한 맛, 가장 황홀하고 관능적인 맛. 그리하여 갇혀 있는 내가 감히 '욕망'할 수 없는 맛. 그럼에도 불구하고 그것을 간절히 원하는 내 주제넘은 욕망이 그렇게 서러울 수가 없었다.

로만 폴란스키 감독의 영화 〈피아니스트〉의 한 장면이 생각난다. 독일군을 피해 다니며 굶주림에 떨던 유대인 피아니스트가 독일군 장교가 갖다 준 빵을 먹는 장면이다. 빵에 발라져 있는 잼을 손가락으로 찍어 맛을 보는 순간, 그의 입에서 황홀경의 신음 소리가 터져 나왔다. 여성과 관계를 하며 성적 쾌감을 느끼는 남자의 그것과 거의 비슷한 소리였다. 그 맛이 얼마나 황홀했을까. 가히 짐작이 간다.

나는 감옥에서 먹을 것만 생각했다는 사실이 부끄러웠다. 그러다가 나만 그런 것이 아니라는 사실을 알게 되었다. 어느 날, 나보다 먼저 감옥에 갔다 온 연숙이에게 살짝 이런 얘기를 꺼냈더니 "나도 그랬어. 만날 먹을 것만 생각했지"라고 하는 것이 아닌가. 오상석에게서도 이와 비슷한 얘기를 들었다. 그는 특히 밖에서 '남긴 음식'이 그렇게 생각났다고 한다. 세상에 음식을 남기다니. 그전에 밖에서 먹다가 남긴 "그날 그 자장면" "그날 그 짬뽕"이 그렇게 아까울 수가 없었다고. 부천서 성고문 사건의 피해자 권인숙의 회고록에도 먹는 얘기가 나온다. 재소자들과 함께 이리저리 먹거리 순례를 다니다가 마지막에 커피를 마실 곳까지 정한 다음 상상의 먹거리 순례를 마친다는 얘기였다. 그런가 하면 최근에 읽은 황석영의 『수인』에서도 비슷한 내용을 보았다. 황석영처럼 심지가 굳은 사람도 먹을 것에 대한 열망은 피할 수 없었던 모양이다. 한편 재일교포 유학생 간첩단 사건으로 오랜 기간 옥살이를 했던 서준식도 감옥에서 요리책을 탐독했으며, 역시 수십 년을 감옥에서 보낸 남아프리카 공화국의 넬슨 만델라도 토요일마다 갖는 커피 타임을 그렇게 기다렸다고 한다.

감옥은 계급사회이다. 돈이 많으면 감옥에서도 대접을 받는다. 부패 지수가 높았던 옛날에는 교도관들을 돈으로 매수해 하지 못하는 일이 없었다. 돈 많은 '범털'들과 한방에 있으면 돈 없는 '개털'들이 호강을 한다. 나는 독방에 있어서 이런 경험을 못 했지만 정순이에게 이와 관련된 얘기를 들을 수 있었다. 구치소에 있던 어느 날, 엄청난 미인이 정순이가 있는 방에 새로 들어왔다고 한다. 이름은 장영자. 80년대 초 2천억 원대의 어음 사기 사건을 벌이다가 구속되어 전국을 떠들썩하게 했던 바로 그 인물이다. 이때는 사기 사건이 일어나기 전으로 신안 앞바다에서 발견된 유물을 몰래 취득한 혐의 즉 문화재법 위반으로 들어왔다. 당시 장영자의 나이는 서른여섯 살로 정순이와는 띠동갑이었다.

장영자는 들어오자마자 거드름을 피웠다. 돈이 아주 많고 뒤에 엄청난 빽이 있다고 뻐겼다. 처음에 이대 출신이라고 자기소개를 하더니 정순이가 "저도 이대 나왔는데, 몇 학번이세요?"라고 묻자 바로 꼬리를 내리면서 "내가 언제 이대 나왔다고 했어? 나 숙대 나왔어"라고 말을 바꾸었단다. 그 후에도 하는 말마다 거짓말이었다. 자기는 든든한 빽이 있어서 내일이라도 당장 나갈 수 있다고 큰소리를 쳤다. 한번은 장영자와 정순이 사이에 논쟁이 벌어졌단다. 장영자는 유신헌법 찬성론자였다. 최정순이 유신헌법을 반대하다가 구속된 것을 알고는 어줍은 논리로 정순이를 설득하려 들었다. 그러고는 유신헌법을 찬성만 하면 자기가 내일이라도 당장 감옥에서 빼 주겠다고 호언장담했다. 자기 자신도 못 나가는 주제에 무슨 망발인지. 여하튼 허세가 하늘을 찌를 정도였다고.

거짓말을 밥 먹듯 했지만 돈이 많다는 말은 사실이었다. 그녀가 들어온 후 정순이를 비롯한 개털들의 삶이 완전히 달라졌다. 매일같이 엄청나게 먹을 것이 들어왔다. 그동안 마가린과 고추장으로 밥을 비벼 먹던 비루한 입들이 장영자가 들어온 다음부터 엄청난 호사를 누리기 시작했다. 그렇게 돈을 써 가며 여왕 대접을 받으려 했다. 교도관들을 돈으로 매수했는지 그녀는 자기 마음대로 방을 드나들었다. 방에 있을 때는 여러 겹 접은 담요 위에 앉아서 아래를 내려다보았다. 방 식구 중에 제일 만만해 보이는 사람을 '꼬붕'으로 삼고 온갖 심부름을 다 시켰다. 장영자가 들어온 다음부터 정순이의 방에 계급이 생기기 시작했다. 전까지는 평등사회였던 곳이 장영자의 등장 이후 계급사회가 된 것이다. 하지만 인간은 빵만으로는 살 수 없는 법이다. 장영자 덕분에 배불리 먹을 수 있어 처음에는 좋았지만 시간이 지나면서 점점 그녀를 여왕으로 모시는 것이 불편해지기 시작했다. 민중들이 자신의 위치를 자각하기 시작한 것이다.

그러던 어느 날, 민중들이 봉기했다. 그들이 정순이에게 부탁했다. 제발 장영자를 다른 방으로 보내 달라고. 그래서 정순이가 총대를 메고 장영자에게 말했다. "이 방에서 나가 주세요." 이 말을 듣고 장영자의 얼굴이 붉으락푸르락했다. 늘 여왕 대접만 받다가 갑자기 나가 달라고 하니 얼마나 기분이 나빴을까. 두 사람 사이에 몇 차례 고성이 오간 후 자존심이 상한 장영자가 자리에서 벌떡 일어나 "문 열어!"라고 외쳤다. 그 말에 교도관이 문을 열어 주었다. 그리고 조금 있다가 교도관이 들어와 그녀의 짐을 챙겨 갔다. 이렇게 교도관도 종처럼 부릴 정도로 위세가 높았다. 장영자가 나가고 나서 방에 다시 평화가 찾아왔다. 민중이 봉기한(?) 결과 다시 평등사회가 된 것이다.

그로부터 며칠 후, 다른 방에 있는 장영자가 화해 혹은 회유의 의미로 김이 모락모락 나는 찐빵을 보내 왔다. 하지만 아무도 먹지 않았다. 말하자면 "더러운 빵 먹지 않겠다" 아니 "더러운 찐빵 먹지 않겠다"인 셈이다. 정순이는 여기에 크게 감동을 받았다. 배부르고 비굴하게 사느니 배고프고 떳떳하게 살겠다는 태도에서 진정한 민중의 저력을 보았던 것이다.

그런데 아무리 생각해도 나는 그 찐빵이 너무 아깝다. 김이 모락모락 나는 찐빵! 그걸 어떻게 안 먹어? 일단 먹고 나서 그다음 일을 생각해도 되지 않을까? 나 같으면 분명히 그랬을 것이다.

결핍은
창조의 어머니

독방 생활은 말할 수 없이 지루했다.
종일 책만 본다는 것이 생각만큼 쉽지가 않았다. 그때 밖에서 책을 많
이 넣어 준 것 같은데 무슨 책을 읽었는지 전혀 생각나지 않는다. 나는
가끔 교도관이 없는 틈을 타서 혜원이와 통방을 했다. 혜원이 방은 살
인범이 있는 방 건너에 있었지만 서로 대화를 나누는 데에는 지장이 없
었다. 다만 교도관의 잦은 출몰로 대화가 중간에 끊기는 일이 많아 불
편했을 뿐이다. 그런데 사실 이렇게 말로 통방을 하는 것은 감옥에서는
아주 원시적인 의사소통 방법에 속한다. 감옥살이의 베테랑들은 말 대
신 수화를 한다. 감옥에 오래 있거나 자주 들락거리는 사람들은 대부분
수화를 배운다. 특별히 장애인에 대한 의식이 있어서 그런 것이 아니다.
수화가 교도관의 눈치를 보지 않고, 소리 없이 의사소통을 할 수 있는
유일한 수단이기 때문이다. 유치장에서 우리에게 박정희가 죽었다는

사실을 알려준 사람도 처음에는 수화를 했었다. 우리가 수화를 모른다고 하자 그제야 손글씨를 썼다. 그때는 경범죄로 들어왔지만 수화를 하는 것으로 미루어 그는 아마 전과가 많은 사람이었을 것이다.

어느 날, 나와 혜원이가 통방을 하고 있는데, 갑자기 "야! 시끄러워" 하는 소리가 들렸다. 옆방에 있는 살인범이었다. 아직도 그 살인범이 생각난다. 그녀는 우리가 흔히 생각하는 살인범의 이미지와는 전혀 거리가 먼 사람이었다. 이름이 황정아인가 그랬는데, 나는 우선 그 이름의 살인범답지 않음에 놀랐다. '정아'는 어린 시절부터 내가 너무나 갖고 싶어 하던 이름이었다. 이름에도 유행이 있는데, 내 나이 또래 여자들의 이름은 대개 숙, 자, 희, 순, 옥으로 끝나는 것이 대부분이었다. 우리는 이런 이름들을 싫어했다.

나는 특히 내 이름에 불만이 많았다. 할아버지께서 '돈을 많이 모으라'는 깊은(?) 뜻으로 모일 '회會' 자를 넣어 이름을 지어 주었지만 나는 이 이름이 싫었다. 이름을 제대로 부르는 사람이 없었기 때문이다. 대개 희숙 아니면 화숙, 혜숙으로 불렀는데, 그래서 지금도 이름을 얘기할 때면 "생선회 할 때 '회'입니다"라는 부연 설명을 붙이곤 한다. 예쁘지 않으면 차라리 평범하기라도 하지. 그때는 심지어 '미숙이'도 부러웠다. 여고 시절 자기 이름을 싫어하는 '숙, 자, 희, 순, 옥'들이 모여서 각자 갖고 싶은 이름을 얘기한 적이 있었다. 그때 나는 '정아'라는 이름을 갖고 싶다고 했다. 중학교 때 나를 특별히 예뻐했던 소녀 같은 이미지의 무용 선생님이 있었는데, 그 선생님의 이름이 김정아였다. 그래서 나는 '아'자로 끝나는 이름을 동경했다. 온실 속의 화초처럼 자란 소녀에게 어울리는 이름, 지극히 여성적이고, 적당히 나약하며, 살짝 청초한 이름. 그런 이름을 부러워했다. 그런데 그 살인범의 이름이 '정아'라니.

　지금 그 살인범의 얼굴은 생각나지 않고, 전체적인 모습만 기억이 난다. 나이는 마흔 정도 되었고, 몸매는 적당히 뚱뚱했다. 그런데 말투는 완전히 철없는 어린아이였다. 내 바로 옆방이기 때문에 그녀가 하는 말이 모두 들렸는데, 매일같이 마치 어린아이가 투정하듯이 교도관들에게 투정을 부렸다. 물론 모두 반말이었다. 교도관에게 항상 "야"라고 불렀다. 교도관들은 이런 그녀를 수인 번호가 아닌 이름으로 불렀다. "야. 오늘 밥 너무 맛없어. 나 밥 안 먹을 거야." 그러면 "황정아. 왜 그래? 오늘 기분 나빠? 얌전히 있어야지. 그래야 착하지" 하고 달랬다. 이렇게 부드러운 목소리로 달래도 그녀는 항상 "몰라. 몰라" 하면서 떼를 쓰곤 했다. 말투가 대여섯 살짜리 말투와 똑같았고, 하는 행동도 그랬다. 그러니 교도관들도 그냥 그녀를 잘 달래고 어르는 식으로 행동했다. "황정아. 세수하고 머리 빗었구나. 아이고, 오늘 정말 예쁘네" 하는 식으로 달래면서 될 수 있는 대로 그녀가 말썽 피우지 않고 조용히 있게 만드는 것을 목표로 삼는 것 같았다.

　나는 저 정도의 지능을 가진 그녀가 정말 살인을 저질렀을까, 의문이 들었다. 자기가 한 행동이 무엇을 의미하는지 논리적인 사고가 불가능해 보이는 사람이 어쩌다가 살인범이 되었을까. 혹시 누명을 쓴 것은 아닐까. 그녀는 몇 년 형을 받았을까. 혹시 사형선고를 받지는 않았을까. 나는 사형수가 된 그녀를 상상하며 고개를 저었다. 지금은 우리나라도 실질적 사형 폐지 국가가 되었지만 그때는 여전히 사형 집행이 실행되던 시대였다. 당시 사형수들은 늘 혁수정(손을 허리에 고정시키는 기구)과 수갑을 차고 있어야 했다. 자해와 가해의 위험이 있기 때문이다.

목욕을 하거나 머리를 감을 때만 여기에서 자유로워질 수 있었다. 그리고 이들이 여기에서 영원히 자유로워질 수 있는 때는 사형이 집행될 때였다. 이에 대한 인권 침해 논란이 있어서 지금은 형 확정 후 1년까지만 혁수정과 수갑을 채운다고 한다.

　이와 관련해 긴급조치 위반으로 감옥살이를 했던 후배가 들려준 에피소드가 생각난다. 어느 날, 다른 방의 재소자가 혁수정에 묶인 채 수갑을 차고 지나가는 것을 보고 "재판 나가세요?"라고 물었단다. 그때 다른 재소자들은 재판에 나갈 때만 수갑을 찼다. 그랬더니 그가 겸연쩍게 웃으면서 "제가 형을 좀 많이 받아서요"라고 하더란다. 사형수라는 말은 차마 못 하고, 형을 많이 받았다고 얘기한 것이다. 후배가 나중에 이 사실을 알고 속으로 무척 미안해했다고 한다.

　겨울에 감옥살이를 하면서 괴로운 일 중 하나는 목욕이었다. 지금은 며칠에 한 번씩 목욕을 하는지 모르겠지만 나는 영등포 구치소에 있는 동안 딱 한 번 목욕을 했다. 일반 수감자들은 같은 방에 있는 사람들끼리 같이 목욕을 했지만 독방에 있는 나는 혼자서 목욕을 해야 했다. 그런데 괴로운 것은 방에서 옷을 모두 벗고 목욕탕까지 알몸으로 걸어가야 했다. 추운 겨울에, 난방이 전혀 안 된 방에서 옷을 모두 벗고, 역시 난방이 안 된 긴 복도를 지나 목욕탕까지 가는 것이 여간 고역이 아니었다. 내 알몸을 다른 방 사람들이 보는 것보다 더 괴로운 것은 살을 에는 듯한 추위였다. 수건과 같이 몸을 보호할 수 있는 최소한 방어 장치도 없이 그냥 알몸으로 긴 복도를 걸어서 목욕탕까지 가야 했다. 목욕탕은 복도 저 끝에 있었다. 거기까지 가는 그 길이 천 리 길처럼 느껴졌다.

　교도관이 따뜻한 물이 담긴 양동이를 가져왔다. 목욕을 하기에는 턱

없이 부족한 양이었다. 여하튼 그 물 한 양동이로 모든 것을 다 해야 했다. 우선 따뜻한 물 한 바가지를 몸에 부었다. 몸을 불린 것도 아닌데 손가락으로 문지르니 때가 그대로 밀려 나왔다. 진즉에 살과 이별했어야 할 온몸의 묵은 때들이 우수수 몸에서 떨어져 나왔다. 하지만 내 몸이 발산하는 간절한 탈피의 염원을 충족시키기에는 물의 양이 너무 부족했다. 초반에 물을 너무 많이 쓰는 바람에 살에 붙은 마지막 때를 미처 씻어 내기도 전에 물이 동나고 말았다. 목욕을 몇 번 해 보았으면 물을 아껴 쓰는 요령이 생겼을 텐데 그렇지 못해서 낭패를 본 것이다. 할 수 없이 때를 대충 수건으로 털어 낸 다음 방으로 돌아와야 했다. 그 찝찝함이란 경험해 보지 못한 사람은 모를 것이다.

어느 날 오후였다. 방에서 책을 읽고 있는데, 누군가 창문을 두드리는 소리가 들렸다. 돌아보니 창밖에 한 남자가 있었다. 나이는 서른 정도로 보였는데, 머리를 깎은 것을 보니 기결수인 듯했다. 교도소에서는 기결수 중에서 품행이 좋은 모범수를 뽑아 소지를 시킨다. 소지는 교도소 안을 마음대로 돌아다닐 수 있는데, 그 남자는 여자교도소 마당을 청소하러 온 듯했다. 그러다가 내 방 창문을 두드린 것이다. 내가 의아한 표정으로 그를 쳐다보자 그가 창문 틈새로 무언가를 들이밀었다. 작은 유리 조각이었다. 나는 그가 나에게 쓸데없는 유리 조각을 왜 주는지 이해할 수 없었다. 하지만 그는 나에게 아주 대단한 것을 주는 양 의기양양한 표정을 지었다. 나는 아직도 그때 나에게 유리 조각을 넣어 주던 남자의 천진난만하고 의기양양한 표정을 잊을 수가 없다. 나중에 알게 되었다. 감옥에서 유리 조각이 대단히 중요한 물건이라는 것을. 앞에서도 얘기했지만 교도소 안에서는 책이나 세면도구 이외의 개인 물건을 소지할 수가 없다. 필기도구도 안 된다. 자살이나 자해, 가해의 위험 때문이라고 한다. 그래서 브래지어도 착용할 수 없다. 볼펜도 안 되는데, 유리 조각 같은 뾰족하고 날카로운 물건은 더더욱 안 된다.

그런데 이 유리 조각이 쓸모가 아주 많다고 한다. 오랜 기간 감옥에 있다 보면 나름대로 시간을 보낼 수 있는 소일거리를 많이 개발하는데, 그중에서 칫솔대를 가지고 조각을 하거나 비누를 여러 장 붙여 동물상이나 인물을 만들기도 한다. 칫솔대를 유리 조각으로 깎아 여자 나체를 만드는데, 물론 팔을 벌리고 있는 것은 안 되고 팔을 다소곳이 가슴에 포개고 있는 조각은 얼마든지 가능하다고 한다. 칫솔대를 깎아서 작은 구슬을 만들기도 하는데, 그 용도는 19금이라서 여기서는 밝힐 수 없을 것 같다.

결핍은 창조의 어머니라 하던가. 모든 것이 금지되고 부족한 환경에서 인간은 놀라울 정도의 창의력을 발휘한다. 감옥이 그런 곳이다. 최근에는 무더운 여름에 전기면도기를 개조해 개인용 소형 선풍기까지 만들어 교도관 몰래 사용하고 있다는 얘기까지 들었다. 이렇게 감옥에서는 상상을 초월하는 갖가지 일들이 벌어진다. 식빵 가루와 요구르트로 술을 빚고, 사탕, 땅콩, 식빵을 가지고 생크림 케이크를 만들고, 마른오징어와 사과즙, 고추장으로 오징어 회를 무치며, 달걀과 라면 봉지로 계란찜을 만들어 먹는다. 이런 신기한 재주는 오락 도구를 만들 때도 유감없이 발휘된다. 감옥에서 할 수 있는 대표적인 오락은 카드놀이와 화투이다. 카드와 화투 제작은 앞에서 얘기한 먹거리 제조에 비하면 식은 죽 먹기라 할 수 있다. 종이상자를 잘라 그림을 그려 넣기만 하면 되기 때문이다. 물론 그림의 수준은 보장 못 한다. 그림이 조야하기 이를 데 없는 경우가 많다.

하지만 가끔가다 임자를 만나면 놀랄 만한 예술작품이 탄생하기도 한다.

유명한 화가의 그림을 위조한 죄로 들어온 사람이 있었다. 그림 위조를 업으로 삼았던 사람이니 오죽 그림을 잘 그리겠는가. 그가 조야한 그림이 그려진 화투로 고스톱을 치는 사람들을 보고 혀를 끌끌 찼다.

"아무리 감옥이라도 그렇지 그런 걸로 화투를 치고 싶냐?"

이러더니 평소에 갈고닦은 실력을 발휘해 실물과 똑같은 화투를 만들어 주었다. 그를 범죄자로 만들었던 '실물과 똑같은 그림을 그리는' 그의 재주가 감옥의 복지 수준과 놀이 문화의 품격을 높이는 데에 일조를 한 것이다. 이렇게 감옥에 있는 사람 중에는 무에서 유를 창조해 내는 노하우를 갖고 있는 사람들이 많다. 유리 조각 같이 뾰족하고 날카로운 물건은 이런 창조의 유용한 도구였다. 그래서 정말로 귀한 물건 취급을 받았다. 그 기결수는 나에게 그렇게 귀한 유리 조각을 주었던 것이다. 아마 마당 청소를 하다 발견한 것 같았다. 자기는 생각해서 주었는데, 그 보물을 시큰둥하게 받았으니 얼마나 실망했을까. 나의 반응을 보고 실망하는 빛이 역력했다. 나도 오래 있었으면 그 보물의 진가를 알아차리고, 또 적극적으로 그것을 활용했을지도 모른다. 하지만 나는 그 보물을 제대로 써보기도 전에 그곳을 나왔다.

"4347번. 밖으로 나와. 오늘 석방이야."

그로부터 며칠 후 교도관이 나를 불렀다. 박정희가 죽은 후, 긴급조치 위반으로 구속된 사람들을 모두 풀어 주었다. 석방 유형은 기소유예, 공소기각, 형 집행정지 등 다양했다. 구속 기간이 얼마 되지 않은 나와 친구는 기소유예로 풀려났다. 집에는 석방 소식을 알리지 않았기 때문에 가족들은 그날 내가 풀려난다는 것을 전혀 모르고 있었다. 나는 원래 강서구 공항동에 살았는데, 내가 안에 있는 동안 집이 화곡동으로 이사를 간 상태였다. 사복으로 갈아입으면서 이사 간 집을 어떻게 찾아갈지 은근히 걱정이 되었다.

그런데 곧 그런 걱정을 할 필요가 없다는 사실이 밝혀졌다. 밖에서 강서경찰서 형사들이 나를 기다리고 있었기 때문이다. 그들은 친절하게도 내 신병을 인도하기 위해 왔다고 했다. 나는 밖에서 엄마가 영치물로 넣어 주었던 커다란 이불 보따리를 안고 차 뒷자리에 앉았다. 형사들이 알아서 이사 간 집으로 데려다줄 것이라 생각하니 마음이 편했다. 차를 타고 가는데 만감이 교차했다. 이렇게 빨리 풀려날 줄은 정말 몰랐다. 그 사이에 박정희가 죽을 것이라고 누가 상상이나 했을까. 그래. 나는 운이 좋은 거야. 갑자기 집에 가면 가족들이 무척 놀라겠지. 이런 생각을 하고 있는데 차가 멈췄다. 형사가 문을 열고 내리라고 했다. 그런데 집이 아니라 강서경찰서였다. 나는 볼멘소리로 외쳤다.

"여기 우리 집 아니잖아요."

"집에 가기 전에 여기서 잠깐 조사받고 가자."

"무슨 조사요? 이미 기소유예로 석방되었는데, 무슨 명목으로 또 조사를 해요? 싫어요. 절대로 안 내릴 거예요."

나는 이불 보따리를 생명줄인 양 부둥켜안고 격렬하게 저항했다. 나를 차에서 강제로 끌어 내리려던 형사가 "참 독한 년이네" 하면서 포기했다. 그리고 나를 이사 간 집까지 데려다주었다. 구둣발로 쳐들어온 관악서 형사들에게 끌려간 지 40여 일 만에 나는 다시 집으로 돌아올 수 있었다.

3부

사랑도 미움도
남김없이

그러니까
모든 것이 끝났다는 얘기를
하라는 거지?

석방된 다음 날, 나는 그 사람과 오랜만에 만났다. 내가 체포될 때까지 그 사람은 내가 유인물을 만들었다는 사실을 모르고 있었다. 그는 내가 자기도 모르는 사이에 친구들과 유인물을 만들고, 그것을 배포할 계획을 세웠다는 것에 대해, 그리고 그 사실을 자기에게 얘기하지 않았다는 것에 대해 적이 놀란 눈치였다. 물론 나는 일부러 그런 것인데, 여기에는 약간의 허세가 작용했다. 스스로 무슨 독립투사라도 되는 양 대의大義를 품고 하는 일을 사적인 영역으로 끌어들이지 않겠다는 생각을 했던 것이다.

그로부터 사흘 후인 11월 24일 아침, 나는 광화문 세종문화회관 뒤에 있는 논장서적에 갔다. 논장서적은 근처에 있는 민중문화사와 함께 한국 최초의 인문사회과학 전문 서점으로 유명한 곳이었다. 책을 사러 오는 사람도 있었지만 운동권 친구나 선후배를 만나거나 근황을 묻기 위해 지나가다 들르는 사람도 많았다. 말하자면 운동권의 사랑방 역할을 했던 곳이다. 당시 논장서적에는 숙대 운동권 출신의 이향순(숙대 사학과 75)이 일하고 있었다. 책방에서 향순이랑 이런저런 얘기를 나누고 있는데, 서점으로 한 선배가 들어왔다. 그가 누구였는지는 지금 아무리 생각해도 기억나지 않는다.

"오늘 YWCA 강당에서 결혼식이 있는데, 결혼식 끝나고 가두시위를 할 거야. 그래서 스피커가 필요한데, 너희들이 청계천에 가서 스피커 두 개만 사 왔으면 좋겠어. 들키지 않게 결혼 선물인 것처럼 예쁘게 포장해서 갖고 와."

이러면서 돈을 주었다. 우리는 그 길로 청계천에 가서 스피커 두 대를 샀다. 그리고 결혼 선물로 위장하기 위해 아주 예쁘고 고급스러운 포장지로 포장한 다음 선배에게 갖다 주었다. 그때 향순이가 "그런데 신랑, 신부 신혼여행은 보내는 거예요?"라고 물었다. 그 말에 선배는 그냥 씩 웃기만 했다. 그때만 해도 우리는 그것이 위장 결혼식인 줄 전혀 몰랐다.

YWCA 위장 결혼식 사건은 민주청년협의회(민청협)의 작품이었다. 애초에 통일주체국민회의에 의한 대통령 선거를 거부하고 민주화를 촉구하기 위한 집회를 계획했지만 비상계엄령이 내려진 상태에서 많은 사람이 모이는 집회를 연다는 것은 사실상 불가능한 일이었다. 그러다가 묘수가 떠올랐다. 누군가 결혼식을 위장한 집회를 열자는 기발한 아이디어를 낸 것이다.

"그런데 신랑 역할은 누가 하지?"

위장 결혼식에서 신랑 역할을 맡는다는 것은 나서서 주범임을 자처하는 일에 다름 아니다. 게다가 엄청난 고초를 겪을 가능성도 크다. 그런데 이때 홍성엽이 "제가 하겠습니다" 하고 선뜻 나섰다. 홍성엽은 서울 태생으로 연세대 사학과 73학번이다. 전형적인 서울 양반 집안의 자제로 운동권의 '꽃미남'으로 불렸다. 홍성엽을 아는 사람들은 그를 "남이 하지 않는 궂은일을 도맡아서 하는 사람" "자기관리에 엄격하고 과묵한 스타일"로 기억하고 있다. 당시 그는 유신헌법 반대와 긴급조치 철회를 주장하는 내용의 벽보를 제작해서 배포한 혐의로 이미 구속된 전력을 가지고 있었다. 이런 그가 또다시 십자가를 메겠다고 나선 것이다. 신랑은 정해졌지만 신부가 문제였다. 고심 끝에 신부는 그냥 가상의 인물을 내세우기로 했다. 이름은 '윤정민'이었다. 그해 6월 15일 세상을 떠난 민주회복국민회의 상임대표 윤형중 신부의 성을 따서 '윤'이라고 했고, 이름은 '민주 정부'를 의미하는 '민정民政'을 뒤집어 '정민'으로 했다.

위장 결혼식을 계획한 후 홍성엽은 어머니에게 "큰일을 하려고 하니 어머니가 도와주셔야 되겠습니다"라고 자신의 계획을 알렸다. 그리고 "홍성엽 군과 윤정민 양이 여러 어른과 친지들을 모시고 혼례를 올리게 되었음을 알려 드립니다"라는 청첩장을 돌렸다. 그의 어머니는 일이 어떻게 될지 알면서도 이를 묵인했다. 아니, 묵인이 아니라 적극적으로 동조했다고 하는 편이 옳을 것이다. 홍성엽이 갑자기 결혼을 한다고 하자 이를 수상하게 여긴 담당 형사가 몇 번이나 찾아와 "아들이 정말 결혼하느냐?"고 물었지만 그때마다 그의 어머니는 시치미를 떼고 "정말로 한다"고 대답했던 것이다. 나중에 그의 가족이 결혼식을 마치고 집에 돌아오자 담당 형사가 대문 앞에서 기다리고 있다가 "어떻게 그렇게 감쪽같이 속일 수가 있느냐?"고 분통을 터트렸다고 한다. 그만큼 어머니의 연기가 완벽했던 것이다. 그렇게 한국 민주주의 운동사에 전무후무한 위장 결혼식 계획이 신랑 가족의 협조 아래 차질 없이 진행되었다.

1979년 11월 24일 오후 5시 30분, 서울 명동성당 앞에 있는 YWCA 1층 강당이 입추의 여지 없이 꽉 들어찼다. 가짜 신랑의 진짜 부모와 진짜 가족들은 가짜 결혼식이 진짜 결혼식이라도 되는 것처럼 정장 차림으로 참석했다. 27세의 꽃미남 홍성엽 역시 진짜 신랑인 것처럼 흰 장갑을 끼고 가슴에 꽃을 달고 하객들을 맞았다. 이때 참여한 재야인사는 윤보선, 함석헌, 양순직, 박종태, 임채정, 문동환, 김상현, 한명숙, 백기완, 최열 등이었다. 이 중 함석헌은 결혼식 주례를 맡았다.

드디어 결혼식이 시작되었다. "신랑 입장!" 소리와 함께 신랑이 앞으로 성큼성큼 걸어 들어왔다. 정상적인 결혼식 같으면 이때 결혼행진곡이 울려 퍼져야 한다. 하지만 이날 결혼식에서는 결혼행진곡 대신 '통대 저지를 위한 국민선언'이 울려 퍼졌다. 대통령 선거는 민주회복으로의 전진이냐 유신독재로의 퇴행이냐를 판가름 짓는 민족사의 대분수령이 될 것이니 통대(통일주체국민회의 대의원)에 의한 대통령 선거를 저지하는 것은 전 국민의 의무라고 선언했다. 성명서가 발표된 후, 사람들은 통대 반대 구호를 외치기 시작했다. 여기저기에서 박수 소리와 함성이 터져 나왔다. 하지만 이런 환호의 분위기는 오래가지 않았다. 갑자기 대회장 단상 쪽에서 비명 소리와 의자 던지는 소리가 들려왔다. 윤보선과 함석헌을 미행하던 경찰들이 강당에 들이닥쳤다. 강당 안은 순식간에 아수라장이 되었다. 곧이어 경찰들이 출동해 대회에 참석한 사람들을 무차별로 연행해 갔다.

이런 아수라장 속에서도 강당을 빠져나온 2백여 명은 코스모스백화점 앞에 모여 "유신철폐와 통대선거 반대"를 외치며 가두시위를 벌였다. 시위대는 조흥은행 본점까지 진출했다가 일부는 계엄군에게 잡히고 나머지는 강제 해산되었다. 계엄군에 의해 체포된 사람들의 혐의는 처음에는 포고령 위반(불법 집회와 시위)이었다. 하지만 다음 날 내란음모로 혐의가 변경되었다. 수사 과정에서 참혹한 구타와 고문이 자행되었다. 이것으로 전두환을 비롯한 신군부가 얼마나 폭력적인 집단인지 만천하에 드러나게 되었다.

YWCA 위장 결혼식 사건이 일어난 지 며칠 후, 나는 그와 만났다. 그 자리에서 그가 나에게 말했다.

"어제 어머니가 나한테 묻더라. 사귀는 사람 있으면 솔직하게 말하라고. 그런데 내가 없다고 했어."

그 말을 듣는 순간 이제 끝낼 때가 되었다는 것을 절감했다. 그가 도피 생활을 하는 동안 나는 그와 함께 그의 큰 형을 만난 적이 있다. 그리고 길거리에서 우연히 그의 여동생도 만났었다. 형과 여동생이 어머니에게 그 얘기를 안 했을 리가 없다. 아마 어머니도 알고 그의 의중을 떠본 것이리라. 그런데 그가 부인한 것이다. 그 말에서 나는 그의 생각을 읽을 수 있었다. 내가 감옥에 들어가기 전부터 우리 사이에는 이미 균열이 생기고 있었다. 초기의 불꽃 같은 열정의 시간이 지나고 나서 나는 나를 바라보는 그 사람의 눈길이 예전처럼 마냥 순수하게 기쁘지만은 않다는 사실을 감지했다.

처음에는 매사에 솔직 발랄한 나에게 신선한 매력을 느꼈는지도 모른다. 콩깍지가 아직 안 벗겨졌을 때, 그는 나의 경박함을 발랄함이라는 긍정적 이미지로 윤색해서 생각했던 것이 분명하다. 내가 구속되었다는 소식을 듣고 그에게 한 선배가 "걔가 성격이 파릇파릇해서 감옥 생활을 견디기 힘들 텐데"라고 했다는 얘기를 들었다. 그 선배는 '파릇파릇하다'고 표현했지만 그것은 '경박하다'의 순화된 표현일 뿐이다. 나는 수배자 신세로 도피 생활을 하는 그의 처지, 불투명한 미래에 대해 고민하는 그의 마음을 전혀 헤아리지 못한 채 그 옆에서 종달새처럼 노래만 불렀다. 그러니 얼마나 한심했을까. 나에게는 어떤 어려움도 의연하게 헤쳐 나갈 용기와 각오가 전혀 없었다. 이런 나를 바라보는 그의 고민이 얼마나 깊었을지 짐작이 가고도 남는다. 게다가 문화의 차이도 심각했다. 나는 스스로 '본데없는' 집안에서 자랐다고 생각한다. 내 인격 형성에 지대한 영향을 미친 우리 아버지는 내 정의감과 지적 호기심을 깨우는 데에는 큰 역할을 했지만 인간으로서 이루어야 할 정신적 성취에 대해서는 아무런 가르침이 없었다. 세상을 어떤 자세로 살아야 하는지, 다른 사람과의 관계는 어떻게 맺어야 하는지, 인간으로서 마땅히 갖추어야 할 덕목이 무엇인지 부모로부터 마땅히 배워야 할 이 모든 것에 대해 아무것도 배우지 못한 채 성인이 되었다.

나중에 철이 들고 나서 나는 부모를 원망했다. 남들은 성장하면서 부모로부터 자연스럽게 배우는 모든 것들을 나는 세상 사람들에게 엄청나게 상처받으며, 그야말로 피를 철철 흘리며 배웠기 때문이다. 부모가 되어서 자식에게 돈은 못 물려줄망정 정신적인 것은 물려줘야 한다. 안 그러면 나처럼 인생이 아주 고달파진다. 언젠가 남동생이 자조적으로 한 말이 생각난다.

"우리 집안 봐. 콩가루 집안. 얼마나 리버럴하고 좋아?"

이런 집안 출신임을 입증하듯 젊은 시절, 나는 말과 행동에 거침이

우리 기쁜 젊은 날 - 응답하라 1975-1980

없었다. 어설프고 거친 리버럴리즘과 페미니즘을 무기 삼아 나와 의견이 다른 사람들의 생각을 마구잡이로 경멸하고 난도질했다. 이렇게 리버럴한 콩가루 집안에서 자란 나를 그가 정서적으로 감당할 수 없었음은 물론이다. 연애 후반부에 그 사람과 이 문제로 자주 의견충돌을 빚었다. 그때 어렴풋이 깨달았다. 우리가 헤어져야 할 시간이 다가오고 있다는 것을. 그때의 심정을 나는 일기장에 절절하게 토로했다. 그런데 관악서 형사들이 와서 내 방을 뒤지다가 이 일기장을 발견했다. 그들은 유인물과 함께 이 일기장도 가져갔다. 조사실에서 유치장으로 내려올 때 일기장을 돌려받았는데, 상태가 가관이었다. 일기장으로 얼마나 열심히 공부(?)했는지 유명 학원 강사 서한샘의 강의 노트처럼 곳곳에 빨간 펜으로 표시한 "밑줄 쫙, 동그라미 땡, 돼지꼬리 땡야"가 난무했다. 내가 어디를 갔다는 문장에는 "밑줄 쫙", 위험인물이라고 생각되는 사람 이름에는 "동그라미 땡", 별 볼 일 없는 사람 이름에는 "돼지꼬리 땡야" 이런 식이었다. 내밀한 이야기를 빨간 펜으로 난도질해 놓은 것이 불쾌하기는 했지만 사실 그 덕을 본 것도 있었다. 일기장을 읽고 형사들이 나와 그 사람이 생각만큼 사이가 좋지 않다는 것을 알았기 때문이다. 덕분에 나는 그 사람의 행방에 대해 심하게 추궁당하는 고통을 면할 수 있었다.

　어머니에게 사귀는 사람이 없다고 했다는 얘기를 듣고 나는 결심했다. 그를 놓아주기로. 나는 그가 먼저 나에게 헤어지자는 말을 하지 못하리라는 것을 알고 있었다. 어쨌든 자기 때문에 내가 구속되어 고생했다고 생각하기 때문이다. 하지만 나는 그런 이유로 그를 붙잡고 싶은 생각이 추호도 없었다. 그때 내 마음을 사로잡은 단 하나의 생각은 절대로 구차해지지 말자는 것이었다. 헤어짐이 아무리 괴로워도 그 때문에 애정을 구걸하고 싶지는 않았다. 당시 나에게 자존심이라는 것이 있다면 깨끗하게 헤어져 주자는 생각, 바로 그것이었을 것이다.

그로부터 며칠 후 그를 만났다. 만나기 전에 우연히 그의 선배 오용석으로부터 그가 자취방에 나하고 앞으로 잘 해 보겠다는 내용의 쪽지를 남겼다는 얘기를 들었다. 하지만 그 말을 듣고 나는 더욱 결심을 굳혔다. 그 쪽지는 나에게서 멀어져 가는 마음을 다잡기 위한 일종의 자기 세뇌, 자기 다짐 같은 것이라고 생각했기 때문이다. 만나서 이런저런 얘기를 나누다가 내가 드디어 입을 열었다.

"나한테 하고 싶은 말 없어요?"

그러자 그가 곧바로 "아니. 없어"라고 대답했다. "하고 싶은 말이 있을 텐데요." 내가 이렇게 재촉하자 "없어. 아니, 있지만 지금은 하고 싶지 않아"라고 했다. "왜 지금 하고 싶지 않아요? 지금 얘기해요. 하고 싶은 말 있잖아요." 나는 계속해서 그를 다그쳤다. 더 이상 질질 끌면서 감정 낭비하고 싶지 않았기 때문이다. 그러자 그가 입을 열었다.

"그러니까 모든 것이 끝났다는 얘기를 하라는 거지?"

나는 고개를 끄덕였다. 그 후 무슨 말이 오갔는지는 생각나지 않는다. 여하튼 나는 말을 하면서 평평 울었고, 그 역시 눈시울을 붉혔다. 술집에서 나와 집에 가기 위해 버스 정류장으로 갔다. 집에 가는 버스를 기다리는 동안 나는 무수히 갈등했다. 정말로 그를 붙잡고 싶었다. 지금이라도 붙잡으면 혹시 받아주지 않을까. 하지만 나는 그러지 않았다. 절대로 구차해지지 말자고 다짐하고 또 다짐했다. 드디어 내가 탈 버스가 왔다. 그가 손을 내밀었다. 그렇게 우리는 마지막 악수를 나누었다. 버

우리 기쁜 젊은 날 - 응답하라 1975-1980

스에 앉아 창밖을 내다보며 하염없이 눈물을 흘렸다. 라디오에서 권은경의 〈사랑도 미움도〉가 흘러나오고 있었다.

사랑하는 마음은 갖지 말자
미워하는 마음도 갖지 말자
사랑하는 마음은 너무 외로워
미워하는 마음은 더욱 괴로워
아아 사랑에 빠지지 말자
미움의 뿌리가 되기 쉬우니

사랑도 미움도 없는 사람은
근심 걱정 외로움 없을 거야
사랑하는 마음은 너무 외로워
미워하는 마음은 더욱 괴로워
아아 사랑에 빠지지 말자
미움의 뿌리가 되기 쉬우니

그 후 우리가 헤어졌다는 소문이 삽시간에 퍼졌다. 물론 그 이유에 대해서도 여러 가지 이야기가 나돌았다. 중매쟁이 역할을 했던 명자가 제일 궁금해했다. 나는 내가 잘못해서 헤어진 것이라고 말했다. 그것이 어느 정도 사실이기도 하니까. 그럼에도 불구하고 나는 나의 부족함을 얘기하는 사람들의 뒷담화에 상처를 많이 받았다. 나 스스로 그 점을 잘 알고 있었지만 그것을 남의 입을 통해서 듣는 것은 여전히 괴로운 일이었다. 마치 확인사살을 당하는 기분이라고나 할까.

나를 동정하는 말에도 상처를 받기는 마찬가지였다. 한 후배는 그 사람을 '조강지처糟糠之妻를 버린 남자'라고 비난했다. 조강지처라니. 말도 안 되는 이야기이다. 그가 수배자로 도피 생활을 하는 동안, 나는 그를 위해 희생하거나 고생해 본 적이 없다. 그냥 철없이 사랑 타령이나 하고 노래나 불렀다. 그것은 일종의 유희였지 고난이 아니었다. 수배 생활 하는 동안 만났다고 내가 조강지처가 되는 것은 아니지 않은가. 나는 피해자가 아니었기에 피해자 코스프레를 하고 싶지 않았다. 그런데도 불구하고 나를 멜로드라마의 여주인공으로 만드는 것은 또 다른 의미로 나를 모욕하는 것이라 생각했다. 그래서 후배에게 정색을 하고, 나는 조강지처가 아니니 앞으로 그런 말을 함부로 하지 말라고 했다.

어떤 사람은 우리의 이별을 시대가 빚어낸 아픔으로 해석하기도 했다. 하지만 나는 이 또한 천부당만부당한 말이라고 생각했다. 우리가 헤어진 원인은 역사적, 사회적인 것에 있지 않았다. 성격과 문화의 차이가 이별의 주된 원인이었다. 물론 만약 좋은 시절에 우리가 만났다면, 그가 보다 안정적인 처지에 있었다면, 두 사람 사이에 놓인 문제들을 좀 더 긍정적으로 해결할 수도 있지 않았을까, 생각을 하기는 한다. 하지만 이 또한 가정에 불과하다. 나는 개인적인 요인을 역사적 요인으로 윤색하고 싶은 생각이 추호에도 없었다. 그래서 강하게 부정했다. 여하튼 그때는 내 이야기가 사람들 입에 오르내리는 것 자체가 싫었다. 그냥 이 세상에서 깨끗이 잊히고 싶었다.

우리 기쁜 젊은 날 - 응답하라 1975-1980

『러시아 혁명사』를 읽으며 잊으려 했던 그해 11월

　　　　　　　　　이별의 상처를 극복하는 것은 생각
보다 쉽지 않았다. 마음은 "죽어도 아니 눈물 흘리오리라"인데, 몸에서
는 끊임없이 눈물이 나왔다. 마음도 매일같이 피를 흘렸다. 너무 절망
적이어서 세상 살고 싶은 생각이 하나도 안 들 정도였다. 지금까지 세
상을 살아오면서 아마 이때가 정신적으로 가장 힘들었을 때가 아니었
나 싶다. 깊은 절망 속에서도 어쨌든 나는 살아야 했다. 무너져 가는 마
음을 다잡아야 했다. 그때 도움이 된 것이 한용운의 「님의 침묵」이었다.
나는 새로 출간된 김학준의 『러시아 혁명사』를 사서 속표지에 「님의 침
묵」을 써 놓았다. 그리고 그것을 매일 경전을 읽듯이 읽고 또 읽었다.

　　님은 갔습니다. 아아, 사랑하는 나의 님은 갔습니다.
　　푸른 산빛을 깨치고 단풍나무 숲을 향하여 난 작은 길을 걸어서 차마

떨치고 갔습니다.

황금의 꽃같이 굳고 빛나던 옛 맹세는 차디찬 티끌이 되어서 한숨의 미풍에 날아갔습니다.

날카로운 첫 키스의 추억은 나의 운명의 지침을 돌려 놓고 뒷걸음쳐서 사라졌습니다.

나는 향기로운 님의 말소리에 귀먹고 꽃다운 님의 얼굴에 눈멀었습니다.

사랑도 사람의 일이라 만날 때에 미리 떠날 것을 염려하고 경계하지 아니한 것은 아니지만, 이별은 뜻밖의 일이 되고 놀란 가슴은 새로운 슬픔에 터집니다.

그러나 이별을 쓸데없는 눈물의 원천으로 만들고 마는 것은 스스로 사랑을 깨치는 것인 줄 아는 까닭에 걷잡을 수 없는 슬픔의 힘을 옮겨서 새 희망의 정수박이에 들어부었습니다.

우리는 만날 때에 떠날 것을 염려하는 것과 같이 떠날 때에 다시 만날 것을 믿습니다.

아아, 님은 갔지마는 나는 님을 보내지 아니하였습니다.

제 곡조를 못 이기는 사랑의 노래는 님의 침묵을 휩싸고 돕니다.

그런데 하고많은 책 중에서 왜 하필 『러시아 혁명사』였을까. 지금도 가끔 이런 의문이 들 때가 있다. 김학준의 『러시아 혁명사』가 처음 출간된 것은 1979년 12월이었다. 당시에는 러시아 혁명사를 다룬 책이 별로 없었기 때문에 이 책은 나오자마자 사람들의 주목을 받았다. 내가 이 책을 산 것은 그와 헤어지고 난 후였다. 전부터 러시아 혁명사를 공부하고 싶다는 생각을 하기는 했지만 당시 내가 이 책을 서둘러 구입한 데에는 또 다른 이유가 있었다. 뭐랄까. 나태해진 마음을 바로잡는다고 해야 할까. 당시는 12·12 사태 이후의 정국이 한 치 앞도 내다볼 수 없는 상태로 치닫고 있을 때였다. 이렇게 엄중한 시기에 한낱 남녀상열지사에 빠져 허우적대는 것은 역사 앞에 부끄러운 일이다. 뭐 이렇게 거창한 생각을 했던 것 같다.

하지만 이것은 사실 무슨 핑계를 대서라도 절망적인 상황에서 벗어나려는 마지막 몸부림 같은 것이었다. 역사니 시대니 하는 것은 그저 나 자신을 속이기 위한 명분에 불과했다. 그럼에도 불구하고 나는 지푸라기라도 잡는 심정으로 매일 『러시아 혁명사』를 읽고, 그 속표지에 쓰인 한용운의 「님의 침묵」을 외웠다. 책의 내용은 지금 거의 기억나지 않는다. 트로츠키의 아내가 남편이 혁명의 길로 나설 때 그를 기꺼이 보내주는 대목만 생각날 뿐이다. 그걸 읽고 연숙이와 함께 "트로츠키 마누라 정말 멋있어"라고 얘기했지만, 내가 그 마누라와 같은 사람이 될 자신은 없었다. 어쩌면 일종의 겉멋이었는지도 모른다. 젊은 시절의 치기로 운동권 남자가 멋있어 보여 열렬히 연애할 수는 있다. 하지만 결혼은 다른 문제다.

한 친구는 대학 1학년 때부터 졸업 때까지 주변이 떠들썩할 정도로 요란하게 운동권 남자와 연애를 했다. 그 친구가 대학을 졸업했을 때, 우리는 모두 그 친구가 당연히 그 남자와 결혼할 것이라고 생각했다. 그 남자는 아주 찢어지게 가난한 시골 출신이었다. 아들 하나에 딸이 여럿 있었는데, 공부 잘하는 아들 하나를 위해 딸들이 모두 희생해서 서울의 대학까지 보낸 경우였다. 그런데 집안의 희망이었던 그가 학생운동에 가담하고 시위를 주도하면서 대학에서 제적당해 고졸 신세가 되었다. 감옥에 갔다 오고 노동 현장에 뛰어들었다. 그런 상황에서 결혼 얘기가 나왔다. 친구가 남자의 부모에게 인사하러 갔을 때, 친구는 그제야 비로소 앞으로 자기 앞에 닥칠 현실이 무엇인지 알게 되었다. 친구는 바로 남자에게 이별을 고했다. 그리고 집에서 소개하는 남자를 만나 결혼 후 남편과 함께 미국유학을 떠났다. 이것을 '배신' 혹은 '변절'이라고 보는 시선들이 있었다. "누구누구는 복학한다니까 ×같이 좋아하더라. 졸업하고 미국으로 유학 간대. 그렇게 금세 꼬리 내릴 거면서 데모는 왜 했대?" 하고 비아냥거렸다. 이렇게 평소에 안 좋은 감정을 품고 있다가 술자리에서 사소한 말을 꼬투리 삼아 그 친구의 뺨을 때린 선배도 있었다. 그러나 나는 당시 그 친구가 현명한 선택을 했다고 생각한다. 그럴 만한 그릇이 안 되는 사람이 능력에 부치는 일을 하면 더 큰 불행이 올 수 있기 때문이다.

헤어진 후에도 나는 끊임없이 그와의 만남을 꿈꾸었다. 그때 논장서적에 자주 갔다. 논장서적의 주인이 그의 고등학교 선배였고, 그와 학연, 지연으로 얽힌 운동권 사람들이 여기에 자주 드나들었기 때문이다. 그 무렵 나를 걱정한 향순이가 "너 괜찮니?" 물은 적이 있다. 그때 나는 명랑한 목소리로 "응, 나 다 정리되었어"라고 대답했다. 그 말에 향순이가 "그렇게 쉽게?" 눈을 동그랗게 뜨고 쳐다보던 것이 기억난다. 그러나 그때 나는 속으로 이렇게 울부짖고 있었다.

"나 안 괜찮아. 정말 안 괜찮아. 아주 죽을 것 같다구."

그렇게 이를 악물고 참으며 살아가던 어느 날, 정말 논장서적에서 우연히 그를 만나게 되었다. 헤어진 지 한 달도 채 안 되었을 때였다.

"오랜만이네."

그가 웃으며 말했다. 그때 정말 괴로워서 미치는 줄 알았다. 터져 나갈 것 같은 가슴을 진정시키며 "네. 그러네요"라고 대답했다.

"점심 안 먹었지? 같이 먹을까?"

우리는 근처 중국집으로 가서 자장면을 먹으면서 이런저런 얘기를 나누었다. 나는 최대한 입을 작게 벌리고 먹으려고 노력했다. 그러고 있는 내 꼴이 내가 생각해도 우스웠다. 이게 뭐 하는 짓이지. 나는 무엇 때문에 여기에 와서 지금 이렇게 우스운 꼴을 연출하고 있는 걸까. 이런 생각을 하자 걷잡을 수 없는 자기 혐오가 밀려왔다. 우리는 영혼 없는 대화를 나누었다. 속으로는 각자 다른 생각을 하고 있으면서도, 그리고 그 상황이 너무나 어색하고 불편하면서도 마치 아무 일도 없다는 듯이 어제 만나고 오늘 또 만난 사람들처럼 일상적인 이야기를 나누었다. 그러다가 갑자기 그가 "요즘 어떻게 지내?"라고 물었다. 그 순간 심장이 쿵 내려앉는 것 같았다. 나는 애써 태연한 표정을 지으며 "잘 지내요"라고 대답했다. 아직 감정 정리가 다 안 되었을 때여서 사실 당시 나는 전혀 잘 지내고 있지 않았다. 하지만 그런 감정을 들키고 싶지 않았다. 마음속으로 이를 악물고 절대로 질척거리지 말자고 다짐하고 또 다짐했다. 그때 의연하게 보이려고 얼마나 노력했는지 모른다. 이런 나의 노력이 효과가 있었는지 나중에 그가 친구에게 내가 잘 지내는 것 같아 보인다고 얘기했다고 한다. 우연을 가장한 그 만남에서 나는 무엇을 기대했던 것일까. 그가 다시 잘해 보자고 말하기를 기대했던 것일까. 아니다. 지금 생각해 봐도 그건 아니었다.

그 무렵 만리아카데미에서 동고동락했던 전재주와 소준섭을 만나게 되었다. 그 얼굴들을 보니 왈칵 서러움이 밀려왔다. 그와 헤어진 후, 나는 누구 앞에서도 내 감정을 보이지 않으려고 애를 썼다. 그런 감정을 내보이는 것이 그냥 구차해 보였다. 그런데 만리아카데미 식구들을 보는 순간 그만 경계가 허물어지고 말았다. 그때 얼마나 서럽게 울었는지 모른다. 그동안 꾹 참고 있던 서러움이 봇물처럼 한꺼번에 터져 나오는 것 같았다. 현장에 있었던 전재주는 그것을 '폭풍오열'이라고 표현했다.

그로부터 얼마 후, 나는 김포에 있는 한 중학교의 교사로 취직했다. 학교는 화곡동 우리 집에서 버스로 한 40분쯤 걸리는 거리에 있었다. 매일 시외버스를 타고 출퇴근을 했는데, 버스 안에서 늘 유행가가 흘러나왔다. 노래마다 구구절절 무슨 놈의 사연이 그렇게 많은지. 노래들이 내 심금을 울렸다. 그때는 정말 세상 모든 유행가가 다 내 이야기 같았다. 지금도 매일 치르는 일종의 통과의례 같았던 그 퇴근길이 생각난다. 서쪽 산 너머로 해가 뉘엿뉘엿 지기 시작하는 황혼의 들녘. 논밭 사이로 난 길을 먼지 날리며 터덜터덜 달리던 시외버스. 창밖으로 펼쳐지는 그 황혼의 들녘을 바라보며 나는 지옥 같은 하루를 마감하는 눈물의 의식을 치르곤 했다. 그때 나를 울린 노래 중에 장욱조의 〈고목나무〉가 있었다.

저 산마루 깊은 밤, 산새들도 잠들고
우뚝 선 고목이 달빛 아래 외롭네
옛사랑 간 곳 없다 올 리도 없지만은
만날 날 기다리며 오늘이 또 간다
가고 또 가면 기다린 그날이 오늘일 것 같구나

우리 기쁜 젊은 날 - 응답하라 1975-1980

가고 또 가면 기다린 그날이 오늘일지도 모른다. 그런 희망을 품고 집에 돌아와 동생들에게 묻곤 했다.

"나한테 전화 온 것 없었니?"

그러나 헛된 희망은 늘 절망이 되어 돌아왔다. 나는 알고 있었다. 모든 것이 끝났다는 것을. 한순간 내 삶을 빛으로 물들였던 그 찬란한 시간은 다시 돌아오지 않는다는 것을. 비 오는 날의 의기투합이며, 강가 선술집에서의 치기 어린 술주정, 영화 속 연인들만큼이나 기꺼이 유치했던 사랑의 말들. 그 모든 것들을 이제 두고두고 고통으로 떠올릴 수밖에 없다는 것을. T.S. 엘리엇이 '4월은 잔인한 달'이라고 했던가. 나에게도 그해 4월은 참으로 잔인한 달이었다. 4월이 되면 삼라만상의 모든 것들이 깨어난다. '죽은 땅에서 라일락을 피워 내는' 강인한 생명력으로 겨우내 얼어붙었던 땅을 뚫고 해마다 찬란하게 부활한다. 그해 4월도 어김없이 그랬다. 출근길 차창 밖으로 보이는 4월의 산천이 그렇게 눈부시게 아름다울 수가 없었다. 연초록빛으로 해마다 새롭게 태어나는 자연 앞에서, 가히 폭력적이라고 할 만큼 가열한 그 생명력 앞에서, 옛 추억이나 반추하고 있는 나는 한낱 초라한 존재에 불과했다. 자연은 해마다 새로 태어나지만 인간의 지나간 시간은 다시 태어나지 않는다. 이제 나에게 남은 것은 돌이킬 수 없는 시간에 대한 회한에 젖는 것뿐. 이것이 그해 4월의 자연이 나에게 일깨워 준 잔인한 진리였다.

시간이 약이라는 말이 있다. 너무나 평범하고 상투적인 말이지만 정말 이 말이 맞는 것 같다. 한때 가없는 고통의 원천이었던 기억들이 시간이 지나면서 서서히 옅어져 갔기 때문이다. 그로부터 몇 년이 흐른 후, 이제는 옛사랑을 고통이 아닌 아련한 추억으로 떠올릴 수 있을 정도로 마음이 편안해졌을 즈음에 나는 우연히 그를 다시 만났다. 당시 나는 압구정동 현대아파트로 피아노 레슨 아르바이트를 가던 중이었고, 그는 선배를 만나러 가던 길이었다. 버스에 앉아 있는데 어떤 군인이 버스에 오르더니 다른 자리를 다 놓아두고 내 옆자리에 앉는 것이 아닌가. 놀라서 보니 바로 그 사람이었다. 휴가를 나와서 압구정동에 있는 '풀무원'으로 원혜영(서울대 역사교육과 71, 국회의원) 선배를 만나러 가는 길이라고 했다. 우리는 버스 안에서 이런저런 얘기를 나누었다. 그러다가 버스에 내리기 직전 그가 "내일 만날까?"라고 물었다. 그 말을 듣고 잠시 망설였지만 곧 '만나는 거야 뭐 어때? 우리가 원수지간도 아닌데'라는 생각이 들었다. 그런데 또 다른 걱정이 고개를 들었다. 내가 약속에 응하면 혹시 내가 그와 다시 시작하고 싶은 마음을 먹었다고 생각하는 것이 아닐까 하는 걱정이었다. 그런 의심을 잠재우기 위해 나는 중매쟁이 역할을 했던 명자, 그리고 나를 달새 누나라고 불렀던 만리아카데미의 후배 소준섭과 함께 만날 것을 제안했다. 그리고 "다른 생각은 전혀 없어요. 부담 갖지 마세요"라는 말을 덧붙이는 것도 잊지 않았다. 그때도 내 마음을 사로잡은 단 하나의 생각은 절대로 질척거리지 말자는 것이었다.

나는 명자와 소준섭에게 약속 시간과 장소를 알려 주었다. 하지만 명자와 소준섭은 약속 장소에 나타나지 않았다. 명자가 소준섭에게 "우리가 그 자리에 뭐 하러 나가니?"라고 했단다. 둘만의 시간을 마련해 주고 싶었던 것이다. 그렇게 명자는 우리가 다시 잘 되었으면 좋겠다는 생각을 했던 것 같다. 결국 우리는 단둘이 만나 술을 마셨다. 옛날처럼 달콤한 대화가 오간 것은 아니었다. 현역 군인이어서 그런지 그는 주로 군대 이야기를 했다. 그때 잠시 마음이 흔들렸던 것은 사실이다. 당시 우리는 둘 다 싱글이었고, 우리의 만남을 방해하는 그 어떤 도덕적, 윤리적 장애물도 없었다. 하지만 이내 마음을 접었다. 결코 현명한 일이 아니라고 생각했기 때문이다. 그리고 지금도 그때 그 생각이 옳았다고 믿는다. 그때의 나는 이미 사랑이라는 환상에 모든 것을 걸었던 옛날의 내가 아니었다. "사랑밖에 난 몰라"라고 하기에는 현실을 너무 많이 알아 버린 뒤였다. 오랜 방황 끝에 나는 나 자신을 객관적으로 바라볼 수 있게 되었고, 나 자신의 한계가 무엇인지 정확하게 알게 되었다. 그래서 옛날처럼 순정파를 자처하며 젊디젊은 에너지를 연애에 탕진하는 일은 하지 않기로 했다. 더 이상 무모한 사랑에 빠지지 않으리. 그렇게 나는 어려서부터 가슴 설레며 키워온 '나의 라임 오렌지 나무', 그 맹목적 환상의 나무를 잘라 버렸다.

물론 지금도 어느 날 문득 젊은 시절 가슴을 훑고 지나갔던 찬란한 희열의 순간들이 생생하게 되살아날 때가 있다. 코끝을 스치는 바람에서 문득 봄을 느낄 때, 빗방울이 들이치는 유리창 너머로 축축하게 젖은 거리를 바라볼 때, 사랑의 아픔을 노래한 지난 시절의 유행가를 들을 때 그렇다. 그렇게 내게도 사랑이 가없는 행복과 열망의 원천이었던 시절이 있었다. 그러나 만약 누가 내게 그 시절을 돌려준다 해도 나는 결코 돌아가지 않을 것이다. 그 창창한 젊음의 방황과 상처가 너무 끔찍했기 때문이다.

12·12 사태,
흘린 피가
부족했던 것일까?

　　　　　　　　　박정희가 죽은 후 유신헌법에 따라
당시 국무총리였던 최규하가 대통령 권한대행을 맡았다. 1979년 11월
6일, 대통령 권한대행 최규하는 유신헌법에 따라 새 대통령을 선출하
고, 그렇게 뽑힌 새 대통령이 빠른 시일 내에 헌법을 개정한다는 담화
를 발표했다. 재야인사와 학생, 언론, 민주 시민들이 당장 유신헌법을
철폐하고 민주 헌법을 제정해 대통령을 선출할 것을 요구했으나 받아
들여지지 않았다.

　11월 말이 되자 전국 대학에 내려졌던 휴교령이 해제되고 학생들
이 학교로 돌아왔다. 당시 대학에 다녔던 후배들의 말에 의하면 그때부
터 학교에 늘 상주하던 사복 경찰, 이른바 '짭새'들이 자취를 감추었다
고 한다. 사실 70년대 대학 캠퍼스나 벤치, 과사무실 같은 곳에서 사복
경찰의 모습을 보는 것은 그다지 낯선 일이 아니었다. 어떤 대학에서는

아예 과사무실에 상주하면서 《선데이 서울》 같은 잡지를 보며 시간을 보내는 사복 경찰도 있었다. 고려대에는 정문 옆에 이들이 상주하는 건물이 따로 있었다. 그렇게 곳곳에 경찰들이 상주하고 있었기 때문에 교내에서 시위를 주도하는 일이 쉽지 않았다. 한 학생이 나서 "독재타도!"를 외치면, 거짓말 조금 보태서 1초 만에 어디선가 수십 명의 경찰들이 우르르 몰려와 그를 잡아갔기 때문이다. 그런데 그런 경찰들이 사라졌다니 좋은 징조라는 생각이 들었다.

1979년 12월 6일, 최규하가 통일주체국민회의에 의해 제10대 대통령으로 선출되었다. 이 투표 결과를 통해 나는 우리나라 민주주의의 비약적인 발전을 가슴 설레며 맛보았다. 박정희 때 99.9퍼센트, 말하자면 거의 만장일치에 이르던 득표율이 이 선거에서는 겨우 96.7퍼센트밖에 나오지 않았기 때문이다. 게다가 세상에! 무효표가 무려 84표나 나왔단다! 반대표가 아닌 것이 아쉽기는 하지만 그전까지 한 표나 두 표에 불과했던 무효표가 이번에 무려 84표나 나왔다니! 이토록 비약적인 발전이 세상에 또 어디 있을까. 이건 거의 반란이라고 보아도 무방한 숫자이다. 박정희가 살아 있었으면 어림도 없었겠지. 최규하가 그렇게 만만해 보였나. 여하튼 최규하 때 그 가능성을 보여 주었던 한국 민주주의의 비약적인(?) 발전은 1980년 8월 27일에 치러진 제11대 대통령 선거에서 도로 아미타불이 되고 말았다. 전두환이 99.9퍼센트 득표율, 무효 1표로 대통령에 당선되었기 때문이다.

요즘 진보 인사를 종북주의자라고 비판하는 사람들이 많은데, 나는 종북주의의 원조는 박정희라고 생각한다. 유신 시절에 만들어진 문교부 발행의 『승공 통일의 길』이라는 교과서를 읽으면 바로 답이 나온다.

여기에 북한의 선거제도를 비판한 대목이 있는데, 박정희가 이것을 그대로 따라 했기 때문이다.

공산국가에서도 형식상 선거를 치른다. 그러나 그 선거는 민주주의 국가에서 실시하는 선거와는 다른 일종의 사기 행위이다. 우선 공산국가의 선거에서는 입후보자를 단 한 사람만 세워 그 사람에 대해 찬성이냐 반대냐를 표시할 수 있을 뿐이다. 그러나 유권자는 찬성할 수 있는 자유는 있어도 반대할 수 있는 자유는 없다. 선거라는 것은 글자 그대로 많은 사람 중에서 적격자 한 사람을 고르는 선택 행위인데, 입후보자가 한 사람밖에 없다는 것은 벌써 선거의 의미가 없는 것이다. 그들의 선거 결과는 항상 99퍼센트 이상의 투표율과 99퍼센트 이상의 찬성으로 나타난다.

『승공 통일의 길 2』, 문교부 발행

여기서 '공산국가'라는 말을 '대한민국'으로 바꾸면 그대로 우리나라의 경우와 일치한다. 학생들이 이것을 배우며 무슨 생각을 했을까? "아! 이상하다. 우리도 대통령을 저렇게 뽑는데." 이러지 않았을까? 박정희가 왜 이런 교과서를 그냥 내버려 두었을까? 자기 딸은 온갖 무리수를 두며 교과서를 바꾸려고 그렇게 노력했는데, 박정희는 왜 그 생각을 못 했을까? 워낙 국사(?)에 바쁘다 보니 교과서에까지 신경을 쓸 여력이 없었던 것일까? 하지만 나는 이것이 그의 중대한 실수라고 생각한다. 이런 교과서로 공부했으니 아이들의 '혼이 비정상'이 되어 대학 가서 데모나 하고 그러지.

최규하가 대통령에 당선된 다음 날인 1979년 12월 8일, 긴급조치 9

호가 해제되었다. 나처럼 재판을 받지 않은 사람들은 진즉에 풀려났지만 정식재판을 받고 복역 중인 사람들은 이때 풀려났다. 당시 전국 교도소에 약 5백여 명의 긴급조치 9호 위반자들이 있었는데, 그중 경합범을 제외한 430여 명이 석방되었다. 계엄령은 아직 해제되지 않았지만 무언가 희망의 조짐이 보였다. 나는 18년 독재의 원흉이 사라졌고, 새 대통령이 민주헌법의 제정을 약속했으니 민주화가 이루어지는 것은 시간문제라고 생각했다. 참, 순진하기는.

1979년 12월 12일, 그날 나는 명륜동에 있는 선배의 자취방에서 친구, 후배들과 함께 막걸리를 마시고 있었다. 대화의 내용은 단연 앞으로 전개될 시국 상황에 관한 것이었다. 물론 심각한 얘기만 한 것은 아니었다. 박정희와 그의 죽음을 둘러싼 각종 우스갯소리가 양념으로 곁들여졌다. 죽은 사람을 농담의 대상으로 삼는 것은 인간으로서 못 할 짓이라는 생각도 들었지만, 살아생전 그가 휘둘렀던 온갖 악행을 생각하니 그나마 있던 동정심마저 싹 사라졌다. 우리는 막걸리 사발을 주거니 받거니 하면서 마음껏 박정희와 그의 시대를 비웃어 주었다.

그런데 우리가 그렇게 웃고 떠들던 바로 그 시간에, 역사의 수레바퀴는 전혀 다른 방향으로 흘러갈 준비를 하고 있었다. 이 비밀스러운 음모는 박정희 서거 직후인 11월 초에 시작되었다. 당시 보안사령관이던 전두환이 정국이 혼란한 틈을 타 군사 쿠데타를 일으킬 결심을 한 것이다. 그는 12월 12일 하나회 소속 군인들과 함께 그 계획을 행동에 옮겼다. 우리가 술 마시며 떠들고 있던 그 시간, 전두환의 쿠데타 세력은 한남동의 육군총장 공관을 급습해 육군총장인 정승화를 납치했다. 그런데도 우리는 그런 사실을 까맣게 모른 채 술을 마시고 있었다. 술자리가 파한 것은 밤 9시경이었다. 나는 신정동, 등촌동에 사는 선배들과 함께 집으로 가기 위해 버스를 탔다. 그런데 버스가 제2 한강교 부근에 다다르자 더 이상 앞으로 나가지 못하는 사태가 벌어졌다. 차가 완전히 막혀 오도 가도 못 하는 상황이 된 것이다. 무슨 일이지? 밤 9시경에, 그것도 도심에서 멀리 떨어진 한강 다리 근처에서 길이 막히는 것은 흔히 있는 일이 아니었다. 도대체 무슨 영문인지 알 수 없었다. 우리는 버스에서 내려 다리 입구까지 걸어갔다. 총을 든 군인들이 지키고 있었다. 영문을 묻는 사람들에게 군인들은 빨리 다리를 건너 집으로 가라고만 했다. 바닥에는 차가 지나가면 펑크가 나도록 끝이 뾰족한 쇠 철판이 깔려 있었다. 놀란 시민들이 신문사로 전화를 했지만 신문사 역시 사태가 어떻게 돌아가는지 모르고 있었다. 나중에 알려진 바에 의하면 당시 수도경비사령부의 장태완 장군이 전두환의 쿠데타군이 한강 다리를 건너 서울 시내로 들어오는 것을 막으려고 한강 다리 봉쇄 명령을 내렸다고 한다.

"아무래도 조짐이 안 좋아."

같이 있던 선배가 무거운 목소리로 이렇게 말했다. 우리는 한강 다리를 건너 집으로 가는 것을 포기하고 상황을 지켜보기 위해 신촌에 있는 후배의 자취방으로 갔다.

다음 날 아침, 밖에 나갔던 선배가 신문을 들고 들어왔다. 일면에 대문짝만한 글자로 '정승화 육참총장 연행조사'라고 쓰인 제목이 눈에 들어왔다. 그리고 그 밑에 작은 글씨로 "사건 관련 일부 장성도 구속, 김재규 수사 중 새 사실 드러나, 새 육참총장 겸 계엄사령에 이희성 대장 임명, 정 총장 연행 과정서 경미한 충돌"이라는 내용이 있었는데, 이는 함께 실린 노재현 국방장관의 담화문을 요약한 것이었다. 담화문의 말미에 장관은 국민들에게 이런 당부의 말을 남겼다.

친애하는 국민 여러분!

안정과 질서를 유지해야 할 이 중대 시기에 이와 같은 불상사가 있었던 것을 매우 유감스럽게 생각하는 바입니다. 그러나 점진적인 정치 발전을 바라는 대다수 국민의 여망에 부응하여 정부와 군은 최선의 노력을 경주하고 있으니 일말의 의심이나 동요 없이 국민 여러분은 정부와 군을 믿고 각자 맡은 직분에 전념하여 주시기를 당부하는 바입니다.

하지만 국민들에게 안심하라는 당부를 했던 노재현 국방부 장관은 정승화 참모총장이 공관에서 납치당하는 급박한 상황 속에서도 이리저리 도망 다니기 바빴던 사람으로 유명하다. 당시 이 사람의 행적을 보면 가히 도망의 왕, 아니, 도망의 황제라고 해도 과언이 아닐 정도다. 옆에 있는 총장 공관에서 총소리가 나자 군 지휘부와 함께 행동하지 않고, 단국대로 피신했다가 육본 B-2벙커, 미8군 영내의 한미연합사 벙커 등 스스로 안전하다고 생각되는 곳으로 이리저리 옮겨 다니는 비겁함을 보였다. 도대체 이런 사람을 어떻게 믿고 국민들이 각자 맡은 바 본분에 충실할 수 있을까. 담화문에 있는 '최선의 노력'이라는 말이 우습다. 그나저나 밤새 그렇게 도망가기 바빴던 사람이 저 담화문은 언제 썼을까? 전두환이 대신 써 줬나? 신문 제목이 많은 것을 말해 주고 있었다.

"이건 쿠데타야. 군인 놈들이 또 장난질을 치는 거야."

선배가 머리를 저으며 이렇게 말했다. 또 다른 선배는 충혈된 눈으로 "어떻게 이럴 수가 있어"라는 말만 반복했다. 우리는 새벽 시장으로 가서 해장술을 마셨다. 시종 화기애애하던 어제 밤과는 달리 모두 말이 없었다. 깊은 침묵 속에 울분에 차서 벌컥벌컥 막걸리 들이키는 소리만 들렸다. 진정한 민주주의를 이루기에는 그동안 우리가 흘린 피가 부족했던 것일까? 역사의 발전을 위해 앞으로 우리가 흘려야 할 피가 아직 더 남아 있는 것일까? 1979년 12월 13일 새벽, 신촌의 그 선술집에서 우리는 모두 통곡 같은 울음을 삼키고 있었다.

부패한 정권의 말로, 10·26 사건

1980년은 벽두부터 박정희 시해 사건에 대한 재판 소식으로 연일 매스컴이 시끄러웠다. 박정희 시해 사건에 대한 군사재판은 1979년 12월 4일에 시작되었다. 사건 발생 후, 합수부가 수사를 개시한 지 39일 만에 첫 재판이 열린 것이다. 그로부터 재판은 대한민국 사법 사상 유례를 찾아볼 수 없을 만큼 빠른 속도로 진행되었다. 1980년 5월 20일 대법원 확정판결이 나오기까지 6개월이 안 걸렸으니 말이다. 재판 과정에서 피고인들의 입을 통해 믿지 못할 사실들이 밝혀졌다. 박정희가 죽은 곳은 궁정동 안가로 박정희는 여기에서 수시로 연회를 열었다고 한다. 물론 그 자리에 여자가 빠질 수 없었고, 여자를 공급하는 채홍사 역할을 중앙정보부 의전과장인 박선호가 맡았다.

나는 이 사건이 나기 전에 궁정동 안가 앞을 지나가 본 적이 있다. 일주일에 한 번 한국근대사 공부를 하기 위해 혜원의 집에 가려면 반드시 이 앞을 지나가야 했다. 그러니까 나는 박정희가 죽기 전까지 적어도 서너 번은 그 앞을 지나갔던 셈이다. 물론 그때는 거기가 어떤 곳인지 전혀 몰랐다. 높은 담장에 커다란 철문이 굳게 닫혀 있는 것이 예사로운 집이 아니라는 느낌이 들기는 했다. 그러던 어느 날, 하도 궁금해서 철문 앞에서 조금 기웃거렸다. 그랬더니 어디선가 "뭘 봐? 이년아" 하는 소리가 들리는 것이 아닌가. 안에서 누군가 밖의 동태를 살피고 있었던 것이다. 그때 얼마나 놀랐는지 모른다. 그 소리를 듣고 여기가 참 무시무시한 곳이구나 하는 생각을 했었다, 하지만 거기서 박정희가 수시로 여자를 끼고 놀았을 줄은 상상도 못 했다. 그가 여자를 밝힌다는 소문은 들었지만 이렇게 전용 접대관까지 마련해 놓고 대놓고 그랬을 줄 누가 알았겠는가.

박정희가 궁정동 안가에서 김재규에 의해 살해되었을 때, 나와 혜원이는 관악경찰서 유치장에 있었다. 그런데 그가 죽은 후 며칠 동안 경찰관들이 쉬쉬하는 바람에 우리는 밖에서 일어난 이 엄청난 사건을 전혀 모르고 있었다. 그 날 혜원이네 가족들은 모두 집에서 그 총소리를 들었단다. 그만큼 혜원이의 집과 안가가 가까운 거리에 있었다. 추모 분위기가 무르익던 어느 날, 한 경찰관이 우리 방 앞으로 와서 이렇게 말했다.

"박정희 대통령 각하의 생가에 있는 나무에 꽃이 피었다네. 한겨울에 말이야."

"에이. 그럴 리가요."

우리가 말도 안 된다는 표정을 짓자 그 경찰관은 정색하고 말했다.

우리 기쁜 젊은 날 - 응답하라 1975-1980

"정말이라니까. 한겨울에도 꽃이 핀 걸 보면 하늘이 내린 분인 게 틀림없어. 여하튼 난사람은 난사람이라니까."

그 말에 혜원이가 나직한 목소리로 말했다.

"여하튼 우리나라 사람들은 언제나 신화를 필요로 한다니까."

박정희 시해 당시의 상황과 그 후 재판 과정에 대해서는 이미 잘 알려져 있으니 얘기하지 않겠다. 김재규에 대해서는 사람마다 평가가 엇갈린다. 독재 정권을 종식시키기 위해 박정희를 죽인 의인으로 평가하는 사람이 있는가 하면, 박정희의 총애를 등에 업고 매사에 오만무도하게 구는 차지철과 이를 방치하는 박정희에 대한 순간적인 분노로 일을 저질렀다고 평가하는 사람도 있다. 여하튼 김재규가 박정희를 그냥 두었다가는 앞으로 국가적으로 큰 불행이 일어날 것이라고 생각했던 것은 사실인 것 같다. 그는 부마항쟁을 보면서 사태가 예사롭지 않다는 것을 직감했다고 한다. 하지만 10월 26일에 일어난 일은 사전에 계획된 것이 아닌, 순전히 우발적인 것으로 보인다. 만찬 자리에는 박정희, 김재규, 김계원, 차지철이 동석했다. 이 자리에서 김재규는 박정희에게 부산의 상황이 심상치 않으니 정부가 근본적인 대책을 세워야 한다고 건의했다. 그러자 박정희가 버럭 화를 냈다.

"앞으로 부산 같은 사태가 발생하면, 이제는 내가 직접 발포 명령을 내리겠다. 자유당 때는 최인규나 곽영주가 발포 명령을 해서 사형을 당했지만 내가 직접 명령을 하면 대통령인 나를 누가 사형시키겠어?"

그 말에 차지철은 한술 더 떠 이렇게 말했다.

"캄보디아에서는 3백만 명을 죽이고도 까딱없었는데, 우리가 백만이나 2백만 명 정도 죽인다고 까딱하겠습니까?"

그날 이렇게 무시무시한 말들이 만찬 자리에서 오갔다고 한다. 만약 박정희가 죽지 않았다면 머지않아 광주 학살과 비슷한 사태가 벌어졌을지도 모른다. 김재규의 증언으로 미루어 보면 당시 박정희는 정상적인 판단을 거의 할 수 없을 정도로 정신적으로 피폐해진 상태였던 것 같다. 독재자들이 말년에 보이는 전형적인 증상이었다. 말년에 박정희는 어떤 희생을 치르고서라도 절대로 권력을 놓지 않겠다는 강한 의지를 가지고 있었다. 그 희생에는 국가안보까지도 포함되어 있었다. 미국의 간섭도 불쾌해하면서 "까짓것, 주한미군 나갈 테면 나가라지"라는 태도를 보였다고 한다.

박정희는 매사에 강경 일변도로 나갔다. 참모들이 이런 상황에 대해 살짝 우려를 표시하면, 어김없이 강한 질책이 돌아왔다. 그러니 어느 누구 하나 직언하는 사람이 없었다. 차지철은 이런 박정희의 심중을 잘 알고 있었다. 박정희가 강경한 태도를 보일 때마다 옆에서 추임새를 넣었다. "옳습니다. 각하! 더 세게 하셔야 합니다. 반대하는 놈들, 싹 쓸어버리면 됩니다." 이런 식으로 말이다. 그래서 박정희는 차지철을 총애했다. 아니, 말년에는 믿는 사람이 차지철밖에 없었다. 각하의 은총을 등에 업은 차지철은 매사에 안하무인으로 행동했다. 자기보다 여덟 살이나 많은 김재규에게도 함부로 대했다. 그러니 차지철이 김재규 눈에 곱게 보일 리가 없었다. 차지철이 박정희를 제외한 누구에게나 안하무인으로 구는 배경에는 어린 시절부터 쌓여온 뿌리 깊은 열등의식이 있었다. 그는 정실 소생이 아닌 서자로 태어나 어려서부터 이복형제들의 무시를 받으며 자랐다. 공부는 곧잘 했지만 육사 시험에 응시해 떨어지고, 다른 경로를 통해 군인이 되었다. 5·16 군사 쿠데타에 가담한 것을 계기로 출세 가도를 달리다 말년에는 박정희의 총애를 등에 업고 무소불위의 권력을 휘둘렀지만 뿌리 깊은 열등의식은 어쩔 수 없었던 것 같다.

열등의식을 가진 사람이 권력을 잡으면 위험하다는 말이 있다. 차지철이 그런 경우에 속한다. 동창들의 증언에 의하면 그는 학창 시절 남들 눈에 뜨이지 않는 조용하고 내성적인 성격의 소유자였다고 한다. 그런데 이렇게 찍소리 못 내고 살던 그가 권력을 얻은 후에는 누구 앞에서나 안하무인으로 행동했던 것이다. 열등의식으로 짓눌려 지냈던 세월에 대한 일종의 보상심리가 작용한 것일까. 차지철에 대한 세상 사람들의 평가는 대개 부정적인 것이었다. 많은 사람이 그를 '나쁜 사람'으로 생각했지만 이런 그에게도 단 한 사람, 아무런 사심 없이 진심으로 마음을 담아 사랑한 사람이 있었다. 바로 어머니였다. 그가 타고난 효자라는 것은 널리 알려진 사실이다. 그가 죽고 난 후, 그의 어머니가 한 월간지 인터뷰에서 이렇게 말했다.

"내 아들이 남에게 죽일 놈 욕을 먹는 거 알지. 하지만 나에겐 하나뿐인 아들이었어. 어미에겐 지극정성 효자였지."

역사적으로 악행을 저지른 사람도 누군가에게는 좋은 아들, 좋은 남편, 좋은 아버지일 수 있다. 아돌프 히틀러도 해마다 휴가를 같이 보내는 바그너 家의 아이들에게는 '친절한 아돌프 삼촌'이었다. 영화 〈소피의 선택〉의 주인공 소피는 반유대주의 신봉자였던 아빠와 함께 보낸 어린 시절을 삶의 가장 행복한 시절로 기억하고 있다. 어떤 사람을 역사적으로 평가할 때, 그가 얼마나 착한 아들인지, 얼마나 자상한 남편인지, 얼마나 좋은 아버지인지는 전혀 고려의 대상이 되어서는 안 된다. 세상에 둘도 없이 착한 아들도, 자상한 남편도, 좋은 아버지도 얼마든지 역사의 죄인이 될 수 있다. 언젠가 모 전직 대통령의 아들이 한 말이 생각난다. 자기가 세상에서 제일 존경하는 사람이 자기 아버지라고.

차지철은 또한 독실한 기독교신자였다. 술, 담배를 일체 입에 대지 않았으며, 하루 두 차례씩 꼭 기도를 드렸다. 매주 수요일 새벽 4시가 되면 삼각산 비봉바위 밑에 있는 기도원에 올라가 무릎을 꿇고 몇 시간씩 기도를 했으며, 집에도 조그만 기도실을 만들어 놓고 매일 아침, 저녁으로 노모를 모시고 예배를 드렸다. 그 기도의 내용이 무엇이었을까? 그가 독실한 기독교인이었다고 해서 그의 악행이 용서되는 것은 아니다. 주일마다 빠지지 않고 예배에 참석해 열심히 기도를 드리고, 감사의 찬송을 부르고, 회개의 눈물을 흘리고, 엄청난 액수의 헌금을 바치는 사람 중에도 권력을 남용하고, 공금을 횡령하고, 남의 돈을 떼먹고, 사기를 치고, 뇌물을 받고, 성폭행을 하고, 없는 자를 착취하고, 거짓말을 일삼고, 도둑질을 하고, 약한 자를 무시하고, 권력에 굴종하고, 자신의 이익을 위해 다른 사람을 짓밟는 사람들이 많다. 이쯤에서 궁금한 것이 있다. 그들은 도대체 무슨 기도를 드릴까? 박정희에게 반기를 드는 국민 1, 2백만 명쯤은 얼마든지 죽일 수 있다고 공언한 차지철의 기도 제목은 무엇이었을까? "하나님! 박정희에게 반항하는 저들에게 벼락을 내리소서"였을까?

김재규는 이런 차지철을 경멸했다. 김재규를 아는 사람들은 그가 질서를 존중하는 전형적인 군인이었다고 말한다. 어떤 면에서 상당히 강직한 면이 있었다는 것이다. 이런 그의 눈에 매사에 아첨을 일삼으며 각하의 눈과 귀를 가리는 차지철이 좋게 보일 리 만무했다. 1심에서 사형선고를 받은 김재규는 항소심 공판에서 스스로 목숨을 끊을 수 있게 해 달라고 간청했다. 평소에 그는 일본 사무라이를 동경했다고 한다. 사무라이는 명분 있는 죽음을 굉장히 중요하게 생각하는 집단이다. 그 죽음의 미학을 김재규는 동경했다. 그는 군인으로 살아온 사람이 죽음을 두려워하지는 않는다, 다만 내가 스스로 목숨을 끊을 수 있도록 해 달라. 즉 사무라이식의 '죽음의 미학'을 실현할 수 있도록 해 달라고 간청했다. 하지만 이런 간청은 묵살되었고, 그는 1980년 5월 24일 교수형으로 생을 마감했다.

재판 과정에서 김재규는 부하직원인 박선호와 박흥주의 선처를 호소했다. 자기는 죽어도 괜찮지만 자기 명령에 따라 행동한 부하들은 살려 달라고. 하지만 이 호소는 받아들여지지 않았다. 군인 신분이던 박흥주는 1980년 3월 6일, 소래의 야산에서 총살형을 당했고, 박선호는 김재규와 같은 날 교수형을 당했다. 박선호는 말이 좋아 의전과장이지 박정희에게 여자들을 대주는 이른바 채홍사 역할을 했다. 기독교 신자에다가 아이들의 아버지이기도 한 박선호는 이 일을 몹시 싫어했다고 한다. 그래서 김재규에게 여러 번 사의를 표했는데, 그때마다 김재규가 붙잡았고, 그 결과 비극적인 최후를 맞았다. 그는 차지철이 그가 데려온 여자들에 대해 얼굴이 못생겼다는 둥, 품위가 없다는 둥 트집을 잡을 때마다 관립요정 관리자로 전락한 자기 신세를 한탄했다고 한다.

박정희는 한 달에 열 번 정도 안가에서 만찬을 즐겼다. 이때 반드시 여자를 불렀는데, 여기에도 원칙이 있었다. 한 사람이 아닌 반드시 두 사람 이상을 부르며, 같은 사람을 두 번 이상 부르지 않는다는 것이었다. 여러 사람을 부르는 것은 선택의 폭을 넓히기 위한 것이고, 한 사람을 두 번 이상 부르지 않는 것은 각하와 개인적인 인연이 깊어지는 것을 막기 위해서였다. 각하의 양옆에 앉히는 여자 중 한 명은 대개 이름이 널리 알려진 스타였고, 다른 한 명은 연예계 진출을 원하는 신출내기였다. 각하는 술에 취하면 두 사람 중 마음에 드는 쪽으로 몸을 기울였고, 그러면 아랫사람이 알아서 다음 일정을 진행했다. 한 번 온 사람은 다시 부르지 않는다는 원칙 때문에 당시 궁정동 안가에 불려갔던 여자들의 수가 백 명에 육박했다고 한다.

10월 26일. 문제의 그 날에도 여자들이 불려왔다. 신문에서 재판에 참석하는 여자들의 뒷모습만 보여 주고, 이름도 가명을 썼지만 그때 알 만한 사람들은 다 알고 있었다. 그날 만찬에 참석한 사람이 가수 심수봉과 모델 신재순이었다는 것을. 이날 박정희는 시바스 리갈을 마셨고, 심수봉은 기타를 치며 노래를 불렀다. 그러다가 사건이 터진 것이다. 신재순이 박정희의 등에서 솟구치고 있는 피를 손바닥으로 닦으며 "각하! 괜찮으십니까?"라고 물었다. 그러자 박정희가 "응. 난 괜찮아"라고 대답했다고 한다. 이것이 그가 이승에서 한 마지막 말이었다.

나는 10 · 26 사건이 부패한 정권의 말로를 상징적으로 보여 주는 사건이라고 생각한다. 이 사건이 전 세계 언론에서 톱뉴스로 다루어질 때, 나는 대한민국 국민의 한 사람으로서 부끄러웠다. 대통령이 집무실에서 일을 하다가 혹은 각료들과 회의를 하다가 혹은 산업체를 시찰하다가 총에 맞아 죽었다면 이렇게 창피하지는 않았을 것이다. 그런데 일국의 대통령이 관립 비밀요정에서 여자들을 데리고 양주를 마시고 놀다가 부하의 총에 맞아 죽었다니. 다른 나라 사람들이 우리를 얼마나 한심하게 보았을까. 이런 이유 때문인지 당시 대학가에서는 박정희의 죽음을 풍자하고 조롱하는 풍토가 만연해 있었다. 그 대표적인 예가 심수

봉의 노래 〈그때 그 사람〉의 패러디이다. 대학가에서 이 사람 저 사람이
만들다 보니 이 노래에는 여러 가지 버전이 존재한다. 여기 그중 하나
를 소개한다.

유신하면 생각나는 그 사람
양주보다 막걸리를 좋아했지
학생과 민주 인사 투옥하고
국민을 우롱하던 그때 그 사람

그 어느 날 궁정동에서 총 맞았지!(총 맞았지!)
세상에서 제일 믿던 재규에게!(재규에게!)
아니야 난 괜찮아 허풍을 떨면서
고개를 떨구던 그때 그 사람

외로운 병실에서 시체가 되어
쓸쓸하게 사라져 간 그때 그 사람
국민들은 신이 나서 좋아했지
그러니까 부관참시 해야겠지
아민과 팔레비와 소모사의 친구
이제는 가고 없는 그때 그 사람

이 패러디는 문제의 현장에 심수봉이라는 가수가 있었다는 점에서
더욱 생생한 풍자적 의미를 갖는다. "그때 그 사람" 대신 "그때 그 새끼"

라고 한 버전도 있는데, 이것은 통쾌하기는 하지만 패러디의 묘미는 떨어진다. 패러디는 원곡의 오리지널리티를 살짝 비틀어야 제맛이 난다. 이것을 벗어나 완전히 새롭게 만들면 패러디의 묘미가 떨어진다. 이 노래에서 가장 절묘한 대목은 "고개를 떨구던"이다. 심수봉의 원곡도 같은 가사인데, 총을 맞은 박정희가 고개를 떨구던 상황과 일치한다는 점에서 절묘하다. 박정희가 죽고 전두환이 광주학살을 감행할 때까지의 기간, 이른바 '서울의 봄' 기간에 우리들은 이 노래를 부르며 유신독재에 대한 한을 풀었다.

꽃이 지기 직전의 만개, 서울의 봄

                    젊은 시절의 나는 지적 허영심이 참으로 충만했던 것 같다. 무슨 놈의 공부 모임을 그렇게 많이 가졌는지 모른다. 조상 중에 공부 못해 죽은 귀신이 있었나. 1980년 초를 돌아보니 또 다른 공부 모임이 생각난다.

그 무렵 논장서적에 놀러 갔다가 향순이로부터 "너, 경제학 공부 해 볼 생각 없니?"라는 말을 들었다. 나는 무조건 좋다고 했다. 당시 나에게는 무언가 몰두할 대상이 필요했기 때문이다. 그래서 향순이로부터 이래경(서울대 금속공학과 73, 바른백년 이사장)을 소개받았다. 그때 같이 공부한 멤버로는 이래경과 한승동(서강대 75, 전 한겨레신문사 기자), 장정수(서강대 75, 전 한겨레신문사 기자), 이진복(성대 사학과 74, 교수)이 있었다. 우리는 일주일에 한 번씩 모여 폴 스위지의 『자본주의 발전 이론』을 공부했다. 그때 공부했던 폴 스위지의 책을 아직도 갖고 있다. 지금은 내용이 하나도 생각이 안 나는데, 책을 보니 당시 공부를 엄청 열심히 했던 것 같다. 곳곳에 밑줄이 쳐져 있고, 여백에 메모가 가득하다. 그것을 보면서 "참 애썼구나" 하는 생각이 들었다. 책의 여백을 가득 메운 깨알 같은 글씨에서 무엇인가에 간절히 매달리고 싶어 하는 절박함이 느껴졌다. 여하튼 그때는 내가 정서적으로 가장 불안한 시기였고, 같이 공부한 사람들도 나에게서 그런 느낌을 받았을 것이다.

이래경 선배와는 그 후 지금까지 인연을 이어 오고 있다. 우리 모임의 리더 역할을 했는데, 굉장히 영민한 사람이라는 인상을 받았다. 그 어려운 스위지의 이론을 논리정연하게 그리고 쉽게 요약해서 말하는 능력이 뛰어났다. 그가 했던 "자본주의의 driving force가 경쟁력이란 말이지"라는 말은 지금도 기억에 또렷하게 남아 있다. 당시 그는 서울대 공대에서 제적을 당한 상태였다. 그 후 독일 합자회사 '호이트한국'을 설립했다고 들었다. 사업이 아주 잘되었던 모양이다. 민주화운동에 경제적인 지원을 아끼지 않았고, '일촌공동체'라는 시민 단체를 만들어 소외계층의 자활을 도와주기도 했다. 그는 2011년 작고한 김근태 민주통합당 상임고문이 주축이 되어 만든 '동인'과도 인연이 깊다. 동인은 김 고문을 중심으로 이십여 명의 진보적 정치인, 지식인, 언론인들이 꾸린 공부 모임인데, 비록 멤버는 아니었지만 김 고문과의 인연으로 후원자 역할을 했다. 주머니가 가벼운 운동권 친구, 선후배들에게 그는 가장 편하게 얻어먹을 수 있는 물주(?)였다. 나도 1년에 한 번 혹은 2년에 한 번씩 푸짐하게 얻어먹었다. 혼자 얻어먹을 때도 있지만 다른 사람을 데리고 나갈 때도 있었다. 사실 얻어먹는 자리에 초대하지 않은 사람을 데리고 나가는 것은 상당히 예의에 어긋나는 짓이다. 그런데 그는 내가

우리 기쁜 젊은 날 – 응답하라 1975-1980

이런 개념 없는 짓을 해도 다 받아 주었다.

"저 이번에 만날 때 누구 데리고 가면 안 될까요?"라고 물으면 언제나 "아. 그럼요. 진회숙 씨가 원하는 사람은 누구든지 다 환영이에요"라며 흔쾌히 허락해 주곤 했다. 그 마음이 그렇게 고맙고 든든할 수가 없었다. 겉으로 드러내지는 않지만 나는 내면적으로 상당히 콤플렉스가 많은 사람이다. 그래서 사람들을 만날 때마다 이 사람이 나를 우습게 보면 어떻게 하지 노심초사하는 경우가 많다. 집에 와서 내가 한 말과 행동들을 하나하나 복기하며, "이 부분은 우스워 보였을 거야" "내가 왜 그랬지?" 하면서 후회하는 때가 한두 번이 아니다. 그런데 그를 만나면 그런 생각이 전혀 안 들었다. 내가 무슨 행동을 하든 언제나 믿어 주고 응원해 주었기 때문이다. 그래서 언제든지 편하게 만날 수 있었다. 사람이 오래 알고 지내다 보면 조금 흐트러진 모습을 보이는 때도 있게 마련인데, 나는 지금까지 그런 모습을 한 번도 보지 못했다. 그렇게 늘 깔끔하게 거리를 유지하는 젠틀한 매너의 서울 신사가 내가 알고 있는 이래경 선배다. 흔히 운동권 하면 문화예술과는 거리가 먼 심각하고 딱딱한 사람들이라는 선입견이 많다. 하지만 그와 이야기를 나누다 보면 그가 예술 전반에 걸쳐 얼마나 풍성한 지식과 예민한 감수성을 가지고 있는지 알 수 있다.

"내가 윤이상의 가곡을 들었는데, 거기서 글쎄 가야금 소리가 들리지 뭐야."

이렇게 노래에서 가야금 소리를 들을 정도로 풍부한 예술적 감수성의 소유자이다. 언젠가 그로부터 폴란드의 현대음악 작곡가 헨릭 고레츠키의 음악을 좋아한다는 얘기도 들은 적이 있다. 그래서 내가 서울시향에서 일할 때는 가끔 서울시향 연주회에 초대하기도 했었다. 다른 음악회에 갔다가 가족과 함께 연주를 보러 온 그를 우연히 만나는 경우도 종종 있었다.

광우병 촛불 시위가 한창이던 2008년 6월, 나는 서울시향의 〈아르스 노바〉 공연을 위해 한국에 온 동생 진은숙과 동생의 남편 마리스 그리고 영국인 지휘자 스테판 애즈버리와 함께 그로부터 저녁을 얻어먹은 적이 있다. 당시 지휘자가 묵었던 호텔이 서울시청 맞은편에 있는 플라자호텔이었는데, 그 광장 앞에서 역대 최대 규모의 촛불 시위가 열리고 있었다. 생전 처음 그런 장관을 목격한 지휘자가 이유를 물었다. 아메리칸 비프 때문이라고 하자 "아메리칸 비프를 안 먹으면 되지 그렇다고 저렇게까지 엄청나게 시위를 합니까?"라고 되물었다. 나는 그것이 단지 미국산 쇠고기를 안 먹는 문제가 아니라는 말을 하고 싶었지만 짧은 영어 실력 때문에 포기하고 말았다.

우리는 시청 앞 광장의 수많은 인파를 뚫고 약속 장소인 인사동의 한정식집으로 갔다. 그리고 이래경 선배에게 푸짐하게 얻어먹었다. 좋은 음식과 향기로운 술과 함께하는 행복한 시간이었다. 이래경 선배와 스테판 애즈버리가 특히 대화를 많이 나누었다. 주제는 예술, 음악, 정치, 사회에 이르기까지 다양했다. 나중에 2차로 간 와인집에서는 그가 흥에 겨워 영시까지 읊었다. 첫 구절이 "Life is but a dream"이었던 것으로 기억한다. 그때 그 자리에 있던 동생 은숙이가 이제까지 만났던 대한민국 아저씨 중에 제일 멋진 사람이라고 했었다.

그는 2015년 호이트한국 대표 자리에서 물러났다. 그동안 재벌가의 편법 상속 실태를 비판하면서 사회적 상속을 주장해 온 그는 은퇴 후

노후 자산을 제외한 자신의 전 재산을 사회에 내놓겠다고 선언했다. 그리고 이듬해 사회 변화의 담론을 생산하고 새로운 역사의 흐름을 주도하기 위해 사단법인 '다른백년'을 설립했다.

"지난 100년의 뒤틀린 역사를 넘어서려면 시민사회와 시민 정치를 복원해야 합니다. 이를 위해 재벌과 관료 중심의 사회·경제 패러다임을 바꿔야 합니다. 그다음으로는 정치 개혁과 한반도 평화를 모색해야지요. 그러려면 시민사회가 연대해야 합니다."

다른백년의 창립에 즈음해서 한 인터뷰에서 그는 이렇게 말했다. 한 사람의 삶에 있어서 신념의 지속성을 가진다는 것이 얼마나 힘든 일인가를 나는 잘 알고 있다. 그런 의미에서 그는 참 한결같은 사람이다. 게다가 사회현상을 판단하는 기준이 매우 논리적이고, 정치 노선도 상당히 합리적이어서 만날 때마다 내가 많이 배운다. 철없던 어린 시절에 만나 근 40년 가까이 이어 온 인연. 그 인연이 지금도 나는 더없이 고맙고 소중하다.

스위지의 책을 공부하며 혹독한 겨울을 보낸 나는 그해 봄, 김포에 있는 중학교에 음악 교사로 취직했다. 이 무렵, 양평동 시절부터 쭉 야학을 해온 이을재가 구로동에 또 다른 야학을 열었다. 나는 직장이 있는 관계로 교사로는 참여를 못하고 가끔 회의에 참여하며 자문 역할만 했다. 새로운 얼굴들이 야학 교사로 들어왔다. 그때는 '서울의 봄'이라고 해서 군부의 집권을 막으려는 대학생들의 시위가 절정에 달했을 때였다. 대학생들이 정말 '원도 한도 없이' 마음껏 데모를 했던 것 같다. 야학에서 교사 회의를 할 때마다 후배들로부터 그날 낮에 있었던 시위 얘기를 들었다. 학내에서 거의 매일 집회가 열렸는데, 서울대에서는 아크로폴리스 광장이 일종의 민주 광장 역할을 했다. 아크로폴리스 집회에서 여러 사람이 마이크를 잡고 현 시국에 대한 자신의 입장을 표명했다. 감동적인 연설이 많았는데, 그중 압권이 정치학과 복학생 김부겸(서울대 정치학과 76, 행정안전부 장관)의 연설이었다고 했다.

"와! 김부겸 선배는 정말 타고난 선동가인 것 같아. 말을 그렇게 잘할 수가 없어. 연설이 그야말로 심금을 울린다니까." 서울대에 다니는 후배들이 이구동성으로 이렇게 말하는 것을 들었다.

나는 직장인이었기 때문에 시위에 직접 참여할 수는 없었다. 게다가 직장이 서울 시내에서 멀리 떨어진 곳에 있어서 시위 현장도 보지 못했다. 하지만 TV에서는 매일같이 학생들의 시위에 대한 뉴스가 나왔다. 물론 대부분 부정적인 것이었다. 수많은 학생들이 서울역 광장 같은 곳에 모여서 시위하는 것을 보고 기성세대들은 혀를 끌끌 찼다. 그러다가 시위를 진압하던 전경이 사망하는 사건이 발생했다. 그러자 학생들에 대한 비난 여론이 더욱 높아졌다. 당시 TBC 뉴스의 앵커로 한창 이름을 날리던 봉두완이 클로징 멘트에서 "대학생 여러분! 제발 데모 좀 하지 마십시오"라고 했던 것이 기억난다. 나는 신군부가 강경 진압의 명분을 만들기 위해 일부러 과격 시위를 방치하거나 조장한 것이 아닌가 하는 생각을 한다. '서울의 봄'은 민주화운동 역사상 유례를 찾아볼 수 없을 만큼 화려했으나 그것은 꽃이 지기 직전의 만개滿開 같은 것이었다. 서울역 회군 사건 이후 흉흉한 소문이 나돌기 시작했다. 신군부가 모종의 일을 벌일 것이라는 소문이었다.

5월 18일인가 19일인가. 잘 기억나지 않지만 나는 야학 교사회의에 갔다가 당시 서울대 기숙사에 살고 있던 후배로부터 놀라운 소리를 들었다. 학생들이 잠을 자다가 18일 새벽에 난데없이 기숙사에 난입한 공수부대 군인들에게 엄청나게 맞았다는 것이다. 다행히 그 후배는 그렇게 심하게 당한 편은 아니었다. 하지만 팔, 다리가 부러져 거의 걸음을 못 걸을 정도로 맞은 학생들도 많다고 했다. 새벽에 서울대 기숙사를 급습한 공수부대 군인들은 착검을 한 상태로 방에 쳐들어가 자고 있는 학생들을 속옷 차림으로 끌어냈다. 그리고 복도에 꿇어앉힌 다음, 구둣발로 배를 차고, 등을 밟는 등 마구잡이로 폭행을 가했다. 그렇게 일차로 폭행을 가한 다음 학생들의 손을 철사 줄을 이용해 묶고 중앙광장으로 끌고 나왔다.

"무릎 꿇고 손들어!"

군인들의 명령에 따라 학생들이 속옷만 입은 채 무릎을 꿇고 손을 들었다. 영락없는 전쟁포로, 패잔병의 모습이었다. 그런 학생들을 대상으로 다시 무차별적인 폭행이 가해지기 시작했다. 머리, 등, 가슴, 팔, 다리 구별하지 않고 아무 데나 군홧발로 차고, 나무 막대기로 때리고, 곤봉으로 후려쳤다. 학생들은 피를 흘리며 비명을 질렀다. "생각 같아서는 칼로 확 목을 베어 버리고 싶은데, 위에서 참으라고 하니까 내가 봐준다."

이렇게 말하면서 마구 두들겨 팼다. 그러고는 소리쳤다.

"야. 이 새끼들아. 군인이 최고야? 학생이 최고야?"

학생들이 우물쭈물하자 발길질을 하며 "대답해!"라고 윽박질렀다. 학생들이 "군인이 최고입니다"라고 하자 "큰 소리로 대답해야지. 다시 한번 묻겠다. 군인이 최고야? 학생이 최고야?" 그 말에 모두 큰 소리로 "군인이 최고입니다"라고 외쳤다.

"다시 한번."

"군인이 최고입니다!"

"다시 한번."

"군인이 최고입니다!"

군인이 대학 캠퍼스에 들어와 학생들을 마구잡이로 때린 것도 모자라 이런 굴욕을 강요하다니. 요즘 시대에는 상상도 하지 못할 일이다. 그날 늘씬하게 두들겨 맞은 학생들은 방으로 돌아가 옷을 입고, 간단한 짐을 챙긴 다음 공수부대 군인의 감시를 받으며 2명씩 학교 밖으로 나갔다. 나는 기숙사에서 직접 이 일을 당한 후배에게 그날의 만행을 자세히 들었다. 그리고 그와 비슷한 얘기를 며칠 후, 당시 고등학생이던 남동생에게 또 들을 수 있었다. 서울대 대학원에 다니는 강사가 어느 날 팔에 깁스를 한 채로 수업에 들어왔단다. 기숙사에서 자다가 공수부대 군인들에게 맞아 팔이 부러졌다고.

이번에 책을 쓰면서 나는 이 사건에 대해 알고 있는 사람이 그다지 많지 않다는 사실을 알고 놀랐다. "아, 그런 일이 있었어?" 하는 사람이 의외로 많았다. "하기야 그때는 하도 엄청난 사건이 많이 일어나서 그런 일은 뭐 사소한(?) 일로 여길 수도 있었겠다." 누군가 이렇게 말했다. 그럴지도 모른다. 바로 그날, 광주에서 인간이 도저히 상상도 할 수 없는, 정말로 끔찍한 일이 일어났으니까.

우리 기쁜 젊은 날 - 응답하라 1975-1980

협진양행에
위장 취업

어느 날, 명자로부터 전화가 왔다.

"너 광주 얘기 들었니?"

"무슨 얘기?"

"광주에서 공수부대 군인들이 데모하는 시민들을 칼로 찌르고, 총으로 쏘고 막 죽인대."

나는 처음에 이 말을 믿지 않았다.

"에이. 그게 말이 되냐? 아무리 우리나라가 정치 후진국이라지만 20세기에 어떻게 그런 일이 일어날 수 있어? 보는 눈이 있는데. 우리나라가 아프리카 저 구석에 있는 나라도 아니고."

정말로 나는 그 말을 믿지 않았다. 아무리 군사 쿠데타로 권력을 잡았다 해도 군인들이 백주대낮에 시민들을 대놓고 죽이는 짓을 할 것이라고는 꿈에도 생각하지 않았기 때문이다. 그런데 그다음 날 학교에 출근해 보니 분위기가 심상치 않았다. 문교부에서 『누구를 위한 혼란인가?』라는 소책자가 내려와 있었다. 교장이 아침 회의 시간에 이 책자를 교사들에게 나누어 주면서 교감 포함해서 모두 책자를 읽고 리포트를 써 내라고 했다. 교장은 평소에도 회의하다가 수틀리면 1교시 수업 시간까지 빼먹으며 일장 연설을 하는 사람이었다. 책자에는 지금 사람들 사이에 나돌고 있는 소문은 모두 유언비어이며, 이런 혼란은 국가안보와 국민생활 안정에 전혀 도움이 안 된다는 내용이 쓰여 있었다.

"여하튼 데모하는 놈들은 모조리 총살시켜야 해."

체육 선생이 이렇게 말했다. 유도대학을 나온 그는 화가 나면 교무실에서도 학생들을 몽둥이로 개 패듯이 패는 사람이었다. 그러자 교감이 거들었다.

"우리 아이가 Y대에 다니는데, 자기는 데모하고 싶지 않은데 자꾸 친구들이 하자고 해서 할 수 없이 한다는 거야. 데모하는 아이들 중에 그런 아이들이 많을 걸. 친구들 때문에 할 수 없이 억지로 하는 애들 말이야. 그나저나 에이 씨. 교장은 왜 나한테까지 리포트를 쓰라고 하는 거야. 교감한테 이러는 거 너무 한 거 아니야?"

그런데 그로부터 며칠 후, 유언비어라고 하는 것이 모두 사실이라는 말이 돌기 시작했다. 박정희가 죽었다고 좋아했는데, 그보다 더 센 놈이 온 것이다. 이렇게 광주에서 연일 비보가 날아오고 있던 어느 날, 교장이 나를 불렀다. 그의 손에 서류가 들려 있었다. 얼핏 보니 나에 대한 신원조회서였다.

"진 선생 그렇게 안 봤는데 아주 위험한 사람이네. 긴급조치 9호 위반으로 감옥까지 갔다 왔다며? 그런데 그걸 속이고 취직을 해? 참 파렴

치하기도 하지."

나는 아무 변명도 하지 않았다. 교장은 그날로 학교를 그만두라고 했다. 오전 시간이라 수업이 더 남아 있음에도 불구하고 지금 당장 짐 싸서 나가라고 했다. 담임이 갑자기 그만둔다고 하니 반 아이들이 울고불고 난리가 났다. 하지만 제대로 작별인사도 못하고 쫓기듯 학교를 나왔다. 참으로 난감했다. 우선 한숨짓는 엄마의 얼굴이 떠올랐다. 우리 집은 그동안 엄마가 동네 아이들을 상대로 피아노를 가르치며 근근이 생계를 유지해 왔다. 돈이 없는 상태에서 나와 동생들 가르치느라 빚을 많이 진 상태였다. 엄마의 벌이는 시원치 않았고, 따라서 내가 벌어오는 교사월급이 상당히 중요한 집안의 수입원이었다. 나는 월급을 받으면 몽땅 다 엄마에게 주었고, 최소한의 용돈만 받아서 썼다. 그런데 취직한 지 세 달이 채 안 된 상황에서 그렇게 중요한 수입이 끊겨버린 것이다. 무거운 마음으로 집에 돌아오니 동생이 다급하게 나를 불렀다.

"언니. 조금 아까 성북서 형사들이 다녀갔어. 전성 씨가 어디 있는지 물어 보려고 왔대. 출근했다고 하니까 이따가 다시 온다고 하던데."

그 순간 정신이 번쩍 들었다. 전성과는 한 동안 친하게 지냈지만 그때는 서로 거의 연락을 하지 않고 있었다. 그런데 무슨 일인지 이 친구가 수배자가 된 모양이다. 나에게 행방을 물으러 온 것 같은데, 순간 어서 피해야겠다는 생각밖에 안 들었다. 당시 성북서에는 학생들을 데려다가 악랄하게 고문하는 것으로 악명이 높은 김모 형사가 있었다. 한번 들어가 조사를 받고 나온 사람들은 모두 혀를 내두를 정도로 악랄한 사람이었다. 만약 그곳으로 잡혀가면 나 역시 뼈도 못 추릴 정도로 당할 것이 분명했다. 그들이 왜 나를 지목했는지 모르지만 당시 나는 전성에 대해서 아는 것이 전혀 없었다. 관악서에서의 일 때문에 고문에 대해 일종의 트라우마를 갖고 있던 나는 일단 피신하기로 했다. 간단히 짐을 챙겨 서둘러 집을 빠져 나왔다. 내가 떠나자마자 간발의 차이로 성북서 형사들이 다시 들이닥쳤다. 그때는 전성의 어머니까지 대동하고 왔다.

"우리 성이가 어디 있는지 알면 말해 주세요."

전성의 어머니는 형사들이 시키는 바람에 마지못해 이렇게 물으면서도 나 대신 형사들을 맞은 동생 은숙이에게 눈을 꿈쩍이며 말하지 말라는 무언의 메시지를 보냈다. 전성의 어머니는 아들의 행방을 쫓는 형사들을 따라 이 집 저 집 찾아다니고 있었다.

"아들을 찾으러 갈 때마다 제발 이 집에 우리 아들이 없었으면 하고 마음속으로 기도해요."

이런 어머니의 기도대로, 전성은 우리 집에 없었다. 내가 집에 없는 것을 확인하고도 형사들은 철수하지 않았다. 지하실에 잠복해 내가 집에 들어오기를 며칠 동안 기다렸다. 집 식구들이 밤에 자려고 자리에 누웠지만 지하실 여기저기 뚜벅뚜벅 걸어 다니는 형사의 구둣발 소리 때문에 무서워서 밤새 잠을 이룰 수 없었다고 한다.

집에서 나온 나는 독산동에 있는 후배의 자취방으로 갔다. 갑자기 갈 곳이 없어 그곳에 가기는 했지만 오래 있을 수는 없었다. 좁은 방에서 세 명이 같이 지내는데 나까지 신세를 질 수는 없는 노릇이기 때문이었다. 우선 지낼 곳을 구해야 했지만 당시 내 수중에는 돈이 거의 없었다. 지금 같으면 아르바이트라도 하겠지만 그때는 술집을 제외하고 20대 여자가 할 수 있는 아르바이트가 거의 없었다. 궁리 끝에 기숙사가 있는 공장에 들어가기로 했다. 하지만 당시 내 신분으로 공장에 취직하는 것은 불가능했다. 대학을 졸업한 노동운동가들이 다른 사람 신분으로 위장 취업을 해 노동자를 조직하는 일이 빈번해지면서 본인 확인과 신원조회 절차가 강화되었기 때문이다.

나는 위장 취업 브로커(?)의 도움을 받기로 했다. 그 브로커는 대학 선배로 이미 많은 사람들을 위장 취업 시킨 전력을 갖고 있는 이 분야 베테랑이었다. 그 선배가 어디서 구했는지 주민등록등본을 가지고 왔다. 이름은 박향숙. 나이는 나보다 세 살 어리고, 주소지는 충청도 어디쯤인가 했다. 나는 등본에 있는 박향숙의 신상정보를 달달 외웠다. 입사 지원서에 붙일 증명사진을 찍을 때에는 최대한 타고난 미모(?)가 드러나지 않도록 노력했다. 사진이 못 나오기를 바란 때는 내 생애에서 그때가 처음이자 마지막이었던 것 같다.

나는 구로공단에 있는 협진양행이라는 회사에 지원서를 냈다. 항상 인력이 부족하던 때라 취직이 어렵지는 않았다. 문제는 본인 확인 과정을 어떻게 통과하느냐 하는 것이었다. 지원서를 훑어보던 과장이 주민등록증을 보여 달라고 했다. 드디어 올 것이 왔구나. 나는 잃어버렸다고 했다.

"그러면 안 되지. 그게 없으면 네가 박향숙인지 내가 어떻게 알아? 이거 못 받아 줘."

과장이 이러면서 서류를 밀어냈다. 나는 읍소 작전을 펴기로 했다.

"주인등록증 새로 발급 받으려면 고향에 내려가야 하는데 돈 버느라 못 갔어요. 일단 받아주시면 시간 내서 꼭 갔다 올게요. 지금 엄마가 아파서 제가 돈을 꼭 벌어야 해요."

이렇게 말하고 나니 내가 정말 소녀가장이라도 된 것 같아 눈물이 나왔다. 과장이 울고 있는 나를 한참 쳐다보더니 절대로 노동자를 선동할 깜냥으로 안 보였는지 "알았어. 대신 시간 내서 꼭 갔다 와야 해" 하면서 받아 주었다. 이건 그가 제대로 본 것이다. 나는 노동자의 의식화라는 대의를 위해서 공장에 들어간 것이 아니었다. 그냥 갈 데가 없어서 들어간, 그야말로 생계형 위장 취업이었던 것이다.

나는 그가 내 말투를 문제 삼지 않는 것을 다행으로 여겼다. 위장 취업을 준비할 때 선배에게 전라도나 경상도 출신으로 하면 절대 안 된다고 했다. 나는 서울에서 태어나고 자란 서울 토박이다. 따라서 서울말을 쓴다. 그런데 이런 내가 전라도나 경상도 출신이라고 한다면 단번에 의심을 받을 것이다. 지역 중에서 하나를 고르라면 충청도가 그나마 낫다고 했다. 충청도에서 태어나지는 않았지만 내 DNA의 일부가 그쪽 산産이기 때문이다. 우리 아버지는 충남 예산, 우리 어머니는 충남 당진 출신이다. 그리고 그때도 그랬지만 지금도 내 친가, 외가 친척들은 모두 충청도에 살고 있다. 그래서 어렸을 때부터 큰아버지, 작은아버지, 고모, 외삼촌, 이모들이 충청도 말로 대화 나누는 것을 자주 들었다. 방학이 되어 당진에 있는 외할아버지 댁에 한 달 정도 갔다 오면 나는 완전히 충청도 사람이 다 되어 있었다. 동네 아줌마들이 한 달 만에 "그랬시유, 저랬시유" 하며 완벽한 충청도 네이티브 스피커가 되어 돌아온 나를 보며 박장대소하곤 했다. 그래서 처음에 선배가 지역을 고르라고 할 때 속으로 "그래도 하던 가락이 있으니 충청도가 편해유"라고 생각했다.

내가 취직한 협진양행은 와이셔츠를 수출하는 곳이었다. 나는 공정의 마지막 단계인 완성부에 배치되었다. 특별한 기술이 없으니 할 수

우리 기쁜 젊은 날 - 응답하라 1975-1980

있는 것이 '시다'밖에 없었다.

"향숙이 처음 들어 왔지? 앞으로 나한테 언니라고 불러."

실제로는 나보다 나이가 어린 한 여공이 이렇게 말했다. 말하는 투가 건방졌다. 지금 같으면 "내가 니 시다바리가?"라고 하겠지만 그때는 처지가 처지인지라 다소곳하게 "네. 그럴게요"라고 대답했다. 완성부는 말 그대로 제품을 완성하는 곳이다. 봉제를 끝낸 와이셔츠에는 실밥을 비롯한 각종 이물질이 붙어 있다. 완성부에서는 제일 먼저 강력한 바람이 나오는 거대한 팬으로 옷에 붙어 있는 이물질을 모두 날려버린다. 그런 다음 목 부위를 뜨거운 프레스 기계로 찍고, 와이셔츠의 단추를 모두 잠근다. 여기까지가 시다들이 하는 일이다. 시다가 하는 일 중에서 그나마 기술을 요하는 일은 와이셔츠의 목 부위를 뜨거운 프레스 기계로 찍는 일이다. 와이셔츠의 목 부위를 기계 아래에 놓고 버튼을 누르면 위에서 쇠로 된 뜨거운 프레스가 내려온다. 자칫 방심하다가는 뜨거운 쇠에 손을 데일 수도 있고, 사이에 손이 낄 수도 있다. 그래서 시다 중에서도 초보인 나에게는 이 일을 맡기지 않았다.

내가 주로 한 일은 와이셔츠 단추를 잠그는 일이었다. 물론 단추 잠그는 것 자체는 어려운 일이 아니다. 아무 기술이 없어도 누구나 할 수 있다. 그런데 하루 종일 단추를 잠그다 보면 어느 순간부터 손끝에서 통증이 느껴지기 시작한다. 나중에는 물집까지 생긴다고 하는데, 이 단계를 지나 손끝에 굳은살이 박여야 비로소 일하기가 수월해진다. 나는 옷에 묻은 이물질을 터는 일과 단추 잠그는 일을 요령껏 번갈아가며 하면서 물집이 잡히는 불상사를 피할 수 있었다. 단추를 잠그면, 그다음에 다림질로 넘어간다. 이때부터는 숙련된 기술이 필요하다. 다림질 기술자는 모두 남자였다. 다리미 자체의 무게가 엄청난데다가 계속 서서 일을 해야 하기 때문에 여자들이 하기에는 힘에 부치는 일이라고 한다. 아! 나는 지금도 다림질 기술자들의 그 날렵하고 카리스마 넘치는 모습을 잊을 수가 없다. 당시 일개 시다에 불과했던 내 눈에는 다림질을 가히 예술의 경지까지 승화시키는 그들의 모습이 마치 하느님처럼 보였다. 다림질이 끝나면 포장으로 들어간다. 안에 딱딱한 종이를 넣고, 핀으로 여러 부분을 고정시킨 다음 소매의 끝부분만 나오게 하는, 우리가 흔히 알고 있는 방식의 포장이었다. 요즘은 이런 포장이 흔하지만 그때는 그렇지 않았다. 와이셔츠를 그런 식으로 포장한 것을 그때 처음 보았으니까. 마지막으로 투명한 비닐봉지에 와이셔츠를 넣으면 제품이 완성되는데, 포장까지 완성된 와이셔츠가 그렇게 고급스러워 보일 수가 없었다.

하루 종일 단순노동을 하다보면 시간이 참 느리게 가는 것 같다는 생각이 든다. 작업장에 설치된 스피커에서는 온종일 유행가가 흘러나왔다. 하지만 노래가 지루함을 덜어 주지는 않았다. 나는 온몸을 비비꼬며 이제나 저제나 작업종료 시간을 기다렸다. 그러다가 드디어 작업이 끝날 시간이 돌아오면 그렇게 좋을 수가 없었다. 그러나 이런 기쁨도 잠시. 반장이 빵 봉지를 돌리며 "오늘 잔업 있다!" 하는 날에는 정말 맥이 빠졌다. 일주일에 이런 날이 서너 번은 되었다. 잔업까지 마치고 기숙사로 돌아오면 정말 숟가락 하나 들 힘도 없을 정도로 기운이 빠졌다. 그런 날에는 오자마자 방 한쪽 구석에 그냥 쓰러져버렸다. 하지만 다른 여공들은 그렇게 일하고도 기운이 남아도는지 방에 들어온 후에도 한참 동안 수다를 떨었다.

"아이구, 박향숙. 처음이라서 그런가? 너무 힘들어하니까 불쌍해 죽겠네. 그까짓 시다 일이 뭐가 힘들다고 그래. 조금만 참아. 괜찮아질 거야."

이렇게 위로의 말을 건넨 다음 또 자기들끼리 간식을 먹으며 까르르 웃다가 잠자리에 들곤 했다.

시다 일이 어느 정도 익숙해질 무렵인 7월 초, 식당에서 밥을 먹다가 TV를 보니 마침 서울에서 열리는 미스 유니버스 대회를 중계하고 있었다. 이번에 자료를 찾아보니 그날이 정확하게 7월 8일이었다. 전두환 일당의 만행으로 광주에서 수많은 사람이 억울하게 죽어 나간 지 채 두 달이 안 되는 때였다. 그럼에도 불구하고 화면 속의 미녀들은 마치 아무 일도 없었다는 듯 하얀 이빨을 드러내며 환하게 웃고 있었다. 그로부터 두어 달 후, 나는 경찰이 더 이상 나를 찾지 않는다는 소리를 듣고 집으로 돌아왔다.

연애하더니
아주 별짓을
다 하는구나

학교에서 해고된 후, 나는 미래에 대해 진지하게 고민하기 시작했다. 그러다가 국악을 공부해야겠다는 생각을 하게 되었다. 그때까지 나는 국악에 대해서 아는 것이 전혀 없었다. 어려서부터 서양음악에 둘러싸여 살았고, 서양음악만 좋아했으며, 서양음악만 들을 줄 알았다. 이런 내가 국악을 공부하기로 한 것은 일종의 의무감 같은 것이었다. 한국 사람으로서 당연히 우리 음악을 알아야 되지 않겠냐는 당위성에 대한 인식이라고나 할까. 하지만 당시 나의 음악적 감수성은 여전히 서양음악에 머물러 있었다. 국악을 알지도 못했고, 좋아하지도 않았다. 국악기 하나 다루지 못하는 내가 국악을 공부할 수 있는 곳이 어디 있을까 여기저기 찾아보다가 서울대 대학원에 국악이론 전공이 있다는 것을 알게 되었다. 실기가 아니고 이론이니 공부만 열심히 하면 나같이 국악기 하나 다룰 줄 모르고, 국악에 대한 감수성이 없는 사람도 도전해 볼 수 있겠구나 싶었다. 그래서 그날로 각종 국악 이론서를 사서 시험공부를 시작했다. 하지만 이론만 공부하는 데에는 한계가 있을 것 같아 판소리를 배우기로 했다. 〈공장의 불빛〉 녹음을 하면서 알게 된 박용범(서울대 금속공학과 77, 순천대 교수)이 판소리 선생을 소개해 주었다. 선생을 만나기 전에 먼저 그에 대한 신상 정보를 들었다.

이름은 정연도. 서울대 지질학과 75학번이고, 탈춤반 출신이며, 판소리 인간문화재 전수생이라고 했다. 내가 "아이 무슨 지질학과 출신이 판소리를 가르쳐요? 그리고 나랑 동갑이라니 그렇게 젊은 사람한테 판소리를 어떻게 배워요?"라고 하자 그에 대한 부연 설명이 이어졌다. 자연 계열로 대학에 들어갔지만 학과 공부는 작파하고 오로지 탈춤과 판소리만 열심히 했다. 지질학과 간 것만 봐도 알 수 있지 않느냐. 탈춤과 판소리 하느라 얼마나 공부를 안 했으면 지질학과를 갔겠냐. 그러니 실력에 대해서는 걱정하지 않아도 된다. 거의 전문가 수준이다. 판소리 인간문화재 전수자가 아무나 되는 것이 아니다. 대충 이런 얘기였다.

그로부터 며칠 후, 광화문에 있는 '덕수제과'에서 문제의 판소리 선생을 만났다. 그런데 대부분의 미혼여성들은 어떤 자리에서, 어떤 목적으로 젊은 남자를 만나든 항상 자기와의 연결 가능성을 생각하는 법이다. 나 역시 그랬다. 첫인사를 나눈 후, 몇 초 동안 그런 가능성에 대해 생각해 보았다. 하지만 하회탈과 눈끔쩍이를 합쳐 놓은 것 같은 얼굴이 영 나의 이상형이 아니었다. 그래서 사심을 버리고 소리 공부에만 전념하기로 했다.

나는 야학을 같이 했던 친구 김현실, 명자와 남민전 공범이어서 알게 된 이영주 그리고 이대 음대 후배 안혜경과 함께 일주일에 한 번씩 판소리를 배웠다. 공부가 끝나면 선생과 제자가 저녁 식사 겸 술자리를 가졌는데, 그때 나는 선생이 모든 생활 동작의 탈춤화와 모든 노래의 판소리화를 추구하는 사람이라는 것을 알게 되었다. 무슨 얘기를 하다가 제스처가 필요한 대목이 나오면 어김없이 자리에서 벌떡 일어나 탈춤 비슷한 동작을 취하곤 했다. 이것을 보고 내가 혜경이에게 말했다.

"얘. 정연도 저 사람은 왜 저렇게 툭하면 자리에서 벌떡벌떡 일어난다니?"

"언니. 지금은 상태가 많이 좋아진 거래. 옛날에는 더 심했대."

이 말을 듣고 호전된 것이 저 정도면 옛날에는 어땠을까 상상이 안 갔다. 한번은 호프집에서 맥주를 마시는데, 마릴린 먼로 얘기가 나왔다. 그러자 선생이 마릴린 먼로의 포즈를 흉내 내기 시작했다. 우리가 앉은 자리 옆에 피아노가 있었는데, 얘기하다가 갑자기 피아노 위에 앉더니 마릴린 먼로를 연상시키는 요염한 포즈를 취하는 것이 아닌가. 호프집에 있는 사람들이 다 우리 쪽을 쳐다보았다. 그걸 보고 현실이가 말했다.

"나는 사실 처음에 마릴린 먼로 얘기 나왔을 때부터 피아노가 불안했어."

우리의 판소리 공부는 단가 〈진국명산〉으로 시작해 〈춘향가〉 중 '갈까부다'를 거쳐 단가 〈기산영수〉로 끝을 맺었다. 이렇게 겨우 세 곡을 배우는데 거의 석 달 정도가 걸렸다. 그만큼 어려웠다. 그렇게 석 달 동안 세 곡을 배우고 각자 자신의 자리로 돌아갔다. 그렇게 우리의 인연은 끝나는 듯했다. 그 후 그가 학교를 졸업하고 지질 회사에 들어갔다는 말을 들었다.

몇 달이 흘렀을까. 어느 날, 혜경이로부터 마당극을 같이하자는 제안을 받았다. "마당극? 무슨 마당극?"이라고 묻자 공해 문제를 다룬 마당극이라고 했다. 그 말에 나는 "이런 시국에 무슨 공해 문제야. 유기농 채소 먹자는 얘기야?"라며 시큰둥하게 반응했다. 속으로 "참 세월 좋은 소리 한다"라는 생각도 들었다. 지금 정치 현실이 얼마나 가혹한데 이런 상황에서 무농약 채소나 찾고 있다니 조금 한심해 보였다. 그러자 혜경이가 나를 설득하기 시작했다. 공해는 환경오염의 차원에서만 생각할 문제가 아니다. 경제적으로나 정서적으로 많은 사람들의 삶을 피폐하게 하는 대단히 심각한 사회, 경제적 문제이다. 자기도 처음에는 공해 문제를 환경오염의 차원에서만 생각했다. 하지만 열심히 자료를 모아 공부하고 현장에 내려가 직접 피해 지역을 답사한 사람들의 말을 듣고 생각이 달라졌다. 공해는 단순한 환경오염의 문제가 아니라 당시 우리 사회가 갖고 있는 모든 모순의 집약체이다. 대충 이런 얘기였다.

혜경이가 공해 문제에 관심을 갖게 된 것은 언니 안일순의 약혼자 즉 미래의 형부 조중래(서울대 산업공학과 72, 명지대 교수) 때문이었다. 조중래와는 〈공장의 불빛〉 녹음을 같이했기 때문에 이미 얼굴을 튼 사이였다. 조영래 변호사의 동생이기도 한 그는 당시 안병덕(서울대 산업공학과 72, 농부), 조홍섭(서울대 화공과 75, 한겨레신문사 기자), 황순원(숙대 생물학과 77), 최영남(숙대 생물학과 77)과 함께 '공해연구회'를 만들어 공해 문제에 대해 연구하고 있었다. 혜경이의 말이 상당히 설득력이 있었다. 그 결과 즉석에서 의기투합이 이루어졌다. 마당극을 만들기에 앞서 우선 공해 문제에 대한 공부가 필요하다는 생각에 공해연구회 사람들과 몇 차례 공부 모임을 가졌다. 그리고 이 분야의 고전으로 꼽히는 레이첼 카슨의 『침묵의 봄』이라는 책도 읽었다. 그런 다음 본격적으로 공연 준비에 들어갔다. 연출은 나에게 판소리 선생을 소개시켜 준 박용범이 맡고, 나와 안혜경 그리고 공해연구회 회원들이 직접 배우로 뛰기로 했다. 당시 우리는 모두 한 번도 연기를 해본 적이 없는 완전 아마추어였다. 공연팀이 너무 아마추어로만 이루어진 것이 불안했는지, 어느 날 연출이 말했다.

"연도 형한테 같이하자고 해 보면 어떨까?"

그러더니 곧 그를 포섭하라는 지령이 나에게 떨어졌다. 그래서 을지로 2가에 있는 그의 회사 근처로 찾아가 그를 만났다. 나는 술과 담배를 사 주며 마당극을 같이하자고 꼬였다. 그런데 뜻밖에도 부정적인 대답이 돌아왔다.

"아, 안 해요. 안 해."

"어머 왜요? 탈춤도 추시고 판소리도 하시니 마당극 같이하면 좋잖아요."

"글쎄 안 한다니까요."

"그럴 거면 판소리는 왜 배우셨어요?"

"장수무대 나가서 그랑프리 타려고요."

이러면서 삐딱한 태도로 일관했다.

"정연도 씨가 안 한대요."

나는 상부에 이렇게 보고했다. 그랬더니 하겠다고 할 때까지 계속 만나라는 지령이 떨어졌다. 이런 상부의 준엄한 명령에 따라 나는 매일 그를 만났다. 그런데도 한동안 요지부동이었다. 지금 와서 이 계속된 거부가 나를 계속 만나려는 의도에서 비롯된 것이 아닌가 하는 합리적인 의심을 해본다. 여하튼 그렇게 한참 속을 썩인 후에 그는 마지못해 응하는 듯 공연팀에 합류했다.

다들 직장이 있던 관계로 주말에만 모여서 연습을 했다. 첫 모임에서 배역을 정하고, 대본은 그 배역을 맡은 사람이 직접 써오기로 했다. 그런 다음 각자 써온 대본을 발표하고, 여러 사람의 의견을 거쳐 대본을 수정하는 작업이 이루어졌다. 일종의 집단 창작이었던 셈이다. 어느 정도 대본이 완성된 다음에 본격적인 연습에 들어갔다. 모이면 먼저 몸을 풀기 위해 굿거리장단에 맞추어 춤을 추었다. 그리고 가끔 정연도에게 탈춤을 배우기도 했다. 그런데 그러던 어느 날, 운명의 그날, 나는 그가 휘모리장단에 맞추어 펄펄 날며 강령탈춤을 추는 것을 보았다. 정말 충격적인 장면이었다. 얼마나 멋있던지 그에게서 눈을 뗄 수가 없었다. 세상에 이렇게 역동적인 춤을 출 수가 있다니. 그 순간 그만 콩깍지가 씌고 말았다. 내가 미쳤지. 젊었을 때는 이렇게 쓸데없는 것에 콩깍지가 씌는 일이 종종 있다.

그날 이후, 나는 공작에 들어갔다. 온갖 공적인 일을 핑계 삼아 그를 불러내기 시작한 것이다. 그러나 나에 대한 그의 느낌은 너무 '이질적'이라는 것이었다. 나는 그가 이제까지 한 번도 만나 본 적이 없는 전혀 새로운 유형의 여자였다. 우리 둘 사이의 정서적인 교집합은 거의 제로에 가까웠다. 가히 모차르트와 이화중선, 베토벤과 안숙선의 만남만큼이나 줄긋기가 안 되는 조합이었다. 하지만 나는 여자 특유의 육감으로 이 남자가 나에 대해 완전히 마음이 없지는 않다는 확신이 있었다. 어느 날, 신촌에서 만나 술을 마시고 집에 가려고 같이 택시를 탔다. 당시 그의 집은 은평구 증산동이고, 우리 집은 강서구 화곡동이었다. 같이 택시를 타고 가다가 그를 먼저 내려주고 나는 화곡동으로 갈 생각이었다. 그런데 택시를 탄 지 얼마 지나지 않아 그가 조심스럽게 내 손을 잡는 것이 아닌가. 순간 온몸이 가없는 심연으로 추락하는 것같이 아득한 느낌이 들었다. 이 남자 뭐지? 나를 좋아하는 건가? 손을 뿌리쳐야 하나 말아야 하나. 이렇게 망설이는 동안 시간이 흘러 손을 뿌리칠 타이밍을 놓치고 말았다. 처음에 가만있다가 나중에 "왜 이러세요?" 하고 뿌리치는 것이 우스울 것 같아 그냥 있었다. 그런데 웬걸? 내가 손을 잡힌 채 가만히 있자 자신감을 얻었는지 이번에는 양손으로 내 손을 조몰락조몰락 만지기 시작했다. 나는 완전히 정신이 혼미해져서 아무말도 못 하고 있었다. 그러는 사이에 택시가 어느덧 그의 집 앞에 도착했다. '아이씨. 신촌에서 증산동까지 왜 이렇게 빨리 온 거야?' 나는 속으로 이렇게 생각했다.

그 후로도 그와 나는 요즘 식으로 말하면 '썸' 타는 관계를 유지했다. 그러던 어느 날, 그가 나를 문화패들이 노는 자리에 데려갔다. 나는 느낌으로 문화패 사람들이 나를 별로 좋아하지 않는다는 것을 알았다. 그래서 그냥 조신하게 앉아 있었다. 술잔이 몇 차례 돌고나서 정해진 식순에 따라 돌아가며 노래 부르는 순서가 되었다. 놀던 가락이 있는지라 그 자리에 있는 사람들은 모두들 판소리나 민요 한 가락씩을 뽑았다. 그러다가 드디어 내 차례가 되었다. 모두들 내가 과연 무슨 노래를 부를까 궁금해했다. 어설프게나마 민요 한 가락은 하겠지 이렇게 생각했던 것 같다. 하지만 이런 예상을 뒤엎고 나는 최영섭의 〈그리운 금강산〉을 소프라노로 불러 젖혔다. 모두들 당황한 표정이 역력했다. 저 분위기 파악 못하는 여자는 뭐지? 하는 표정들이었다. 그때 그 자리에 있었던

우리 기쁜 젊은 날 - 응답하라 1975-1980

이대 탈춤반 후배가 나중에 나에게 이렇게 말했던 것이 기억난다.

"언니 그때 무지 웃겼던 거 알아요?"

그런데 그 사람은 달랐다. 집에 오는데, 그가 아주 만족스러운 표정을 지으며 이렇게 말했다.

"잘했어. 지극히 탈춤적이었어. 탈춤적인 것이 뭐냐 하면 생긴 대로 노는 것이거든."

이것이 계기가 되어 그동안 '썸' 타던 두 사람의 관계가 질적으로 업그레이드 되었다. 그다음부터는 솔직하고 진솔하게 놀았다. 만나면 주로 술을 마셨는데, 술집도 어두침침한 데만 골라 다녔다.

"여기 어디 으슥한 데 없어요?"

어느 날 한 술집을 찾아들어 간 그가 주인에게 이렇게 물었다. 그런데 이에 대한 주인의 대답이 더 걸작이라 지금도 기억이 난다.

"특별히 으슥한 데는 없구요, 김 양아! 거기 라이트 좀 꺼 드려라."

그렇게 나의 청춘사업은 차질 없이 진행되었다. 당시 우리의 애정 행각은 매우 노골적이고 뻔뻔했다. 마당극 연습이 끝나고 술자리까지 마치면 각자 집으로 돌아가는데, 그때마다 우리는 둘만 따로 남았다. 처음에는 쉬쉬하다가 어느 순간부터는 아예 대놓고 그랬다. 연출을 맡은 박용범과 변호사 역의 조홍섭이 그와 집이 같은 방향이었다. 그래서 같이 가자고 하면 매번 "먼저 가. 나는 진회숙 씨랑 따로 처리해야 할 업무가 있어서……"라며 두 사람을 먼저 보내곤 했다. 이것이 반복되자 나중에는 박용범이 먼저 "형은 같이 안 가고 남을 거지?"라고 선수를 쳤다.

연습에다 술자리까지 끝나면 꽤 늦은 시간이 된다. 그렇게 늦은 시간에 갈 곳이 없어서 주로 동네 놀이터에서 놀았다. 정말 그때 화곡동에 있는 놀이터라는 놀이터는 다 섭렵했던 것 같다. 그때부터 그는 놀이터 예찬론자가 되었다.

"놀이터가 낮에는 아이들을 위해, 밤에는 어른들을 위해 반드시 있어야 할 복지시설이더라고."

어느 날 놀이터 벤치에 앉아서 이 얘기 저 얘기 나누는데, 슬슬 장난기가 발동하기 시작했다. 이 남자에게 평소에 하지 않던 일을 시키면 어떤 반응을 보일까 하는 생각이 슬며시 들었다.

"영화나 드라마에 보면 남자가 여자한테 꽃다발도 주고 그러던데, 나는 연애하면서 그런 거 한 번도 못 받아 봤네." 이러면서 말 꼬리를 흐렸다. 그러자 "꽃다발? 하. 그런 거 해본 적 없는데" 하면서 난감해했다.

그로부터 며칠 후, 내 방에 있는데 누군가 창문을 두드렸다. 문을 여니 갑자기 신문지로 둘둘 말은 무엇인가가 안으로 쑥 들어왔다. 엉겁결에 받아 신문지를 들추어 보니 꽃이었다. 내가 별로 좋아하지 않는 분홍색 카네이션이 들어 있었다. 출장 갔다 오다가 며칠 전에 내가 꽃다발 얘기한 것이 생각나 고속버스터미널에서 아줌마들이 양동이 놓고 파는 것을 샀다고 한다. 내가 말하는 꽃다발은 이런 것이 아닌데, 투명한 비닐 포장지에 예쁜 리본이 달린 그런 꽃다발을 말하는 것이었는데. 하지만 처음부터 그런 세련된 감각까지 요구하는 것은 무리라는 생각이 들었다. 꽃다발을 사온 게 어디야. 그 노력이 가상해서 웃었다. 나중에 그의 친구한테 이 얘기를 했더니 "꽃다발이라고? 사람 그렇게 안 봤는데, 연애하더니 아주 별짓을 다 하는구나" 하며 혀를 끌끌 찼다.

마당극 연습은 흥미진진했다. 각자가 준비해 온 대본을 발표하고, 서로 의견을 나누는 과정에서 그동안 미처 생각하지 못했던 기발한 아이디어가 탄생하곤 했다. 풍자와 해학이 넘치는 참신하고 창의적인 아이디어가 첨가되면서 마당극의 내용이 점점 풍성해졌다. 우리는 이번 주에는 누가, 어떤 기발한 대사로 우리를 포복절도하게 만들까 기대에 부풀곤 했다. 연습 자체가 공연이자 놀이였다. 연습이 끝나면 으레 술자리를 가졌다. 사실 술자리도 어떻게 보면 연습의 연장이었다. 술이 들어가면 더 기발한 아이디어가 나왔으니까.

그러던 어느 날, 술집에서 1차를 마친 우리는 모두 거나하게 취해서 2차로 화곡동에 있는 조중래의 집으로 몰려갔다. 연습 장소에서 그다지 멀지 않은 곳에 그의 집이 있었다. 우리는 전작으로 이미 취해 있는 상태였다. 남자들이 공터에 노상방뇨를 하면서 "내년 이맘 때 쯤 이 자리에 이름 모를 풀 한 포기가 자랄 거야"라고 하자 누군가 "아! 소피초?" 해서 모두 깔깔거리고 웃었다. 그렇게 거의 취한 상태에서 조중래의 집에 도착했다. 그러고는 또 부어라 마셔라 하다 보니 모두 정상적인 대화가 거의 불가능한 상태가 되었다. 그런데 바로 그때 외출했던 조영래 변호사가 돌아왔다. 동생 방에서 시끌벅적 떠드는 소리가 나니까 궁금했는지 방문이 빼꼼 열렸다. 거의 누워 있던 우리는 놀라서 엉거주춤한 자세로 인사를 했다. 하지만 게슴츠레한 눈동자만은 감출 수가 없었다.

"아, 이번에 같이 공해 풀이 마당극 공연하는 친구들이야."

조 선배가 우리를 소개했다. 그러자 조영래 변호사가 우리들을 향해 만면에 미소를 지으며 이렇게 말했다.

"하! 참 좋은 때다."

공해 풀이 마당극,
〈삼천리 벽폐수야〉

우리가 준비한 작품의 제목이 정해
졌다. 황진이의 「청산리 벽계수야」를 패러디한 〈삼천리 벽폐수야〉였다.
〈삼천리 벽폐수야〉는 마당극이다. 마당극의 형식은 열려 있다. 무대에
서 공연하는 연극처럼 대본이 고정되어 있는 것이 아니라 언제라도 수
시로 바뀔 수 있다. 이런 현장성과 역동성, 가변성이 마당극의 매력이
다. 마당극에서는 관객으로 둘러싸인 마당 한 가운데가 무대가 된다. 출
연자들은 마당에 빙 둘러 앉아 있다가 자기 차례가 되면 바로 중앙으로
나가 연기한다. 무대장치도 없고 소도구도 없다. 그냥 여기가 재판정이
라고 하면 재판정이 되고, 술집이라고 하면 술집이 되는 것이다.

그런데 이런 마당극의 공연방식이 변호사 역을 맡은 조홍섭에게는
충격이었던 모양이다. 어이없다는 표정을 지으며 이렇게 말했다. "아니,
배우가 관객들이 다 보는 데 앉아 있다가 곧바로 출연한다고요? 의상도

안 입고? 에이. 여보쇼. 그게 무슨 연극이야." 이런 마당극에 대한 이해 부족은 가끔 파국적인 결과를 초래하기도 한다. 아주 오래 전, 한 대학 축제에서 공연하는 마당극을 보러 간 적이 있었다. 공연 시간은 환한 대낮이었고, 공연 장소는 널따란 잔디밭이었다. 그 대학 출신의 꽤 유명한 연극배우가 우정출연을 했다. 그런데 그동안 연극무대에만 섰던 이 배우가 마당극에 대한 감각은 없었던 듯하다. 눈에 핏발을 세우며 비장한 목소리로 "이 손가락. 공장에서 일하다 잘린 손가락이야" 하는데, 아무런 감흥이 없었다. 마침 마당에는 부슬부슬 비가 내리고 있었다. 비장한 리얼리즘이 전혀 먹혀 들어가지 않는 분위기였다. 마당극에서는 이런 경우, 자신의 잘린 손가락을 객관화시키고, 희화화시킨다. 그렇게 잘린 손가락을 풍자와 조롱의 대상으로 삼는다. 그것이 마당극적 감성이다. 그런데 이에 대한 감각이 없었던 그 배우는 시종일관 비장한 연기를 펼쳤다. 마당극에는 맞지 않는 연기였다. 공연이 끝난 후, 연출을 맡은 친구가 한숨을 쉬며 말했다. "선배의 '내면적인' 연기 때문에 공연 완전히 망쳤어."

〈삼천리 벽폐수야〉의 연출을 맡은 박용범은 서울대 노래패 메아리의 창립 멤버로 마당극을 공연할 당시 이미 여러 편의 운동 가요를 작곡한 싱어송라이터로 활동하고 있었다. 그는 〈삼천리 벽폐수야〉를 위해서도 노래를 작곡했다. 공연에는 공해연구회 멤버인 조홍섭, 안병덕, 황순원, 최영남 외에 안혜경, 우종심(동국대 수학과 75, 교사), 주경란(숭실대 영문과, 교사), 김경범(서울대 공대), 정연도, 조기숙(이대 무용과 77, 이대 교수)이 참여했다. 공연 장소는 아현동에 있는 애오개소극장이었다. 〈삼천리 벽폐수야〉는 각종 공해병을 소개하는 버라이어티쇼로 시작한다.

"이제 보여 드리는 것이 여러분들 그리고 여러분 자녀들의 미래의 모습입니다."

그런 다음 중금속 중독을 하나씩 소개할 때마다 해당 중금속에 중독된 사람이 나와 장구 장단에 맞추어 해당 증상을 연기한다. 사지가 마비된 사람, 경련을 일으키는 사람, 피부병에 걸려 온 몸을 미친 듯이 긁는 사람, 끊임없이 구토를 하는 사람, 뼈가 녹아 내려 몸이 낙지처럼 흐물흐물해진 사람, 팔 다리가 제멋대로 돌아가는 사람, 정신착란 증세를 일으키는 사람, 숨넘어갈 듯 기침을 하는 사람 등 온갖 중금속 중독 증상을 총망라해서 보여 준다. 각자 한 가지씩 증상을 맡아 연기했는데, 그중에서 사지 마비를 맡았던 안병덕과 가려움증을 맡았던 황순원 부부의 리얼한 연기가 지금도 기억에 생생하다. 마지막에는 "공해병 합체되시겠습니다"라는 말과 함께 중금속 중독자들이 모두 나와 합동 춤을 펼친다.

첫째 마당은 공장에서 배출한 공해 물질로 농사는 물론 건강까지 망친 농민들이 대기업을 상대로 낸 피해 보상 소송의 재판정이다. 여기에 나오는 대사들은 모두 그 역할을 맡은 사람이 직접 쓴 것인데, 자세히 읽어 보면 참 재미있는 표현이 많다. 한 번도 마당극 대본을 써본 경험이 없는 사람들이 어떻게 이렇게 기발한 아이디어를 생각해 냈는지 지금 읽어도 놀랍다. 먼저 변호사 역할을 맡은 조홍섭이 등장한다.

"존경하는 재판장님!

본건 여천복지화학공장의 소위 공해손해배상 청구소송에 들어가기에 앞서 본 변호인은 이번 사건의 성격을 분명히 하고자 합니다. 소송 제목에서 본 바와 같이 이번 사건은 손해배상에 관한 것입니다. 다시 말해서 재산 피해에 대한 시비를 가리는 재판입니다. 그러나 원고는 이것을 사회적 문제로 호도하고 있으며, 일부 시국관 없는 언론인들도 이에 동조하고 있는 실정입니다.

현명하신 재판장님!

본 변호인은 이 소송을 진행함에 있어 이 재판이 법과 양심과 정의에 따라 공정히 진행되어야 하며, 어떤 외부의 불순한 의도나 재판에 영향을 미칠 극단적 행동도 단호히 배격할 것을 요청 드리는 바입니다. 원고에게 묻겠습니다. 당신 논밭 5천8백60정보와 굴·해태 양식장의 58퍼센트가 공장 때문에 피해를 입었다고 주장하시는데 맞습니까?"

"그렇소."

"피해 원인이 공장에 있는지는 어떻게 아셨나요?"

"굴과 해태가 밝혀 주었소."

"과학적으로 측정해 보셨나요?"

"과학? 동네 아이들도 다 아는 사실이요."

"안 해 보았다는 얘기군요."

"피해 입기 바빠 못 해 봤소."

"재판장님! 보시다시피 피해 주민의 진술은 그 흑백 논리적 단순성과 비과학성으로 본 변호인을 경악케 합니다. 피해가 공장 가동 후에 나타났다고 해서 그 원인이 공장에 있다고 해야 할까요?

한국공단연구소의 보고에 따르면 연천공업단지로 들어오는 바람의 90퍼센트는 북서풍으로 매연, 먼지 등 모든 오염물이 광양만 방향으로 북상하기 때문에 주민의 생활에는 아무 영향도 없으며, 그럼에도 불구하고 공장은 완벽한 공해 방지시설을 갖추고 있고, 공단 내에 자연 보호 장치를 설치해서 공해 없는 아름다운 환경 조성에 앞장서고 있다고 합니다. 설사 공장에서 아황산가스가 배출되었다고 칩시다. 원고의 벼가 그 가스를 마시고 죽었다는 증거가 있습니까? 아무리 대기업이라지만 공장폐수에 상표가 붙었답디까?

재판장님!

본 변호인은 이 모든 복잡하고 자연과학적인 문제는 무식한 농어민의 힘으로는 도저히 해결될 수 없다고 확신하면서 참고인으로서 스탠포드 대학과 메사추세츠 공과대학에서 각각 환경공학 석사학위와 박사학위를 취득하시고, 현재 시스템 환경공학 연구소 실장으로 근무하시는 안무식 박사님의 진술을 듣도록 하겠습니다."

이어 원고 측 증인인 안무식 박사가 등장한다. 안무식 박사 역은 안병덕이 맡았다. 안무식 박사는 칠판에 엄청나게 복잡한 수학 공식을 써가며 공장 폐수와 주변 환경 사이의 역학관계에 대해 설명한다.

"나 안무식은 폴루션이 주변 환경에 대해 어떠한 영향을 미치는가에 대하여 1년 동안 서베이한 바 있습니다. 이제 서베이 결과를 말씀드리겠습니다. 이번 사건이 재계뿐만 아니라 학계에도 비상한 관심을 집중시키고 있기에 나 안무식은 메사추세츠 공과대학의 명예를 걸고 최선을 다했음을 자부하는 바입니다."

이렇게 말한 다음, 그는 엄청나게 복잡한 수학 용어와 과학 용어를 써가며 공해와 농작물 피해 사이에 놓인 인과관계에 대해 설명한다. 중간중간에 'R' 발음이 심하게 과장된 영어 단어가 계속해서 튀어나온다.

"나 안무식은 다음과 같은 과학적 마델model로 이런 오염 물질의 농도가 작물에 영향을 줄 수 있는가 하는 것에 대한 시뮬레이션을 해보았

우리 기쁜 젊은 날 - 응답하라 1975-1980

습니다. (영어로 쏼라 쏼라) 나 안무식의 퍼스날 오피니언을 말씀 드린다면 현대 과학의 총아라고 할 수 있는…… 어쩌구저쩌구."

이렇게 버터 바른 목소리로 한참을 떠든 안무식은 다음과 같은 결론에 도달한다.

"첫째, 모든 과학적 견해에는 단 하나의 예외도 있을 수 없다. 둘째, 과학적 메소드에 의한 절대적 데이터는 과학자의 양심을 초월한다."

결론은 공장 폐수가 농작물 피해 사이에는 아무런 인과관계가 없다는 것이다.

안무식 박사가 퇴장하자 변호사가 감격스러운 표정을 지으며 말한다.

"본 변호인은 저 유식하신 안무식 박사님의 권위 있고, 논리 정연한 진술을 듣고 현대과학의 정수를 가슴 설레며 맛보았습니다. 고도로 세련된 논리, 통쾌한 가정, 유창한 잉글리쉬, 그리고 놀라울 정도로 난해한 공식. 이것이야말로 무지몽매한 원고에 대한 과학의 위대한 승리가 아니고 무엇이겠습니까? 이번 재판의 객관성을 확보하기 위해 본 변호인은 그동안 오로지 상아탑에서 학문에만 전념해 오신 닥터 진을 이 자리에 모시겠습니다."

닥터 진 역할은 내가 맡았다. 닥터 진은 목에 청진기를 걸고 관객 이 사람 저 사람을 진찰하는 제스처를 쓰며 등장한다. 이렇게 등장하고 있는데, 마침 관객 중에 아는 선배가 눈에 뜨였다. 장난기가 발동한 나는 즉흥적으로 그 선배의 머리에 청진기를 대고 "머리가 텅 비었네"라고 진단했다. 하지만 순발력 측면에서 둘째가라면 서러워할 그 선배가 금세 받아쳤다.

"오진誤診인데."

닥터 진은 우리가 일반적으로 알고 있는 의사와는 전혀 다른 캐릭터의 소유자이다. 의사인데도 전혀 의사답지 않은, 매일 화투짝이나 돌리는 유한마담과 같은 이미지를 지니고 있는 의사이다. 이를 위해 나는 탤런트 이정섭의 말투를 흉내 냈다.

"우선 이 법정의 의학적 수준을 높이기 위해 각종 오염의 증상부터 알아보겠어요. 조교 앞으로!"

그러자 앞에서 변호사를 맡았던 조홍섭이 달려 나왔다. 객석에서 웃음이 터져 나왔다. 여기서 조교는 내가 말하는 증상을 몸으로 연기하는 역할을 맡았다. 괄호 안에 있는 것이 조교의 동작과 대사이다.

"납 중독이 되면 청력이 저하되며(귀를 쫑긋), 시야가 좁아져서 마치 대나무 통을 들어다보는 것 같은 증상이 나타납니다.(엄지와 검지로 동그라미를 만든 후 눈을 갖다 댄다). 또한 움직임이 부자연스러워서 보행 중 급격한 정지와 전환이 불가능해지며(걷다가 갑자기 멈추려고 하다가 휘청거린다.) 빈번한 경련이 일어나요. (온 몸에 경련)

카드늄에 중독이 되면 기침(으하하하!), 요통(아이구! 허리야!), 빈혈(빙글빙글) 증상이 나타나며, 골격이 변화되고 냄새를 못 맡으며(코를 쿵쿵), 허리가 아프고 통증 때문에 엉덩이를 좌우로 흔들며 걷고(엉덩이를 내밀고 오리처럼 걷는다), 하지골에 골절이 일어나 통증으로 "아야, 아야" 소리를 연달아 지르는데, 이것이 이따이 이따이 병이에요.("이따이 이따이" 하고 소리 지름!) 최근의 보고에 따르면 이 병은 웃다가 갈비뼈의 28군데가 골절되었다는 보고도 있어요. ('푸하하하' 하며 미친 듯이 웃는다.)

동 중독은 근육의 강직이나 어떤 근육의 완전한 마비를 가져와요.

(경직된 동작) 망간 중독은 보행 시 무거우며 일어날 때 뒤로 넘어지고, 걸을 때 앞으로 넘어지기도 하지요. (앞으로 엎어졌다가 뒤로 넘어졌다 반복) 사회성을 잃으며, 울고 웃고를 반복하며. (웃다가 울다가를 반복) 쉽게 감정을 폭발하고, (헐크처럼 괴성을 지름) 납에 중독되면 변비, 설사가 반복되며, (변기에 쪼그리고 앉아 용변 보는 연기) 성욕감퇴 등이 나타납니다. (여보! 미안해!) 비강의 연골이 뚫리기도 하고, (손가락으로 코를 뚫는 시늉) 피부염, 간 기능 장애 등의 증상이 나타나요. (몸을 긁는다.) 헬륨에 중독이 되면 체중이 감소해요. (손으로 날갯짓을 하며 뛴다.)

이상! 각종 증상에 대해서 알아보았어요. 조교 원 위치! (조교 퇴장한다.)

물론 원고들에게서 위에서 말한 증상이 하나 혹은 복합적으로 나타나는 것은 사실이에요. 그렇지만 이런 증상은 중금속 중독이라기보다는 오히려 피부염은 알레르기성 피부염, 빈혈은 영양부족, 치아 탈락은 칼슘 부족, 간 기능 장애는 과도한 음주, 복통은 기생충 감염, 소화불량은 신경성 위염, 그리고 성욕감퇴는 갱년기 장애가 원인이에요. 가족들이 주장하는 바와 같이 원고에게서 약간의 정신질환이 있음은 인정되나 이것은 혈통적인 것으로써 원고 혈통의 유전학적 연구를 통해서만이 밝혀질 수 있는 것이라 사료됩니다. 따라서 앞으로 일을 할 때에는 일의 순서를 갖추고, 헛되어 체력을 낭비하는 일이 없도록 하며, 생활의 근심과 걱정은 정신 건강에 안 좋으니 버려야 해요. 결론적으로 말해 이런 증상은 앞으로 1년 혹은 2년 혹은 그 이상 기간 동안의 쾌적한 환경 속에서의 안정과 적당한 영양섭취가 있다면 충분히 완치될 수 있는 증상이라고 생각해요."

닥터 진이 퇴장하자 변호사가 감격스러운 목소리로 말한다.

"본 변호인은 이 자리에서 저 늑대와 같이 음흉한 주민을 어루만져주시는 진 박사님의 말에서 어머니의 자애로움을 느꼈다고 고백하지 않을 수 없습니다. 진 박사님께서는 수많은 리셉션, 세미나, 워크숍, MT(여기서 관객 웃음)와 같이 바쁜 일상 속에서도 재판기록을 낱낱이 검토하셨으며, 공정한 판단을 위해 현지에는 '단 한 번도' 내려가지 않는 용의주도함을 보이셨습니다.

원고 측 대표에게 묻겠습니다. 집에 TV, 라디오, 선풍기가 있습니까?"

"그걸 왜 묻소?"

"혹시 이런 뉴스를 본 적이 있으신가 해서요. 1980년 12월 30일자 일간 스포츠. 공단에 꽃핀 눈물겨운 이야기. 괴질과 5년째 질질 끄는 재판으로 이중의 고통을 당해 오고 있던 여천공단 내 복지화학 공장 주변의 주민들이 지난 19일 새벽 찾아온 네 사람의 불청객으로부터 금일봉을 선사받고 한편으로는 어리둥절하면서도 한 편으로는 기쁜 표정을 감추지 못했다.

방문객들은 가가호호를 돌아다니며 식중독으로 생각되는 괴질에 시달리는 주민들에게 금일봉을 전달했는데, 그들은 공해 소송의 피고인인 정 사장 일행임에 밝혀졌다. 이에 대해 주민을 매수하기 위한 쇼라는 극히 일부 주민을 제외한 대부분의 주민들은 '세상에 자기를 재판으로 고생시키는 사람에게 이렇게 돈까지 주면서 위로하는 사람이 어디 있냐'며 울먹였다.(북한 방송 아나운서의 말투를 흉내 냄.)

감동스럽지 않습니까? 거기다가 여러분은 복지화학 공단에 설치해 준 9개의 어린이 놀이터와 18곳의 노인정, 1백20개의 화분과 2백55개의 휴지통을 보지 못하십니까? 이 자리에서 지적하고 싶은 것은 복지화학 공장이 연간 5천여 만 원을 오물세로 납부함으로써 이 지역 행정 예산의 3분의 1을 부담하고 있다는 사실입니다. 만일 복지화학 공단이 이 지역을 떠난다면 이 부담은 누가 하겠습니까? (화난 목소리로 관객 중 한 명을 가리키며 외친다.) 당신이 하겠습니까? (그 말에 관객 절레절레 고개를 흔든다. 관객 웃음.) 자, 이제 이번 재판에 사실상의 피해자인 정돈철 사장님을 이 자리에 모시겠습니다."

정돈철 사장 역은 정연도가 맡았다. 정연도가 이어폰을 끼고 어디론가 계속 연락을 취하는 경호원들의 호위를 받으며 등장한다. 그리고 거만한 표정으로 재판정에 서자 비서 역의 박용범이 그의 진술을 대독한다.

"존경하는 재판장님. 그리고 만장하신 방청객 여러분. 정돈철 올시다. 나 인간 정돈철, 처음으로 피고석에 서기 때문에 당황함을 용서하십시오. 인간사 새옹지마라. 지하도 방방곡곡을 껌 상자를 들고 헤매던 한 소년이 대기업의 총수가 되고, 대기업의 총수라는 이유 한 가지 때문에 피고석에 서게 되는 운명의 아이러니. 그러나 저는 이 기회를 기껍게 생각하려고 합니다. 이 기회에 공개석상에서 농민 여러분과 허심탄회하게 이야기해 보고 싶습니다.《크리스찬 사이언스 모니터》지와《월드 스트리트 저널》및 〈통일일보〉와의 대담에서 밝혔듯이 나의 경영 철학은 가난한 사람에 대한 무절제한 지원, 노력하는 사람들에 대한 맹목적 투자였습니다. 나는 매일 잠자리에 들기 전에 기도하는 마음으로 다짐합니다. 나 인간 정돈철. 언제나 가난한 자의 편에 서리라. 공장 근로자들을 만날 때마다 이야기합니다. 너희는 한 인간의 권리를 하늘로부터 받았나니 너희 권리 너희가 찾아야 한다. 위생시설에 대해서 철저히 건의하라. 임금 투쟁을 가장 과감히……."

바로 이때 누군가 들어와 근엄하게 침묵을 지키고 서 있는 정 회장에게 노동자들이 임금 인상을 요구하며 시위를 벌이고 있다는 소식을 귓속말로 전한다. 그 말에 정 회장이 야비한 목소리로 "가! 가! 가! 이 잡놈의 새끼야. 경찰 동원해서 밀어버려!"라고 소리친다.

어색한 침묵의 시간이 지난 후, 비서가 다시 진술문을 읽기 시작한다.

"일부 농민들이 공장으로 난입해서 공해의 원흉 정돈철 나와라! 정돈철 개 새 끼! 하고 외칠 때 저는 울었습니다. 다 내 덕이 없음이라. 수양이 부족함이라. 밤을 새워 가슴을 치며 울었습니다. 나 인간 정돈철, 빈농의 자식으로 태어나서 농부들의 생활을 누구보다도 잘 알며, 나 자신이 농부 그 자체임을 잊은 적이 한 번도 없습니다.

이제 나도 지천명의 나이. 사회에서 은퇴하면 나 농사지을랍니다. 여러분이 공해 피해 때문에 농사를 지을 수 없다는 바로 그 땅에서 농사로 여생을 바칠겝니다. 그러나 이왕 이렇게 재판까지 오게 된 바에야 농민 여러분! 기운을 잃지 마십시오. 재판으로 진위를 밝히는 것은 우리 모두 다 같이 선진조국에서 잘 살아보자는 뜻으로 나 정돈철은 이해합니다. 10년, 20년이 걸리더라도 끝까지 법정투쟁 한 번 해 보라니깐요."

이렇게 깐죽거린 다음 정 회장이 퇴장한다. 그러자 재판을 받고 있던 농민이 소리친다.

"에이 이놈들아! 이게 무슨 재판이야."

변호사가 당황하며 소리친다.

"재판장님! 이런 폭력적인 분위기에서는 도저히 재판을 할 수가 없

우리 기쁜 젊은 날 – 응답하라 1975-1980

습니다. 향후 2년간 휴정할 것을 요청 드리는 바입니다."

이렇게 첫째 마당이 끝난다.

이어지는 둘째 마당에서는 회사로부터 보상금을 받은 일부 농민들이 술집에서 보상금을 탕진하는 이야기가, 셋째 마당에서는 공해병에 걸려 고생하다 세상을 떠난 농민의 장례식 장면이 나온다. 첫째 마당과 둘째 마당에는 웃음이 넘치지만 셋째 마당이 되면 분위기가 달라진다. 안혜경이 부르는 구슬픈 구음가락에 맞추어 상여가 나간다. 그렇게 모두 숙연해진 가운데 마당극이 끝난다.

아마추어들의 작품이기는 하지만 〈삼천리 벽폐수야〉는 공해 풀이 마당극의 효시로 꼽힌다. 그동안 공해 문제의 심각성을 알리는 연구나 조사활동은 많이 있었지만, 이것을 마당극이라는 예술형식으로 풀어낸 것은 〈삼천리 벽폐수야〉가 처음이었다. 대부분의 운동이 정치투쟁에 집중되어 있던 때에 공해 문제에 대한 경각심을 일깨워주었다는 점에서 〈삼천리 벽폐수야〉는 매우 중요한 역사적 의미를 갖는 작품이었다.

민중문화 복합공간,
애오개소극장

　　　　　　80년대 문화운동 하면 〈삼천리 벽폐
수야〉가 공연된 애오개소극장을 얘기하지 않을 수 없다. 마포구 아현동
에 위치한 애오개소극장은 70년대 대학 탈춤반, 풍물반, 민요반, 연극
반 출신들이 모였던 민중문화 복합공간이었다. 서울대 탈춤반 출신의
황선진(서울대 국문과 72)이 셋방을 뺀 돈으로 기본 자금을 마련했으며,
일부 금액은 계를 부어 충당했다. 계주는 유인택(서울대 약학과 75, 동양
예술극장 대표)이었다.

　처음으로 계모임을 하던 날이 생각난다. 계주인 유인택이 계원들을
소개하는데, 그중 서로 잘 모르는 사람들이 있었다. 그러자 임진택(서울
대 외교학과 69, 소리꾼)이 "야, 너는 왜 계를 점조직으로 해서 계원들이
서로를 잘 모르게 만드냐? 점조직으로 하면 자기에 대한 살인지령이 자
기에게 내려지는 수가 있어"라고 말해서 모두 웃었다. 유인택은 공연기

획을 아주 잘해서 '유 기획'이라는 별명으로 불렸다. 80년대 민중문화의 중심지였던 애오개소극장과 예술극장 한마당을 중심으로 활동하다가 나중에 영화 기획자와 제작자가 되어 〈화려한 휴가〉〈너에게 나를 보낸다〉〈아름다운 청년 전태일〉〈목포는 항구다〉 등 20여 편의 영화를 제작했다. 지금은 문화계의 유명인사가 되었지만 대학 때만 해도 그는 다른 일로 유명세를 탔다. 그와 같은 학번인 정연도가 그 때문에 곤욕을 치른 적이 있는데, 그 사연을 소개하자면 다음과 같다.

사건의 시간적 배경은 1975년 가을 쯤, 공간적 배경은 서울대 근처 신림동의 한 술집. 그날 술자리에 모인 사람 중 가장 아랫것이었던 정연도는 선배들의 심부름으로 담배를 사러 밖으로 나왔다. 그런데 길을 가던 중에 재수 없게 경찰의 불심검문에 걸려 관악서로 끌려갔다.

"너, 친한 친구나 선배가 누구야?"

형사가 교우 관계를 물었다. 그 순간 그의 머릿속이 복잡해졌다. 같이 술 마시던 탈춤반 선배와 친구들의 얼굴이 주마등처럼 스쳐 지나갔다. 하지만 금세 고개를 저었다. 내막은 잘 모르지만 본능적으로 이들의 이름을 대는 것은 위험할 것 같다는 생각이 들었기 때문이다. 그런데 바로 그때 친구 중에서 제일 순진해 보이는 친구, 운동권하고는 아주 거리가 멀어 보이는 친구의 얼굴이 떠올랐다. 연극반의 유인택이었다. 얼굴도 하얗고 도시적으로 생긴 데다가 무엇보다 데모와 거리가 먼 이과라는 점이 마음에 들었다.

"유인택입니다."

이렇게 자신 있게 대답했다. 아! 그러나 이것은 최악의 실수였다. 그가 '착한 친구'라고 생각했던 유인택이 사실은 민청학련 사건으로 사형

선고를 받은 유인태의 동생이었던 것이다. 사형수의 가족과 친구라니. 경찰도 걱정이 되었는지 나중에 공무원인 그의 아버지에게 이 사실을 알렸다.

"너 요즘 유인택이라는 아이와 친하게 지낸다며?"

어느 날 아버지가 물었다. 그가 "그걸 어떻게 아셨어요?" 했더니 "걔가 누군지 알아? 바로 민청학련 사건에서 사형선고를 받은 유인태의 동생이야." 이러면서 "앞으로 나쁜 친구랑 놀지 마!"라고 호통을 쳤다. 하지만 그는 그 후로도 계속 그렇게 나쁜 친구와 어울렸다.

애오개소극장은 70년대 대학문화운동 출신 활동가들의 아지트였다. 70년대 대학문화운동을 주도해 오던 이들은 대학 졸업 후에도 조직적이고 대중적인 민중문화운동, 민중지향의 진보적인 예술운동을 도모했다. 그러기 위해서는 지속적이고 안정적인 활동 공간이 필요했으며, 그래서 십시일반 돈을 모아 애오개소극장을 마련한 것이다. 70년대 대학 탈춤패와 마당극패, 풍물패 출신들로 구성된 놀이패 '한두레', 서울대 '메아리'를 비롯해 대학 노래패 출신들로 구성된 '새벽', 그리고 민중미술운동의 중요한 자양분이 되었던 미술동인 '두렁'이 바로 애오개소극장을 중심으로 활동했다.

애오개소극장에서는 탈춤과 마당극, 민요, 저항가요, 영화 등 다양한 공연이 펼쳐졌으며, 민요, 풍물 강습과 더불어 민중미술 전시회가 열리기도 했다. 그런가 하면 문화운동가들이 수시로 이곳에 모여 진보적 예술운동의 방향과 조직 형태에 대한 토론을 벌였다. 그런데 문화운동권 사람들을 만나면서 나는 이들이 사회문제나 정치적 이슈에 대응하는 방식이 내가 그 전까지 보아 온 운동권 사람들과 다르다는 것을 알게

우리 기쁜 젊은 날 - 응답하라 1975-1980

되었다. 하지만 이 막연한 느낌을 정확하게 말로 표현하기가 참 어렵다. 비유적으로 말하자면 선언문의 방식이 아닌, 노래와 춤의 방식이라고 해야 할까. 어떤 정치적 사안에 대해서도 그들은 산문이 아닌 운문으로, 직설이 아닌 은유로 이야기를 했다. 이런 방식에 익숙해져 있다 보니 어쩌다 안 그런 사람을 만나면 상당한 이질감을 느끼는 것 같았다.

한번은 술자리에서 NL인지 PD인지 하는 후배가 핏발이 선 눈으로 역사의 사명이니 혁명의 필연이니 민중의 힘이니 하며 목청을 높이고 있는데, 보다 못한 선배가 "야. 그러지 마. 너무 무섭잖아"라고 해서 모두 폭소를 터트린 적이 있다. 또 한번은 이런 일이 있었다. 지금 정확한 내용은 기억이 안 나는데 여하튼 정치적으로 굉장히 큰 이슈가 되는 사건이 터졌을 때였다. 그 문제에 대해 후배가 진지한 어조로 문화운동권 선배에게 물었다. "형은 이 사건에 대해서 어떻게 생각하세요?" 그러자 선배가 한참 뜸을 들이다가 이렇게 대답했다. "음, 아주 '심각하게' 생각해."

나는 처음에 이런 분위기에 적응하는 것이 힘들었다. 비분강개가 별로 통하지 않는 분위기, 분노를 표출해야 마땅한 일에도 슬쩍 곁눈질만 하는 것 같은 태도, 그리하여 열변을 토한 사람을 오히려 머쓱하게 만드는 무심함이 못마땅했다. 정연도와 처음 사귈 때에도 나는 이런 감각의 차이로 애를 먹었다.

애오개소극장에는 내로라하는 딴따라들이 다 모였다. 채희완, 임진택, 김명곤(서울대 독문과, 배우), 이애주(서울대 체육과, 무용가), 장선우(서울대 인류학과, 영화감독), 여균동(서울대 미학과, 영화감독), 김경란(서울대 미대 75, 무용가), 유인렬(서울대 국문과 75), 조경만, 황선진(서울대 국문과), 김민기(서울대 회화과, 가수), 박인배(서울대 물리학과 72, 전 세종문화회관 사장, 작고) 등 대학 다닐 때부터 문화운동 분야에서 한가락 하던 사람들이었다.

이 중에서 가장 독보적인 인물은 채희완이었다. 그는 70년대부터 현재에 이르기까지 민중문화운동의 큰 흐름을 이끌어 온 이 분야의 전설이었다. 70년대 대학문화운동의 1세대이자 '탈춤, 마당극의 대부'로 알려진 그를 우리들은 '교주님'이라고 불렀다.

채희완은 재수하던 시절 창경궁에서 공연하는 봉산탈춤을 보고 큰 충격을 받았다고 한다. 그래서 서울대에 입학하자마자 탈춤반을 만들었다. 그 후 김지하 시인과 손잡고 〈진오귀굿〉을 공연한 것을 계기로 전통예술의 여러 장르를 아우르는 마당극이라는 새로운 공연 양식을 개발했고, 이 분야에 타의 추종을 불허하는 업적을 남겼다. 나는 그를 〈삼천리 벽폐수야〉를 준비할 때 처음 만났다. 한번 술을 마셨다 하면 1박 2일이나 2박 3일은 기본이었는데, 새파랗게 젊은 나도 체력이 달려 못 따라갈 정도였다. 말을 할 때 워낙 상징과 은유를 많이 쓰는 탓에 나는 그가 하는 말의 50퍼센트 정도밖에 못 알아들었다. 오랫동안 알고 지낸 사람들은 특유의 어법을 터득해 듣는 순간 자동 번역이 된다는데, 나는 지금도 여전히 채 교주의 말을 반밖에 못 알아듣는다.

몇 년 전, 남편과 부산으로 여행을 간 적이 있다. 떠나기에 앞서 부산에 살고 있는 채 교주에게 좋은 숙소를 추천해 달라고 했다. 나는 바다가 보이는 전망 좋은 방을 생각했었다. 그런데 막상 추천해 준 곳에 가보니 바다는커녕 창문을 열면 시멘트 건물밖에 안 보이는 시내 한복판의 여관방이었다. "내가 이번 일로 형의 미적 감수성에 대해 심각한 의문을 품게 되었어요. 미학을 전공했다는 분이 어떻게 그렇게 미적 감각이 떨어져요? 형의 눈에는 그 방이 좋아 보여요?"

내가 이렇게 불만을 토로하자 "그 집이 물이 좋아. 온천물이거든. 그 물로 목욕을 하면 피부가 얼마나 매끈거리는데. 요즘 미학에서는 '촉감'도 중요한 감각의 하나로 취급해." 이렇게 둘러대는 통에 그냥 웃고 말았다.

계원들의 첫 모임에서 '점조직' 발언을 했던 임진택은 서울대 외교학과 출신의 '학삐리 광대'이다. 그는 정권진 명창이 부르는 〈수궁가〉를 듣고 판소리에 빠졌다. 그 후 정권진 명창을 찾아가 5년 동안 〈심청가〉를 배운 임진택은 그 후 김지하의 담시 「오적」 「소리내력」 「똥바다」를 판소리로 만들었으며, 〈오월 광주〉 〈백범 김구〉 〈남한산성〉 〈다산 정약용〉과 같은 창작 판소리를 내놓기도 했다. 나는 이 중 〈오월 광주〉 공연을 보았다. 이 공연은 기존의 판소리가 가지고 있는 풍부한 음악적 자산을 충분히 활용해 내용에 적합한 예술성을 확보하고자 하는 진정한 의미의 광대정신을 보여준 공연이었다. 극적인 상황 전개에 따른 치밀한 장단 배치, 그중에서도 특히 엇중모리장단의 반어적인 재미와 세마치장단의 적절한 활용 그리고 이와 같은 장단을 가능케 한 판소리적인 사설 붙임새에서 소리꾼 임진택의 예술적 기량을 엿볼 수 있었다. 판소리의 현대적 수용이라는 측면에서 볼 때, 임진택은 거의 독보적인 존재이다. 가히 '창작 판소리계의 인간문화재'라고 할 만하다.

소리도 소리지만 임진택은 뛰어난 재담꾼이기도 하다. 어떤 상황에서도 즉흥적으로 유머를 끌어내는 순발력이 뛰어났다. 영화 〈화엄경〉을 만든 장선우 감독이 "전국에서 영화를 본 관객을 합쳐봐야 2만 명밖에 안 돼. 그런데 그 사람들도 영화를 보면서 다들 졸더라고" 하니까

"너 2만 명의 사람을 동시에 재울 수 있다는 거. 그거 보통 능력 아니다" 라고 해서 모두 웃었던 기억이 난다.

한번은 그가 백기완 선생이 주례하는 결혼식의 사회를 맡은 적이 있었다. 신랑, 신부가 반지를 교환하는 순서가 되었다. 백기완 선생이 "이 건 그냥 반지가 아닙니다. 반지라는 물질에 부부의 사랑이라는 정신이 변증법적으로 결합되어 있는 겁니다." 이랬더니 "그럼 신랑, 신부가 반지를 변증법적으로 교환하겠습니다"라고 해서 좌중을 웃긴 적도 있었다.

한번은 한 공연의 뒤풀이 자리에서 그가 〈심청가〉 중 심청이가 물에 빠지는 대목을 불렀다.

"심청이 거동 봐라. 바람맞은 사람처럼 이리 비틀 저리 비틀 뱃전으로 나가더니 다시 한 번을 생각헌다. 내가 이리 진퇴키는 부친 효성이 부족함이라. 치마 폭 무릅쓰고, 두 눈을 딱 감고 뱃머리로 우루루루루, 손 한 번 헤치더니, 기러기 낙수 격으로 떴다, 물에가 풍!"

그 순간 모두들 긴장해서 그다음 대목을 기다리는데, 갑자기 손으로 헤엄치는 흉내를 내면서 "이다지도 깊은 줄은 난 정말 몰랐었네. 아아 아아아아. 진정 난 몰랐었네." 하는 것이 아닌가. 그때 얼마나 웃었는지 모른다.

애오개소극장에 드나들던 사람들은 한 사람 한 사람 모두 나름대로 의 개성을 지닌, 우리 시대의 진정한 '딴따라'였다. 그런데 그중에서 가 장 뛰어난 딴따라를 들라면 나는 백기완 선생을 들지 않을 수 없다. 백 선생은 우리 시대에 가장 뛰어난 이야기꾼이었다. 나는 백 선생의 이야 기를 말이 아닌 글을 통해 처음 접했다. 80년대 초인가. 그의 딸 백원담 이 《공동체 문화》에 쓴 「이야기꾼의 이야기」라는 글을 읽은 적이 있는데, 딸에게 이런 이야기를 들려주는 아버지가 있다는 사실에 아주 놀랐던 기억이 난다. 나는 애오개소극장에서 몇 번 백 선생을 뵌 일이 있다. 술자리에서건 어디에서건 선생은 거침없는 입담으로 좌중을 사로잡았다. 스스로를 딴따라라고 생각하는지 한번은 영화감독 장선우에게 이렇게 말하는 것을 들었다.

"만철(장선우의 본명)아. 이놈아! 나 네 영화에 한 번 출연시켜 줘. 네 놈이 나를 우습게 보는 것 같은데, 나 정말 연기 잘할 수 있어. 일본 놈에게 겁탈 당한 며느리를 둔 시아버지 연기. 내가 '아이구. 우리 며느리!' 뭐 이러면서 울부짖을 것 같아? 나 그렇게 수준 낮은 연기 안 해. 그저 눈물이 그렁그렁한 눈으로 먼 산을 바라보면서 분노를 삼키는 그런 내면적인 연기를 하지. 어떤 역할이든지 맡겨 봐. 부동산 투기해서 돈 번 놈, 부동산 투기해서 돈 잃은 놈. 무슨 역이든지 다 잘할 수 있다니까."

딴따라로서 백 선생의 진가는 진정한 딴따라가 무엇인지 아는 사람만이 알아볼 수 있다. 대통령 후보로 나와 TV 연설을 할 때도 선생은 자신의 딴따라 기질을 유감없이 발휘했다. 하지만 이것이 일반 국민들에게는 전혀 먹혀 들어가지 않았다. "여러분, 우리 모두 북을 울립시다"라고 말하는 것을 듣고 무당이 대통령 후보로 나왔다고 혀를 끌끌 차는 사람도 있었다. 하지만 이것은 대중이 백 선생의 화법을 제대로 이해하지 못하는 데에서 오는 불상사라고 생각한다. 일단 그의 강연을 한 번이라도 들어본 사람들은 모두 그 말에 완전히 매료되고 만다. 고엽제 전우회 같은 보수 단체 사람 중에도 그의 강연을 듣고 감동을 받은 사람이 있다는 얘기도 들었다.

2002년 한일 월드컵이 열렸을 때, 그는 축구협회의 요청으로 국가대표 선수들 앞에서 강연을 했다. 젊은 시절 축구선수가 되고 싶었지만 집안이 몰락하는 바람에 꿈을 접을 수밖에 없었던 그가 선수들에게 무슨 이야기를 했을지 충분히 짐작이 간다. 그리고 그것이 얼마나 선수들의 심금을 울렸을지도. 히딩크는 비록 강연 내용은 못 알아들었지만 그의 열정적인 강연 모습과 독특한 카리스마, 통일운동에 헌신한 이력에 깊은 인상을 받았다고 한다. 그 힘은 어디에서 오는 것일까. 진정성과 열정 그리고 민중적 언어 구사력에서 오는 것이 아닐까.

"나는 기독교인들이 생각하는 기생오라비처럼 곱상한 예수는 당최 마음에 안 들어. 내 생각에 그건 잘못된 그림이야. 예수는 노동자였어. 예수의 직업이 목수가 아니갔어? 노동으로 단련된 몸을 가지고 있었을 거야. 그리고 예수는 부당한 사회질서에 대항한 깡다구 있는 인물이었다구."

이런 어법이 민중들의 마음을 파고들었을 것이다. 그렇게 백기완 선생은 이 시대의 진정한 이야기꾼, 진정한 딴따라였다.

매해 연말이 되면 애오개에 모여 망년회를 했다. 장기자랑 시간에 차례로 개인기를 펼치는데, 한 사람 한 사람이 모두 뛰어난 배우, 소리꾼, 광대, 춤꾼, 재담꾼이었다. 그중에서 채 교주의 아내 홍성원(이대 사회사업과 72) 여사가 혼신의 힘을 기울여 열연한 〈You mean everything to me〉가 아직도 기억에 생생하다. 그렇게 장안의 내로라하는 딴따라들이 한데 모여 재능을 뽐내던 애오개 시절이야말로 한국 민중문화운동의 춘추전국시대가 아니었을까 하는 생각을 한다.

민요연구회, 진도들노래와 홍주 한 병

          나는 2년여의 준비 끝에 서울대 대학원에 합격했다. 입시 준비가 쉽지는 않았다. 처음 공부를 하려고 국악 이론서를 펼쳤을 때의 난감함이 지금도 생생하다. 일단 용어부터가 너무 생소했다. 한자로 가득한 옛 문헌들, 고대 음악사, 악학궤범, 고악보 등 어느 것 하나 쉬운 것이 없었다. 시험에 어디에서, 어떤 문제가 나올지 몰라 나중에는 그냥 책들을 토씨 하나 빠트리지 않고 통째로 외워버렸다. 그렇게 달달 외운 덕분에 국악에 대해 잘 모르는 내가 대학원에 들어갈 수 있었다.

    입시를 준비할 때는 주로 궁중음악과 제례악에 대해 공부했지만 사실 논문은 민요나 판소리, 산조 같은 민속악에 대해 쓰고 싶었다. 대학원 다니면서 제주도 민요를 채보할 기회가 있었는데, 이것이 계기가 되어 민요에 남다른 관심을 갖게 되었다. 그래서 민요에 대해 더 깊이 공부하기 위해 민요 연구 모임에 들어갔다. 그때 같이 민요 공부를 한 사람은 박형준(고대 사회학과 77, 동아대 교수, 전 국회사무총장), 이재은(고대 사회학과 77, 여성운동가), 조경만, 이정란(성심여대 작곡과, 작곡가), 이동연(이대 국문과 76), 김경란, 유인렬(서울대 국문과 75)이었다. 모임은 주로 박형준의 집에서 가졌다. 여러 분야의 전공자들이 모여 민요를 듣고 직접 부르는 것은 물론 녹음 자료를 채보하거나 민요에 관한 논문을 읽으며 민요를 총체적으로 공부했다.

그때 모임을 같이하던 친구들과 민속학자 임석재 선생을 찾아간 적도 있었다. 임석재 선생은 젊은 시절부터 전국을 누비며 사라져 가는 민요와 민담, 설화, 무가巫歌들을 수집한 분으로 유명하다. 집이 안암동인가 신설동인가 그랬는데, 유명 건설회사가 지은 고층 아파트에 둘러싸인 아주 허름한 한옥에 살고 계셨다. 아파트 사이에 고색창연한 한옥이 끼어 있는 모양새가 조금 이상했다. 나중에 얘기를 들으니 건설회사에서 아파트를 지으면서 집을 팔라고 했는데, 임석재 선생이 내 눈에 흙이 들어가기 전까지는 절대로 못 판다고 했단다. 설득하다 안 되어서 할 수 없이 그 집만 쏙 빼놓고 빙 둘러 아파트를 지었다고.

임석재 선생은 젊은 친구들이 민속학에 관심 있다고 하니까 아주 좋아했다. 당시 여든이 넘은 고령임에도 불구하고 놀라운 기억력으로 왕년에 전국 방방곡곡을 누비며 수집한 민담들을 들려주었다. 그런데 그것들이 대부분 듣기에 낯 뜨거운 아주 '야한' 얘기였다. 옛날 분들의 말에 의하면 임석재 선생이 그런 얘기를 아주 좋아했단다. 만날 찾아와서는 "어디 무슨 좋은 얘기 없어?" 하는데, 그 '좋은 얘기'라는 것이 다 '야한' 얘기라는 것이다. 여하튼 그렇게 해서 수집한 '야한' 얘기들을 얼굴색 하나 안 변하고 조근조근 재미있게 들려주었던 기억이 난다.

임석재 선생은 우리가 갈 때마다 채근을 했다. "너희들 민요를 좋아한다며 왜 민요단을 안 만드는 거야? 만날 공부만 하면 뭐해? 실천을 해야지. 빨리 민요단을 만들어 이리저리 술집에 다니며 공연도 하고 그래야 할 거 아니야?" 나는 여기서 '술집'이라는 말이 무척 귀에 거슬렀다. 그래서 정연도에게 "임석재 선생님은 무슨 술집에 가서 민요 공연을 하라고 그래?"라고 했다. 그랬더니 "말하자면 전문 딴따라로서 자생력을 가지라는 얘기지. 멸종 위기종이나 천연기념물처럼 정부 보조를 받아서 생존하는 방식은 문제가 있다는 얘기 아니야? 술집이든 공연장이든 자기 힘으로 벌어먹고 살아야 된다는 얘기를 그런 식으로 한 거 아닐까?"라고 말했다. 그 말이 나름대로 일리가 있다는 생각이 들었다. 임석재 선생이 우리에게 원한 것도 그런 것이었는지 모른다. 그런데 사실 우리가 무슨 실력이 있나. 우리 중에 민요를 직접 부르며 밥벌이를 할 정도의 노래 실력을 가진 사람은 아무도 없었다.

민요 연구 모임에서 현장 조사를 나가기로 했다. 그때 우리가 선택한 지역은 전라남도 진도였다. 그 많은 지역 중에서 하필 진도를 택한 것은 이곳이 전통문화를 간직하는 데에 지리적으로 유리한 섬인 데다가 (그때는 육지와 연결되는 다리가 없었다) 들노래, 강강술래, 다시래기, 씻김굿, 북춤 등 예술적으로 중요한 무형문화재들이 모두 이곳에서 전승되고 있었기 때문이다. 그때 나는 이 매력적인 섬에서 질펀한 남도 문화의 정수를 마음껏 맛보는 행운을 누렸다.

진도에서 제일 먼저 본 것은 씻김굿이었다. 씻김굿 예능 보유자인 김대례 명인이 바닥에 징을 엎어 놓고 그것을 채로 치면서 노래를 부르고 있었다. 손으로 치는 장단은 리드미컬했으나 입에서 나오는 소리는 느리고 처연했다. 죽은 이는 이승에서 못다 푼 한을 무당의 입을 통해 절절하게 토해 내고 있었다. 그 소리는 이 세상에 존재하는 모든 소리 중에서 가장 처절한 소리였다. 자기 설움에 자기가 겨워 그야말로 미쳐 버릴 것 같은 소리. 고통이 뼈에 사무치는 소리. 켜켜이 쌓아 온 한이 마침내 통곡으로 터져 나오는 소리. 한 며칠 그 소리를 듣고 있으면 세상 살아갈 의욕을 모두 잃어버릴 것 같은 데카당스의 정수. 남도의 한은 결국 이렇게 마지막 남은 에너지까지 완전히 소진시키고 난 다음에야 비로소 풀리는 것인가. 씻김굿을 보면서 이런 생각을 했었다.

하지만 슬픔을 견디는 데에도 임계점이 있는 법이다. 슬픔이 극한에 이르면 반드시 풀어 주어야 한다. 진도의 굿판이 그랬다. 밤이 깊어지면서 분위기가 달라졌다. 처음에 무당의 구성진 가락에 눈물을 빼던 구경꾼들이 시간이 지나면서 슬슬 엉덩이를 들썩이기 시작했다. 어쨌든 굿판은 노는 판이니까 그동안 질질 짰으니 이제부터는 잘 놀아 보자. 이런 생각을 하는 것 같았다. 굿판이 중반을 넘어서자 완전히 놀자판이 되었다. 나는 그 자리에서 극한의 체념이 어떤 과정을 거쳐 극한의 신명에까지 이르는지를 똑똑히 보았다. 그동안 소리 한 자락 하고 싶어 안달을 하던 구경꾼들이 한 사람씩 나와 노래를 부르거나 춤을 추었다. 모두들 언제 울었냐는 듯 신명나게 춤을 추고, 신명나게 노래를 불렀다. 아! 저 가열한 놀이정신!

우리가 진도에서 만난 사람들은 모두 타고난 놀이꾼이었다. 소리니 춤이니 북이니 못하는 것이 없었다. 그리고 자기 예술에 대해 엄청난 자부심을 가지고 있었다. 진도북춤으로 유명한 한 노인은 역시 북춤을 추는 또 다른 노인을 가리키며 그가 추는 춤보다 자기가 추는 춤이 훨씬 오리지널에 가깝다고 은근슬쩍 자랑을 하기도 했다. 그런데 한 가지 신기한 것은 이렇게 전문적으로 잘 노는 사람들은 대개 술을 잘 못 마신다는 것이었다. 그것이 신기해 북춤을 추는 한 노인에게 이유를 물으니 이렇게 말한다.

"술을 마시면 영 놀기에 징혀서."

술이 들어가면 손이 흔들려 북가락을 제대로 짚을 수 없고, 소리가 흔들려 제대로 노래를 할 수 없다는 것이 그 이유였다. 알코올 기운을 빌려 노는 것은 아마추어들이나 하는 짓이다. 프로페셔널 놀이꾼은 술의 힘을 빌려 놀지 않는다. 잘 놀기 위해, 놀이에 더 집중하기 위해 술을 멀리 하는 것이 진정한 프로이다.

우리가 진도에 내려갔을 때, 의신면 돈지리에서는 축제 준비가 한창이었다. 진도 북춤, 강강술래, 들노래, 씻김굿, 다시래기, 판소리를 공연하고, 줄다리기, 장치기 같은 민속놀이를 함께 즐기는 축제였다. 축제에 앞서 동네 부녀자들이 밤마다 농산물 창고에 모여 강강술래와 북춤을 연습했다. 남편들이 오토바이로 아줌마들을 연습장까지 태워 주고, 태워 가고 하던 것이 생각난다. 축제를 주관한 사람은 이 마을에서 약국을 운영하고 있는 허옥인이라는 분이었다. 나이로 보아 정식으로 약대를 나온 것 같지는 않은데, 여하튼 마을에서는 상당한 지식인으로 통했다. 마을의 지도자급이라고나 할까. 특히 전통문화에 대한 애정과 자부심이 각별했다. 그는 소리에 소질이 있는 아이들을 데려다가 무료로 판소리를 가르치기도 하고, 해마다 마을 사람들을 모아 진도 전통문화 축제를 열기도 했다. 축제에서 그의 제자인 조명아라는 꼬마가 〈심청가〉

중 '심봉사 눈 뜨는 대목'을 부르는 것을 들었는데, 어찌나 능청스럽게 잘 부르는지 모두 감탄을 금치 못했던 기억이 난다.

축제에서는 기존의 전통예술을 공연하기도 하지만 지금은 사라진 옛 놀이나 전통예술을 복원해 시연하기도 했다. 우리가 갔을 때 마침 '장치기'라는 놀이를 재연하는 행사가 있었다. 허옥인 선생이 나이가 많은 동네 어르신들을 찾아가 놀이에 대한 이야기를 자세하게 들은 다음, 이를 하나의 놀이로 재구성해 축제에서 재연하도록 했다.

줄다리기 할 때는 아주 재미있는 일이 벌어지기도 했다. 옛날에 줄다리기를 할 때, 남자들이 힘을 못 쓰도록 여자들이 반대편 남자들의 중요부위를 마구 만지려 했다는 말을 듣고, 축제에서 그것을 직접 재연해보기로 한 것이다. 줄다리기가 시작되자 허옥인 선생의 윤허(?)를 받은 아줌마들이 능청스럽게 아저씨들에게 다가가 장난을 치려고 했다. 아저씨들이 기겁을 하면서 도망을 갔고, 그 덕분에 반칙을 저지른 쪽이 경기에서 이겼다. 물론 이것은 페어플레이 정신에 어긋나는 일이다. 하지만 허옥인 선생이 축제를 통해 재연하고자 했던 것은 줄다리기 경기 그 자체가 아니었다. 그 경기가 펼쳐지고 있는 마당의 현장성, 그 시대의 놀이정신과 문화였다.

진도라는 작은 섬이 지닌 거대한 문화적 역동성 앞에서 나는 잔뜩 주눅이 들었다. 현장답사를 한답시고 작은 카세트 녹음기 하나 달랑 들고 내려온 내가 그렇게 초라하게 느껴질 수가 없었다. 아마 당시 나와 함께 내려간 일행 모두가 정도의 차이는 있지만 이와 비슷한 생각을 했을 것이다. 마을의 사랑방에서 동네 사람들과 상견례 비슷한 것을 할 때, 마을 사람들은 모두 북장단에 맞추어 민요나 판소리 한 가락씩을 뽑는데, 명색이 국악 전공 대학원생인 나는 제대로 부를 줄 아는 민요나 판소리가 별로 없었다. 판소리를 배우기는 했으나 귀명창들 앞에 내놓기는 부끄러운 수준이었다. 내 차례가 가까워지면서 무엇을 부를까 초조해하며 진땀을 흘렸던 기억이 난다.

축제가 끝난 다음 날인가. 진도들노래 예능보유자인 조공례 명인과 설재천 명인을 만나러 갔다. 설재천 명인은 소리를 들으러 오면서 드링크제 한 병도 사오지 않은 우리들을 나무랐다. 그 말을 듣고 얼마나 민망하던지. 여하튼 당시 내가 들었던 설재천 명인의 들노래는 대쪽같이 강단 있고 거친 소리, 맨 땅에 뿌리박고 있는 진정한 민초民草의 소리였다.

그에 비해 조공례 명인의 소리는 여성적이고 섬세했다. 그녀는 타고난 소리꾼이었다. 목소리도 미성이지만 무엇보다 음악성이 뛰어났다. 멜로디의 디테일한 부분을 처리하는 솜씨가 보통이 아니었다. 어떻게 시골에서 농사만 짓고 살던 촌 아낙네가 저런 음악성을 가질 수 있는지 놀라웠다. 하지만 조공례 명인은 자기 딸이 자기보다 노래를 더 잘한다며 자꾸 딸을 추켜세웠다. 인간문화재에게 판소리를 배운 딸이 전문적인 음악 교육을 받지 않은 자기보다 한 수 위라는 것이다. 하도 칭찬을 하길래 그 딸의 소리를 들어 보았다. 하지만 나는 조공례의 소리가 더 좋았다. 조공례 명인은 '타고난' 소리꾼이었다. 그녀는 우리에게 들노래, 육자배기, 씻김굿, 강강술래, 다시래기 등 여러 가지 노래를 들려주었다. 노래를 들으며 정말로 행복했다. 이렇게 아름다운 예향藝鄕에 와서, 이렇게 향기로운 노래를 듣는다는 것이 꿈만 같았다. 이때 들노래에 완전히 반해서 석사학위 논문을 진도들노래에 관해 쓰기로 마음먹었다.

진도에 있는 동안 바닷물이 갈라지는 현상을 직접 보는 행운도 누렸다. '모세의 기적'이라고 해서 해마다 전국에서 수많은 사람들이 이것을 보러 온다고 한다. 나는 잔뜩 기대를 갖고 갔지만 영화에 나오는 모세의 기적과 같은 장관은 아니었다. 좌판을 벌이고 진도 전통주인 홍주를 팔고 있는 아주머니에게 물어 보았다.

"1년에 오늘 딱 한 번만 바다가 갈라지나요?"

그랬더니 하는 말,

"아니야. 몇 번 더 갈라져. 그리고 여기서만 갈라지는 게 아니야. 여기 아니고도 갈라지는 데 많아."

솔직한 대답이 재미있어서 아주머니에게 홍주 한 병을 샀다. 그리고 서울을 떠나온 지 일주일 만에 정연도에게 전화를 걸었다. 직장 사무실에 있다가 전화를 받은 그는 큰 소리로 "아이고, 보고 싶어라" 했다. 아마 사무실 사람들이 다 들었을 것이다.

"진도에서 홍주 샀거든요. 밤기차 타고 내일 새벽에 서울역에 도착하니까 마중 나와요. 홍주 줄 테니까" 했더니, "에이, 여보쇼. 새벽에 나오라는 게 말이 되나?" 딱 이랬다.

"싫으면 말고."

그날 밤, 목포에서 밤기차를 탔다. 그리고 새벽에 영등포역에서 내려 택시를 타고 집으로 왔다. 당시 우리 집은 화곡동이었기에 굳이 서울역까지 갈 필요가 없었다. 집에 도착하자마자 전화가 왔다. 정연도였다. 내가 진도에서 홍주를 가져온다는 소식을 듣고 세 남자가 지금 서울역에서 오매불망 홍주를 기다리고 있다는 것이다. 놀라서 택시를 타고 서울역으로 갔다. 서울역 맞은편에 있는 대우빌딩의 커피숍에서 정연도, 채희완, 여균동 이렇게 세 남자가 기다리고 있었다. 전날 만나 새벽까지 술을 마신 세 남자는 내가 가져간 진도 홍주로 깔끔하게 입가심(?)을 한 다음 헤어졌다.

그로부터 참으로 많은 세월이 흘렀다. 가야금과 아쟁도 구별 못하던 서양 음악도가 대학원에 들어가 국악을 공부하고, 진도들노래에 관한 논문으로 석사학위도 받았다. 대학원을 졸업하고 한 동안은 서양음악과 국악의 틈새시장에서 밥을 벌어먹고 살았다. 그러다가 본업인 서양음악으로 돌아왔다.

그러고 보니 참 오랫동안 국악과는 담을 쌓고 산 것 같다. 국악 전공으로 석사학위까지 받았지만 나는 지금도 국악에 대해 잘 모른다. 나의 정서적 본향은 서양음악이고, 서양음악을 들을 때가 국악을 들을 때보다 훨씬 감각적으로 마음이 편하다. 그래서 그런지 지금은 '당위성'이라는 명분 하나로 그토록 치열하게 공부하던 그때가 참 까마득하게 느껴진다.

여기, 진회숙보다 예쁜 여자 있으면
한번 나와 봐.
나의 남편 정연도

　　　　　　　　　〈삼천리 벽폐수야〉 공연을 준비하는
동안 정연도는 지질 회사에 다녔다. 그는 자기가 다니는 회사를 '우물
파는 회사'라고 했다. '지하수 개발'이라는 멋진 말이 있을 텐데, 굳이
자기 회사를 영세업체로 표현하는 심리는 뭘까 궁금했다. 그의 주 업무
는 건물을 지을 땅에 대한 지질을 조사하는 것이었다. 현장 직원들에게
그는 '기사'로 불렸다. 하지만 말이 좋아 기사지 하는 일은 완전히 노가
다와 다를 바 없었다. 뙤약볕에서 일한 탓인지 여름이면 늘 얼굴이 새
까맣게 되어서 돌아다니곤 했다. 어느 날 애오개에서 한창 마당극을 연
습하고 있는데, 얼굴이 새까만 사람이 불쑥 극장으로 들어왔다. 워낙 얼
굴이 까매서 나는 처음에 누군지 알아보지 못했다. "저 사람 누구야?"
했더니 안혜경이 "정연도 씨지 누구야" 하면서 웃었던 것이 생각난다.
그것을 보고 연출을 맡은 박용범이 한마디 했다.

"연도 형은 민중인 척하려고 저렇게 일부러 얼굴을 태우고 다녀. 나
좀 봐. 가만히 있어도 그냥 민중이잖아."

그는 현장 일을 무척 힘들어했다. 하지만 누구를 원망할 처지가 아
니었다. 얼굴을 새까맣게 태운 채 블루칼라 행색을 하고 다니는 아들
을 보고 그의 아버지는 "그러니까 누가 지질학과 가래? 그 놈의 탈바가
지에 미쳐서 다니더니 꼴좋다" 하면서 혀를 끌끌 차곤 했다. 그의 집안
은 예술하고는 아무런 관련이 없는 집안이다. 가족이나 친척 중에 춤은
물론 음악이나 미술, 연극 같은 예술분야에 소질이 있거나 취미가 있는
사람이 단 한 사람도 없다. 이런 집안에서 자란 그가 어떻게 대학에 들
어가서 탈춤과 판소리에 빠지게 되었을까. 본인 얘기를 들어 보니 어렸
을 때부터 판소리를 들으면 그렇게 좋았단다. 그래서 고등학교 때 일부
러 판소리 공연을 찾아다니며 들었다고.

탈춤도 그의 마음을 사로잡았다. 우연히 탈춤 공연을 보고 그 매력
에 한눈에 반한 그는 대학에 들어가자마자 탈춤반을 찾아갔다. 누구 소
개로 간 것이 아니라 그냥 혼자 자발적으로 찾아간 것이다. 만약 대학
에 탈춤반이 없으면 직접 만들 생각까지 했단다. 그러고 보면 사람에게
는 타고난 정서적 기질이라는 것이 있는 것 같다. 왜 그런지 딱히 설명
할 수 없지만 가슴에 화살처럼 딱 꽂히는 그 무엇, 그것이 그에게는 판
소리와 탈춤이었다. 그가 탈춤반에 들어가면서 아버지와의 갈등이 시
작되었다. 탈춤을 취미로 하면 누가 뭐라고 하겠는가. 그런데 그게 아
니었다. 공부는 완전히 작파하고, 오로지 탈춤과 판소리에만 목숨을 걸었
으니 사달이 난 것이다.

"책가방을 뒤져 보면 전공 책은 하나도 안 나오고, 무슨 탈춤이니 판

소리니 이런 책만 나오고, 아이구. 내가 그때 속상했던 것 생각하면."

그의 부모는 나쁜 길로 빠진 아들을 되돌려 놓으려고 각고의 노력을 기울였다. 아버지가 학교까지 찾아와 탈춤반에 있는 그를 납치(?)해 가기도 하고, 어머니가 지도 교수를 찾아가 우리 아들 좀 살려 달라고 애원을 하기도 했다.

"내가 학교 학생회관인가 뭔가 하여튼 탈춤반으로 찾으러 간 적이 있었지. 창문으로 들여다보니까 내가 온 것도 모르고 아주 열심히 춤을 추고 있더라고. 화가 부글부글 끓어오르는 걸 참고 창문 안으로 얼굴을 들이밀었어. 나 왔다, 나 온 걸 봐라. 이러면서 말이야. 그런데도 한참을 모르고 춤만 추더라고. 그러다가 내 얼굴을 보고는 '씻고 나올게요' 하더라구. 그러면 그것도 아들이라고 사이다 한 병 사 먹여서 집으로 데려오고 그랬어. 아이구 말도 마."

나중에 시어머니로부터 들은 얘기다. 그런데 이 시절에는 아예 며칠씩 집에 안 들어오는 날도 많았다고 한다.

"야. 그렇게 연락을 안 하고 집에 안 들어오면 어떻게 하냐? 집에서 걱정하는 거 생각도 안 해? 막말로 니가 어디 가서 죽기라도 하면 시체라도 찾아야 할 것 아니야?" 이렇게 야단을 치면 "사람이 그렇게 쉽게 죽나요?" 하면서 염장을 질렀다고 한다. 한 달씩이나 집에 안 들어온 적도 있었는데, 그때 어머니가 전국 방방곡곡을 찾아다니다가 급기야는 점쟁이를 찾아가기도 했다는 얘기를 들었다.

그런데 이렇게 '집 나간 탕아' 때문에 노심초사하고 있던 어머니가 어느 날, KBS 9시 뉴스를 보다가 화면 속에서 아들의 얼굴을 발견했다. "요즘 전통문화에 관심을 가지는 대학생들이 늘어나고 있습니다." 이런 멘트와 함께 카메라가 양주별산대놀이를 배우는 학생들을 쭉 비추는데 바로 거기에 그가 있었던 것이다. 아들의 행방을 알게 된 어머니가 갈아입을 옷을 동생 손에 들려 양주로 보냈다. 그런데 막상 양주에 가 보니 한발 늦은 뒤였다. 그 전날 고성오광대를 배우러 경상도 고성으로 떠났다는 것이다.

양주에서는 상당히 오랜 기간 머물며 양주별산대놀이 기능보유자들에게 탈춤을 배웠다. 그런데 그때 참 불쾌한 경험을 했다고 한다. 여담이기는 하지만 잠깐 소개하자면 이렇다. 어느 날 마침 한국을 방문한 독일의 여류작가 루이제 린저가 양주별산대놀이를 보러 왔다. 공연이 시작되고, 노장 역을 맡은 인간문화재 석거억 옹이 느린 염불장단에 맞추어 춤을 추기 시작했다. 그런데 얼마 지나지 않아 루이제 린저의 안내를 맡았던 모 인사가 "어이" 하고 노장을 부르더니 "돌아서서 해"라고 하더란다. 공연 중에 인간문화재를 불러 세워서 자기들 쪽을 보고 춤을 추라고 요구한 것이다. 그 말을 들은 석거억 옹이 엉거주춤 하더니 그의 요구대로 뒤돌아서서 다시 공연을 시작했다고 한다.

"공연하는 중에 공연을 중단시키고 뒤돌아보고 하라니, 이게 말이 돼? 탈춤이 아무렇게 추는 것 같아도 다 방향이 있는 것이거든. 악사를 중심으로 해서. 그런데 그런 거 다 무시하고 제멋대로 공연을 중지시키는 무식한 짓이 어디 있어?"

이 얘기를 듣고 나도 분개했었다. 이것은 상식적으로 도저히 용납이 안 되는 일이다. 양주별산대놀이나 인간문화재가 그렇게 만만해 보였나. 발레나 오페라를 보면서 그런 짓을 하지는 못하겠지. 이렇게 비문화적인 행동을 한 그 인사는 나중에 문화부장관이 되었다.

이렇게 1학년 때 양주니 고성이니 돌아다니며 탈춤에만 전념하더니 드디어 부모님이 우려하던 일이 벌어지고 말았다. 2학년이 되어서 과 배정을 받을 때 성적이 너무 나빠 비인기학과인 지질학과에 가게 된 것이다. 같이 탈춤반을 하던 친구 박인규(서울대 해양학과 75, 프레시안 이사)는 해양학과에 가게 되었다. 두 사람이 지질과 해양, 지구 전체를 아우르게 된 것이다.

지질학과에 간 후에도 탈춤과 판소리에 대한 열정은 식지 않았다. 대학 시절 얘기를 들어 보면 그를 비롯한 탈춤반 친구들은 판소리를 그냥 취미로 배운 것이 아니라 정말 제대로, 전문적으로 배웠다. 판소리 〈심청가〉 인간문화재 정권진 선생의 가르침을 받았는데, 당시 정 선생은 국악 전공자도 아닌 서울대생들이 판소리를 배우겠다고 찾아온 것을 매우 기특하게 생각했다고 한다. 그래서 열과 성을 다해 가르쳤고, 배우는 학생들 역시 정말로 열심히 공부했다. 그렇게 열심히 공부한 끝에 정연도는 판소리 〈심청가〉 인간문화재 전수생이 되었다. 하지만 학교 졸업하고 회사 생활 하느라 바빠서 길게 하지는 못했다. 전수생은 정기적으로 심사를 받아야 하는데, 회사 생활을 하면서는 판소리를 배우는 것도, 심사를 받는 것도 힘들었기 때문이다.

그때 같이 판소리를 배웠던 친구들은 모두 '귀명창'이었다. 〈적성가〉는 가곡성 우조로 불러야 되는데 판소리 명창 아무개가 부르는 것은 가곡성 우조가 아니라는 둥, 메나리조로 부른다고 말해 놓고 부르는 가락이 메나리조가 아니라는 둥 전문가 뺨치는 비평을 내놓곤 했다. 예나 지금이나 이들은 만나면 '늙은이(?)처럼' 탈춤을 추고 판소리를 부르며 논다. 결혼 전에 집에 함이 들어왔을 때도 함을 지고 온 친구들이 저러

우리 기쁜 젊은 날 - 응답하라 1975-1980

면서 놀았다. 그것을 보고 친정어머니가 "정 서방 친구들은 젊은이들이 왜 그렇게 늙은이처럼 노니?"라고 말했던 것이 기억난다.

탈춤 때문에 아들이 망가지는 것을 보다 못한 아버지가 강제 휴학을 시키고 군대에 보냈다. 군대 갔다 오면 정신 좀 차릴까 해서 군대에 보낸 것이다. 그리고 군 생활을 마치고 복학했을 때, 잠시 부모님의 바람이 이루어지는 듯했다. 그 전에는 성적이 지질학과 꼴찌였는데, 복학한 다음 학기에 1등이 되었기 때문이다. 복학하고 난 다음에 아무도 자기하고 놀아 주는 사람이 없어서 공부에만 전념했던 덕분이다. 하지만 그 다음 학기에 다시 탈춤반에 복귀하면서 모든 것이 원점으로 돌아가고 말았다. 학과 성적은 또다시 꼴찌를 기록했다. 언젠가 그를 대신해 학교에 가서 성적표를 떼어 온 일이 있었다. 그때 성적표를 보고 충격을 받았다. "나는 내가 이렇게 공부 못하는 사람이랑 결혼했는지 몰랐어" 했더니 "내가 지질학과 6학기 중 한 학기 1등, 다섯 학기 꼴등. 그래서 평균 꼴등으로 졸업한 사람이야." 이러면서 너스레를 떨었다. 하지만 부모님에게는 이것이 늘 한으로 남아 있다.

"고등학교 때 그렇게 수학, 물리를 잘 했던 녀석이 물리학과나 수학과 같은 데 갔으면 얼마나 좋아? 유학 가서 박사학위 받고, 그러면 지금쯤 서울대나 카이스트 뭐 이런 데서 교수나 연구원이나 하고 있을 텐데. 그 놈의 탈바가지에 미쳐서 신세를 망쳤으니."

나는 결혼 후, 이 말을 시아버지로부터 귀에 못이 박히도록 들었다. 어쩌다 TV에서 탈춤 추는 장면이 나오면 시아버지는 화를 내면서 채널을 돌리곤 했다. 그리고 돌아가실 때까지 끝내 '그 놈의 탈바가지'에 대한 원망을 풀지 못했다. 시아버지는 아들이 물리학과나 수학과에 가지 못한 것을 못내 아쉬워했지만 사실 지질학과도 좋은 과다. 교수가 땅도 나누어 준다. 그것도 몇십만 평 씩이나. 나도 처음에는 몰랐다. 그런데 어느 날 후배가 하는 얘기를 듣고 알았다.

"형. 그때 교수가 땅도 나누어 주었잖아?"

대학 4학년 때 교수가 지질 조사하라고 학생들에게 강원도 땅을 나누어 주었단다. 지도를 보고 통 크게 몇십만 평 씩이나. 그래. 지질학과 좋은 과다. 교수가 땅도 주고. 그런데 그때 교수가 준 그 땅은 지금 다 어디로 갔을까?

연애할 때는 그가 지방의 현장에 내려가는 일이 많았기 때문에 며칠 씩 못 볼 때도 있었다. 그러던 어느 날이었다. 그날이 일요일인가 그랬는데, 나는 친구들과 만나서 놀다가 한 11시 쯤 집으로 돌아왔다. 버스에서 내렸는데 어딘가에서 "거, 일찍 일찍 좀 다니쇼" 하는 소리가 들렸다. 돌아보니 그였다. 일요일 점심 때 쯤 시외버스 터미널을 지나다가 서울 가는 버스를 보고 내가 보고 싶어 무작정 탔단다. 그리고 화곡동 우리 집 앞에서 내가 오기만을 기다린 것이다. 무려 5시간을 기다렸다고 한다. 정말 미쳤지. 이건 미치지 않고서는 못하는 일이다. 콩깍지가 씌였을 때나 할 수 있는 일이지.

그런가 하면 나도 어느 비 오는 날, 갑자기 그가 보고 싶어서 마장동 시외버스 터미널로 가서 강원도로 가는 버스를 탄 적이 있다. 그의 숙소로 찾아가 어느 방에 묵고 있는지 물었다. 그런 다음 그 방에 찾아가서 노크를 하려는 순간 그가 문을 열었다. 나를 발견하고는 약 2, 3초 동안을 얼어붙은 사람이 되었다. 정말 믿기지 않는다는 표정이었다. 그러고는 갑자기 서둘러 손짓을 했다. "들어 와. 얼른 들어 와." 나의 갑작

우리 기쁜 젊은 날 - 응답하라 1975-1980

스런 방문으로 기분이 좋아진 정 기사가 그날 저녁 현장 직원들에게 한턱 크게 냈다. 허름한 술집이지만 아가씨와 마담도 있었다. 젓가락을 두드리며 질탕하게 놀았다. 나는 마담이 위화감을 느낄까 봐 나를 '화곡장의 진 마담'이라고 소개했다. 마담은 나에게 동종업계에 종사하는 사람으로서 경쟁심을 느끼는 듯했다.

그렇게 연애를 하다가 우리는 결혼을 했다. 신랑, 신부 친구들이 모두 노는 것을 좋아하는 지라 신랑, 신부 친구들만 따로 피로연장을 마련했다. 친구들이 나를 택한 이유를 묻자 그가 이렇게 말했다.

"나는 인격과 덕망보다는 미모 쪽을 선택했어요. 인격과 덕망, 이건 개선될 수 있지만 미모는 어떻게 할 수가 없거든. 잘못하면 자손만대로 씨를 버려요."

이 말에 내 친구들이 흥분했다.

"아이가 회숙이를 닮으라는 보장이 있나요? 만약 정연도 씨를 닮으면 어떻게 할 건데요?"

옆에 앉은 친구가 내 귀에다 대고 이렇게 속삭였다.

"어떻게 저렇게 오만방자할 수가 있니? 자기가 잘생겼다고 생각하나 봐."

친구들이 따라주는 몇 잔 술에 살짝 취한 그가 "이 중에서 진회숙보다 예쁜 여자 있으면 한번 나와 봐"라고 호기를 부렸다. 이 말에 혜원이가 한마디 했다.

"못생겨서 죄송합니다." 그러자 그가 혜원이에게 "아! 여기 있는 여자 중에서 2등으로 예뻐."이랬다. 이 말에 나보다 먼저 결혼한 혜원이가 이렇게 받아쳤다.

"나도 1등인 적 있었어."

이렇게 시작된 우리의 결혼생활은 때로는 평화롭고, 때로는 전투적이었다. 전투태세일 때는 내가 일방적으로 '사네 마네' 하면서 시비를 많이 걸었다. 그리고 그러는 와중에 서로 상처가 되는 말도 많이 주고받았다. 그런데 싸우면서 정든다고 하던가. 싸우는 사이에 어느덧 '전우애'가 싹트게 되었다. 그래서 지금은 비교적 평화로운 시간을 보내고 있다. 춘향이와 이도령은 3남 2녀를 낳고 잘 먹고 잘 살았다고 하는데, 우리의 스토리는 앞으로 어떻게 전개될까? 3남 2녀가 아닌, 3녀를 낳고, 30년 넘게 살고 있으니 그럭저럭 해피엔딩이 되지 않을까? 하지만 사람 일이란 모르는 법. 그 뒤를 뉘 알리. 더어질 더질.

결혼 이후에는 하루하루 살아 내기에 바빠 다른 일에는 신경을 쓸 여유가 없었다. 비속한 일상들이 큰 입을 벌리고 내가 한아름 안고 다니는 자부와 꿈을 한입에 집어삼키곤 했다. 그때는 정말 현실을 '참아 내는' 데에 가지고 있는 에너지를 다 쏟아부었던 것 같다.

그렇게 힘든 세월을 흘려보내고, 어느덧 편안하게 세상을 바라볼 수 있는 나이가 되었다. 이제 나는 인생 3막의 길목에서 지나간 젊은 날을 돌아본다. 타인의 삶에 대한 진지한 성찰과 고민보다는 옳은 일을 한다는 허영심에 들떠 이리저리 부유浮游하던 날들. 나는 그 시절의 내가 세상을 바꾸는 데에 어떤 역할도 하지 않았다고 생각한다. 그러나 그 시절이 나 자신을 변화시킨 것만은 확실하다. 그런 의미에서 내 젊은 날을 관통했던 그 모든 방황과 열정과 가슴앓이는 나 자신이 자유로운 인간으로 우뚝 서기 위한 지난한 자아실현의 과정이었는지도 모른다.

지금의 나를 규정하자면 투사가 될 자질도, 능력도, 용기도 없기에 역사에 한 줌 기여한 바 없지만, 그럼에도 불구하고 염치없게도 역사의 진보를 믿는 자유주의자 정도가 될 것 같다. 그렇게 세월의 흐름에 몸을 맡기면서도 세파에 휩쓸리지 않고, 하나의 자유로운 인간으로, 하나의 독립된 주체로, 늘 깨어 있는 존재로 살고 싶다.

　노래의 가사처럼 역사도 흐르고 나도 흐른다. 그렇게 흘러 흘러 어느덧 삶의 마지막 순간에 이르렀을 때, 지난날을 돌아보며 "내 인생이 그럭저럭 괜찮았지?" 이렇게 말할 수 있게 되기를 바란다. 그 밖에는 딱히 바라는 것도, 이루고 싶은 것도 없다. 이렇게 세상에 대해 특별히 기대하는 것이 없기에 나는 지금 지극히 자유롭고 행복하다.